REVIEW

열일곱 살에, 학교 도서관에서 처음 캐드펠 수사 시리즈를 읽었는데 완전히 푹 빠지고 말았다. 어떻게 21세기 한국의 고등학생이 12세기 영국의 수도사에게 친밀감을 느낄 수 있었을까? 책을 펼치면 캐드펠 수사가 가꾸는 허브밭의 싱그러운 향이 미풍에 실려 오는 것만 같았고, 부지불식간에 이웃처럼 정이 든 마을 사람들이 삶의 우여곡절을 겪을 때는 함께 탄식했다. 그 생생한 경험을 통해 역사와 문학을 동시에 사랑하게 되었는지도 모르겠다.

서른다섯 살이 되어 캐드펠 시리즈를 다시 읽고 싶어졌는데, 혹시 두 번째로 읽었을 때의 감회가 예전만 못할까 걱정했었다. 기우 중의 기우였다. 열일곱 살에 발견하지 못했던 부분들을 잔뜩 발견하며 읽을 수 있었고, 역사추리소설을 추천하는 자리에서 매번 자신 있게 추천하곤 했다. 소박하고 담백하게 시작해 역사의 큰 톱니바퀴와 힘 있게 맞물려 들어가는 이 놀라운 이야기에 대해 말할 때 한없이 행복했다.

엘리스 피터스가 육십대 중반에 이처럼 대단한 시리즈를 시작했다는 것을 떠올리면 마음에 환한 빛이 든다. 먼 길을 다녀와 켜켜이 쌓인 지혜를 품고 유적지를 직접 걸으며 작품을 구상했을 작가를 상상하고 만다. 멋진 일은 언제든 시작될 수 있고, 심혈을 다해 빚은 이야기는 시간과 공간을 뛰어넘는다는 것을 이 보물 같은 작품들을 통해 믿게 되었다.

정세랑

소설가

REVIEW

엘리스 피터스는
가장 뛰어난 추리소설 작가다.

UMBERTO ECO
움베르트 에코

캐드펠 수사는 한 세기를
완벽하게 구가한 셜록 홈스에
비견되는 창조물이다.

LOS ANGELES TIMES
BOOK REVIEW
LA 타임스 북 리뷰

이보다 더 매력적이고 인상적인 탐정은
찾기 어려울 것이다.

SUNDAY TIMES
선데이 타임스

서스펜스와 역사소설이 혼합된
유쾌하고 독창적인 작품.

LONDON EVENING
STANDARD
런던 이브닝 스탠더드

시리즈가 추가될 때마다 기쁨을 느낀다.
연대기 시리즈가 계속 이어지기를 바란다.

USA TODAY
USA 투데이

캐드펠 수사는 분명 범죄소설의
컬트적 인물이 될 것이다.

FINANCIAL TIMES
파이낸셜 타임스

엘리스 피터스의 미스터리는 역사적 디테일,
마을과 수도원의 중세 생활상, 생생한
캐릭터 묘사, 우아하고 문학적인 문체 등
이야기 그 자체로 즐거움을 선사한다.

THE WASHINGTON POST
워싱턴 포스트

스타일과 격조를 갖춘 미스터리로
멋지게 포장된 뛰어난 역사소설.

THE CINCINNATI POST
신시내티 포스트

엘리스 피터스는 중세인들의 삶을 상세하고
설득력 있게 재현함으로써, 독자들을
강력하게 흡인하여 교묘하게 짜여진
중세의 어두운 미로 속으로 데려간다.

YORKSHIRE POST
요크셔 포스트

고전적인 의미의
선과 악이 격투를 벌이는 역작.

CHICAGO SUN-TIMES
시카고 선 타임스

유골에 대한 기이한 취향

A MORBID TASTE FOR BONES

유골에 대한 기이한 취향

엘리스 피터스 장편소설
최인석 옮김

북하우스

CADFAEL

중세 웨일스

1 아를레흐웨드

2 아르본

3 홀레인

4 흐로스

5 디프린 클루이드

6 마일로르

7 컨흘라이스

8 펜흘린

9 메카인

10 아르수이스틀리

11 마일리에니드

12 엘바일

CADFAEL

슈롭셔와 웨일스 국경지대

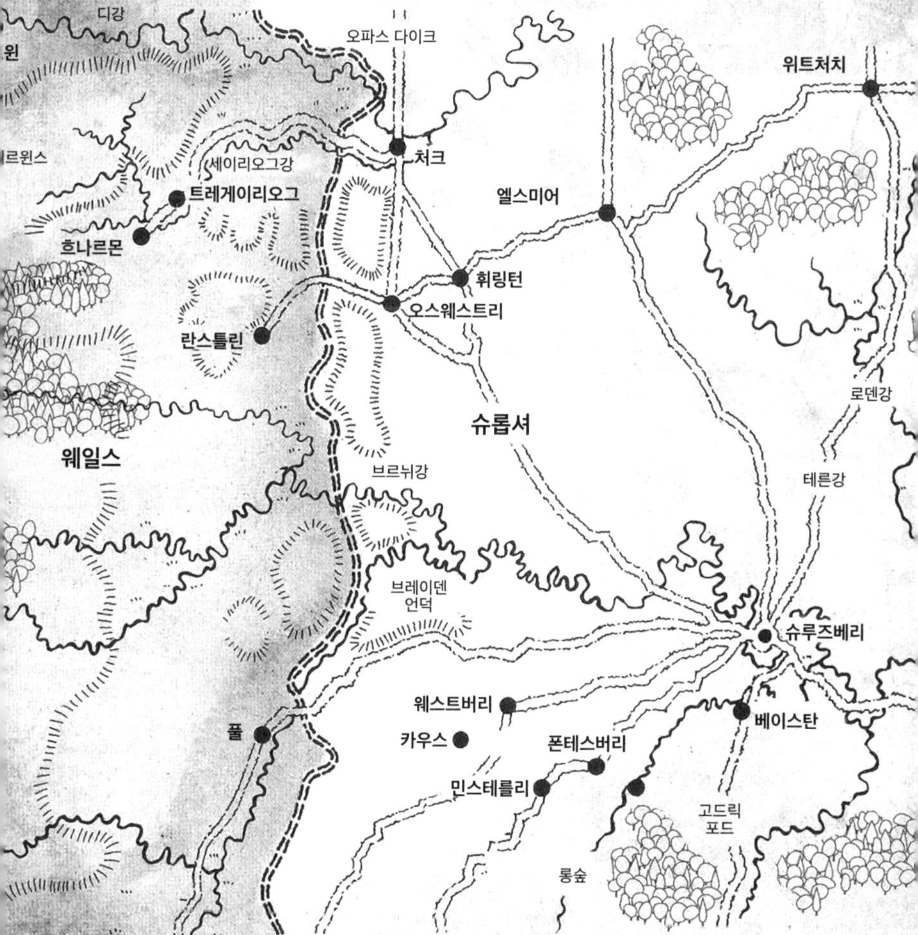

CADFAEL

슈롭셔주 슈루즈베리

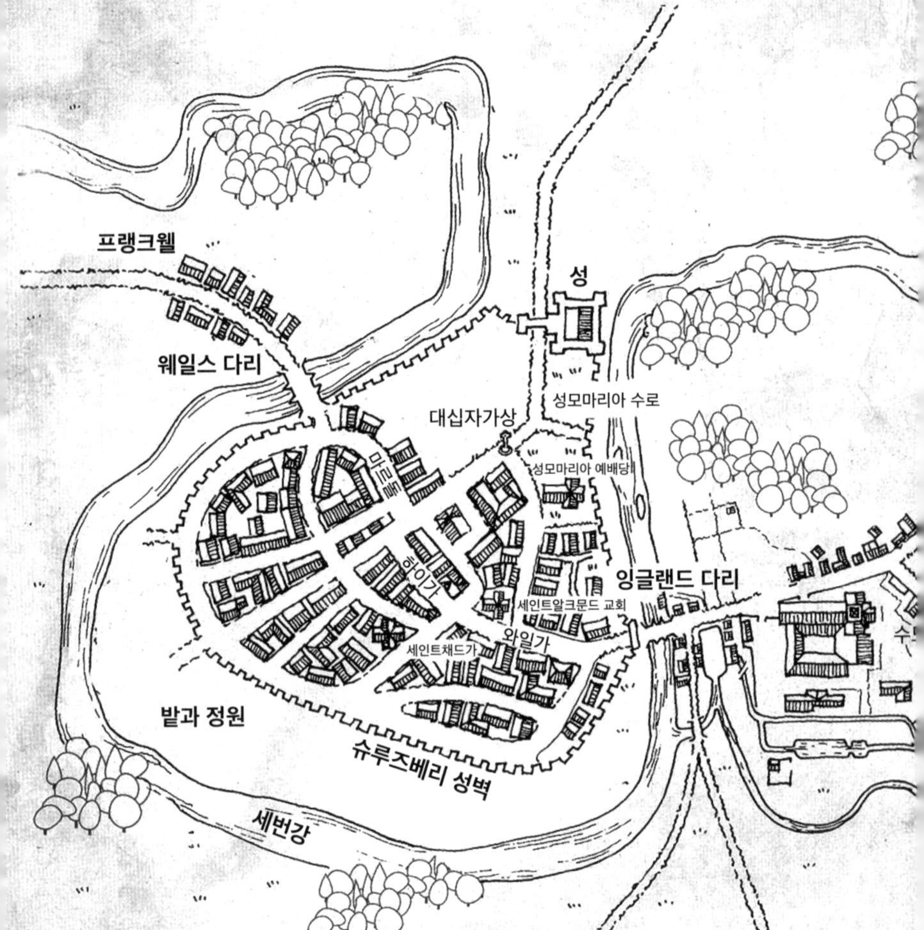

CADFAEL

슈루즈베리
성 베드로 성 바오로 수도원

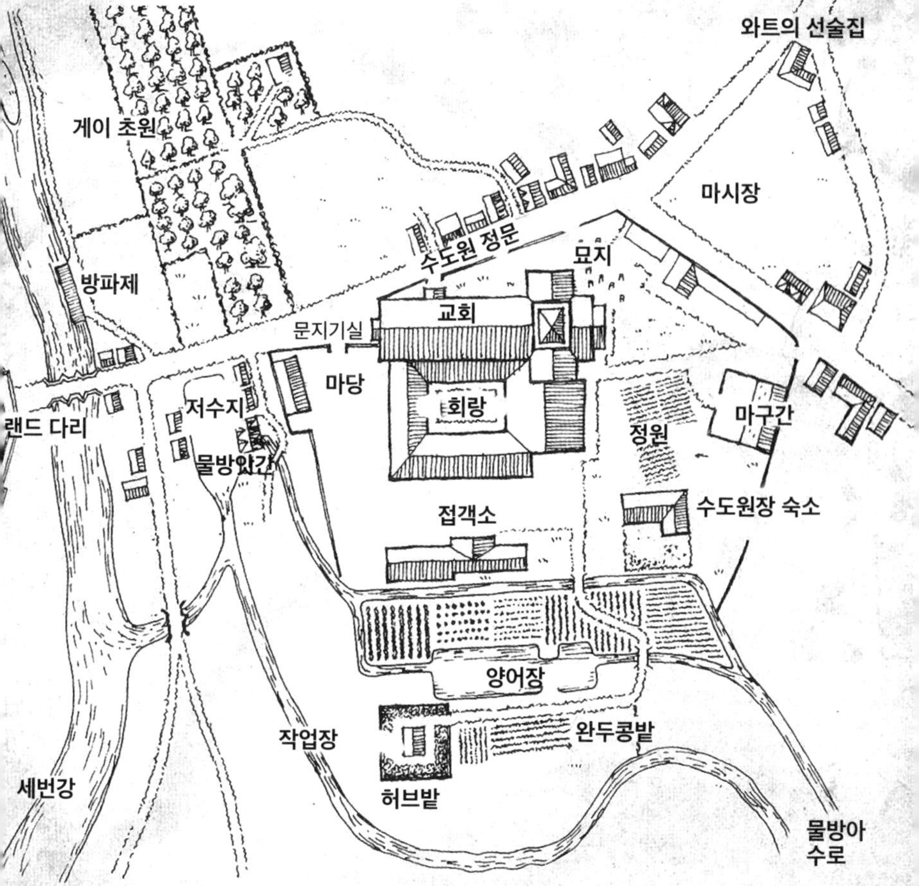

일러두기. 주석은 모두 한국어판 주다.

1

귀더린의 유골에 얽힌 대사건이 시작되려 하는 5월 초순의 어느 맑고 화창한 아침이었다. 캐드펠 수사는 아침기도가 시작되기 한참 전에 자리에서 일어나 흙이 마를세라 양배추 모종을 옮겨 심고 있었다. 그의 머릿속엔 온통 식물의 탄생과 성장과 번식에 관한 생각뿐이었다. 무덤이나 유골함이나 참혹한 죽음에 대한 것은 떠올리지도 않았으니, 그 주인공이 성자든 죄인이든, 아니면 그 자신처럼 결점 있는 평범한 사람이든 그에겐 아무 상관 없었다. 이 순간만큼은 무엇도 그의 마음의 평화를 뒤흔들 수 없었다. 딱 한 가지, 곧 교회로 들어가 미사에 참석하고 뒤이어 30분 정도 이어지는, 매번 10분씩 더 길어지곤 하는 평의회에 참석해야 한다는 사실만 제외한다면 말이다. 그는 채소밭에서 일하는 것이 좋았고 그 시간을 빼앗기는 것이 안타까웠으나, 그렇다고 의무를 피할 수는 없는 노릇이었다. 스스로 은둔 생활을 택한 이상 재미없는 부분들이 좀 있다고 불평할 수야 없지 않은가. 어쨌든 대개의 일들은 적성에 맞고, 지금 느끼는 것과 같은 만족감을 주기도 하니까. 그는 허리를 쭉 펴며 주위를 둘러보았다.

이 나라 전체를 통틀어 이보다 아름다운 베네딕토회[1] 정원이 또 있을까? 고기 요리의 향신료나 약재로 쓰이는 귀한 허브[2]들을 이곳처럼 두루 갖추고 있는 곳은 아마 없을 터였다. 슈루즈베리 성 베드로 성 바오로 수도원[3]의 과수원과 토지들은 주로 수도원 담장 밖 도로의 북쪽에 있지만 이 정원만은 수도원 경내에 자리 잡고 있었고, 수도원장이 물고기를 기르는 연못이나 수도원의 물레방아를 돌리는 시내도 이 근처에 있었다. 이곳에서는 그 누구도 캐드펠 수사를 방해할 수 없었다. 특히 식물표본실은 그가 유난히 아끼는 그만의 왕국이었으니, 그는 지난 15년에 걸쳐 꾸준한 노동으로 이곳을 일궈냈으며, 젊은 시절 베네치아며 키프로스며 성지 예루살렘에 이르기까지 유랑 생활을 하며 수집했던 이국적인 식물들을 모아 정성껏 길러낸 터였다. 캐드펠 수사는 표류하던 배가 마침내 고요한 항구에 정박하듯 만년에 들어서야 비로소 수도원 생활을 시작했다. 그가 수도원에 들어온 처음 몇 년간, 이제 갓 출가한 수사들이나 평수사들이 자신을 두고 경외심 섞인 목소리로 속삭였다는 것을 그는 알고 있었다.

"저기 정원에서 일하는 수사 보이나? 뱃사람들처럼 발을 끌고 다니는 저 땅딸막한 사람 말일세. 저 사람이 글쎄, 젊었을 때 십자군이었다는구먼. 사라센인들이 안티오크를 점령했을 때 고드프루아[4]랑 같이 출정했었대. 예루살렘 왕이 성지의 해안 전역을 통치할 무렵에는 선장으로 바다에 나가서 10년 동안이나 해적선들을 격파했고! 정말 믿기지 않는 일 아닌가?"

캐드펠 수사는 자신이 겪은 다양한 경험 중 딱히 이상한 것이 있다고는 생각하지 않았다. 그는 그 무엇도 잊지 않았고, 그 무엇도 후회하지 않았다. 또한 전투와 모험을 통해 맛본 기쁨과, 지금 이 정적의 한복판에서 느끼는 만족감 사이에서 어떠한 갈등도 느끼지 않았다. 향신료가 가득한 음식을 좋아하는 식성 그대로, 그는 자신이 할 수 있는 사소한 악행으로 생활에 풍미를 더할 수 있는 기회를 놓치지 않았을 뿐이고, 수도원이라는 조용한 배에 오른 지금은 다시 정적을 즐기고 있는 셈이었다. 그를 호기심 어린 눈으로 지켜보던 젊은 수사들은, 오랜 세월 모험을 즐기며 살아왔다면 여자들도 많이 만났을 테고 그 교제들이 전부 기사도적이지는 않았을 텐데 그런 사람이 이런 수도원에서 어떻게 살아갈까 하고 서로 속삭였을 것이다.

여자들에 관해서라면 그들의 생각이 옳았다. 10년이 넘도록 그가 돌아오기를 기다리다가 결국은 포기하고 같은 지방의 장인, 그러니까 절대로 전쟁터로 달아날 염려가 없는 견실한 남자와 결혼해버린 리힐디스를 제외하고도, 그에게는 여자들과의 추억이 많았다. 여러 나라에서 그는 서로에게 아무 해가 없이 오직 즐거움만을 주는 교제를 만끽했다. 베네치아의 돌우물에서 물을 긷던 비앙카, 그리스 소녀 뱃사공 아리아나, 그리고 적어도 한동안은 그를 보며 자신의 죽은 남편을 대신하기에 부족함이 없는 사람이라 여겼던, 안티오크에서 향료며 과일을 팔던 사라센인 과부 마리암. 가벼운 만남과 이별이 반복되었고, 헤어진 뒤에도 나쁜 감정 같은 건 남지 않았다. 그만하면 충분하다고, 그 추억들이 고적한 은둔 생활과 균형을 이루어 지금의 삶을 보다 만족스럽게 영위할 수 있도록 해준다고 그는 생각했다. 게다가 그러한 경험으로 얻은 인내심과 통찰력 덕분에, 그에게는 단조로운 은퇴 생활에 불과한 베네딕토회의 전통적 직무를 평생의 업으로 받아들여 살아가는 폐쇄적이고 소박한 영혼들과도 그럭저럭 어울려 지낼 수 있게 되지 않았는가. 세상 온갖 풍상을 겪은 사람으로서는 허브밭에서 말년을 보내는 것도 적잖이 만족스러운 일이었다. 이런 일마저 없이 무료하게 살아야 한다면 지금처럼 마음의 평정을 유지할 수는 없으리라.

5분 뒤면 허브밭을 떠나 손을 씻고 교회로 가서 미사에 참례해야 했다. 그 짧은 휴식 시간을 이용해, 캐드펠은 드문드문 피어 있는 꽃들이 향기를 뿜어내는 식물들의 왕국 안쪽으로 걸어갔다. 그곳에서는 삭발한 지 이제 1년 갓 지난 젊은 수사 두 사람, 존과 콜룸바누스가 잡초를 뽑고 작물을 솎아내며 부지런히 일하고 있었다. 잎들은, 반들반들 광택이 나는 것이며 거무스레한 것이며 수액을 흠뻑 머금은 것이며 털로 뒤덮인 것들 할 것 없이 모두 다양한 초록빛을 자랑스레 내보이고 있었다. 꽃들은 대개가 수줍고 작아서 거의 숨어 있는 듯했다. 연한 자색, 짙은 푸른색, 아주 작은 노란색 꽃들이 언뜻언뜻 보였으나, 그것들은 그리 중요하지 않았다. 꽃들은 다만 그 뒤를 이어 맺히게 될 씨앗에 대한 약속일 따름이었다. 루타[5], 세이지[6], 로즈메리[7], 개지치[8], 생강, 박하[9], 타임[10], 매발톱꽃[11], 루[12], 세이버리[13], 겨자[14] 등 온갖 허브가 이곳에서 재배되고 있었으며, 회향[15], 탠지[16], 바질[17], 딜[18], 파슬리[19], 처빌[20], 마조람[21] 같은 것들도 찾아볼 수 있었다. 캐드펠 수사는 조수들에게 희귀한 허브의 사용법들과 그 하나하나가 얼마나 위험할 수 있는지를 가르쳤다. 허브란 바르게 사용하면 약초가 되지만, 과용하면 질병보다도 큰 해악을 부르는 법이다. 수줍은 듯 자기들끼리 은밀하게 모여 은은하게 반짝이는 자그마한 허브들 대부분은 해가 비추는 동안 뿜어내는 달콤한 향기로만 주의를 끌 뿐이었다. 그러나 그 움츠린 대열 뒤에서 큰 키를 뽐내며 요란스레 자라는 다른 식물들도 있었다. 향료로 쓰이는 작약[22]이 무리 지어 자랐고, 청백색 이파리를 거느리고 웬만한 사람 키에 못지않게 우뚝 솟은 양귀비[23]는 이제야 그 단단한 갑옷 같은 껍질 사이로 흰색과 진자주색의 꽃잎을 피우고 있었다. 양귀비의 고향은 지중해 동쪽 지역이었다. 캐드펠 수사는 오래전 그 머나먼 곳에서 가져온 종자를 자신의 정원에서 기르고 교배하여 완벽한 결실을 얻어냈다. 인간의 강력한 적인 통증을 치유하는 약물을 추출해낸 것이다. 통증에 가장 유익한 치료약, 그것은 다름 아닌 숙면이다.

수도복을 무릎까지 걷어 올린 두 젊은 수사도 미사 시간이 임박했다는 것을 깨닫고서 이제 막 허리를 펴고 손바닥의 흙을 털어내는 참이었다. 콜룸바누스 수사는 자신이 해야 할 일은 작은 것 하나까지도 그냥 넘어가는 일이 없을뿐더러, 동료 수사들이 그러는 것도 보아 넘기지 못하는 사람이었다. 잘생기고 출중한 외모에 자세도 꼿꼿한 이 젊은 수사는 권세 있는 노르만 귀족 가문 출신답게 둥글고 큰 노르만인의 두상을 가지고 있었다. 그는 차남인지라 토지를 상속받기 위한 차선책으로 고위 성직자가 되는 길을 택했다. 뻣뻣하고 꼿꼿한 금발, 크고 푸른 눈동자, 겸손한 몸가짐과 창백한 안색에 가려져 그 단단한 근육질의 체격은 곧잘 잊히곤 했다. 사실 매력적인 외모에도 불구하고 그는 같이 지내기에 썩 편안한 사람은 아니었다. 콜룸바누스 수사는 그 견고한 육체와는 딴판으로 정신적인 구조가 걱정스러울 정도로 예민한 데다, 감정적인 억압이나 양심의 위기나 묵시록적인 환영에 의해 발작을 일으키는 일도 종종 있었다. 그러나 아직 젊고 이상주의적인 사람이니 그러한 자기 학대를 극복할 시간은 충분할 터였다. 캐드펠 수사는 여러 달 동안 그와 함께 일을 해왔고, 그에게 많은 희망을 품고 있었다. 콜룸바누스 수사는 늘 열정과 진심을 다했다. 어쩌면 자신이 귀족 가문 출신이라는 점을 지나치게 의식하고 가문에 오점이 남을까 봐 두려워하는 것 같기도 했다. 노르만의 혈통을 이어받은 자라면 모든 일에 탁월해야 한다는 식이었다. 이런 덫에 사로잡혀 있는 희생자들을 볼 때마다 캐드펠 수사는 연민을 금할 수 없었다. 그 자신이 전통 있는 웨일스 가문 출신으로 스스로에게 초인적인 요구를 하는 경향이 있었기 때문에 잘 아는 덫이었다. 그러나 캐드펠은 다른 사람과 별다르지 않게 콜룸바누스 수사를 대했고, 이따금 그가 과도한 열정에 사로잡히면 지극히 이성적으로 처방을 내려주었다. 콜룸바누스 수사가 종교적 열병으로 기진맥진해 있을 때 캐드펠이 이교도적인 양귀비 즙으로 그 열정을 가라앉힌 적이 한두 번이 아니었다.

한편 다른 한 조수에게 이는 있을 수 없는 일이었다! 존 수사는 자신의 이름처럼 단순하고도 지극히 현실적인 사람이었다. 펑퍼짐한 들창코, 삭발한 정수리 언저리에 곱슬곱슬하게 돋아난 적갈색 머리카락의 소유자인 그는 늘 배가 고팠고, 이 정원에서 자라는 식물들에 대한 그의 관심사라고는 그것이 먹을 수 있는 것인지 아닌지, 맛이 좋은지 나쁜지 하는 점뿐이었다. 가을이 다가오면 아마 무슨 수를 써서든 과수밭에서 일할 핑곗거리를 찾아낼 터였다. 지금은 캐드펠 수사를 도와 양상추를 솎아내는 일에 만족하며 열매들이 익어가기만을 기다리고 있었다. 호감 가는 인상에 원기왕성하고 마음씨도 좋은 그는, 도저히 이해할 수 없는 어떤 오류로 인해 이 폐쇄된 곳까지 떠밀려 오고서도 자신이 도무지 어울리지 않는 엉뚱한 곳에 있다는 사실을 깨닫지 못하는 것 같았다. 캐드펠 수사는 존 수사가 스스로에게 얼마나 큰 실수를 저질렀는지 이미 감지한 터였으나, 그 실수는 아직 넓은 세상에 머리를 들이밀지 못한 채 조용히 묻혀 있었다. 이 붉은 깃털을 가진 별난 새는 언젠가 틀림없이 날아가버릴 것이다. 그동안은 주어진 모든 것에서 자신만의 즐거움을 찾아내 즐기리라.

"늦기 전에 들어가야겠습니다." 존 수사가 걷어 올렸던 소매를 내리고 두 손의 흙먼지를 기운차게 털어내며 말했다. "이번 주에는 제가 낭독자거든요." 그랬다. 캐드펠 수사도 기억하고 있었다. 낭독해야 하는 구절이 아무리 지루하다 할지라도, 찬양해야 하는 성자와 순교자들이 아무리 무미건조한 인물일지라도, 존 수사는 자신의 재능으로 그것에 연극적이고 예술적인 풍미를 한껏 덧입힐 수 있는 사람이었다. 세례요한의 목이 떨어지는 장면을 낭독시킨다면, 그는 아마 교회의 기반을 단번에 뒤흔들어놓을지도 모른다.

"낭독을 하는 것은 하느님과 성인들을 찬미하기 위해서야." 콜룸바누스 수사는 얼마간 애정을 품고, 그러나 자신은 존 수사의 그런 들뜬 연극적 낭독을 경멸한다는 점을 노골적으로 드러내며 말했다. "형제 자신을 위해서가 아니라!" 그러나 이로써 그는 오히려 자신이 하느님이나 성인에 대해 아는 바가 거의 없다는 사실을, 혹은 얼마나 큰 오해를 품고 있는지를 드러낸 셈이었다.

"내 마음속에서 그분들에 대한 공경심이 사라진 적은 단 한 번도 없네." 존 수사는 열의를 숨기지 못하는 목소리로 대답하고는 캐드펠을 향해 눈을 찡긋하더니 관목들 사이로 난 좁은 길을 따라 맹렬히 달려 널찍한 안뜰로 나갔다. 남은 두 사람, 후리후리하고 잘생기고 예민한 젊은 수사와, 통통한 몸에 안짱다리를 한 쉰일곱의 퇴역 십자군 수사는 차분하게 그 뒤를 따랐다. 긴 두 다리로 유연하게 걸어가는 젊은이 옆에서 바다 사나이 특유의 힘찬 걸음을 부지런히 놀리며, 캐드펠은 과연 자신에게도 이 수사처럼 젊고 진지했던 시절이 있었던가 자문해보았다. 콜룸바누스 수사가 아직 스물다섯 살이며, 세속적이고 야심만만한 가문의 후손이라는 사실을 떠올리기까지는 시간이 필요했다. 그래, 이 젊은이가 수사라는 운명을 받아들이게 된 것이 비단 경건한 신앙심 때문만은 아닐 테지.

이날의 세 번째 미사는 비의례적이고 간단했다. 미사가 끝난 뒤 베네딕토회 슈루즈베리 수도원의 형제들은 헤리버트 수도원장[24]의 뒤를 따라 성가석에서 대회의실까지 정해진 순서대로 줄지어 갔다. 수도원장은 성품이 착하고 유순한 노인으로, 언제나 평화와 조화에 대한 열망이 넘치는 온화한 고행자였다. 그리 강렬한 인상을 풍기지는 않았으나, 그의 얼굴에는 아름다움에 대한 열망이 넘쳐흘렀다. 그 앞에서는 출가한 지 얼마 되지 않은 수사들이나 수련사들도 큰 부담 없이 행동할 수 있었다. 그러나 정작 원장을 만나기란 결코 쉬운 일이 아니었으니, 너무도 강렬한 인상의 로버트 부수도원장[25]이 늘 중간에서 가로막고 있는 터였다.

로버트 페넌트 부수도원장은 웨일스와 잉글랜드의 혼혈로 50세의 나이에 키는 180센티미터가 넘었고 여윈 몸과 대리석처럼 수려한 이마, 희고 잘생긴 얼굴, 당당하고 귀족적인 몸가짐, 우아한 은회색 머리카락을 지닌 사람이었다. 그보다 용모가 위풍당당하거나 남자다운 위엄이 출중한 이는 중부지방의 모든 수도원들을 통틀어 어디서도 찾아볼 수 없었고, 스스로도 그 사실을 너무나 잘 알고 있어서 기회만 오면 언제라도 그 사실을 입증해 보일 태세를 갖추고 있는 사람 또한 잉글랜드 전체를 통틀어 그 말고는 찾아볼 수 없었다. 대회의실 복도를 지나 자기 자리로 미끄러지듯 걸어가는 움직임 하나하나는 흡사 교황의 대역이라도 보는 듯했다.

그 뒤에 선 수도원장의 보좌 수사인 리처드는 그와 정반대의 인물이었으니, 몸집은 크지만 인물은 보잘것없고, 상냥하고 인정많고 온화한 성품을 지녔으나 게으른 자였다. 로버트 부수도원장이 마침내 자신의 목표를 달성하여 수도원장의 자리에 오른다 할지라도 리처드 수사가 부수도원장의 자리에 오를 수 있을지는 의심스러웠다. 보다 높은 지위를 노리는, 그리고 그 목표를 달성하기 위해서라면 상당한 시련도 마다하지 않을 각오가 되어 있는 야심만만하고 부지런한 젊은 수사들이 한둘이 아니었다.

리처드 수사의 뒤를 이어 모든 수사들이 지위에 따라 늘어섰다. 성구聖具를 관리하는 베네딕트 수사, 성가대의 선창자인 안셀름 수사, 식료품 관리를 책임진 매슈 수사, 구호소를 담당하는 데니스 수사, 진료소를 책임지는 에드먼드 수사, 기부 물품을 관리하는 오즈월드 수사, 부수도원장을 보좌하는 제롬 수사, 수련사들을 책임지는 폴 수사가 차례로 걸어갔고, 직책이 없는 수많은 평수사들이 그 뒤를 따랐다. 캐드펠 수사는 행렬의 가장 끝자락에 섞여 소리 없이 자신의 구석 자리를 찾아 들어갔다. 빛도 거의 들지 않고, 줄지어 늘어선 석조 기둥으로 반쯤 가려진 맨 뒷줄 자리였다. 캐드펠은 번거로운 양피지 업무를 맡고 있지 않은 터라 수도원 내에서 벌어지는 온갖 행사에서 낭독자나 발언자로 지명될 염려가 거의 없었다. 별다른 일이 없으면 그는 평의회 시간을 잠으로 보냈다. 그는 어둠에 싸인 자신의 구석 자리에서 똑바로 앉은 자세로 잠자는 법을 터득했다. 필요한 경우에는 지체 없이 스스로에게 경고를 내리는 육감을 가지고 있었으며, 경고를 받는 즉시 잠에서 깨어나 시치미를 뚝 떼고 조용히 앉아 있을 줄도 알았다. 그뿐 아니라 졸고 있을 때 던져진 질문에 대해서도 꼭 들어맞는 답변을 할 수도 있었다.

이 특별한 5월 아침, 캐드펠은 존 수사가 잘 알려지지 않은 한 성인의 일생을 연극적으로 재현하여 낭독하는 동안에는 흥미를 가지고 들었으나, 식품 저장실을 담당하는 수사가 성모 제단과 진료소에 관련된 복잡한 문제를 꺼내 논의하기 시작하자 바로 잠에 빠져들 채비를 했다. 이제 한두 명의 사소한 악인들 문제를 다루고 난 뒤에, 성인의 유골을 확보하여 그 성인을 이 수도원의 위대한 영험을 가진 수호성인으로 안치하는 문제를 놓고 남은 시간 내내 로버트 부수도원장이 길고 긴 연설을 늘어놓을 터였다. 지난 몇 달 동안 다른 문제가 논의된 적은 거의 없었다. 클뤼니회[26]

웬록 수도원에서 창시자인 밀부르가 성인을 대단한 자랑과 환호 속에 재발견하고 그 유골을 제단에 의기양양하게 안치시킨 뒤부터 부수도원장은 수호성인의 유골을 발견하는 일에 전심전력을 다하고 있었다. 불과 몇 킬로미터 떨어진 곳의 보잘것없는 작은 수도원이 기적을 창조하는 성인의 유골을 보유하고 있는데, 위대한 베네딕토회의 슈루즈베리 수도원은 노략질당한 자선함처럼 텅 비어 있다니! 로버트 부수도원장으로서는 도무지 견딜 수 없는 일이었다. 그는 돌보는 사람이 없는 성인을 찾아 1년 넘게 국경 지방을 샅샅이 돌아다녔으며, 이제는 과거에 성인이나 성녀가 가을 버섯처럼 너무 흔해 별 주목을 받지 못했다고 알려진 웨일스 쪽을 희망에 찬 눈으로 바라보고 있었다. 캐드펠 수사는 물론 부수도원장의 불만이나 재촉의 최신판에 귀를 기울이고 싶은 생각은 없었기에 잠을 선택했다.

숫돌로 갈아 하얗게 빛나는 대리석에 반사된 태양의 열기가 얼굴을 달구고, 공기 속을 떠다니는 뜨거운 흙먼지가 목구멍을 태웠다. 동료들 뒤에서 그들을 방패 삼아 몸을 한껏 웅크리고 있던 캐드펠의 눈앞에, 성벽의 긴 용마루와 작렬하는 햇살 아래 번득이는 철갑 투구를 쓰고 포탑 위에 서 있는 수비병들의 모습이 떠올랐다. 붉은 바위와 화염, 사방을 둘러봐도 깊은 협곡과 깎아지른 절벽뿐 서늘한 푸른 나뭇잎 한 장조차 감히 범접하지 못하는 풍광, 그리고 그 모든 여정의 목적지였던 성스러운 도시. 흰 성벽 안에 탑과 돔 지붕들을 관처럼 쓰고 있는 예루살렘이 거기 있었다. 대기에 가득한 전장의 흙먼지 사이로 어렴풋하게 감시구와 성문이 보이고, 목쉰 고함 소리와 갑옷이며 병기가 서로 부딪치는 소리가 들려오는 듯했다. 캐드펠은 최후의 공격을 알리는 진군나팔 소리를 기다리고 있었다. 사라센인들이 쓰는 구부러진 활의 긴 사정거리에 대해서는 익히 아는 터라, 그는 방패 뒤에 몸을 숨긴 채 가만히 기다렸다. 군기가 일제히 펼쳐지더니 뜨거운 바람 속으로 돌진해 들어갔다. 하늘로 치켜진 나팔이 햇빛에 반사되어 번쩍였다. 나팔 소리가 팽팽한 긴장감과 함께 그의 온몸을 훑고 지나갔다.

그 요란하고 날카로운 소리에 그는 잠에서 깨어났다. 그러나 이는 진군을 알리는 나팔 소리가 아니었고, 그 역시 예루살렘을 향하여 승리의 공격을 감행하고 있지 않았다. 그는 대회의실의 어둠침침한 구석 자리에 앉아 있다가 다른 수사들이 놀라 일어서는 모습을 보며 엉겁결에 따라 일어났다. 그를 깨운 비명 소리는 이제 극도의 고통이나 황홀경에 빠진 사람이 낼 법한 신음과 울부짖음으로 변해갔다. 대회의실 한복판 바닥에 콜룸바누스 수사가 납작 엎드려 이마와 손바닥으로 대리석 바닥을 때리고 문질러대며 땅에 내동댕이쳐진 물고기처럼 몸부림치고 있었다. 무릎까지 올라간 수도복 밑으로 드러난 길고 하얀 그의 다리가 허공을 마구 차댔고, 입에서는 육체적 광분 상태에 못 이겨 괴상망측한 비명이 터져 나왔다. 가까이 있던 수사들이 충격 속에 어찌할 바를 몰라 주위를 서성이는 가운데, 로버트 부수도원장은 훈계를 하거나 고함이라도 지르려는지 두 손을 치켜드는 참이었다.

캐드펠 수사와 진료소를 담당하는 에드먼드 수사는 거의 동시에 환자 앞으로 다가섰다. 두 사람은 환자 양쪽에 무릎을 꿇고 앉아, 혹시라도 대리석 바닥에 부딪쳐 머리가 깨지거나 다리 관절이 탈구하지 않도록 경련하는 그의 몸을 붙들었다. "간질 발작이에요!" 에드먼드 수사가 간결하게 말했다. 그러곤 환자가 제 혀를 깨물지 못하게끔 허리에서 굵게 꼰 허리띠를 풀어내 그의 치아 사이에 밀어 넣었다.

그 진단이 옳은지 캐드펠 수사는 아직 확신할 수 없었다. 지금 콜룸바누스 수사가 내지르는 소리는 간질병 환자가 발작에 빠졌을 때 지르는 무력하고 무의미한 신음이 아니라, 히스테리에 걸린 사람이 광란에 빠져 내지를 법한 격렬한 외침이었다. 응급처치를 마치자 그 소리는 반쯤 줄어들었고 경련 또한 차츰 잦아드는 듯했으나, 몸을 결박하고 있던 손을 치우자 다시금 격렬한 경련이 시작되었다.

"가엾은 젊은이로고!" 헤리버트 수도원장이 뒤쪽에서 서성이며 말했다. "이렇게 갑작스럽고 잔인한 고통이라니! 환자를 부드럽게 다루시오! 자, 어서 진료소로 데리고 가시오. 우리는 형제가 회복되기를 기도합시다."

미사는 혼란 속에 끝났다. 존 수사를 비롯한 몇몇 수사들이 정신을 차리고 실질적인 도움을 주었다. 그들은 콜룸바누스 수사가 팔과 다리를 버둥거리다가 부상당하지 않도록 단단히, 그러나 불편하지 않게 시트로 그를 감싼 뒤, 환자의 입에 물린 허리띠를 빼내고 대신 나무토막을 물렸다. 혹시라도 기도가 막혀 질식할 우려가 있어서였다. 이 모든 일을 마치자 다들 그를 진료소로 옮겨 침대에 눕히고 가슴과 넓적다리를 결박했다. 그는 신음과 함께 기괴한 비명을 내지르기도 하고 몸을 뒤흔들기도 했으나 이제 그 힘은 한층 약해져 있었다. 신음이 차츰 애처로운 중얼거림으로 바뀌기 시작할 무렵, 그들은 캐드펠 수사의 양귀비즙을 그의 입으로 흘려 넣었다. 그러자 결박되고도 계속되던 발버둥이 가라앉기 시작했다.

"잘 보살펴주시오." 로버트 부수도원장은 젊은 수사의 침상 곁에 선 채 얼굴을 찌푸리며 초조하게 말을 이었다. "또 발작을 할지 모르니 누군가 옆에서 지켜보고 있어야 할 것 같군. 에드먼드 형제는 돌봐야 할 다른 환자들이 있어서 줄곧 콜룸바누스 형제 곁에 붙어 있을 수 없을 것이오. 그러니까 제롬 형제, 그대가 이 괴로운 일을 맡아주기 바라오. 형제에게 부과된 다른 모든 임무는 면해주겠소."

"신앙심으로 기꺼이 복종하겠습니다!" 제롬 수사가 대답했다. 그는 부수도원장과 가장 가까울 뿐 아니라 부수도원장의 말에 가장 헌신적으로 복종하는 수사였다. 부수도원장은 절대적인 복종과 철저한 보고가 필요한 일에는 언제나 그를 선택해 일을 맡겼다. 수도원의 수사 하나가 광기로 발작을 일으켰다는 말이 밖으로 새어 나갈 우려가 있는 이번 경우에도 마찬가지였다.

"특히 밤에는 콜룸바누스 형제 옆을 떠나지 마시오. 밤이 되면 인간의 저항력은 약해지기 마련이오. 병이 든 형제의 몸에서 악마가 솟아나 그와 대적하려 할지도 모르는 일 아니오. 콜룸바누스 형제가 평화롭게 잠이 들면 쉬어도 좋소. 하지만 무슨 일이 생길지 모르니 절대 자리를 비우지는 마시오."

"콜룸바누스 형제는 한 시간 안에 잠들 것입니다." 캐드펠 수사가 자신 있게 말했다. "그리고 밤새도록 깊은 잠에 빠져 있겠지요. 하느님께서 도우시니, 내일 아침이면 무사히 깨어날 수 있을 겁니다."

캐드펠이 느끼기에 콜룸바누스 수사는 정신적으로나 육체적으로나 만족할 만큼 일을 하지 못하여 그 결핍에 대한 반작용으로 반쯤은 의식적으로 또 반쯤은 무의식적으로 이러한 증상을 보이는 것 같았다. 어느 쪽이든 안타깝고 견책할 만한 일이었다. 그러나 그는 약간의 여지 또한 남겨두었다. 이곳에서 만난 형제들에 대해 확신을 가지고 판단할 수 있을 만큼 많은 것을 알고 있지 못한 터였다. 존 수사라면 또 모를까. 그러나 수도원 안에서건 밖에서건 존 수사처럼 명랑하고 둔감하며 외향적인 사람은 희귀한 법이었다.

*

다음 날 아침, 제롬 수사는 몹시 흥분한 얼굴로 미사에 나타났다. 그가 꺼내놓은 소식에 아침의 대기는 긴장감으로 폭발할 듯 팽팽해졌다. 헤리버트 수도원장이 허락도 없이 환자 곁을 떠난 것에 대해 가볍게 책망하자 제롬 수사는 두 손을 공손히 맞잡고 고개를 숙였으나 격앙된 표정은 조금도 바뀌지 않았다.

"수도원장님, 저는 또 하나의 임무 때문에 여기 나왔습니다. 그 새로운 임무가 더욱 화급한 일이라 생각했기 때문입니다. 콜룸바누스 형제는 지금 잠들어 있습니다. 자면서도 고통에 시달리고 있긴 합니다만, 그래도 다른 두 형제가 그를 곁에서 지켜보고 있습니다. 제가 잘못했다면 달게 처벌을 받겠습니다."

"우리 형제의 상태가 나아지지 않았다는 뜻이오?" 수도원장이 초조한 듯 물었다.

"여전히 격심한 고통에 시달리는 듯합니다. 잠을 깰 때마다 헛소리를 하거든요. 하지만, 수도원장님, 그럼에도 저는 이 중요한 소식을 알리는 것이 저의 임무라 생각했습니다. 병든 형제는 분명 건강을 회복할 것입니다! 지난밤 저는 기적을 목격했습니다. 제가 온 것도 그 성스러운 분이 제게 지시한 일을 말씀드리기 위해섭니다. 수도원장님, 저는 잠깐 콜룸바누스 형제의 침대 곁에서 졸다가 무척이나 경이롭고 아름다운 꿈을 꾸었습니다."

이제는 모든 사람들이 제롬 수사의 이야기에 귀를 기울이고 있었다. 캐드펠 수사마저 완전히 깨어 있었다. "뭘까요? 간질병 환자가 또 생겼을까요?" 존 수사는 캐드펠의 귀에 대고 속삭였다. "흑사병이라도 도는 건지, 원!"

"수도원장님, 방의 사방 벽이 활짝 열리는 것만 같았습니다. 그러더니 눈부신 빛이 스며들었습니다. 그 광휘 속에서 더없이 아름다우신 성처녀가 나타나셨습니다. 그분은 우리 형제의 침상 옆에 우뚝 멈춰 서시더니 제게 말을 거셨습니다. 당신의 이름이 위니프리드라고 하시더군요. 그러고는 웨일스에 가면 성스러운 샘이 있다고 하셨습니다. 바로 당신께서 순교하신 자리에서 솟아나는 샘물이라고요. 콜룸바누스 형제가 그 샘물에서 목욕을 하고 나면 틀림없이 치료될 것이며, 즉시 정신을 되찾을 것이라고 하셨습니다. 그렇게 우리 수도원에 축복을 내리신 다음 그분은 다시 눈부신 빛 속으로 사라지셨습니다. 그 순간 저는 잠에서 깨어났습니다."

대회의실 여기저기서 수사들이 흥분하여 웅성거리기 시작했다. 그 웅성거림을 뚫고 부수도원장의 음성이 장중하게 울려 퍼졌다. "수도원장님, 우리를 인도하는 손길이 나타났습니다! 수호성인을 찾아달라는 우리의 청원에 대한 응답이 이렇게 아름다운 은총으로 나타난 것입니다. 이는 우리의 노력에 대한 보답이자 불굴의 의지를 촉구하는 계시입니다."

"위니프리드라!" 수도원장은 의심스럽다는 듯 말했다. "그 성인이나 그분의 순교에 대한 내용이 정확하게 기억나지 않는군. 웨일스에는 워낙 많은 성인들이 계시니 말이오. 물론 우리는 콜룸바누스 형제를 그 성스러운 샘으로 보내야 하오. 그 같은 계시를 무시하는 것은 배은망덕한 일일 테지. 하지만 어떻게 하면 그

샘을 찾을 수 있겠소?"

부수도원장은 수사들을 둘러보며 몇 안 되는 웨일스 출신을 찾았는데, 그 와중에 다소 서두르는 기색으로 캐드펠을 그냥 지나쳐버렸다. 그는 캐드펠 수사를 영 마뜩지 않게 생각했으니, 아마 캐드펠의 눈에 비치는 어떤 섬광과 익히 들어 알고 있는 그의 세속적인 편력 때문인 듯했다. 이어 늙은 리스 수사에게 시선이 가 닿는 순간 그의 얼굴이 기쁨에 빛났다. 리스 수사는 비록 노망기가 있긴 하나 교리에 비추어 지극히 안전한 사람인 데다, 불안정하기는 해도 제법 광범위한 영역의 기억을 갖고 있었다. "형제가 우리에게 그 성녀의 역사를 들려줄 수 있을 것 같군. 그 성녀의 샘이 어디에 있는지 혹시 알고 있소?"

모든 이의 시선이 자신에게 집중되어 있다는 걸 이 노인이 깨달을 때까지는 시간이 좀 걸렸다. 새처럼 쪼그라든 몸집에 이가 다 빠진 그는 모두에게 그저 잊힌 상태로 살아가는 데 익숙해져 있었던 것이다. 리스 수사는 처음에는 머뭇머뭇 입을 열었으나, 모두의 관심 속에서 차츰 열기를 띠며 말을 이어갔다.

"성 위니프리드[27] 말씀이십니까, 수도원장님? 성녀 위니프리드를 모르는 사람은 없지요. 그분의 샘이 있는 곳은 바로 홀리웰입니다. 체스터에서 그다지 멀지 않지요. 하지만 그분은 거기에 계시지 않습니다. 그분의 무덤은 다른 곳에 있어요."

"그분 얘기를 좀 더 해보시오." 로버트 부수도원장은 리스 수사의 이야기에 몰두한 나머지 거의 아첨을 하듯 그를 구슬렸다.

"그분에 관한 이야기라면 무엇이든 좋으니 우리에게 들려주시오."

"성녀 위니프리드는 테비스라는 기사의 외동딸이었지요." 노인은 이 영광의 순간을 즐기며 한껏 고양된 어조로 말을 이었다. "왕자들이 아직 이교도이던 시절에 태어나신 분입니다. 하지만 곧 기사 테비스와 그 집안의 모든 가솔들은 성인 베이노의 인도로 신자가 되어, 그분을 위해 그곳에 교회도 지어드리고 집을 마련해드리기도 했습니다. 테비스의 외동딸은 어린 나이에 벌써 부모보다도 신앙심이 깊었습니다. 동정녀의 몸으로 하느님께 평생을 바치기로 서원하고 매일 미사에 참례했지요. 그러던 어느 일요일, 다른 식구들은 모두 교회에 갔지만 그녀는 몸이 아파서 집에 혼자 남아 있었는데, 한 왕자가 그 집 문 앞에 나타났어요. 크래독이라는 이름의 왕자로, 그 전에 먼발치에서 그녀를 보고 사랑에 빠져버린 터였습니다. 그녀는 정말 아름다웠거든요. 무척이나 아름다웠고말고요!" 리스 수사는 큰 소리로 부르짖더니 입술을 핥았다. 그 모습에 로버트 부수도원장은 혐오감을 드러냈으나, 자제심을 발휘해 그를 질책하지는 않았다. "왕자는 위니프리드에게 날이 너무 덥다고, 갈증이 난다고 하소연했습니다." 리스 수사는 음침한 음성으로 말을 이었다. "물을 좀 달라고 청했지요. 그녀는 왕자를 집 안으로 들이고 물을 가져다주었습니다. 그러자……." 그는 몸을 살짝 움츠렸다가 그 자리에 있는 누구도 믿을 수 없을 만큼 활력 있게 꼿꼿이 허리를 곧추세웠다. "왕자는 온몸으로 그녀를 짓누르며 두 팔로 끌어안았습니다. 이렇게요!" 노수사에게는 지나친 동작이었다. 부수도원장이 경고의 눈짓을 보내자 리스 수사는 조용히 팔을 내렸다. "신실한 믿음의 아가씨는 달콤한 말로 왕자를 속이고 다른 방으로 달아났습니다. 그러곤 창문을 뛰어넘어 교회로 내달렸지요. 그러나 그녀가 자기를 속이고 달아났다는 것을 깨달은 크래독 왕자는 말을 잡아타고 그 뒤를 쫓았습니다. 멀리 교회가 보이는 곳에서 그녀는 붙잡히고 말았지요. 왕자는 그녀가 자신의 불명예스러운 짓을 공개할까 두려워 검으로 그녀의 머리를 베었습니다."

두려움과 연민과 분노의 속삭임이 일어나자, 리스 수사는 잠시 말을 멈추고는 부산스럽게 손을 포갠 뒤 눈알을 굴리며 이 소동을 즐겼다.

"그럼 그녀는 그렇게 불쌍하게 죽어버린 겁니까? 그녀의 아름다움은 그렇게 끝나버리고 만 것입니까?" 제롬 수사가 흥분해서 물었다.

"그럴 리가 없지요!" 리스 수사는 영 못마땅한 표정으로 잘라 말했다. "성인 베이노와 신자들이 모두 교회 밖으로 몰려나와 그 끔찍한 일을 목격했습니다. 성인은 살인자에게 무시무시한 저주의 말을 퍼부으셨지요. 그러자 살인자는 그대로 땅바닥에 납작 주저앉더니 불에 던져 넣은 양초처럼 녹아내리기 시작하여 그만 풀밭 속으로 사라져버리고 말았습니다. 이어 성인 베이노께서는 그녀의 머리를 들어 목에 갖다 대셨고, 그러자 살과 살이 맞붙어 그녀는 바로 되살아났습니다. 그리고 그녀가 되살아난 바로 그 자리에서 성스러운 샘물이 솟아나기 시작한 것입니다."

다들 마술에 걸린 듯 이어지는 이야기를 기다렸으나, 리스 수사는 입을 다물고 그저 그들을 지켜볼 뿐이었다. 그 뒤에 일어난 일에 대해 이야기하자니 더는 흥이 나지 않는 모양이었다.

"그런 다음에는 어떻게 되었소?" 로버트 부수도원장이 물었다. "그 성녀는 되살아난 뒤에 어떤 일을 했소?"

"그녀는 로마로 순례를 떠났습니다." 리스 수사는 심드렁하게 대답했다. "성인들의 위대한 종교회의에 참석했지요. 그다음엔 란루스트 근방 귀더린에 있는 수녀원의 부수녀원장으로 임명되어, 그곳에서 한평생 수많은 기적을 베풀며 오래오래 살았고요. 한 번 죽었다가 살아난 사람의 인생도 한평생이라고 할 수 있다면 말입니다. 두 번째로 죽었을 때에야 비로소 그녀의 생은 끝이 났습니다." 리스 수사는 이 잉여의 삶에 대해서는 별 관심이 없는 듯, 그저 어깨만 으쓱이며 간단히 말을 맺었다. 그 소녀는 크래독 왕자에게 죽임을 당했으나 되살아났고 이후 수녀원의 부수녀원장이 되었다, 그것 말고 더 무슨 할 말이 있겠냐는 표정이었다.

"그래, 그 성녀가 귀더린에 묻혔소?" 부수도원장은 계속해서 질문을 던졌다. "성녀의 기적은 그분이 돌아가신 뒤에도 계속되었소?"

"듣기로는 그렇다고 하더군요. 하지만 워낙 오래전 일이라서요." 늙은 수사는 답했다. "이제는 그 성녀의 이름을 언제 마지막으로 들었는지도 까마득합니다. 제가 그 얘기를 처음 들었던 건 더더욱 까마득한 옛날이고요."

로버트 부수도원장은 대회실의 기둥들 사이로 둥글게 비쳐 든 햇살 한가운데 선 채 그 기다란 몸을 꼿꼿이 세우더니, 위엄 있는 얼굴을 들어 명령이라도 내리는 듯한 눈길로 헤리버트 수도원장을 바라보았다.

"수도원장님, 위대하고 고귀한 능력을 지닌 수호성인을 찾기 위한 우리들의 경건한 노력이 마침내 계시를 얻은 것 같지 않습니까? 이 친절하신 성녀께서 제롬 형제의 꿈을 통해 몸소 우리를 찾아오셔서 우리의 병든 형제를 데려와 치료를 받게 하라 권하신 겁니다. 그렇다면 그분께서 우리를 그다음 단계로도 인도해주시리라고 기대할 수 있지 않겠습니까? 성녀께서 우리의 기도를 듣고 콜룸바누스 형제의 정신적·육체적 건강을 회복시켜주신다면, 그다음에는 몸소 우리들과 더불어 거하시리라는 희망을 품어도 좋지 않겠습니까? 그러니 겸허히 교단의 허락을 받아 그분의 축복받은 유골을 이곳 슈루즈베리로 옮겨 와 그분께 합당한 의식을 갖추어 안치시키는 것이 타당하지 않겠습니까? 성녀의 위대한 영광과 우리 수도원의 영예를 위해서 말입니다!"

"그리고 로버트 부수도원장의 명성을 위해서!" 존 수사가 캐드펠의 귀에 대고 속삭였다.

"그분이 우리들에게 남다른 호의를 베푸는 것은 분명한 듯하오만…….” 헤리버트 수도원장 또한 수긍하는 눈치였다.

“그렇다면 수도원장님, 제가 콜룸바누스 형제를 안진한 보호하에 홀리웰로 보내겠으니 허락해주시지요. 오늘 바로 출발해도 되겠습니까?”

“그렇게 하시오.” 수도원장은 말했다. “우리 모두가 간절히 기도드리겠소. 콜룸바누스 형제가 성녀 위니프리드의 사자로서, 영광과 감사와 함께 돌아오기를 기도합니다.”

*

환자는 아직 제정신을 차리지 못해, 혼수상태에서 깨어날 때마다 앞뒤가 맞지 않는 헛소리를 늘어놓고 있었다. 그러나 점심 식사가 끝나기 무섭게 수사들이 여행의 첫 단계로서 그를 문밖으로 이끌었다. 이들은 그가 다시금 격렬한 발작을 일으킬 경우 낙상을 방지할 수 있도록 노새 위에 요람형 안장을 설치했다. 콜룸바누스 수사 양옆에는 제롬 수사와 근골이 억센 평수사 한 사람이 따라가기로 했다. 콜룸바누스 수사는 두 눈을 휘둥그레 뜬 채 자못 비장하면도 어린아이 같은 표정으로 주위를 둘러보았다. 사람들이 이끄는 대로 순순히 따랐으나, 그는 아무도 알아보지 못하는 것 같았다.

“저도 웨일스로 여행을 떠날 수 있으면 좋을 텐데요.” 그들이 모퉁이를 돌아 세번강 위의 다리를 건너 사라져가는 것을 눈으로 좇으며 존 수사가 안타깝다는 듯 중얼거렸다. "하지만 저는 계시 같은 건 영영 못 볼 거예요. 이런 일에는 제롬 형제가 적격이지요."

"형제여, 갈수록 점점 더 신앙인답지 않은 소리를 하는구먼." 캐드펠 수사는 점잖게 타일렀다.

"그런 말씀 마세요! 전 누구 못지않게 그 소녀의 정결함을 믿고, 그녀에게 일어난 기적을 믿는다고요. 성인들께서 우리를 돕고 축복할 능력을 가지셨다는 거야 당연히 알죠. 그분들이 선의를 가지셨다는 것도 믿고요. 하지만 그 꿈을 꾼 사람이 하필 로버트 부수도원장의 충복이었다는 점을 생각하면, 이는 성녀가 아니라 부수도원장의 신성함을 믿느냐는 질문이나 마찬가지예요. 어쨌든 성녀께서 그런 호의를 베푸셨다는 것만으로도 감사해야 하는 거 아닌가요? 도대체 왜 우리가 그분의 무덤까지 파헤쳐야 한다는 건지 전 도무지 모르겠어요. 그건 교회가 아니라, 납골당을 관리하는 사람들이 할 일이잖아요. 수사님도 저와 똑같은 생각을 하고 계시죠?" 존 수사는 캐드펠 수사의 눈을 똑바로 들여다보며 자신만만하게 물었다.

"내 메아리를 듣고 싶었다면 적어도 내가 먼저 입을 열어 말했겠지." 캐드펠 수사는 받아쳤다. "이제 가서 땅이나 파보세. 케일[28]을 더 심어야 하거든."

*

홀리웰로 떠난 사절단은 닷새 후 돌아왔다. 가는 빗줄기 속에서 기도 소리가 울려 퍼지던 저녁 무렵, 세 사람은 은총의 빛과 함께 수도원으로 들어섰다. 한가운데에는 콜룸바누스 수사가 꼿꼿하고 우아하게, 만일 이 표현이 그처럼 소박하게 기쁨을 나타내는 이에게도 사용될 수 있다면, 열락에 겨운 얼굴로 앉아 있었다. 그의 얼굴은 맑고 환했으며, 두 눈에는 경이와 깨달음의 빛이 가득했다. 세상 그 누구도 그보다 덜 미칠 수는 없을 것 같았고, 세상 그 누구도 그보다 온전할 수는 없을 것 같았다. 그는 곧장 교회로 들어가 무릎을 꿇고 하느님과 성녀 위니프리드에게 감사와 찬양의 기도를 올렸다. 그러고 나서 세 수사는 그간의 경과를 보고하기 위해 수도원장과 부수도원장, 그리고 보좌 수사가 기다리고 있는 수도원장의 숙소로 향했다.

"수도원장님." 콜룸바누스 수사는 기쁨에 겨워 열렬히 말했다. "제게 벌어진 일들을 무슨 재주로 모두 말씀드릴 수 있겠습니까. 저는 환각 상태에 빠져 있었기에 저를 보살펴준 형제들만큼 자세히 알지는 못합니다. 여행을 떠날 무렵 제가 악몽에 빠진 병자였다는 것밖에 모릅니다. 제 몸뚱이 하나를 어찌할 바 모르고서, 무슨 일을 해야 하는지도 알지 못하고서, 저는 형제들이 이끄는 대로 따라갔습니다. 그런데 갑자기 악몽에서 깨어나 세상의 봄날, 환한 아침 한복판에 서 있는 듯한 느낌이 들었습니다. 저는 벌거

벗고 샘물 옆 풀밭에 서 있었습니다. 이 선량한 형제들이 제 몸에 물을 퍼부었는데, 그 물이 제 몸을 스치는 순간 저는 깨끗이 나았습니다. 그제야 저는 의식을 되찾고 형제들을 알아보았습니다. 제가 서 있는 곳이 어디인지, 어떻게 하여 그곳까지 가게 되었는지, 저로서는 그저 놀라울 뿐이었습니다. 이 두 형제가 기쁘게도 저에게 그간의 사정을 얘기해주었습니다. 저희는 그 자리에 있던 다른 사람들과 함께 샘물 근처 작은 교회로 가서 미사를 올리고 찬송을 바쳤습니다. 위니프리드 성녀의 중재가 있었기에 제 병이 나았다는 것을 저는 이제 압니다. 성녀의 청원을 받아들이시어 저를 불쌍히 여기시고 보살펴주신 하느님은 물론이요 위니프리드 성녀를 찬양하며, 마음속 깊이 그분을 경배합니다. 나머지는 이 두 형제분들이 말씀드릴 것입니다."

덩치 크고 과묵한 평수사는 그동안의 일들로 지친 얼굴이었다. 그에게는 이 모든 여정이 다소 지루했으니, 필요할 때 적절히 감탄사만 내뱉을 뿐 자세한 설명은 제롬 수사에게 맡겼다. 제롬 수사는 입을 열어 어떻게 환자를 홀리웰까지 데리고 갔는지, 주민들에게 어떻게 길을 묻고 도움을 청했는지, 성녀가 순교하신 직후에 온전하게 되살아난 위치를 어떻게 알아냈는지, 바로 그 자리에서 어떻게 맑은 샘물이 솟구치기 시작했는지 설명했고, 그 샘물이 이제는 바위로 둘러싸인 채 당시의 성스러운 기적을 입증하고 있다는 이야기도 열정적으로 늘어놓았다. 그곳에서 그들은 헛소리를 늘어놓는 콜룸바누스 수사를 노새에서 끌어 내려 수도복과 셔츠와 속옷을 모두 벗긴 뒤 성스러운 샘물을 그의 머리 위에 부었으며, 그러자 그가 똑바로 일어서더니 두 손을 들어 자신이 맑은 정신을 회복하게 된 것에 대해 감사의 기도를 올렸다고 했다. 그 후에 콜룸바누스는 그들에게 어떻게 그곳에 가게 되었는지, 자신에게 무슨 일이 벌어졌는지 물었고, 발작을 일으킨 것을 몹시 부끄러워하며 자신을 치료해준 수호성녀에게 크나큰 감사를 바쳤다는 것이었다.

"수도원장님, 저희는 그곳 사람들에게 물어 그 성녀께서 묻히신 곳을 알게 되었습니다. 바로 그분이 하느님께 평생을 봉사한 수녀원이 있는 곳, 귀더린이었지요. 성녀가 누우신 그곳에서 여러 기적이 일어났다고 합니다. 하지만 세월이 너무 오래 흘러 더는 성녀의 무덤을 보살피는 손길이 없고, 그분에 대한 배려도 없다고 합니다. 아마 성녀께서는 후세의 손길이 미치는 곳, 순례자들이 찾아와 합당한 존경을 보일 만한 장소에 안치되기를 바라실 것이며, 성녀의 영광과 축복을 필요로 하는 보다 많은 사람들에게 당신의 영험을 펼칠 수 있는 장소가 생기기를 바라실 것이라는 말도 들었습니다."

"형제들은 그 기적의 현장을 실제로 목격함으로써 크나큰 영험을 입었소." 로버트 부수도원장은 자신의 믿음이 보상받은 것에 고무되어 당당하게 일어나 말했다. "형제들의 이야기를 들으면서 내가 줄곧 생각하고 있던 바로 그것을 형제들이 지금 얘기해주었소. 수도원장님, 성녀 위니프리드께서는 콜룸바누스 형제를 구원하기 위해 찾아오시면서 동시에 우리 모두에게 도움의 손길을 뻗치신 셈입니다. 콜룸바누스 형제와 마찬가지로 그분의 선의를 필요로 하는 사람들은 많지만 그들은 성녀님에 대해 알지 못합니다. 그분께 합당한 공경을 바치는 일이 이제 미천한 우리 손에 맡겨졌으니, 우리가 그 일을 이루어내면 보다 많은 사람들이 그분을 찾아 은총을 받을 수 있게 될 것입니다. 저는 그분이 우리에게 명하신 대로 순례를 떠날 수 있게 되기를 간절히 바랍니다. 원장님, 원장님께서 그곳 교회에 보낼 청원서를 써주십시오. 그리고 성령을 입은 성녀를 이곳에, 우리 곁에 모실 수 있도록 허락해주십시오. 그분이 우리 수도원의 가장 큰 자랑거리가 되도록 해주십시오. 저는 그것이 그분의 의지요, 명령이라고 생각합니다."

헤리버트 수도원장이 경건하게 말했다. "하느님의 이름으로 그 계획을 허락하오. 이 계획에 천국의 축복이 내리기를 기도하오!"

*

"이 모든 게 계획된 일이에요." 박하 줄기 위로 허리를 굽히고 있던 존 수사는 부러움과 멸시가 뒤섞인 어조로 말했다. "모두 가짜 구경거리에 불과하다고요. 그 놀라움과 경이로움도, 성녀 위니프리드가 누구냐고 물었던 것도, 그 성녀를 찾으려면 어디로 가야 하느냐고 물었던 것도 죄다 꾸민 짓이 틀림없습니다. 그 성녀가 웨일스에서는 대접받지 못하고 있다는 것을 알고 미리 점찍어두었던 거죠. 그분이야말로 자기가 선택할 수 있는 가장 괜찮은 대안이라는 것도, 그 성녀가 결국은 바로 자신에게 크나큰 영광을 베풀어주리라는 것도 다 알고 있었어요. 하지만 성녀를 많은 사람들에게 알리기 위해서는 그럴듯한 기적이 필요했겠죠. 그 분을 이곳에 안치하기까지, 그렇게 해서 그 자신의 영광을 드높이기까지, 자기 앞길을 닦기 위해서 필요하다면 언제든지 새로운 기적이 일어날 겁니다. 정말이지 엄청난 계획이에요. 그 사람은 성녀의 권세를 빌려 출세하려 하고 있어요. 환상으로 시작해서 치료의 기적을 통해 성스러운 영광을 연출했고, 그것으로 자기 앞길을 닦은 겁니다. 그건 수사님 얼굴에 붙어 있는 코처럼 뻔한 노릇이에요."

"그러니까 형제의 생각은 이런 건가?" 캐드펠 수사는 조용히 물었다. "콜룸바누스 형제가 제롬 형제와 함께 그 음모에 가담했다고? 그 형제가 일으킨 발작도 꾸민 짓이나 이 말인가? 그렇다면 나도 언젠가 천국에서 받게 될 보상에 대해 미리미리 확신을 가져둬야겠구먼. 자진해서 내 이마로 길바닥의 포장을 두들겨 깨어 로버트 부수도원장에게 기적을 제공해주는 일이 생기기 전에 말이야."

존 수사는 얼굴을 찌푸리며 진지하게 생각에 잠겼다. "아닙니다. 그런 뜻이 아니에요. 그 온순한 하얀 양이 고해성사를 하다가도 공포에 질려 발버둥 치는가 하면 철야 기도 중에 갑자기 황홀경에 빠지는 경우가 많았다는 거야 다들 알지 않습니까. 그런 사람이니 홀리웰에서 갑자기 얼음처럼 차디찬 샘물이 몸에 닿은 순간 화들짝 놀라 정신이 되돌아왔을 수도 있겠지요. 어쩌면 이곳 연못에다 그 형제를 처박았더라도 같은 결과를 얻었을지 몰라요! 하지만 그 형제는 사람들이 들려주는 얘기를 믿었을 테니 모두 그 성녀 덕분이라고 생각하겠죠. 그 형제가 어디 그런 일을 아무렇지도 않게 보아 넘길 사람인가요! 절대 아니고말고요. 전 콜룸바누스 형제가 그 음모의 일부였다고는 생각하지 않아요. 그 형제는 영광스럽게 은총을 입증할 도구로 이용되었을 뿐이죠. 수사님도 콜룸바누스 형제의 밤샘 간호를 명받은 사람이 제롬 수사였다는 것을 아시잖습니까! 계시를 받는 것은 딱 한 사람만으로 충분했어요. 그가 더없이 적합한 사람이라면 말이죠." 그가 여린 녹색 이파리를 양손으로 부드럽게 비비자 아침 대기 속으로 짙은 허브 향기가 퍼졌다. "아마 부수도원장이 웨일스로 갈 때 데려갈 사람들도 더없이 적합한 사람들일 겁니다!" 그는 씁쓸한 어조로 단언했다. "두고 보시면 아시게 될 거예요."

틀림없이 이 젊은 형제는 다시금 바깥세계를 일별하고 장벽 밖의 대기를 호흡하고 싶은 것이리라. 캐드펠 수사는 존 수사가 한 이야기에 대해 심사숙고하기 시작했다. 젊은 조수를 향한 연민에서가 아니라 자신의 안에서 어떤 즐거움이 일렁거리는 까닭이었다. 단조로운 수도원 생활에서 경험하기 힘든 아주 중대한 사건이기에 이건 놓칠 수 없었다. 게다가 모종의 음모가 내재되어 있을 가능성도 크지 않은가!

캐드펠 수사는 생각에 잠겨 말했다. "자네 말이 맞네. 어쩌면 그 빵 반죽을 발효시키기 위해 어떤 움직임을 취할 단계에 이르렀는지도 모르겠군. 제롬 형제가 슈루즈베리에서 선발할 수 있는 최적의 인물이라는 인상을 남길 수는 없지."

"수사님이 그 탐험에 초대받을 가능성은 제가 초대받을 가능성만큼이나 낮습니다." 존 수사는 여느 때처럼 무뚝뚝한 어조로 말을 이었다. "제롬 수사의 지위는 아주 확고해요. 부수도원장은 내내 그 사람의 오른팔을 꼭 붙잡고 다니지요. 그 순진무구한 바보 콜룸바누스는 은총의 도구로 때가 되면 또 써먹을 수 있을 테니 같이 가겠죠. 수도원장의 보좌 수사는 형식상 동행할 거고요. 우리가 거기 발을 들이려면 무슨 특별한 수를 써야 할 겁니다. 다행히 시간은 좀 있어요. 목수와 조각장이들이 성녀를 찾아갈 때 가지고 갈 영광스럽고 화려한 관을 만드느라 한창 진땀을 흘리는 중이니까요. 그러니 머리를 써보세요, 수사님! 수사님은 마음만 먹으면 무슨 일이든 다 해내시잖아요! 부수도원장이건 뭐건 알 게 뭐예요!"

"이런, 이런. 형제가 신앙심을 잃은 것 같다는 말을 내가 했던가?" 그러나 캐드펠 수사는 저도 모르게 존 수사의 말에 빠져들어 경계심을 풀고 생각에 잠겼다. "어쩌면 나 하나쯤은 동행할 수 있는 방법을 찾을 수 있을지도 모르겠군. 그러나 무슨 수로 형제처럼 신앙심 없는 건달을 데려가자고 청할 수 있겠나? 형제에게 무슨 재간이 있다고?"

"전 노새를 아주 잘 다룹니다." 존 수사는 희망에 차서 말했다. "부수도원장이 맨발로 여행을 떠날 리는 없겠죠? 그렇다고 자신이 직접 마부 노릇을 맡아 노새에게 먹이도 주고 물도 주고 할 리는 더더욱 없고요. 부수도원장이 오물을 직접 치울 사람 같습니까? 힘든 일과 심부름을 대신 해줄 누군가가 필요하지 않겠어요? 그런 일이라면 제가 못 할 까닭이 없지 않습니까?"

아닌 게 아니라, 이제껏 누구도 그런 것에 대해서는 생각해본 적이 없었다. 미사 시간에는 멋진 음성으로 낭독할 줄도 알고 무슨 일이든 노고를 아끼지 않을 수사가 있다면, 굳이 평수사를 데려갈 필요가 있겠는가? 이 젊은 형제는 아무리 힘든 일도 기꺼이 떠맡을 각오가 되어 있었다. 게다가 이 형제가 결국에는 아주 유익한 역할을 하게 될지도 모른다. 그러니까, 적어도 캐드펠 수사에게는 말이다.

"생각 좀 해보세." 캐드펠은 반란에 가담한 부하에게 다시 일이나 하라고 지시했다. 그리고 저녁 식사가 끝나고 노수사들에게 30분 정도의 취침 시간이, 어린 수사들에게는 그만큼의 기도 시간이 주어지자 캐드펠 수사는 수도원장을 만나러 그의 서재로 갔다.

"수도원장님, 이번 귀더린 순례 전에 충분한 고민과 고려의 시간을 가져야 하지 않을까 싶습니다. 먼저 반고르의 수교님께 사람을 보내야 할 것입니다. 귀더린 교구를 관할하시는 그분의 허락이 없으면 이 일이 진척될 수 없습니다. 주교님은 분명 라틴어로 말씀하실 테니 웨일스어를 유창하게 구사하는 자가 반드시 필요하지는 않겠지요. 그러나 웨일스의 교구 성직자들은 좀 다릅니다. 그들 모두가 라틴어에 능숙한 것은 아닐 텐데, 귀더린에서 우리는 성직자들과 자유롭게 의사를 교환해야 하지 않겠습니까? 그리고 무엇보다 중요한 것은 반고르가 귀네드 국왕의 지배하에 있다는 점입니다. 따라서 교회의 재가는 물론이요, 귀네드 국왕의 선의와 허락 또한 반드시 필요할 테지요. 귀네드의 왕자들이 신자들이기는 하지만 다들 웨일스어밖에 할 줄 모릅니다. 부수도원장님께서도 물론 서툴게나마 웨일스어를 하시지만……."

"형제의 말이 옳소." 헤리버트 수도원장은 당황하여 곧바로 캐드펠의 말에 동의했다. "부수도원장의 웨일스어는 그저 더듬거리는 정도에 불과하오. 국왕의 동의가 절대적으로 필요한데……. 캐드펠 형제, 웨일스어는 그대의 모국어 아니오? 형제에게는 전혀 어려울 것이 없겠지. 그러니 형제가 동행하면 어떻겠소? 물론 허브밭이 걱정되기는 하겠지만……. 그래도 형제가 도와주면 아무 어려움이 없을 듯하오."

"허브밭이라면 걱정할 것 없습니다." 캐드펠이 얼른 대답했다. "제가 없어도 앞으로 열흘쯤은 아무 피해 없이 잘 유지될 것입니다. 제 재주가 도움이 된다면, 저로서는 크나큰 기쁨이지요."

"그럼 그렇게 하십시다!" 수도원장은 진심으로 안도하여 한숨을 내쉬었다. "부수도원장과 동행하여 웨일스인들에게 우리의 목소리를 대신 전해주시오. 형제의 임무는 내가 직접 재가하겠소. 형제는 나의 권한을 부여받게 될 것이오."

수도원장은 나이도 많고 경험도 풍부했으며 인간적이고 온화한 성품을 지닌 한편, 야심과 결단력이 부족한 사람이었다. 존 수사의 문제와 관련해서 그에게 접근하는 방법은 두 가지가 있었으니, 캐드펠은 그중 정직하고 단순한 방법을 택했다.

"수도원장님, 한 젊은 수사에 관해 드릴 말씀이 있습니다. 저로서는 그 형제가 성직자의 길을 가는 것이 과연 올바른 선택인지 아직 확신하지 못하지만, 선량한 사람이라는 점만은 확신하고 있습니다. 저와는 아주 가까운 형제입니다. 그 형제가 맞는 길을 찾아내기만 한다면 그 길에서 결코 벗어나지 않을 사람이라는 것을 잘 아시죠. 수도원장님, 이번 순례에 그 젊은 형제를 데리고 갈 수 있도록 허락해주십시오. 아마 저희를 위해 장작을 패고 물을 긷고 하면서 자신의 바른 길에 대해 심사숙고할 시간을 가질 수 있을 것입니다."

헤리버트 수도원장은 잠시 당황하고 불안스러운 표정이었으나 이내 연민을 느낀 듯했다. 그 자신의 젊은 시절, 성직에 대한 소명의식과 관련하여 폭풍우에 휩쓸린 듯 혼란을 겪었던 때를 떠올린 것이리라.

"다른 곳에서 더욱 합당하게 하느님께 봉사할 기회가 있다면 그것을 빼앗는다는 것은 유감스러운 일이지요. 우리 가운데 어깨너머로 속세를 훔쳐보지 않은 자가 있을까? 아마 한 명도 없을 거요." 그러고서 수도원장은 조심스럽지만 대담한 표정으로 의미심장하게 물었다. "부수도원장과는 이 문제에 대해 상의해보았소?"

"아닙니다, 수도원장님." 캐드펠 수사는 겸손한 태도로 대답했다. "그러잖아도 무척이나 무거운 책임을 지고 있는 분을 이런 사소한 문제로 찾아뵙는다는 것이 옳지 못하다는 생각이 들어서요."

"잘했소!" 수도원장은 진심으로 그의 말에 동의했다. "원대한 목적에 몰두하고 있는 영혼을 혼란스럽게 하는 것은 아니 되지. 부수도원장에게는 그 젊은 형제를 순례에 참여시키기로 한 이유에 대해 이야기하지 마시오. 일단 성직자의 길로 들어선 뒤에 다른 곳을 곁눈질하는 이들에게 무척 엄격한 사람이니까. 그것은 그 나름의 꺾을 수 없는 확신이라오."

"그렇지만 수도원장님, 우리 모두가 타고날 때부터 성직자의 운명을 받은 것은 아니잖습니까. 다른 일을 함으로써 세상에 더욱 유익하게 쓰일 수 있는 사람도 있기 마련입니다."

"맞는 말이오!" 수도원장은 조심스럽게 미소를 띠며 캐드펠 수사 자신 또한 종종 곱씹는, 그러나 쉽게 잊히곤 하는 난제에 대해 생각했다. "고백하자면, 나도 의문을 품은 적이 있지. 이제는 다 끝난 얘기지만……. 어쨌든 좋소. 그 젊은 형제의 이름을 알려주시오. 그를 데리고 갈 수 있을 것이오."

2

순례에 뜻하지 않은 증원이 있다는 사실을 깨닫자 로버트 부수도원장의 예민하고 냉정한 얼굴에 순간적으로 불쾌감과 미심쩍은 표정이 떠올랐다. 캐드펠 수사의 불거져 나온 눈, 순진무구한 듯 시치미를 뗀 그 눈빛에 드러나는 자신감이 부수도원장에게는 어딘가 불편했다. 캐드펠이 말 한마디 잘못한 적 없고, 엉뚱한 곳에 눈길 한번 준 적 없어도 마찬가지였다. 캐드펠을 보면 왠지 자신의 위엄이 공격당하는 듯한 기분이 들었다. 존 수사에 대해서는, 특별히 그를 사악한 사람이라 여기지는 않았으나, 그 붉은 머리카락하며 출중한 정력, 원기 왕성한 태도, 낭독을 할 때면 태곳적에 일어난 순교에 대해서도 기발한 재치를 발휘하여 생생한 활력을 불어넣는 독특한 방식 따위가 하나같이 공격적으로 여겨졌고, 자신의 심미적 감각을 심히 손상시키는 것만 같았다. 그러나 헤리버트 수도원장이 지극히 순수한 태도로 그들을 순례단에 포함시킨 데다 웨일스어를 능숙하게 구사하는 이가 꼭 필요한 때가 오리라는 사실 또한 부정할 수 없었으므로, 그로서는 아무 항변도 하지 못하고 고분고분 그 명을 받아들일 수밖에 없었다.

그들은 성녀의 유골을 모실 훌륭한 성골함이 완성되자마자 길을 떠났다. 윤나는 떡갈나무 재질에 은으로 장식된 성골함은, 그 모습만으로도 위니프리드 성녀의 새로운 안식처에 어떤 영광이 기다리고 있는지를 잘 보여주는 증거라 할 만했다. 5월 셋째 주에 그들은 반고르에 이르러 데이비드 주교[29]에게 이제까지의 경위를 설명했다. 주교는 그들의 이야기에 공감을 표하고 그들의 제안에 기꺼이 동의했다. 이제 늙고 병든 부왕을 대신하고 있는 귀네드의 섭정 오아인 왕자[30]의 동의만 구하면 뜻하는 바를 이룰 수 있을 터였다. 그들은 왕자를 만나러 애버로 달려갔고, 왕자 역시 기꺼이 그들의 뜻에 동의했다. 그는 순례단이 원하는 바를 허락해주었을 뿐 아니라 그들이 가장 빠른 길로 신속히 귀더린에 이를 수 있도록 잉글랜드어를 구사하는 서기 겸 궁정 사제를 딸려 보내주었고, 그곳 교구의 성직자에게 그들이 목적을 달성할 수 있도록 협조하라고 지시했다. 이렇게 교회와 국왕으로부터 축복을 받은 부수도원장은 일행을 이끌고 순례의 마지막 단계로 들어섰다. 그는 자신들의 순례가 성령의 축복을 입었으며, 따라서 최종 목표를 쉽게 달성하리라 믿어 의심치 않았다.

그들은 란루스트의 콘위강 계곡을 벗어나 숲이 우거진 가파른 지역으로 들어섰고, 곧 분수령을 넘어 엘루이강을 건넜다. 그곳은 수원지 인근이라 물이 깊지 않았다. 빽빽한 숲을 헤치고 남동쪽으로 지루하게 이어지던 여행은 고원의 또 다른 능선을 넘어, 강 유역의 자그마한 고지대 골짜기에 이르렀다. 강변에는 야생 목초가 무성하게 자랐고, 그 옆으로는 좁다란 띠 같은 밭들이 비스듬히 펼쳐져 있었으며, 위쪽에는 그 밭들을 보호하는 듯 울창한 숲이 우거져 있었다. 나무들이 빽빽한 강변 양쪽의 산마루는 완만한 경사를 이루며 골짜기를 에워싸, 점점이 흩어진 농가들을 은밀히 감추어주었다. 밭에서는 곡식이 자라고 이곳저곳에서 과일나무들이 꽃을 피웠다. 그 아래쪽에, 녹색의 원형극장처럼 숲이 얼마간의 공간을 틔워놓은 곳에 조그마한 석조 교회 하나가 하얗게 풍화한 외벽을 빛내고 있었고, 그 옆에 작은 목조 주택이 보였다.

"이곳이 여러분 순례의 목적지입니다." 궁정 사제 이리엔이 말했다. 단단한 체격에 깨끗하게 면도한 얼굴, 말쑥한 옷차림과 말에 오른 당당한 자세만 보면 일개 사제가 아니라 마치 대사 같은 인물이었다.

"이곳이 귀더린입니까?" 로버트 부수도원장이 물었다.

"여기가 그 교회이고, 저곳은 귀더린을 관할하는 사제의 집입니다. 강의 골짜기를 따라 수 킬로미터에 이르는 지역이 이곳 관할 교구이지요. 클레드웬 강변 양쪽으로 5~6킬로미터에 달하는 지역도 역시 같은 교구에 속하고요. 우리는 여러분 잉글랜드인들처럼 한곳에 모여 살지 않습니다. 사냥하기에 좋은 땅은 무척 많습니다만 농사지을 땅이 별로 없거든요. 주민들 각자 자기가 일하기에 가장 적합한 땅을 찾아 살고, 그곳에서 사냥감을 찾지요."

"아주 훌륭한 고장입니다." 수도원장의 보좌 수사가 한 말은 진심이었다. 강 너머로 울창한 나무들이 늘어선 언덕이 굽이굽이 펼쳐지며 천변만화의 초록 무늬들로 봄의 아름다움을 자랑하고 있었으며, 그 사이에 보이는 야생 목초지는 마치 은과 청금석 목걸이에 박힌 에메랄드와도 같았다.

"보기에는 좋지만 일하기에는 힘들지요." 이리엔 신부가 대꾸했다. "보십시오. 저기 멀리서 수소가 땅을 갈고 있지요? 다른 곳은 이미 갈아놓았고요. 짐승들이 쟁기를 끌며 힘을 쓰는 모습을 보시면 고지대 농토를 경작한다는 게 얼마나 힘든 일인지 아실 겁니다."

강 건너 아래쪽으로 까마득히 멀리 떨어진 곳에 뱀처럼 구불구불한 밭이랑이, 경작된 밭들과 임립한 숲을 따라 언덕 위에 진한 갈색 글자를 새긴 양 줄무늬를 이루며 펼쳐져 있었다. 그보다 높은 곳, 아직 완성되지 않은 밭이랑에서 멍에를 맨 수소들이 힘겹게 쟁기를 끌고 있는 모습이 보였다. 소 뒤에서는 농부 하나가 그에 못지않은 힘을 기울여 소들을 몰고, 앞쪽에서는 다른 사람이 마치 짤막한 막대기를 마법의 지팡이라도 되는 양 흔들고 손짓을 보내가며 소들을 움직이게 하느라 애를 쓰고 있었다. 살살 달래거나 칭찬하는 듯한 농부의 고함 소리가 허공 높이 솟아오르면 소들은 그 소리를 따라 있는 힘을 다해 발걸음을 옮겼고, 쟁기 밑에서는 갈아엎인 흙이 축축한 갈색 속살을 드러냈다.

"참 혹독하죠." 이리엔 신부는 불평이라기보다 선언에 가까운 투로 말한 뒤 말을 다독거려 교회를 향해 언덕을 내려가기 시작했다. "가시죠. 여러분을 휴 신부님께 인도해드리겠습니다."

그들은 이리엔 신부를 따라 비탈진 언덕 가운데로 난 푸른 오솔길을 내려갔다. 골짜기는 무성한 숲에 가려 곧 모습을 감추었고, 작은 마당으로 둘러싸인 오두막이 한두 채 나타나는가 싶더니 이내 시야에서 사라졌다.

"보셨죠?" 짐을 실은 노새 곁에서 걷던 존 수사가 캐드펠의 귀에 대고 속삭였다. "그 소들 말이에요. 멍에를 내던지고 달아날 생각은 않고 주인이 시키는 곳으로 움직이느라 안간힘을 쓰고 있었잖아요. 게다가 그 굉장한 힘이라니! 제가 배우고 싶은 게 바로 그런 거예요!"

"사람에게도 힘든 노동일 텐데." 캐드펠 수사가 짧게 대꾸했다.

"하지만 자유로운 선의에 의한 노동이죠! 짐승들은 주인과 함께 가고 싶어 하고, 주인이 시키는 대로 하고 싶어합니다. 헌신적인 문하생이 열심히 일하는 이유가 과연 뭐겠어요? 그 짐승이 자기가 하는 일에 아무 기쁨도 느끼지 못한다고 생각하시는 건 아니겠죠?"

"그 기쁨을 누가 알아줄지 모르겠군." 캐드펠 수사는 인내심을 갖고 조심스레 말을 이었다. "하지만 그 짐승은 기쁨을 알고 있겠지. 자, 거의 다 왔네. 그런 얘기는 나중에도 할 시간이 있을걸세."

숲 한가운데 잔디밭과 채소밭이 자리 잡은 작은 빈터가 나타났다. 작은 첨탑과 그 안에 더 작은 종이 매달려 있는 석조 교회의 새하얗게 풍화한 외벽이 짙은 녹음 속에서 푸르스름하게 보였다. 오두막 그늘 아래, 갓 심은 듯한 양배추밭에서 땅딸막한 남자가 일어섰다. 무릎까지 걷어 올린 갈색의 거친 삼베옷 밑으로 굵고 단단한 다리가 드러났다. 구릿빛으로 그을린 크고 둥근 얼굴과 커다랗고 짙푸른 눈은 구불구불한 밤색 머리칼과 수염으로 반쯤 가려져 있었다. 그는 서둘러 밭에서 나와 옷자락에 두 손을 문질러 닦았다. 가까이서 보니 그의 눈은 더욱 크고 더욱 파랬다. 새끼 암사슴처럼 온순해 보이는 그 눈에는 놀라움이 가득 담겨 있었다.

"안녕하십니까, 휴 신부님." 이리엔 신부가 고삐를 당겨 말을 세우며 인사를 건넸다. "무척이나 귀한 손님들을 모셔 왔습니다. 잉글랜드에서 오신 분들입니다. 교회의 중대한 임무를 띠고 왕자님과 주교님의 축복과 허락을 받아 이곳에 오셨지요."

빈터로 들어섰을 때 눈에 띈 사람은 신부 한 사람뿐이었다. 그러나 이리엔 신부가 인사말을 마치고 주위가 잠잠해지자 갑자기 사방에서 사람들이 나타나, 휴 신부를 가운데 둔 채 순식간에 반원을 그리며 늘어섰다. 당혹감이 역력한 눈빛으로 보아 아마도 지금 휴 신부는 자신의 보잘것없는 오두막이 이 낯선 손님들을 과연 몇이나 감당해낼 수 있을지, 이곳에 수용이 힘든 사람들은 어디에 재워야 할지, 식품 저장실에 식량이 얼마나 있는지, 그것으로 과연 이 많은 손님들의 식사를 해결할 수 있을지, 식량이 부족하면 도대체 어디에 부탁해서 마련해야 할지 궁리하고 있는 듯했다. 그러나 그가 손님들을 환영한다는 점만은 분명했다. 이곳에서 손님은 신성불가침의 존재였으니, 얼마나 머물지조차 함부로 물어선 안 되었다.

"제 초라한 집을 거룩한 수사님들의 뜻대로 쓰시기를 청합니다." 휴 신부가 말했다. "미력한 힘이나마 아끼지 않겠습니다. 지금 애버에서 오시는 길입니까?"

"맞습니다." 이리엔 신부가 답했다. "오아인 왕자님을 뵙고 오는 길이지요. 저는 오늘 밤 안에 다시 애버로 돌아가 왕자님을 알현해야 합니다. 이곳에는 베네딕토회 수사님들의 사자로 따라왔을 뿐이지요. 이분들은 성스러운 임무를 띠고 오셨습니다. 그 임무를 설명드리고 저는 떠나겠습니다." 이리엔 신부는 로버트 부수도원장을 필두로 순례단 일행을 소개했다. "제가 떠난 뒤에도 걱정하실 필요는 없습니다. 여기 캐드펠 형제는 귀네드 출신이라 신부님만큼이나 웨일스어에 능숙하니까요."

근심에 잠겼던 휴 신부의 얼굴이 바로 밝아졌다. 캐드펠 수사는 휴 신부가 혹시라도 걱정할까 싶어 유창한 웨일스어로 호의에 찬 인사말을 건넸다. 그러자 이번에는 내내 자신만만한 표정을 짓고 있던 로버트 부수도원장이 의심의 눈빛을 띠며 슬며시 어두워졌다.

"누추한 제 집을 방문해주셔서 영광입니다." 휴 신부는 말과 노새와 짐들을 살피더니 주저 없이 고개를 돌려 몇 사람의 이름을 불렀다. 머리가 텁수룩한 노인과 열 살쯤 되어 보이는 새카맣게 탄 사내아이가 대답하며 앞으로 나왔다. "이안토, 저 수사님을 도와 짐승들에게 물을 먹인 뒤 마구간으로 데려가서 꼴을 주시오. 짐승들을 어디다 재울지는 나중에 생각해보기로 하지요. 에드윈, 너는 당장 마라레드에게 달려가 손님들이 오셨다 전하고, 올 때 물과 술도 좀 받아 오너라."

그들은 지시받은 일을 처리하러 달려갔고, 다른 사람 몇몇도 그 뒤를 따랐다. 까맣게 탄 맨발의 남자들과 비쩍 마른 여자들, 그리고 반벌거숭이 아이들이 모여 조용히 이야기를 나누는가 싶더니, 곧 여자들이 각자의 집으로 향했다. 귀더린에 찾아온 손님들의 편의를 위해 요리용 화덕이나 빵 굽는 오븐을 가지고 오려는 것이었다.

"과수원 안에 들어가 계시면 편하실 겁니다." 휴 신부는 한쪽으로 비켜서더니 뜰 안쪽을 가리켰다. "저 안에 의자랑 테이블이 있거든요. 저는 여름이면 내내 집 밖에서 지냅니다. 날이 저물어 쌀쌀해지기 시작하면 그때 안으로 들어가서 불을 피우기도 하지요."

가진 것은 보잘것없고 살림살이도 초라하기 짝이 없었으나, 과수원이 가꾸어진 상태로 보아 휴 신부는 훌륭한 원예가임이 분명했다. 캐드펠 수사는 한눈에 그것을 알아볼 수 있었다. 켈트 신앙을 가진 대부분의 교구사제들과 달리 휴 신부는 홀로 금욕적인 생활을 유지하고 있는 듯했다. 그는 작고 초라하나마 깔끔히 정돈된 집과 토지를 갖고 있었으며, 자신의 식품 저장고와 교구민들의 집에서 깨끗한 나무 쟁반들과 그 위에 올릴 신선한 빵, 그리고 조악한 붉은 포도주를 따라 마실 소박 뿔잔들을 내올 수 있었다. 이 모든 일들을 휴 신부는 겸손하면서도 위엄 있는 태도로 처리했다. 곧 에드윈이라는 소년이 원기 왕성한 이웃 노부인과 함께 음식과 술을 들고 돌아왔다. 방문객들이 햇살 아래 앉아 있는 동안, 교구 이곳저곳에 흩어져 사는 귀더린 주민들은 관심 없는 척하면서도 기회를 틈타 과수원 담장 너머로 방문객들을 주의 깊게 살펴보았다. 이렇게 어마어마한 손님들이 찾아드는 건 1년에 한 번 있을까 말까 한 일이었다. 휴 신부를 찾아온 손님들이 전부 몇이나 되는지, 어떤 모습을 하고 있는지, 타고 온 말들은 얼마나 훌륭하고 노새는 또 얼마나 잘생겼는지, 나아가 그 손님들이 어디에서 무엇 때문에 그곳까지 찾아왔는지를, 아마 해가 지기도 전에 이 교구에 사는 모든 주민들이 알게 될 터였다. 그러나 그렇게 그들을 살피고 그들의 이야기에 귀를 기울이면서도, 주민들은 극도의 분별과 예의를 갖추고 있었다.

"이리엔 신부님께서는 곧 애버로 돌아가셔야 하니 슈루즈베리에서 오신 형제님들께 제가 무엇을 해드려야 할지 알려주셨으면 합니다." 손님들이 먹고 마신 뒤 편안하게 자리 잡고 앉기를 기다렸다가 휴 신부가 마침내 입을 열었다. "신부님께서 우리가 서로의 뜻을 완전히 이해했는지 확인하고 떠나실 수 있도록 말이지요. 물론 저는 제가 할 수 있는 선에서 무엇이든 다 해드릴 생각입니다만."

이리엔 신부는 들은 대로 이야기했고, 거기에 부수도원장이 장황하게 부연 설명을 덧붙였다. 대화가 다소 지루하고 따분하게 흘러가자 존 수사는 한눈을 팔기 시작했다. 이따금 담장 곁을 지나가는 사람들, 귀를 곤두세우고 조심스럽지만 예리한 눈빛으로 자신들을 엿보는 사람들의 모습이 눈에 들어왔다. 존 수사의 흥미와 호기심은 그곳 주민들에 비해 훨씬 덜 조심스러웠으니, 이내 그는 주민들 가운데 참으로 아름다운 소녀들이 있다는 걸 알게 되었다! 예를 들면 지금 막 지나가는 소녀도 그랬다. 소녀는 자기를 지켜보는 시선을 의식하며 느릿느릿 우아하게 걸음을 옮기는 중이었다. 숱 많은 머리칼을 땋아 어깨 뒤로 묵직하게 드리웠는데, 비단처럼 매끄럽고 반들반들 윤이 나는 그 갈색 머리가 흡사 떡갈나무 같아, 그 속에 간간이 섞인 은발마저 꼭 열매처럼 보일 지경이었다.

"주교님께서 여러분의 계획을 승낙하셨단 말입니까?" 휴 신부는 한참을 말없이 듣다가 놀라움과 의구심이 담긴 목소리로 물었다.

"주교님은 물론 오아인 귀네드 왕자께서도 찬성하셨습니다."

로버트 부수도원장은 초조한 기색이 역력한 얼굴로 짜증스럽게 대답했다. "그 계시가 우리를 잘못 인도했을 리는 없지 않습니까? 성녀 위니프리드께서 여기 계신 게 맞지요? 분명 이곳에서 수도 생활을 하시다 묻히셨다고 들었는데요."

휴 신부는 머뭇거리며 입을 열더니 그렇다고 대답했다. 캐드펠 수사가 보자니 그는 성녀가 묻힌 정확한 장소를 제대로 기억하지 못하는 데다, 무덤이 어떤 상태일지에 대해서도 미심쩍어하는 듯했다. 정말 까마득한 옛날 일 아닌가. 그로서는 위니프리드 성녀에 대해 생각조차 하지 않은 지 오래였다.

"바로 여깁니까? 이곳 교회 묘지 말입니다." 하얗게 풍화된 교회 벽이 햇빛 아래 도발적으로 번쩍였다.

"아닙니다. 여기는 아닙니다." 휴 신부는 안도하며 답했다. 적어도 잠시 동안은 성녀가 묻힌 곳을 정확하게 짚어내지 않아도 무방하리라. "이 교회는 성녀께서 돌아가신 이후에 새로 지어진 건물입니다. 성녀의 무덤은 산 위에 있는 목조 교회의 옛 묘지에 있습니다. 여기서 5~6킬로미터쯤 떨어진 곳인데, 사용되지 않은 지 한참 되었죠. 그 계시라는 것이 여러분의 노력에 대한 응답이라는 건 틀림없어 보이는군요. 또한 성녀께서 이곳 귀더린에 계신다는 것도 분명합니다. 그러나……."

"그러나, 뭡니까?" 부수도원장이 불만스러운 목소리로 물었다. "왕자님도 주교님도 우리에게 축복을 내리셨고 우리를 도우라고 신부님께 명하셨습니다. 게다가 성녀께서는 현재 거하시는 곳에서 크게 주목을 받지 못하고 계시잖습니까. 크나큰 영광으로 영접할 곳으로 당신을 옮겨 가기를 원하실 겁니다. 오아인 귀네드님과 주교님께서도 이 점에 동의하셨고요."

"저는 성인들이 스스로에게 영광을 바치기를 요구한다는 말을 들어본 적이 없습니다." 휴 신부는 겸손하게 말을 이었다. "성인들은 당신들 자신이 아니라 하느님께 영광을 바치는 분들입니다. 따라서 저는 이번 일에 관해서도 위니프리드 성녀의 뜻이 어떠하실지 짐작할 수 있습니다. 형제들과 교단이 성녀께 올바른 영광을 바치고자 한다는 것은, 물론 아주 훌륭한 생각이긴 합니다만, 성인의 뜻과는 별개의 문제입니다. 더욱이…… 이 축복받은 성녀께서는 다른 곳이 아니라 바로 이곳에서 조용하고 기적적인 수도 생활을 하셨지요. 그분은 이곳에서 두 번이나 돌아가셨고, 결국 이곳에 묻히셨습니다. 비록 제 교구민들이 약하고 죄 많은 사람들이라 그분을 합당하게 섬기지 못했다 할지라도, 다들 위니프리드 성녀께서 자신들 가운데 거하신다는 것을 알고 있습니다. 웨일스에서는 그것만으로도 한 성인에게 바치는 경의로서 충분하다고 생각합니다. 왕자님과 주교님께서는—물론 저야 그 두 분께 합당한 존경을 표합니다만—성녀의 무덤이 파헤쳐지고 그 유골이 잉글랜드로 옮겨질 경우 이곳 교구민들의 기분이 어떠할지에 대해 생각하지 못하신 듯합니다. 그분들께는 그다지 중요한 문제가 아닐지도 모릅니다만, 그 유골이 어디에 안치되어 있건 성인은 성인이십니다. 분명하고 간단하게 말씀드리죠. 귀더린 주민들은 이런 일을 결단코 바라지 않을 것입니다!"

캐드펠 수사는 고향 언어로 쏟아져 나오는 이 웅변에 휩쓸려 몹시 감격한 나머지, 자기도 모르게 이리엔 신부의 말을 가로채 음유시인이 낭송하듯 웅장하게 휴 신부의 말을 통역했다.

이어 그는 복잡한 표정을 하고 있는 이들의 얼굴에서 눈길을 돌려 담장을 바라보았다. 밝은 떡갈나무색 머리칼의 소녀가 다시금 그 곁을 지나던 참이었다. 소녀는 지금 들은 이야기와 휴 신부의 격렬한 어조에 감명을 받은 나머지 계속 걸음을 옮겨야 한다는 사실마저 잊은 채 그곳에 우뚝 멈춰 서서는, 장미 꽃잎 같은 입술을 벌려 미소 지으며 사과처럼 환히 빛나는 얼굴로 과수원 안을 뚫어져라 바라보고 있었다. 존 수사 또한 캐드펠을 바라보는 소녀의 얼굴에 떠오른 것과 똑같은 표정으로 소녀를 바라보았으니, 캐드펠은 두 젊은이를 번갈아 살피며 감흥을 느끼지 않을 수 없었다. 그러나 바로 다음 순간, 소녀는 깜짝 놀라 얼른 매무새를 가다듬고 얼굴을 발갛게 붉히더니 서둘러 시야에서 사라졌다. 존 수사는 소녀가 사라진 뒤에도 한참 동안 벌린 입을 다물 줄 몰랐다.

"그게 그렇게 중요한 문제일까요?" 부수도원장이 짐짓 온화하게, 그러나 어딘지 불길한 목소리로 질문을 던졌다. "형제의 주교님과 왕자님께서는 분명히 당신들의 견해를 표명하셨습니다. 교구민들의 의견은 큰 문제가 되지 않아요."

이 역시 캐드펠이 통역했고, 이리엔 신부는 말없이 승립을 지켰다.

"그렇지 않습니다!" 휴 신부는 강경히 맞받았다. 자신이 유리한 위치에 있음을 그는 잘 알고 있었다. "성녀의 무덤 같은 문제는 교구민 전체에게 막대한 영향을 끼치는 사안입니다. 교구 내의 모든 자유민들을 불러 모아 그 문제를 처음부터 끝까지 공개적으로 결정하지 않는 한 그에 관한 어떤 일도 이루어질 수 없습니다. 왕자님과 주교님의 의지만으로는 충분하지 않아요. 설령 그렇다 할지라도, 이런 문제는 그분들이 긍정이건 부정이건 답변을 하시기 전에 먼저 주민들의 의사를 물었어야 하는 일입니다. 제가 내일 회의를 소집하겠습니다. 형제들의 계획은 이곳 교구민들이 받아들이는 경우에만 실행될 수 있을 겁니다."

"휴 신부님의 말씀은 사실입니다." 이리엔 신부는 모욕감에 사로잡힌 부수도원장의 엄한 시선을 자기 쪽으로 돌리기 위해 입을 열었다. "이미 여러 분들의 축복과 허락을 받았다 할지라도 귀더린 주민들의 호의를 사면 일을 더욱 원만히 해결할 수 있겠지요. 주민들은 주교님을 존경하며, 왕이나 왕자님들께도 아무 불만이 없습니다. 그저 시간이 약간 지체되는 것뿐이니, 그리 못마땅해하실 일은 아닙니다."

로버트 부수도원장은 이리엔 신부의 말 속에 담긴 경고와 확신을 함께 받아들였다. 일단 논의를 멈춘 뒤 전략을 검토하고 설득을 준비할 시간을 갖는 게 좋을 듯했다. 자신이 할 몫을 전부 해냈다 싶었는지 이리엔 신부가 자리에서 일어섰다. 부수도원장 역시 일어섰다. 그는 그 자리에서 가장 키가 큰 사람보다도 머리 반 정도는 더 컸다. 그는 하얗고 기다란 두 손을 맞잡고서, 일단 물러서겠다는 의사를 겸손히 전달했다.

"저녁이 되려면 아직 한두 시간쯤 남아 있습니다." 로버트 부수도원장이 해를 올려다보며 말했다. "교회로 들어가서 잠시 묵상을 하고, 하느님께 바른 길로 인도해주십사 기도도 드리고 싶군요. 캐드펠 형제, 그대는 휴 신부님과 이곳에 남아 필요한 모든 일을 도우시오. 존 형제, 그대 또한 휴 신부님의 지시에 따라 말들을 보살펴주고. 나머지 형제들은 나와 함께 우리가 맡은 일을 올바르게 성취할 수 있도록 하느님께 간구합시다."

부수도원장은 유연하고 위풍당당하게 돌아서서 가다가 고개를 숙여 야트막한 교회의 아치문을 지났다. 리처드 수사와 제롬 수사, 콜룸바누스 수사도 그 뒤를 따라 교회 안으로 사라졌다. 그들이 내내 기도만 드리지는 않을 터였다. 휴 신부가 소집하는 회의에서 어떤 논쟁이 벌어질지 검토하고, 주민들을 항복시킬 만한 완곡한 종교적 위협에 대해 의논하리라.

그 고상한 은발이 문을 지나면서도 위엄을 잃지 않고 꼭 필요한 만큼만 낮아지는 것을 지켜보다가, 존 수사는 마치 이제껏 자신이 엉뚱한 기도를 올리고 있었다는 것을 깨달은 사람처럼, 한숨인지 아니면 억제하지 못한 웃음인지 알 수 없는 기묘한 소리를 토해냈다. 오랜 여행과 고된 노동, 거기에 익숙지 않은 바깥 활동에도 불구하고, 그는 혈색이 좋았고 원기도 더욱 왕성해진 듯했다.

"오래전부터 저 검은 얼룩빼기 말을 타볼 기회가 오기를 기다렸어요. 리처드 형제는 꼭 엉성하게 쌓아놓은 양털 부대처럼 타고 있더라고요. 여기에서 휴 신부님 마구간까지 몇 킬로미터쯤 떨어져 있으면 좋겠는데요."

휴 신부가 그들을 위해 마련한 숙소에는 근방 교구민들 가운데 꽤 부유한 축에 드는 두 집이 포함되어 있었지만, 웨일스 지방에서 흔히 그렇듯 그 두 집은 골짜기와 숲속에 제각기 떨어져 있었다.

"물론 제 집은 부수도원장님과 보좌 수사님을 위해 비워드려야지요. 저는 외양간 다락방에서 잘 생각입니다. 이곳 목초지는 그리 넓지 않고 변변한 마구간도 없지만, 강가 목초지 위쪽에 있는 대장장이 베네드의 마구간은 썩 괜찮은 편이니 짐승들에게는 그곳이 훌륭한 거처가 될 것입니다. 다락방도 딸려 있고요. 젊은 형제께서 동료분들과 1~2킬로미터쯤 떨어진 곳에서 혼자 지내셔도 무방하다면 말이지요. 캐드펠 형세님, 형제님과 다른 두 동료분께서 묵을 곳은 저쪽으로 숲으로 800미터쯤 가면 나오는 커다란 집입니다. 캐드월론 씨의 저택이지요. 이 근방에서는 그 사람 집이 가장 큽니다."

캐드펠 수사는 잠시 생각에 잠겼다. 제롬 수사와 콜룸바누스 수사와 한 집에서 지내봐야 별로 좋을 것이 없을 듯했다. "형제들 가운데 웨일스어를 아는 사람은 저뿐입니다. 그러니 부수도원장 가까이에 머물러 있는 편이 낫겠지요. 휴 신부님께서 선의를 베풀어주신다면, 저는 신부님과 함께 외양간 다락방에서 거하고 싶습니다. 그 정도면 제겐 불편함이 없을 겁니다."

"형제가 원한다면 그렇게 하십시오." 휴 신부는 곧바로 대답했다. "기꺼이 형제와 함께 거하지요. 자, 이제 저는 이 젊은 형제를 대장장이의 집으로 안내해야겠습니다."

"제가 동행하지 않아도 괜찮겠지요." 캐드펠이 말했다. "저 젊은 형제는 어떻게든 신부님과 의사소통을 할 수 있을 겁니다. 어쩌면 말 한 마디 필요치 않을지도 모르고요! 대신 저는 이리엔 신부님을 배웅해드리고 싶습니다. 겸사겸사 휴 신부님의 교구를 구경하고 교구민들도 만나보지요. 이곳 마을과 골짜기의 풍광이 정말 마음에 드는군요."

존 수사가 커다란 말 두 필과 노새들의 고삐를 모아 쥐고 작은 마구간에서 나왔다. 휴 신부의 두 눈이 말의 목과 어깨를 쓰다듬는 존 수사의 눈 못지않게 빛났다.

"아, 무척 크군요!" 휴 신부는 동경하듯 경탄했다. "이런 훌륭한 말을 타본 적이 언제였는지!"

"어서 타보시죠, 신부님!" 언어는 이해하지 못했으나, 존 수사는 표정을 보고 금세 그의 마음을 알아차렸다. "어서요! 등자가 필요하시다면 여기 제 손이 있습니다. 멋지게 앞장서보세요!" 존 수사는 손바닥을 내밀고, 휴 신부가 발을 올리자 힘껏 밀어 올렸다. 휴 신부는 아찔하고도 황홀하게 안장에 올라났다. 검은 얼룩

빼기 말에 오른 신부는 하마터면 균형을 잃고 쓰러질 뻔했다. 캐드펠이 얼른 두 손을 내밀어 받치려 했으나 신부는 무릎으로 말 등을 꼭 죄어 균형을 되찾았다. 말 타는 법을 잊지 않고 있었던 것이다. “용감하시군요!” 존 수사가 호탕하게 웃어젖혔다. “신부님과 재미있게 지낼 수 있을 것 같습니다. 경주나 한번 해보실까요!”

이리엔 신부는 뱃대끈을 묶으며 말을 타고 빈터를 빠져나가는 두 사람을 지켜보았다. “두 사람 모두 참 행복해 보이는군요.” 그는 사려 깊게 말했다.

“가면 갈수록 모르겠네요.” 캐드펠이 말했다. “저런 젊은이가 도대체 어떻게 수도원에 들어오기로 결심하게 되었는지 말입니다.”

“그러는 형제는 어떠신가요?” 이리엔 신부가 등자에 발을 얹으며 말을 이었다. “자, 풍광을 구경하고 싶으시다니 같이 가십시다. 언덕에 이르러 헤어지면 되겠지요.”

*

그들은 나무가 우거진 산등성이에서 헤어졌다. 건너편 골짜기 기름진 농토에서는 아직도 수소와 팀을 이룬 사람들이 두 번째 밭을 갈아엎는 중이었다. 하루에 밭뙈기 둘이라니, 엄청난 노동이었다.

"부수도원장께서 조금만 현명하시다면 아까 본 그 젊은 형제로부터 교훈을 얻으실 수 있을 텐데요." 이리엔 신부는 캐드펠을 두고 떠나면서 말했다. "이런 마을에서는 재촉하기보다 한발 앞장서서 구슬리는 편이 더 좋은 성과를 얻는 법이지요. 하긴, 굳이 형제에게 이런 얘길 할 필요는 없겠군요. 형제 역시 나와 마찬가지로 웨일스 사람이니까."

캐드펠 수사는 이리엔 신부가 비좁은 오솔길을 따라 천천히 멀어져 마침내 나무들 사이로 사라지는 모습을 지켜보았다. 그런 뒤 귀더린 쪽으로 돌아서서는, 곧장 비탈진 언덕 아래로 말을 몰아 강으로 향했다. 그는 숲 끝자락에 서 있는 떡갈나무의 녹색 그늘 밑에 멈춰 서서, 햇빛 아래 질펀히 펼쳐진 풀밭과 은빛 띠처럼 굽이치는 강, 그리고 그 건너에서 쟁기를 부여잡고 힘든 노동에 매달려 있는 소와 사람의 무리를 바라보았다. 이제 캐드펠이 서 있는 곳과 그들이 일하는 곳까지는 그리 멀지 않았다. 수소의 등가죽에 맺힌 굵은 땀방울도, 쟁기 밑으로 드러난 거무스레한 흙도 선명히 보였다. 검게 탄 다부진 몸을 한 남자도 텁수룩한 머리에 회색빛 땀방울을 매단 채 쟁기질을 하느라 열심이었다. 그와 달리 앞에서 소를 인도하는 남자는 키가 크고 몸집이 호리호리했으며, 젖은 이마와 목덜미에 찰싹 달라붙은 갈색 머리칼은 무척이나 단아하고 깨끗했다. 그는 마치 뒤에도 눈이 달린 양 가볍고 우아한 발걸음으로 조심스럽게 뒷걸음질하며 소를 이끌었다. 한참 동안 소리를 지른 탓인지 피로감이 느껴지긴 했으나 여전히 맑고 명랑한 목소리였다. 소에게는 그의 칭찬이나 꾸중이 어떤 막대기보다도 효과적인 것 같았다. 그는 짐승이 아니라 선량한 기독교도에게 하듯 일을 잘한다고 칭찬하는가 하면, 어서 돌아가 쉬어야 하지 않겠느냐고 달래기도 하고, 참으로 기특하다고 치켜세우기도 하면서 마지막 이랑을 향해 짐승들을 이끌었다. 짐승들은 그가 시키는 일이라면 무슨 일이든 다 하겠다는 듯 남자를 쳐다보면서 몸뚱이를 한껏 젖혀 온 힘을 다해 쟁기를 끌었다. 마침내 쟁기가 마지막 이랑에 이르러 소들이 숨을 헐떡이며 멈춰 서서 고개를 떨구자, 남자는 두 마리 소 가운데 우두머리로 보이는 녀석에게 다가가 한 팔로 감싸 안고서 다른 손으로 나머지 한 소의 털북숭이 이마를 쓰다듬었다. 이를 본 캐드펠은 큰 소리로 감탄하지 않을 수 없었다. "굉장하군! 어쩌다 저런 빼어난 소몰이꾼이 웨일스로 오게 된 거지?"

그때 위쪽 나뭇잎들 사이에서 무엇인가 작고 둥글고 단단한 물체가 떨어져 캐드펠의 삭발한 정수리에 정확히 명중했다. 캐드펠은 수도복에 어울리지 않는 욕설을 무심코 중얼거리며 정수리를 만졌다. 하지만 그것은 겨우내 바람과 추위에 시달려 자갈처럼 단단해진 지난해의 떡갈나무 열매에 불과했다. 그는 고개를 들어 진초록으로 익어가는 빽빽한 떡갈나무 잎새들을 올려다보았다. 바람이 불지 않는데도 잎이 흔들리고 있었다. 저 나무의 열매가 때맞춰 그의 머리에 떨어지다니, 단순한 우연일까? 나뭇잎은 금세 잠잠해졌지만, 그 정적조차도 지나치게 조심스럽고 의식적인 것 같았다. 캐드펠은 그곳을 떠나려는 것처럼 몇 발짝 걸어가다가 획 돌아서서 자기 속임수가 통했는지 확인해보았다.

나뭇등걸 사이에서 이끼와 흙으로 더러워진 자그마한 맨발 하나가 쏙 나오더니 나뭇가지를 디뎠다. 곧이어 다른 쪽 맨발이 기다랗고 마른 다리와 함께 나타났다. 한 소년이 나무에서 뛰어내리려 하고 있었다. 캐드펠 수사는 얼른 뒤돌아섰다. 그의 얼굴에 미소가 떠올라 있었다. 그는 자리를 떠나는 대신 자신의 몸을 가려주던 관목 덤불을 빙글 돌아서 아무렇지도 않은 듯 이제 막 둥우리에서 내려온 작은 새 앞에 섰다. 캐드펠의 생각과는 달리 나무에서 내려온 사람은 소년이 아니었다. 늘어진 옷자락으로 몸 전체와 발까지 가린 소녀, 그것도 참으로 아름다운 소녀가 풀밭 위에 태연하게 선 채 그를 마주 보고 있었다.

두 사람은 조금도 어색해하지 않고 거리낌 없이 호기심을 드러내며 서로를 살펴보았다. 열여덟이나 열아홉쯤 되었을까? 어쩌면 그보다 어릴지도 몰랐다. 나무에서 막 뛰어내린 참인데도 소녀에게서는 성숙기에 접어든 젊은이의 위엄과 굽힐 줄 모르는 자신감이 엿보였다. 맨발에 산발한 검은 머리였지만 분명 농노의 자식은 아니었다. 보이는 모든 것들이 소녀의 귀한 신분을 분명히 드러내고 있었다. 특히 몸에 걸친 연푸른색 가운은 손으로 짠 고급 양모 제품으로, 목 부근과 소맷부리가 자수로 장식되어 있었다. 의심할 여지없이 아름다운 소녀였다. 달걀처럼 갸름한 얼굴선은 단호하고 섬세했으며, 어깨로 흘러내린 새카만 머리칼은 햇빛을 받아 불그스레하게 빛났다. 검은 속눈썹 아래 캐드펠 수사를 천진하게 응시하는 커다란 눈동자는 서양자두 열매처럼 검고 강변에 깔린 자갈 표면에서 반짝이는 석영처럼 맑았다.

"수사님이 슈루즈베리에서 오신 수사님이시군요." 소녀는 확신에 차서 말했다. 그 편안하고도 유창한 잉글랜드어에 캐드펠은 깜짝 놀랐다.

"그렇다네." 캐드펠이 말했다. "그런데 아가씨는 우리에 대해 어떻게 알지? 휴 신부님과 이야기를 나누는 동안 울타리를 넘나들던 사람들 중에서는 못 봤던 것 같은데. 소녀가 하나 있긴 했지만, 아가씨보다 훨씬 얼굴이 까맸어."

그녀는 미소 지었다. 매혹적인, 갑작스럽고도 환한 미소였다. "아, 아네스트였을 거예요. 지금쯤 귀더린 사람들 모두가 수사님들에 대해 알고 있을걸요. 무엇 때문에 여기에 오셨는지도 다 알고요. 휴 신부님 말씀이 맞아요. 우린 수사님들 뜻에 따르고 싶지 않아요. 왜 이제 와서 우리 위니프리드 성녀를 빼앗아 가시려는 거죠? 성녀께서 이곳에 계시는 그 오랜 시간 동안 어느 누구도 관심을 보인 적이 없었잖아요. 이건 올바른 일이 아녜요. 친구로서 할 일은 더더욱 아니고요."

캐드펠은 그녀가 구사하는 어휘들이 참으로 정확하다고 생각했다. 어떻게 웨일스 소녀가 이런 말을 배울 수 있었을까? 마치 태어날 때부터 잉글랜드어를 써왔거나, 그게 아니면 애정을 갖고 열심히 그 말을 배운 것처럼 조금도 막힘이 없었다.

"나 역시 그것이 과연 정당한 일인지 의심을 품고 있네." 캐드펠은 씁쓸하게 동의했다. "휴 신부님이 교구민들을 언급하셨을 때 나도 모르게 그분 입장으로 마음이 기울더구먼."

그 말을 듣더니 그녀는 더욱 날카롭고 주의 깊게 캐드펠을 살폈다. 찌푸린 채 쳐다보는 소녀의 표정에는 의심과 호기심이 어려 있었다. 누군가가 휴 신부의 뜰에서 벌어진 일을 전부 목격하고 알려준 모양이었다. 소녀는 잠시 망설이며 생각에 잠겼다가 돌연 웨일스어로 말을 하기 시작했다. "수사님이 바로 우리 웨일스어를 하는 분인가 보네요. 휴 신부님 말씀을 다른 사람들에게 통역해주신 분 말예요." 그것 때문에 그녀는 더욱 속이 상하는 듯했다. "수사님은 웨일스 말을 아시잖아요! 그러니 제 기분도 이해하실 거고요!"

"그렇지. 나 역시 아가씨와 똑같은 웨일스 사람이야." 캐드펠은 조용히 대답했다. "중년에 베네딕토 수도원에 들어갔으니 고향 말을 잊었을 리 없지. 하지만 나야말로 아가씨가 어째서 그렇게 유창한 잉글랜드어를 쓰는지 놀랍고 경탄스럽기만 하군. 그것도 여기, 로스 지방 한가운데 살면서 말이야."

"오, 아니에요." 그녀는 방어적으로 대꾸했다. "조금밖에 안 배웠는걸요. 수사님께 한번 써보고 싶었을 뿐이에요. 잉글랜드분인 줄 알았거든요. 수사님이 웨일스 말을 할 줄 아는 바로 그분이라는 걸 제가 어떻게 알았겠어요?" 두 언어를 다 할 줄 안다는 것이 그렇게 난처한 일인가? 캐드펠은 그녀의 태도를 이해할 수 없었다. 게다가 나무들 틈새로 환히 반짝이며 흐르는 강물 쪽을 왜 자꾸만 훔쳐보는 것일까? 캐드펠도 재빨리 강물 너머를 살펴보았다. 키 크고 단정한 젊은 남자, 웨일스인이 아닌 남자, 조금 전까지 소들을 인도하던 남자가 평화롭게 물을 마시는 동료 곁을 떠나 허벅지까지 올라오는 강물을 첨벙대며 건너오고 있었다. 그래, 소녀는 이 나무 위에 숨어 있었지. 이곳이 강물 건너편, 농부들과 소들이 쟁기질하는 밭을 넘겨다보기에 가장 적당한 장소였기 때문이야. 그러다 쟁기질이 끝나자마자 나무에서 내려왔잖아! "실은 잉글랜드어를 할 줄 안다는 게 부끄러워서요……." 그녀는 갑자기 간청하듯 연약한 목소리로 말했다. "그러니 제발 다른 사람들한테는 얘기하지 말아주세요!"

소녀는 캐드펠이 얼른 그곳에서 사라져주기를 바라고 있었다. 지금 그의 존재가 무척이나 불편한 듯했다.

"그 마음 잘 아네." 캐드펠이 소녀를 안심시켰다. "나도 처음 잉글랜드어를 배우기 시작했을 때 그랬지. 아가씨가 잉글랜드어를 할 줄 안다는 건 누구에게도 말하지 않겠네. 이제 숙소로 가봐야겠구먼. 게으름 피우다가는 저녁기도에 늦겠어."

"하느님께서 함께하시기를." 소녀는 마음이 놓이는지 밝은 목소리로 말했다.

"아가씨와도 함께하시기를."

캐드펠은 잘생긴 젊은이와 우연히라도 마주치지 않도록 조심스레 길을 피해 그곳을 떠났다. 소녀는 한동안 수사의 뒷모습을 지켜보다가 소몰이 청년이 강을 건너 둑으로 올라오자 반갑게 그에게로 달려갔다. 캐드펠이 무엇을 보고 깨달았는지 아마 소녀는 정확히 알고 있을 터였다. 그리고 그가 그 자리에서 물러나주어 무척 안심했으리라. 수놓은 가운을 입은 웨일스의 지체 높은 아가씨가 이 혈족 사회에서 땅도 뿌리도 없는 이방인을 만나고 있는 것이다. 그것만으로도 사실을 숨겨야 할 이유는 충분했다. 친족 관계가 없는 사람은 살 가치도 없는 사람으로 취급되는 곳이었다. 제아무리 유쾌하고 잘생긴 젊은이라 할지라도, 제아무리 일을 잘하고 가축을 다루는 데 능숙한 젊은이라 할지라도 사정은 마찬가지였다. 캐드펠은 숲에 가려져 자신의 모습이 보이지 않으리라 확신할 수 있게 되자 비로소 뒤를 돌아보았다. 두 남녀는 기쁨에 겨워 꼼짝도 안 하고 마주 보고 서 있었다. 아직은 수줍은 사이인 듯 서로 몸이 닿지 않을 만큼 떨어진 채였다. 캐드펠은 더 이상 뒤돌아보지 않았다.

친구가 필요해. 귀더린의 교회로 돌아가면서 캐드펠 수사는 생각에 잠겼다. 나와 생각이 비슷하고 이곳을 잘 아는 사람, 이 교구의 모든 남자며 여자며 아이들을 속속들이 아는 사람, 영혼의 짐을 내가 대신 져줄 필요가 없는 착한 사람을 하나 만나면 참 좋겠군. 눈치 빠른 술친구 말이지.

3

캐드펠 수사는 그렇게 바라던 친구를 얻게 되었다. 그것도 한 명도 아니고 셋을 한꺼번에. 마지막 기도가 끝난 뒤, 그는 존 수사와 함께 어슴푸레한 땅거미 속을 걸어 골짜기 경작지 끄트머리에 있는 대장장이의 집으로 걸어가고 있었다. 로버트 부수도원장과 리처드 보좌 수사는 잠을 자러 휴 신부의 사제관에 들었고, 제롬 수사와 콜룸바누스 수사는 캐드월론의 집으로 가느라 숲속으로 사라진 뒤였다. 캐드펠이 교구사제의 마구간 다락방에서 잠을 자고 있는지, 아니면 귀더린의 정세를 탐지하느라 숲속을 헤매고 있는지 의심할 사람은 없었다. 잠자리가 아주 제대로 배정되었던 셈이다. 캐드펠은 이런 고요한 저녁에 잠을 청하고 싶은 마음이 추호도 없었다. 더욱이 이런 곳에서는 아침기도를 드리자고 깨울 사람도 없지 않겠는가. 존 수사는 캐드펠을 대장장이 집에 소개할 수 있게 되어 무척 기뻐했고, 휴 신부 역시 그 나름의 이유로 그들이 서로 사귈 수 있게 된 것을 기꺼워했다. 무엇보다 캐드펠은 부수도원장에게 교구민들의 뜻을 전할 수 있는 사람 아닌가. 대장장이 베네드는 그 일에 종사하는 이들이 으레 그렇듯 주민들 사이에서 높은 신망과 발언권을 지닌 사람이었다.

베네드의 집 앞 벤치에서 남자 셋이 앉아 이야기를 주고받는 중이었다. 벌꿀주가 든 술잔도 그들이 주고받는 이야기만큼이나 빠른 속도로 몇 순배씩 돌고 있었다. 두 사람의 발소리를 듣자 남자들은 긴장해서 일제히 고개를 돌렸다. 순간적으로 주민들을 하나로 묶는 정적이 깃들었다. 그러나 존 수사는 그들 사이에서 이미 환영받는 친구가 되어 있는 것 같았고, 그래서 캐드펠 수사는 어부가 낚싯줄을 던지듯 능숙한 웨일스어로 인사말을 건넸다. 보통의 잉글랜드인들이었다면 엄격한 거리를 두었을 테지만 이곳 교구민들은 더없이 따뜻한 태도로 그들을 맞아들였다. 햇빛에 옅게 바랜 갈색 머리 소녀 아네스트가 캐드펠이 웨일스 출신이라는 소문을 온 마을에 퍼뜨린 터였다. 벤치가 하나 더 놓이더니 뿔잔은 이제 더욱 큰 원을 그리며 돌기 시작했다. 그러는 사이 강 건너편 인가의 불빛은 하나둘 꺼져갔고, 짙은 어둠 속으로 차츰 잠겨가는 풀밭과 숲의 녹색 물결 사이로 강물이 은빛으로 반짝이며 흘러갔다.

턱수염을 텁수룩하게 기른 구릿빛 얼굴의 베네드는 단단한 몸집에 힘이 넘치는 중년 사내였다. 그의 두 동료 중 젊은 쪽은 낮에 강 건너편 밭에서 소들을 끌며 쟁기질을 하던 사람이었는데, 하루 종일 고된 노동을 했으니 목이 타들어갈 만도 했다. 그리고 세 번째 사람은 머리가 허옇게 센 노인으로, 잘 손질한 긴 턱수염과 힘줄이 솟은 기다랗고 섬세한 손을 지니고 있었다. 몸에 걸친 헐렁한 가운은, 아마도 다른 사람이 자랑스럽게 입던 것을 얻어 입은 듯했다. 마을의 원로인 그는 주민들부터 분명 신망을 얻고 있었다.

"이쪽의 파드리그 씨는 시인이시고, 하프에도 조예가 깊으십니다." 베네드가 입을 열었다. "이분이 우리와 함께하신다는 것은 귀더린 전체에 있어 커다란 행운이죠. 지금은 리샤르트 씨 저택에 묵고 계십니다. 캐드월론 씨 댁 건너편 숲속 빈터에 자리 잡은 집이죠. 하지만 리샤르트 씨는 강 이쪽에도 땅을 가지고 계십니다. 그분이 이곳에서는 가장 큰 지주예요. 이 지역에 하프를 가진 사람이 더 많았다면 파드리그 씨 같은 방랑하는 음유시인들께서 훨씬 자주 찾아와주실 텐데……. 제게도 작은 하프가 하나 있기는 합니다만—저도 그만한 여유는 있는 사람이거든요—리샤르트 씨 댁 하프에 비하면 정말 아무것도 아니지요. 그 집 하프는 그야말로 명물이거든요. 지금도 꾸준히 연주되고 있고요. 리샤르트 씨 따님이 연주하는 소리를 가끔 듣곤 한답니다."

"여자는 음유시인이 될 수 없는 법입니다." 파드리그가 다소 멸시 섞인 어조로 말했다. "물론 리샤르트 씨 댁 따님이 하프를 조율할 줄 알고, 잘 보관할 줄도 안다는 점은 저도 인정하지만요. 리샤르트 씨는 예술을 적극적으로 후원해주시는 분입니다. 무척 자비로우시고 인심도 후하시지요. 그분 저택에 들렀던 음유시인치고 실망한 채 떠나는 사람이 없습니다. 누구든 찾아가기만 하면 묵어 가라 청하시는 건 물론이고요. 집안 식구들 모두가 참 훌륭한 분들이십니다!"

"그리고 이 사람은 카이, 리샤르트 씨 댁 일꾼입니다. 오늘 산을 넘어오시면서 강 건너편에서 밭을 가는 사람들을 보셨겠죠?"

"아, 봤소. 참으로 존경스럽더군요." 캐드펠 수사는 진심으로 말했다. "그보다 훌륭한 일솜씨는 본 적이 없소. 사람과 짐승의 뜻이 그토록 잘 통하는 것도 놀랍고. 소들 앞에 서서 인도하던 사람도 훌륭하던데요."

"그 친구야 최고죠." 카이가 얼른 맞장구를 쳤다. "저도 많은 사람들과 그 일을 해봤습니다만, 엥겔라드만큼 짐승을 잘 다루는 친구는 본 적이 없습니다. 짐승들은 엥겔라드를 위해서라면 아마 죽기라도 할걸요. 그 친구는 가축이라면 뭐든 잘 다루고, 그와 관련한 일도 가리지 않고 잘합니다. 가축이 새끼를 낳든, 병에 걸리든 말이죠. 만약 그 친구를 잃으면 리샤르트 씨는 크게 낙심하실 거예요. 오늘도 저희는 아주 멋지게 일했죠."

"다들 들으셨겠지만, 내일 미사가 끝난 뒤에 휴 신부님이 교구의 자유민들을 불러 모아 회의를 여신다오." 캐드펠이 말했다. "우리 부수도원장께서 제안하신 문제를 상의하기 위해서지요.

그땐 우리도 리샤르트 지주를 만나게 되겠군요."

"뵙고 그분 말씀도 듣게 되실 겁니다." 카이는 웃으며 말했다. "속내를 그대로 드러내는 분이거든요. 참 솔직하시죠. 버럭 화를 내셨다가도 금세 가라앉히고 속에 응어리도 남기지 않으십니다. 그러나 그분이 뭔가를 하기로 마음먹으면 절대 물러서는 법이 없죠. 스노든산이 그보다 굳건할까요."

"남자란 자기가 옳다고 믿는 바를 굳건히 지켜야 하는 법이고, 적이라 할지라도 그런 남자는 함부로 낮추어 평가할 수 없지요. 그런데 그분 아드님들은 하프에 전혀 관심이 없는 모양이군요. 가장의 취미를 따르는 자식은 따님 하나뿐이오?"

"그분에게는 아들이 없습니다." 베네드가 대답했다. "부인께서 돌아가셨는데 재혼을 원치 않으세요. 자식이라고는 따님 하나뿐이지요."

"친척 중에서도 남자 상속자가 전혀 없다는 뜻이오? 딸이 유산을 상속받는다니 드문 일이군요."

"가까운 친척 중에는 남자가 없습니다." 이번에는 카이가 말을 이었다. "안된 일이죠. 돌아가신 부인의 남동생이 있기는 합니다만, 그 사람에게는 아무런 권한이 없습니다. 나이도 워낙 많고요. 이 근방에서 상속자라고는 따님인 쇼네드 아가씨뿐입니다. 젊은 이들이 벌떼처럼 아가씨 뒤를 쫓아다니죠. 하느님께서 보살피시니, 리샤르트 씨가 조상들 품으로 돌아가시기 전에 쇼네드 아가씨는 결혼해 아들을 낳게 될 겁니다."

"좋은 사위를 들여 손자를 얻게 된다면 그분으로서야 더 바랄 나위가 없겠지요." 파드리그는 술잔을 비운 뒤 잔을 옆 사람에게 넘기며 말을 이었다. "용서하십시오, 수사님. 저야 귀더린 사람이 아니니 이번 일에 이러쿵저러쿵 말을 섞을 자격은 없습니다만, 그래도 한마디 하고 싶습니다. 수사님들이 부수도원장님에 대한 의무를 지키시듯, 그리고 카이가 자기 지주에 대한 의무를 지키듯, 저 또한 예술과 후원자에 대한 의무를 지켜야 하지 않겠습니까? 제 친구들이 차마 쉽게 할 수 없는 말을 제가 대신 해보자면, 쉬운 길을 찾지 마시라는 겁니다. 길이 막혔다고 화를 내지도 마시고요. 개인적인 악감정은 없습니다. 하지만 웨일스 자유민들은 부당한 일을 부당하다고 이야기하는 사람들이에요. 절대로 우두커니 서서 구경만 하는 법이 없지요."

"이곳 사람들이 구경만 하고 있다면 내가 오히려 섭섭할 거요." 캐드펠 수사가 말했다. "나 역시 공정한 결실을 원하오. 그 누구도 부당한 대우를 받고 원한을 품는 일이 생겨서는 안 되지요. 회의에서 만나게 될 두 지주는 어떤 분이시오? 캐드월론 씨에 대해서는 조금 들은 바가 있소. 우리 형제들 중 두 사람이 그분 호의로 그 댁에 머물고 있기도 하고요. 아까 듣기로는, 그분과 리샤르트 씨가 이웃이라고요?"

"리샤르트 씨 저택에 닿아 있는 숲을 지나면 나오는 아주 훌륭한 토지가 그분 것입니다." 베네드가 말했다. "땅이 서로 맞닿아 있지요. 어릴 때부터 친구 사이이기도 하고요. 캐드월론 씨는 안정을 좋아하셔서 사냥보다는 평온하게 집에 머무르는 편을 선호하는 분입니다. 아마 그분 성격상 주교님이나 왕자님께서 요청하시는 일이라면 무엇이든 그렇게 하마고 할 거예요. 하지만 그분께 더 중요한 것이 있으니, 바로 리샤르트 씨의 의견입니다." 베네드는 술병을 기울여 마지막 한 방울까지 잔에 따르며 덧붙였다. "그 두 분이 이 문제에 대해 뭐라고 하실지 정확히는 모르겠지만, 제가 알기로는 아마 여러분의 계시와 사명을 받아들이실 것 같습니다. 그렇다면 위니프리드 성녀는 여러분들과 함께 고향으로 돌아가실 테고, 이 일은 그렇게 끝이 나겠지요."

그날 밤의 술 모임은 그렇게 끝이 났다.

"여기서 주무시지요." 손님들이 일어서자 베네드가 파드리그에게 말했다. "내일 떠나시기 전에 우리에게도 음악을 좀 들려주세요. 제 작은 하프도 가끔은 연주를 해줘야 하거든요. 파드리그 씨를 위해 잘 보관해두었습니다."

"이런, 친절도 하시지. 기꺼이 그렇게 하지요." 파드리그가 주인과 함께 안으로 들어간 뒤, 카이와 캐드펠 수사는 집을 떠나 휴 신부의 사제관을 향해 나란히 걷기 시작했다. 그러다 리샤르트 저택으로 향하는 갈림길에 이르자 카이가 걸음을 멈추고 입을 열었다.

"사실대로 말씀드려야 할 것 같군요." 그는 솔직하게 털어놓았다. "지금은 베네드 씨도 파드리그 씨도 안 계시니까요. 물론 두 분 모두 좋은 분들입니다! 하지만 파드리그 씨는 여행자예요. 고향 사람들과는 다르죠. 그리고 쇼네드라는 아가씨, 리샤르트 씨의 따님 말인데요……. 사실 베네드 씨는 쇼네드 아가씨의 남편이 되고 싶어서 안달이 나 있습니다. 그래요, 베네드 씨는 견실하고 좋은 사람이에요. 하지만 그는 홀아비에 아가씨보다 나이도 훨씬 많죠. 아마 가능성은 희박하다고 봐야 할 겁니다. 아, 물론 수사님은 아직 쇼네드 아가씨를 못 만나보셨죠?"

아무래도 자신이 이미 쇼네드를 보았으며, 이 마을의 누구보다도 그녀에 대해 많은 것을 알고 있다는 생각이 들었지만 그는 아무런 대꾸도 하지 않았다.

"다람쥐 같은 여자예요! 재빠르고, 민첩하고, 매력이 넘치죠! 무일푼이라 해도 주변 수 킬로미터 안의 젊은이들이 몰려들 지경인데 토지까지 상속받게 되어 있으니, 설령 그 아가씨가 사팔뜨기라 한들 어떤 사내 녀석이 탐을 내지 않겠습니까? 불쌍한 베네드 씨! 혼자서 희망을 버리지 못하고 아무 말 못 한 채 속만 태우고 있지요. 아무튼 저 대장장이는 누구에게나 신망받는 사람입니다. 그 사람의 진정을 들여다보면 그가 정말로 원하는 건 아가씨가 상속받을 유산이 아니라는 걸 알 수 있을 텐데요. 그 사람이 원하는 건 그냥 그 아가씨뿐이거든요." 카이는 친구를 생각하며 한숨을 내쉬었다. "어찌 됐건, 그 아가씨의 부친은 사윗감을 점찍어놓은 지 오래랍니다. 한참 된 일이죠. 캐드월론 씨 아들이 오래전부터 리샤르트 저택에 드나들고 있어요. 그 집 하인들이나 말들을 자유롭게 부리기도 하고요. 걸음마를 떼기 전부터 리샤르트 댁 아가씨하고 같이 자란 셈이지요. 게다가 그 젊은이는 이웃한 토지의 유일한 상속잡니다. 그보다 더 훌륭한 사윗감이 어디 있겠어요? 젊은 남녀의 부친들이 이미 옛날에 그렇게 하기로 결정했답니다. 잘 어울리는 한 쌍이에요. 서로 형제자매처럼 잘 아니까요."

"정말 잘 어울리는 한 쌍인지는 잘 모르겠군요." 캐드펠 수사는 짧게 대꾸했다.

"실은 쇼네드 아가씨 생각도 수사님과 비슷한 것 같습니다. 아직까지도 페레디르라는 그 젊은이를 받아들이지 않고 있거든요. 듣자 하니 그 젊은이가 아주 방탕하대요. 잘생기고 싹싹하긴 하지만, 외동아들이라 그런지 지독하게 제멋대로라고요. 하지만 그 젊은이가 손가락 하나만 까딱해도 여자란 여자는 모조리 덤벼들걸요. 딱 한 사람, 쇼네드 아가씨 하나만 눈 하나 깜짝 않는 거죠! 물론 쇼네드 아가씨도 그 젊은이를 좋아하긴 합니다. 하지만 그 이상은 아니에요. 게다가 아직 결혼 얘기 따위는 듣고 싶지도 않다고 하더군요. 아가씨는 아직 그저 천둥벌거숭이로 날뛰는 어린아이나 다름없거든요."

"리샤르트 씨는 그런 딸을 그냥 내버려두는 거요?" 캐드펠이 조심스럽게 물었다.

"수사님이 그분을 몰라서 하시는 말씀입니다. 그분은 따님을 끔찍하게 사랑하세요. 아가씨도 아버지를 존경하고요. 그러니 어쩌겠습니까? 그분은 결코 따님에게 강요하시지 않을 겁니다. 그저 기회를 보아 그 젊은이가 얼마나 적합한 남편감인지 설명하고 설득하실 뿐이고, 아가씨도 그런 말에 귀를 틀어막지는 않지요. 그분은 시간이 지나면 결국 딸이 말을 듣겠거니 믿고 계시는 겁니다."

"정말 그렇게 될 것 같소?" 캐드펠 수사는 그 일꾼의 음성에서 무언가를 감지하고서 부드러운 목소리로 물었다.

"아가씨가 속으로 무슨 생각을 하는지야 알 수 없지요." 카이는 천천히 입을 열었다. "어쩌면 자기만의 계획을 가지고 있는지도 모르고요. 아가씨는 대담하고 용감할 뿐 아니라 영리하고 인내심도 강한 사람이거든요. 그런 것들을 무기로 자기 나름의 길을 가려 할 수도 있겠죠. 하지만 그 길이 어떤 것인지, 저 같은 사람이 상상이나 할 수가 있겠습니까? 수사님은 아시겠어요? 그 누가 알겠습니까?"

"어쩌면 한 사람쯤은 알고 있을지도 모르겠는데." 캐드펠 수사는 교묘하게도 짐짓 무관심한 어조로 대꾸했다.

카이가 미끼를 덥석 물지 않았다면 아마 그것으로 그 이야기는 끝났을 것이다. 사실 아가씨의 비밀은 캐드펠과 별로 상관없는 일이었으니 말이다. 그가 그 아가씨와 마주친 것은 우연에 불과했다. 그런데 이 순간 일꾼이 가까이 다가오더니 팔꿈치로 그의 옆구리를 의미심장하게 쿡 찔렀다. 캐드펠은 놀라지 않았다. 그 젊은 소몰이꾼과 늘 붙어서 일하는 이 사람이라면 더 이상 돌이킬 수 없게 된 몇 가지 의미 있는 사실들을 모를 리 없었다. 오늘 오후에 강을 건너 잘 자란 떡갈나무 쪽으로 향하던 그 젊은이의 모습만으로도 눈치 빠른 사람에게는 분명한 증거가 될 터였다. 카이가 그에 대해 한 마디도 꺼내지 않은 것을 보면, 그는 자기와 같이 일하는 젊은이에게 연민을 느끼는 것이 분명했다.

"캐드펠 수사님, 수사님은 입이 가벼운 분 같지 않군요. 이 문제와 관련해 어느 한쪽에 마음을 더 쏟고 있으신 것 같지도 않고요. 그러니 제가 수사님께마저 비밀을 지켜야 할 이유는 없겠죠. 이건 수사님과 저만 아는 일로 해주세요. 사실대로 말씀드리자면, 아가씨에게는 애인이 있습니다. 베네드 씨보다 훨씬 더 간절히 아가씨를 원하는, 그러나 자기가 원하는 것을 얻을 가능성은 베네드 씨보다 훨씬 적은 사람이죠. 아까 밭을 갈던 친구 얘기가 나오지 않았습니까? 엥겔라드 말입니다. 가축 다루는 솜씨가 최고라던 그 친구, 주인에게 더없이 훌륭한 일꾼이라는 그 사람요. 리샤르트 씨도 그 점을 알고 높이 평가해주시죠. 하지만 그 사람은 외지에서 온 사람, 객지 사람이거든요!"

"색슨족이오?" 캐드펠이 물었다.

"금발이잖습니까. 그래요, 수사님께서도 보신 그 친구입니다. 키가 크고 호리호리하죠. 그 친구는 체셔 출신이에요. 마일로르 접경 지방에서 왔다죠. 체스터의 라눌프 백작[31]이 체포령을 내려 도망쳐 나왔다더군요. 그렇다고 살인이나 산적질을 한 건 아닙니다! 그런 건 절대 아녜요! 그저 백작의 영지에서 최고로 뛰어난 사슴 사냥꾼이었을 뿐이죠. 워낙 단궁의 명수라 혼자서 백작의 하수인들을 여럿 처치했답니다. 백작의 하수인들은 그 친구 피를 보려 안달이 났고요. 쫓기다가 접경 지방에 이르러 꼼짝없이 붙잡히게 되니까 귀네드로 들어선 거죠. 수사님도 아시겠지만, 객지 사람이 웨일스에서 살아간다는 게 좀 힘든 일입니까?"

캐드펠도 잘 알고 있었다. 주민들 모두가 같은 지방에서 태어나 그 지역의 모든 사람들과 잘 알고 지내는 곳, 모든 인간관계가 토지에 기반하며 마을에서의 지위가 자유 지주와 농노로 뚜렷하게 구분되는 곳에서 토지를 소유하지 못한 객지 사람은 어느 곳에도 정착할 기반을 마련할 수 없었고, 따라서 삶의 근거 자체를 찾을 수 없었다. 그런 이가 스스로의 삶을 확립하는 유일한 방법은, 거처와 일굴 땅을 내주고 그가 가진 기술을 써줄 지주를 만나 계약을 맺는 길뿐이었다. 이 계약은 3대까지는 언제라도 양쪽 당사자에 의해 해지할 수 있었고, 계약이 해지될 경우 객지 사람은 삶의 기회를 부여해준 지주와 소유물을 공정히 분배한 뒤 떠날 수 있었다.

"그래, 나도 아오. 그러니까 리샤르트 씨가 그 젊은이를 고용해서 거처할 집을 마련해주었구먼?"

"그랬죠. 2년이 조금 넘었습니다. 두 사람 다 한 번도 후회한 적이 없어요. 리샤르트 씨는 공정한 분이고, 여러 가지로 호의를 베풀었죠. 하지만 아무리 자기 일꾼을 좋아하고 높이 평가한다 해도 설마 객지 사람에게 당신의 외동딸을 주시겠습니까?"

"있을 수 없는 일이지." 캐드펠도 전적으로 동의했다. "그럴 가능성이란 전무할 게요. 그건 그분이 알고 있는 모든 법과 전통과 양심에 어긋나는 행위니까. 친족들 또한 결코 용납하지 않겠지."

"인간이 숨을 쉬는 것만큼이나 엄연한 사실이죠." 카이는 걱정스럽게 한숨을 내쉬었다. "하지만 엥겔라드는 자부심이 강하고 고집스러운 데다, 비록 다른 지방에서의 얘기긴 하지만 자기 나름의 전통과 권리도 지닌 친구거든요. 그의 부친은 근사한 영지를 소유한 지주로, 리샤르트 씨와 마찬가지로 봉건적인 온갖 권한을 지닌 사람입니다. 그래서인지 엥겔라드는 이곳에서의 상황을 도무지 받아들이려 하지 않아요."

"그 젊은이가 딸을 달라고 부친에게 청하기라도 했다는 뜻이오?" 캐드펠은 깜짝 놀라 물었다.

"예, 그랬습니다. 물론 대답은 수사님이 예상하시는 대로였죠. 악의는 없지만 희망도 없는……. 그래요, 엥겔라드는 자신의 전통과 지위를 두고 논쟁을 벌였습니다. 지금까지도 기회만 생기면 자신은 포기하지 않았고 앞으로도 결코 포기하지 않으리라는 점을 상기시키죠. 한 가지 더 말씀드릴까요? 이 두 사람은 성격이 비슷합니다. 열정적이고, 고집도 세고, 마음이 열려 있고, 정직하다는 점에서도 서로 비슷합니다. 두 사람은 서로를 마음속 깊이 존중하고 있어요. 그러다 보니 갈라서지도 않고, 서로에게 악의를 품지도 않는답니다. 하지만 그 문제가 제기될 때마다 불꽃이 튀기 마련이죠. 한번은 리샤르트 씨가 엥겔라드에게 주먹을 휘두르신 적도 있어요. 엥겔라드가 지나치게 고집을 부렸다나요. 얻어맞은 엥겔라드도 주먹을 쥐고 덤벼들었다더군요. 상황이 이러한데 대체 어떤 결말이 나겠습니까? 전 객지 사람이 그런 일을 저질렀다는 얘기는 들어본 적도 없어요. 농노가 자유민을 때리면 그땐 손목을 자르게 되어 있죠. 하지만 다행히도 엥겔라드는 리샤르트 씨를 때리기 직전에 주먹을 멈췄답니다. 아마 무서워서는 아니었을 겁니다. 자기가 하려는 짓이 잘못이라는 걸 깨달아서였겠죠. 게다가 리샤르트 씨가 그때 어떻게 하셨는지 아십니까? 30분도 지나지 않아 엥겔라드를 찾아가 용서를 빌었답니다! 자기가 오만했고, 비이성적이었고, 웨일스인답지 않게 불량배 같은 짓을 저질렀다, 무슨 일이 있어도 주먹질 따위는 하지 말았어야 했다, 그랬다는 거예요. 그 두 사람 사이에서 늘 전투가 벌어지고 있는 건 사실입니다. 두 사람 모두 평화를 얻을 수 없는 전투죠. 하지만 누구든 리샤르트 씨 면전에서 엥겔라드의 욕을 했다가는 틀림없이 자기가 한 소리 못지않게 안 좋은 말을 듣습니다. 리샤르트 씨에게 잘 보이려는 심산에서 엥겔라드의 흠을 잡을라치면 리샤르트 씨는 어김없이, 엥겔라드가 객지 사람이기는 하지만 그를 욕하는 당신 같은 치들과 비교하면 열 배는 더 가치 있는 정직하고 착하고 솜씨 있는 일꾼이다, 하고 호통을 치세요. 이런 식이니 어떻게 결말이 날지 전 짐작도 못 하겠습니다!"

"아가씨는 어떻소?" 캐드펠이 물었다. "이 문제에 대해 아가씨는 뭐라고 하지?"

"별다른 얘기가 없습니다. 아주 잠잠하죠. 어쩌면 처음엔 아버지와 말다툼을 벌이고 애걸해보기도 했을지 모르겠어요. 하지만 그랬다 해도 아가씨와 아버지 단둘이 있을 때뿐이었을 겁니다. 이제는 그저 시간이 해결해주기만을 바라고 있는 것 같아요. 될 수 있는 한 가까이에서 그들을 지켜보고 나쁜 말이 나오지 않도록 자제시키면서요."

그래서 그 떡갈나무 밑에서 연인을 만났나 보다고 캐드펠은 생각했다. 그 밖에도 두 연인은 온갖 장소에서 은밀하게 만났을 것이다. 아마 그녀는 연인이 일하러 가는 곳이면 어디든 따라다녔으리라. 그렇게 해서 지난 2년 동안 여자는 색슨 청년에게 잉글랜드어를 배우고, 반대로 그에게 웨일스어를 가르친 것이다. 낯선 수사가 무심코 이곳 주민들에게 자신이 잉글랜드어를 할 줄 안다는 사실을 발설할지도 모른다는 생각에 두려워하던 이유가 바로 그것이었다. 자신이 엥겔라드를 남몰래 만나고 있다는 사실이 알려지면 안 되니까. 아버지와 연인의 반목을 지켜보며 제발 시간이 이 문제를 해결해주기만을 바라고 있는 마당에 더 이상 소문이 퍼져서는 곤란하니까. 그들 셋 가운데 누가 먼저 양보할 것인지는 신만이 아실 터였다. 그들 모두가 너무도 고집스럽고 자기 뜻을 굽힐 줄 모르는 이들 아닌가.

"우리가 귀더린에 가져온 문제 말고도, 이 마을에는 이 마을 나름의 문제가 있는 모양이구먼." 카이와 헤어지면서 캐드펠은 말했다.

"하느님께서 시간을 두고 그 모든 것을 해결해주시겠지요." 의 미심장한 대답을 남긴 채 카이는 어둠 속으로 터벅터벅 멀어져갔다. 캐드펠은 심란한 기분으로 오솔길을 걸었다. 그래, 하지만 반대로 하느님이 간혹 약간의 도움을 구할 때면 인간은 대개 훼방만 놓지.

*

이튿날 귀더린의 자유민들이 모두 한데 모였다. 여자와 농노들도 모두 미사가 시작되기 전에 모여 있었다. 무리가 도착하자 휴 신부가 그중 우두머리의 이름을 캐드펠 수사에게 알려주었다. 이 정도 규모의 신도들을 맞는 일은 캐드펠에게 아주 드문 경험이었다.

"이분이 리샤르트 씨입니다. 여긴 리샤르트 씨의 딸, 그 댁 집사, 그리고 따님의 몸종이고요."

리샤르트는 탄탄한 몸집에 체격이 크고 기력이 왕성해 보이는 50대 남자였다. 검은 머리칼에 은빛이 도는 구레나룻을 가지고 있었으며 혈색 좋은 얼굴에는 담대한 표정이 떠올라 있었다. 명랑하다고 해야 할까, 아니면 다혈질이라 해야 할까? 쾌활하다고 해야 할까, 아니면 사납다고 해야 할까? 표현할 방법은 마땅찮았으나, 한눈에도 그가 음험하거나 비열한 성정과는 거리가 멀다는 것을 알 수 있었다. 보폭이 넓은 발걸음은 무척 당당했고, 누군가 인사를 건넬 때마다 그의 얼굴은 웃음으로 환해졌다. 옷차림은 다른 평범한 소지주들과 구별하기 힘들 정도로 지극히 검소했다. 자유민이자 약간의 토지를 가진 다른 소지주들 또한 하나같이 훌륭한 천으로 지어 만든 옷을 입고서 무리 지어 교회로 몰려들었다. 밝은 얼굴로 미루어보아 분명 리샤르트는 아무 편견 없이 이곳에 나타났을 터였다. 가족의 장래를 위한 계획들이 모두 꺾인 상태임에도 불구하고 그는 자부심이 가득하고 딸을 사랑하는, 무척이나 행복한 사람으로 보였다.

그의 딸은 고개를 꼿꼿이 들고 진지한 얼굴로, 그러나 얌전하게 아버지의 뒤를 따르고 있었다. 오늘의 회합을 위해 구두를 신고, 머리도 깨끗이 빗질했으며, 목에는 검은 목걸이까지 걸고 있었다. 머리에 두건을 썼으나 그렇다고 캐드펠이 그녀를 알아보지 못할 리는 없었다. 떡갈나무 위에서 나타났던 바로 그 왈가닥 소녀였다. 게다가 이 고장에서 가장 넓은 토지를 물려받을 상속인이자, 가장 빼어난 신붓감이기도 했다.

집사는 회색 머리칼에 이마가 벗어진 나이 많은 남자로, 온화하고 쾌활한 얼굴을 하고 있었다. "저 사람은 리샤르트 씨의 사돈입니다." 휴 신부가 캐드펠에게 속삭였다. "돌아가신 리샤르트 부인의 오빠죠."

"저 다른 여성분이 아가씨의 몸종입니까?" 몸종의 이름은 물어볼 필요가 없었다. 보조개가 옴폭 팬 뺨에 활짝 미소를 지은 채, 아네스트는 쇼네드의 걸음걸이를 흉내 내어 얌전히 교회로 들어섰다. 찬란한 햇빛을 받자 그녀의 머리칼에 간간이 섞인 은빛이 더욱 선명히 드러났다. "저 아이는 대장장이의 조카딸입니다." 휴 신부가 설명을 덧붙였다. "착한 아이지요. 대장장이의 아내가 죽은 뒤에는 저 아이가 종종 제 삼촌을 찾아가 음식을 마련해주기도 합니다."

"베네드 씨의 조카라고요?" 존 수사가 갑자기 귀를 쫑긋 세우며 그녀의 가느다란 허리와 반짝이는 머리칼을 황홀한 눈길로 쳐다보았다. 귀더린을 떠나기 전에 그녀가 대장장이의 집에 나타나 음식을 마련해주는 날이 부디 오기를 고대하는 눈빛이었다. 그들의 거처를 결정한 것이 천사의 손길인지 악마의 손길인지 몰라도, 이는 존 수사에게 중요한 기회가 될지도 모를 일이었다.

"시선을 낮추게, 형제." 제롬 수사가 나무랐다. "여인을 그렇게 똑바로 쳐다보면 안 돼."

"그렇게 신심 깊게 시선을 낮추고 계셨는데 여자가 지나간다는 걸 어찌 아셨을까요?" 존 수사는 나직한 소리로 빈정댔다.

한편 콜룸바누스 수사는 역시나 수사가 여자 앞에서 취해야 할 모범적인 자세 그대로, 두 손을 모아 쥐고 속눈썹을 내리깐 채 바닥의 풀만 내려다보고 있었다.

"저기 캐드월론 씨가 오는군요." 휴 신부가 말했다. "형제들께서도 이미 저분을 알고 계시겠지요. 부인과 아들인 페레디르도 물론 아실 테고요."

한 살짜리 수사슴처럼 활기찬 걸음걸이로 양친의 뒤를 따라 걸어오는 젊은이가 바로 쇼네드의 남편감으로 점찍힌 인물이었다. 쇼네드와는 서로를 잘 알고 이제까지 줄곧 한 가족처럼 지내왔지만, 그녀가 결코 결혼하려고 하지 않는 바로 그 젊은이 말이다. 그제야 캐드펠은 이 모든 상황에 대해 저 신랑 후보는 어떻게 생각하고 있는지 묻지 않았다는 사실을 깨달았다. 하지만 쇼네드를 바라보는 젊은이의 시선을 잠깐만 관찰해도 그 의문에 대한 답은 충분히 알 수 있었다. 바로 거기에 갈등이 있었다. 그녀의 경우 결코 사랑으로 기울지 않을 호감마저 이미 닳아 없어졌을지 몰라도, 그는 아니었다. 쇼네드를 발견한 순간 그의 얼굴은 창백하게 질렸고, 눈에서는 불꽃이 이글거렸다.

그의 양친은 지극히 평범했다. 넉넉한 생활로 살이 오른 사람들, 만사가 이제까지와 마찬가지로 편안하게 진행되기를 바라는 사람들이었다. 캐드월론은 둥근 얼굴에 줄곧 미소를 띠었고, 통통한 몸에 인물이 좋은 그의 아내는 내내 무언가 못마땅한 표정이었다. 젊은이는 보다 모험직인 선조들의 피를 물려받은 듯했으니, 튀어 오를 듯한 발걸음은 보기만 해도 흥이 났다. 키는 보통이지만 신체의 균형이 워낙 잘 잡혀 있어서 실제보다 훨씬 커 보였다. 짧게 자른 검은 고수머리에 턱은 깔끔하게 다듬어져 있었고, 얼굴의 선 하나하나가 모두 뚜렷하고 귀족적이었다. 높이 솟은 광대뼈와 결연하게 꽉 다문 붉고 대담한 입술 위로 내리비치는 햇살 속에서 청년의 혈색 좋은 얼굴은 더욱 생생했다. 저런 젊은이라면 누군가 자신을 저버리고 객지에서 온 사람을 선택하는 상황을 결코 견디지 못할 터였다. 그의 시선과 일거수일투족이, 적어도 지금까지는 자신의 매력에 굴복하지 않는 이가 단 한 사람도 없었다는 사실을 당당히 과시하고 있었다.

교회 안이 사람들로 가득 찼을 때, 로버트 부수도원장이 그 큰 키를 한껏 곧추세우며 당당하게 모습을 드러내더니 슈루즈베리에서 온 수사들을 줄줄이 거느린 채 비좁은 성구실을 나와 자리에 앉았다. 미사가 시작되었다.

*

교구민들의 자유회의는 여성들에게 어떤 역할도 허용하지 않았다. 자유민인 친구들을 통해 간접적인 영향력을 행사하긴 했으나, 농노들의 상황 역시 마찬가지였다. 따라서 미사가 끝나자 남성 자유민들이 한자리에 모이는 사이 다른 사람들은 조용히, 그러나 위엄을 유지한 채 멀찍이 떨어져 그들의 눈에 띄거나 말소리가 들리지 않을 만한 곳에 섰다. 그러나 회의에서 어떤 일이 벌어지는지 본능적으로 감지하고, 회의가 끝나는 즉시 그 예측을 확인하기에는 충분한 정도의 거리였다.

자유민들은 교회 앞 빈터에 모였다. 정오를 한 시간 남짓 남긴 시각이라 벌써 해가 높이 솟아 있었다. 휴 신부가 주민들 앞에 서서, 그에게 제기되었던 방식 그대로 주민들에게 문제의 요점을 설명했다. 교구신부인 그는 이곳 교구민들에게 진실을 알려야 할 의무가 있었으나, 한편 교회에 복종할 의무도 지켜야 했다. 휴 신부는 슈루즈베리 수도원의 요청과 그에 대한 주교와 왕자의 응답을 알리고 그 근거에 대해서도 설명한 뒤, 그 근거에 대한 자세한 이야기를 로버트 부수도원장에게 넘겼다.

부수도원장은 그 어느 때보다도 거룩하고 확신에 찬 성자처럼 보였다. 이런 상황에서 어떻게 처신해야 하는지를 본능적으로 아는 사람이었다. 이 시간에 이처럼 탁 트인 장소에서 회의를 개최할 것을 요구한 이가 바로 그였으리라는 점 또한 의심의 여지가 없었다. 찬란하게 비치는 햇살 속에 서 있어야 천상의 세계에 속한 듯한 자신의 훌륭한 모습이 더욱 영광스럽게 빛날 테니 말이다. 하지만 캐드펠이 보니 그 특유의 위압감만큼은 평소보다 훨씬 억눌린 듯했다. 보통은 과하다 싶은 그의 위압적인 태도가 이 순간엔 적당한 선에 머물러 있었다. 도를 넘지 않기 위해 냉정한 자제력을 발휘한 모양이었다.

"주민들이 좋아하지 않는군요!" 존 수사가 캐드펠의 귀에 대고 속삭였다. 그리 안타까운 목소리는 아니었다. 하긴, 존 수사 같은 사람도 입상을 떨 때가 있는 법이다. 그의 말마따나 주변 웨일스인들의 얼굴은 그리 유쾌해 보이지 않았다. 성녀 하나를 놓고 잉글랜드인들이 벌이는 이 기적의 잔치가 영 못마땅한 것이다. 로버트 부수도원장은 최선을 다했으나 주민들을 사로잡기에는 역부족이었다.

그들은 동요하고 웅성거리며 서로를 돌아보다가, 일제히 시선을 돌려 한 사람을 주목했다.

캐드윌론이 머뭇머뭇 입을 열었다. "만일 그것이 오아인 왕자님의 뜻이고 주교님께서도 축복을 내리셨다면, 교회에 헌신하는 아들이자 귀네드의 성실한 주민들로서 우리들은……."

"왕자님도 주교님도 우리의 사명을 재가하셨소이다." 부수도원장이 거만하게 말했다.

"그러나 성처녀께서 계신 곳은 여기 귀더린입니다." 리샤르트가 불쑥 끼어들었다. 그의 사람됨과 정확히 어울리는 음성이었다. 크고, 깊고, 음악적이면서도, 자신이 느끼는 바를 고스란히 드러내는 음성. 말이 끝난 뒤에 생각을 요하는 음성. 그 울림 속에 이미 모든 내용이 고스란히 포함되어 있는 그런 음성이었다. "그분은 우리의 성녀입니다! 데이비드 주교님의 성녀가 아닙니다! 왕자님의 성녀도 아니고요! 그분은 바로 이곳에서 살다 돌아가셨고, 단 한 번도 우리 곁을 떠나고 싶다는 말씀을 입 밖에 내신 적이 없습니다! 그토록 오랜 세월이 흐른 뒤 이제 와서 이리도 갑작스럽게 우리를 떠나겠다고 하셨다는 얘기를 어찌 쉽사리 믿을 수 있겠습니까? 그리고 어째서 그분이 우리에게는 그런 말을 하지 않으셨을까요?"

"어쨌든 우리에게 분명히 말씀하셨소이다." 부수도원장이 말했다. "이미 말씀드렸듯, 여러 계시를 통해 우리에게 당신의 의지를 천명하셨지요."

"하지만 우리에게는 한 마디도 없으셨지요." 리샤르트는 발끈

하여 외쳤다. "이것이 예에 걸맞은 일이라 생각하십니까? 바로 이곳, 우리들 가운데 거하시다 돌아가신 그 성처녀에 관해 여러분이 하는 말을 우리가 어떻게 믿을 수 있겠습니까?"

주민들은 리샤르트와 뜻을 같이하고 있었다. 모두의 안에서 억눌려 있던 비분한 감정이 리샤르트의 자신만만한 태도에 불같이 끓어올랐다. 여기저기서 한꺼번에 외침이 터져 나오기 시작했다. 위니프리드는 귀더린의 성녀이며, 다른 곳에 속하는 분이 아니라는 얘기였다.

"당신들이 감히 성녀를 방문해왔노라 말할 수 있소?" 로버트 부수도원장이 소리를 높여 반박했다. "성녀께 경배를 바쳤다고 할 수 있소? 그분의 축복을 청원하고, 그분이 받아 마땅한 영광을 바쳤다고 할 수 있소? 성녀께서 여러분 가운데 거하시기를 원할 만한 특별한 이유라도 들 수 있소? 당신들은 심지어 그분의 무덤마저 잊고 지내지 않았소!"

"설령 그것이 모두 사실이라 칩시다." 리샤르트가 흥분해서 대꾸했다. "성처녀가 그것 때문에 우리를 원망하신다고 생각하십니까? 여러분과 달리, 그분은 우리와 함께 사셨습니다. 여러분은 잉글랜드인이지만 성처녀는 웨일스인이셨지요. 그분은 우리를 알고 계십니다. 그분은 우리를 거부하신 적도, 우리에게 불평을 하신 적도 없습니다. 우리는 그저 그분이 여기 계시다는 것을 알 뿐, 과시할 필요도 생색을 낼 필요도 느끼지 못했습니다. 만일 뭔가 필요한 것이 있었다면 그분은 당연히 우리에게 알리셨을 겁니다. 하지만 그 내용이 당신 앞에 무릎을 꿇고 기도를 올리고 눈물을 흘리라는 요구는 아니었겠죠. 혹시라도 무덤의 들장미나 잡초 따위가 지겨우셨다면, 그분은 무슨 수를 써서든 우리에게 알리셨을 것입니다. 멀리 떨어진 잉글랜드 베네딕토회의 수도원이 아니라, 바로 우리들에게요!"

주민들이 다시 열을 올려 웅성거리며 불만을 쏟아놓기 시작했다. 리샤르트는 시인이자 설교자였다. 잉글랜드인 누구와도 대적할 만했다. 캐드펠 수사는 마음속에 깃든 음유시인의 기질을 발휘하여 주민들과 함께 말없이 리샤르트가 읊는 시를 즐겼다. 로버트 부수도원장이 이들의 포위 공격 아래 차츰 기세를 잃어가고 있어서가 아니라, 공격 나팔을 부는 것이 다름 아닌 웨일스인의 음성이었기 때문이었다.

"그렇다면 당신들은 내가 설명한 계시와 기적들을 부정하는 거요? 그것들이 우리를 여기까지 이끌었다는 사실을 부정하는 거요?" 부수도원장이 허리를 꼿꼿이 세우고 천둥처럼 고함을 질렀다.

"그게 아닙니다!" 리샤르트는 강력하게 부르짖었다. "저는 여러분이 그 놀라운 일들을 믿는다는 것도, 그런 일을 체험했다는 것도 의심하지 않습니다. 그러나 기적이나 경이로운 일은 천사를 통해서도 악마를 통해서도 일어날 수 있는 법입니다. 만일 그것들이 천국의 힘으로 이루어진 것이라면, 어째서 우리에게 아무런 지시가 없었겠습니까? 그 작은 성녀께서는 잉글랜드가 아니라 바로 여기 계시는데요. 성녀께도 고향 사람들에 대한 예의는 있습니다. 여러분은 감히 성녀께서 배신자가 되었다고 주장하실 생각입니까? 웨일스에는 교회가 없습니까? 그분이 다니시던 켈트인들의 교회는 교회가 아닌가요? 그분이 여러분의 교회에 대해 무엇을 아시겠습니까? 성녀께서 우리에게는 아무 말씀도 없이 여러분에게만 나타났다는 것을 저로서는 도무지 믿을 수가 없습니다. 여러분은 악마에게 속으신 겁니다! 위니프리드 성녀께서는 결코 입을 여신 적이 없습니다!"

수십 명의 목소리가 동조하며 자신들이 품은 분노의 맥락을 정확히 짚어낸 이 대변인에게 환호를 보냈다. 게다가 교회 중에서도 오랜 전통을 지닌 켈트인들의 성스러운 교회, 세속적인 일에 개입하지 않고 왕권의 환심을 사려 하지도 않으며 속세로부터 물러나 명상과 기도라는 축복받은 고독에 파묻힌 이 교회에 경의를 표하지 않는가. 사람들의 속삭임은 억제된 웅성거림으로, 천둥 같은 고함으로, 포효로 점점 커져갔다. 로버트 부수도원장은 그 외침을 가라앉히기 위해 자신도 목소리를 높여 맞고함을 질렀으나 현명한 대응은 아니었다.

"성녀께서 당신들에게 아무 말씀도 하지 않으신 건, 당신들이 그분을 망각한 채 어떤 영광도 바치지 않았기 때문이오. 성녀께서는 당신들에게 주목을 조금도 받지 못하니 할 수 없이 우리를 찾아오신 거요."

"그것은 사실이 아닙니다." 리샤르트는 다시 반박했다. "여러분이 사정을 잘 모르셔서 그렇게 생각하시는 겁니다. 성녀께서는 선한 웨일스 여성으로, 같은 고향 사람들을 잘 알고 계십니다. 우리는 지위 높은 자나 부유한 자라고 해서 허겁지겁 존경을 바치는 법이 없는 사람들입니다. 상대가 누구든 우리 앞에서 자신을 과시하는 이들에게는 모자를 벗고 고개를 숙이지도 아첨을 하지도 않습니다. 칭찬을 받아도 무뚝뚝하고 데면데면한 사람들입니다. 누군가가 귀하다는 것을 알아도 그 사실을 마음속으로만 인정할 뿐이지요. 이 웨일스 성녀께서도 그것을 알고 계십니다. 설령 우리가 무덤을 장식하기를 거부한다 할지라도 그분은 결코 그 초라한 무덤을 떠나실 리가 없습니다. 우리에게 중요한 것은 바로 마음이니까요. 그분은 우리의 수호성인이요, 우리 자신의 친족이나 다름없는 분입니다. 여러분은 바로 그런 분의 유골을 찾으러 오신 겁니다. 우리의 것도, 여러분의 것도 아닌 그분의 유골을 말이지요! 그분이 우리에게 나타나 다른 곳으로 옮겨 가겠다는 말씀을 하시지 않는 한, 그분의 유골은 계속 이곳에 머물러 있을 것입니다. 그분이 직접 말씀하시기 전에는 여러분의 요청을 받아들일 수 없습니다!"

웅변과 논증에서 그만한 적수를 만나다니, 로버트 부수도원장에게는 그야말로 생애 최악의 타격이었다. 더구나 상대는 야만인이나 다름없는 웨일스인 지주, 그것도 광대한 토지를 소유한 대영주도 아닌 평범한 지주에 불과한 인물 아닌가. 저 무수한 열등한 인간들과 견주어 겨우 조금 우월한 지위를 차지하고 있을 뿐인 보잘것없는 자. 적어도 이 노르만인의 시선으로 볼 때는 그랬다. 로버트 부수도원장이 지위와 계급에 따라 사고하는 사람이라면, 리샤르트는 혈연관계에 따라 사고하는 사람이었다. 그 혈연관계에 속하는 이라면 누구든 가족 속에 서로의 자리를 가질 뿐, 그 어떤 사람도 우월하거나 열등하다고는 여기지 않았다.

이제 주민들의 목소리는 하나의 천둥이 되어 당당하고 강력하게 반발하고 있었다. 단 한 사람에 의해 촉발된 일이었다. 자신이 딱 하나의 적을 앞에 두고 있다는 사실을 깨달은 로버트 부수도원장은 이제 분노한 어조를 가라앉히고 소규모 전투에 적합한 교묘한 회유 전술을 구사하기로 마음먹었다. 그는 수도복의 넓은 소맷자락에서 빠져나온 기다란 팔을 높이 들어 올리며 사람들을 향해 미소를 지어 보였다.

"캐드펠 형제, 내 말을 리샤르트 영주에게 전하시오." 강렬하고 자애로운 미소를 띤 채 그가 리샤르트를 바라보았다. "우리는 같은 사랑의 마음을 지녔으며, 단지 그 수단에 대해 견해 차이가 있을 뿐이라고 말이오. 분노의 고함으로 서로를 적대시할 것이 아니라 인간 대 인간으로 조용히 얘기를 나누자고 말해주시오. 리샤르트 영주, 우리와 함께 안으로 들어가 이 문제를 조용히 의논해보십시다. 그대는 한층 자유롭게, 아무 방해 없이 그대의 의견을 표명할 수 있을 것이오. 나 역시 공정하게 그대의 말에 귀 기울이고 내 의견을 이야기하겠소. 더 이상은 그대와 그대의 주민들을 거스르는 말은 한 마디도 하지 않을 것을 약속하오."

"정당하고 자비로우신 말씀입니다." 리샤르트는 그 제안을 즉각 받아들여 사람들 사이를 헤치고 기꺼이 앞으로 나왔다.

"의견의 차이가 있는 채로 교회에 들어가서는 안 되겠지요." 로버트 부수도원장이 말했다. "그러니 함께 휴 신부님의 집으로 가시겠소?"

두 사람이 사제관의 야트막한 문간을 넘어설 때까지, 주민들은 줄곧 눈을 커다랗게 뜬 채 편치 않은 표정으로 그들을 주목했다. 그들이 다시 나올 때까지 단 한 명도 자리를 떠나지 않을 태세였다. 그들은 이제까지 자기들을 대변해준 사람을 굳게 믿고 있었다.

나무 향기가 풍기는 작은 방이었다. 바깥에는 한낮의 햇살이 눈부시게 내리쬐고 있었으나 안은 어두침침했다. 로버트 부수도원장은 침착하고 이성적인 표정으로 적을 마주 보았다.

"말씀은 무척 잘 들었소." 그가 입을 열었다. "그대의 신앙심과 성녀에 대한 고귀한 사랑에 찬사를 보내오. 우리 역시 성녀를 사랑하고 있기 때문이오. 성녀의 뜻으로 오직 성녀에게 봉사하기 위해 우리는 여기에 왔소이다. 교회도 국가도 우리와 뜻을 함께하고 있지요. 웨일스의 귀족으로서 교회와 국가에 대한 의무에 관해서는 그대가 나보다 더 잘 알 것이오. 그러나 나는 원한을 남긴 채 귀더린을 떠나고 싶은 생각이 추호도 없소. 나 역시 위니프리드 성녀를 떠나보내야 하는 이들의 슬픔이 얼마나 깊을지 이해할 수 있기 때문이오. 우리가 큰 은혜를 입는 셈이니, 귀더린 주민들의 슬픔에 대해 보상을 해드리고 싶소."

"귀더린 주민들에게 보상을 하신다고요?" 캐드펠 수사가 말을 옮기자 리샤르트는 놀라 반문했다. "그게 무슨 말씀이신지……."

"더하여 그대에게도 보상하겠소." 부수도원장은 부드럽지만 지극히 사무적인 얼굴로 말했다. "그대가 반대 의견을 거두면 다른 주민들도 당신을 따라 주교님과 왕자님의 의견을 받아들일 것이오."

그 말을 옮기면서, 캐드펠은 로버트 부수도원장이 그 길쭉한 손을 느릿느릿 의미심장하게 수도복 안자락으로 밀어 넣는 것을 보았다. 지금 부수도원장은 생애 최대의 끔찍한 잘못을 저지르려는 참이었다. 그러나 리샤르트는 여전히 무슨 일이 벌어질지 짐작도 못 한 채 의심스러운 표정으로 가만히 그를 지켜볼 뿐이었다. 부수도원장은 안주머니에서 끈으로 묶인 작은 가죽 주머니를 꺼내 탁자 위에 올려놓더니 천천히 앞으로 밀었다. 금속이 부딪는 소리와 함께, 가죽 주머니는 거친 탁자 위를 지나가 리샤르트의 오른손 바로 앞에 놓였다. 리샤르트는 의아한 눈으로 그것을 내려다보다가 무슨 영문인지 모르겠다는 듯 다시 부수도원장을 바라보았다. "이해가 안 되는군요. 이게 뭡니까?"

"전부 당신 것입니다." 부수도원장이 말했다. "당신이 교구민들을 설득하여 성녀를 포기하도록 해준다면 말이죠."

그 순간 오싹할 정도로 분위기가 얼어붙었다. 부수도원장은 자신이 엄청난 실수를 저질렀음을 깨달았으나, 이미 때는 늦었다. 그는 이 실수를 조금이나마 만회하기 위해 서둘러 덧붙였다. "귀더린을 위해 가장 좋은 일에 써주시오. 금액이 크니……." 그러나 소용없었다. 캐드펠은 더 이상 말을 옮기지 않고 입을 다물어 버렸다.

"돈을 주다니!" 리샤르트는 끔찍하다는 듯 부르짖었다. 극도의 멸시와 극도의 혐오가 서린 목소리였다. 물론 리샤르트도 돈이 무엇인지 알았고, 그것이 어떻게 쓰이는지도 알고 있었다. 그러나 그에게 돈이란 그저 관계의 탈선에 불과했다. 웨일스의 농촌 지방에서 화폐가 쓰이는 일은 거의 없다시피 했으며, 화폐를 필요로 하는 사람도 거의 없었다. 모든 상품이나 용역의 매매는 물물교환의 형태로 이루어졌다. 살아가는 데 필수적인 것들을 못 가질 정도로 궁핍한 주민이나 거지는 찾아볼 수 없었다. 궁핍한 사람들은 친족들이 도왔으며, 모든 집이 활짝 열려 있었다. 시장을 통해 흘러들어온 화폐란 무의미하고 괴상한 물건에 지나지 않았다. 리샤르트는 경멸스러운 기분을 떨치지 못한 채 잠시 멍하니 앉아 있다가, 곧 이번 경우에는 이 돈이 치명적인 모욕을 뜻한다는 사실을 깨달았다. 그가 그 치욕스러운 물체에서 손을 떼었다. 피가 솟구쳐 얼굴이 시뻘겋게 달아오르고, 눈의 흰자위까지 벌겋게 충혈된 상태였다.

"돈이라니! 감히 돈으로 우리 성녀를 사겠다고? 나를 사겠다고? 나는 당신에 대해 두 가지 상반된 생각을 품고 있었고, 내가 취할 행동에 대해서도 두 개의 길 사이에서 망설이고 있었소. 하지만 이제 하느님의 뜻으로 내 생각을 결정지었소! 당신에게 계시가 나타났듯 나에게도 이제 그 계시가 나타난 거요."

"내 말을 오해 마시오!" 부수도원장이 다급하게 부르짖었다. 리샤르트가 한마디 한마디 덧붙일 때마다 그는 자신의 실수를 점점 더 뼈저리게 깨닫고 있었다. "어느 누가 성스러움을 돈으로 매매할 수 있겠소. 다만 귀더린 주민들의 희생에 대한 감사와 연민의 뜻으로 선물을 하려는……."

"당신은 이걸 내게 주겠다고 분명히 말했소." 리샤르트는 고결한 분노로 가득 차 부수도원장의 말을 상기시켰다. "내가 교구민들을 설득해서 그 성녀를 포기하도록 만들어주면 이 돈을 주겠다고 말이오! 이건 선물이 아니라 뇌물이오! 당신은 이 어리석은 물건을 당신 자신의 명예보다도 더 소중하게 가슴에 품고 왔지. 하지만 이따위 것으로 내 양심을 살 수 있으리라고는 기대하지 마시오. 이로써 내가 딩신에게 품은 의심이 옳았다는 것을 확실히 알겠군. 당신은 당신 할 말을 했으니, 나는 주민들에게 내가 할 말을 하겠소. 당신이 약속한 대로 아무 제약도 없이 자유롭게 말이오."

"안 되오! 기다리시오!" 부수도원장은 당황한 나머지 손을 뻗어 리샤르트의 소매를 움켜잡았다. "그렇게 서두를 것은 없잖소! 그대는 내 뜻을 오해했소. 내가 귀더린에 선물을 하려 한 것이 잘못이었다면 사과하리다. 그러나 그것을 그런 식으로……."

리샤르트는 부수도원장의 손길을 거칠게 뿌리치더니 캐드펠에게 말했다. "이 사람에게 두려워할 건 없다고 전해주십시오. 슈루즈베리의 부수도원장이 나를 매수하려 했다는 것은 나 자신이 수치스러워서라도 주민들에게 차마 전할 수가 없으니까요. 하지만 내 입장에 대해서는 분명히 알려야겠습니다. 물론 여러분께도요." 그러고서 그는 등을 돌려 그곳을 나가버렸다.

"지금은 안 됩니다!" 휴 신부가 손을 들어 그를 붙잡거나 뒤따라 나가려는 사람들을 저지했다. "저 사람은 지금 단단히 화가 나 있어요. 내일쯤이면 무슨 수를 내서든 접근할 수 있겠지만 지금은 절대 안 됩니다. 저 사람이 하고 싶은 말을 하도록 내버려두십시오."

"그렇다면 최소한 외양만이라도 제대로 갖추십시다." 부수도원장은 자신이 만든 이 폐허 속에 남겨진 돈주머니를 우아하게 집어 들더니, 햇살 속으로 나가 교회 입구 가까운 곳에 자리를 잡고 멈춰 섰다. 그의 수행원들이 뒤를 따랐다. 로버트 부수도원장은 고개를 꼿꼿이 세우고 묵묵히 두 손을 마주잡은 채 리샤르트가 귀더린의 주민들에게 우레와 같은 음성으로 선언하는 소리를 들었다.

"여러분, 나는 슈루즈베리에서 온 분들의 말을 경청하고 판단을 내렸습니다. 이제 그 결정을 여러분에게 알리겠습니다. 이분들이 요구하는 신성모독에 반대하는 나의 견해가 옳았음을 나는 분명히 확인할 수 있었습니다. 단언하건대, 위니프리드 성녀가 계셔야 할 곳은 바로 이곳, 그분이 언제나 계시던 곳, 바로 우리들 한가운데입니다. 그분이 낯설고 엉뚱한 땅으로 옮겨지는 것을 허락한다면, 이는 돌이킬 수 없는 죄악을 저지르는 셈입니다. 그곳에서는 타국인들이 성녀께서 알아듣지 못하는 언어로 기도를 바칠 것이요, 성녀께서는 당신 가까이 접근할 가치도 없는 이들에게 둘러싸여 거하셔야 할 것입니다. 죽음을 걸고 맹세하건대 그분의 유골을 옮기려는 어떠한 시도에 대해서도 나는 반대할 것이며, 여러분에게도 똑같이 행동해야 할 의무가 있음을 선언합니다. 오늘 회의는 이것으로 끝입니다."

리샤르트가 그렇게 선언한 이상 폐회를 취소시킬 방법은 없었다. 부수도원장은 대리석처럼 단아한 얼굴로 두 손을 마주잡은 채 우두커니 서 있을 뿐이었다. 리샤르트는 숲속 오솔길로 떠났고, 그 뒤를 따라 교구민들도 존경이 가득한 의식적인 침묵 속에서 각기 서로 다른 방향으로 슬며시 흩어져갔다. 숲 가운데 자리 잡은 빈터가 어느새 딩 비었다.

4

“미리 귀띔이라도 해주지 그러셨습니까.” 휴 신부가 조심스레 책망하듯 입을 열었다. “그랬다면 제가 그것이야말로 최악의 방법이라고 말씀드렸을 텐데요. 리샤르트 씨 같은 이에게 돈이 무슨 매력이 있겠습니까? 설령 그 사람이 돈으로 무언가를 사고팔 줄 아는 사람이라 하더라도, 다른 방도를 모색하셨어야 합니다. 저는 부수도원장께서 리샤르트 씨를 설득할 만한 다른 방법을 찾으신 줄 알았습니다. 큰 권능을 가진 성인이 전무한 잉글랜드의 형편을 솔직히 인정하고 잉글랜드에서 온 순례단의 고충을 설명한 뒤 위니프리드 성녀 같은 분이 수호성인으로 반드시 필요하다고 애원하시려는가 보다, 뭐 이렇게 생각했지요. 그랬다면 리샤르트 씨도 동정심을 자극하는 호소에는 귀를 기울였을 텐데요."

"내게는 교회와 국가의 허락이 있습니다." 로버트 부수도원장이 거칠게 대꾸했다. 그러나 그의 권위는 이미 퇴색된 뒤였고, 그 자신도 이를 알고 있었다. "시골 지주 나부랭이의 의지 때문에 내 책무를 포기할 수는 없습니다. 이곳 웨일스에서는 그런 명령이 아무 권한을 발휘하지 못하는 겁니까?"

"그렇다고 할 수 있습니다." 캐드펠 수사가 불쑥 대꾸했다. "이곳 주민들도 존경심은 당연히 갖고 있습니다만, 그 존경심이 향하는 곳은 거대한 수도원이 아니라 은둔자들의 거처죠."

회의의 열기는 저녁 미사 직전까지 지속되어 그 쓰디쓴 기분 탓에 미사마저 엉망이 되고 말았다. 로버트 부수도원장은 위니프리드 성녀가 가장 우선적으로 요구하는 것이 슈루즈베리 수도원으로 자신을 옮기는 일이라는 것을 수많은 계시를 통해 분명히 드러냈다면서 공포에 찬 설교를 늘어놓았다. 그 일을 방해하는 자들, 감히 당신 의지에 저항하는 자들에게는 무시무시한 분노가 내릴 것이라고 경고했다는 것이었다. 반드시 거쳐야 할 리샤르트와의 합의를 위해 로버트 부수도원장이 새로 모색한 방법은 바로 그러한 것이었다. 캐드펠은 부수도원장의 말을 옮기며 위협의 강도를 최대한 약화시키려 노력했지만 주민들 중에는 그 위협의 수위가 어느 정도인지 충분히 눈치챌 만큼 잉글랜드어를 알아듣는 이들이 더러 있었으니, 그들의 냉랭하고 폐쇄적인 얼굴이 이를 분명히 말해주고 있었다. 미사가 끝난 뒤, 그들은 크래독 왕자에게 벌어졌던 일을 잊지 말라는 부수도원장의 엄포를 귀더린의 모든 주민들에게 전달할 터였다. 크래독 왕자라니! 그 살점이 산산이 흩어지고 비처럼 땅 위로 쏟아져 흔적도 없이 사라졌으며, 지상에서 육신과 함께 영혼까지 말살되어버린 그의 예를 들다니! 부원장은 감히 위니프리드 성녀의 뜻을 거스르는 자들에게도 그와 똑같은, 감히 상상하기조차 두려운 섬뜩한 처벌이 내릴 것이라고 설교한 것이다.

근심에 싸인 휴 신부는 모두가 만족할 만한 방법을 찾으려고 노력하는 한편, 어떻게 해서든 부수도원장의 생각을 돌리고자 갖은 애를 썼다.

"리샤르트 씨는 악한 사람이 아닙……."

"악한 사람이 아니라뇨!" 제롬 수사는 호소하듯 하늘을 올려다보며 반박했다. "그보다 사소한 잘못으로도 파문당한 사람들이 부지기수입니다!"

"그렇다면 아무 죄도 없는 이들이 파문당한 셈이지요." 휴 신부는 강경하게 말을 이었다. "예, 그런 일이 종종 일어난다는 것은 저도 잘 압니다. 다시 말씀드리지만, 리샤르트 씨는 양심적이고 헌신적인 사람입니다. 공정하고 인정도 많지요. 오해와 모욕을 받았을 땐 마땅히 분개할 권리도 있고요. 그가 반대 의사를 철회하게 하려면 부수도원장님 쪽에서 먼저 접근하셔야 합니다. 물론 이번에는 다른 방식을 택하셔야겠지요. 처음부터 부수도원장께서 직접 그 사람을 만나시는 것은 추천드리지 않습니다. 제가 리샤르트 씨를 만나되, 이곳 주민들 사이에서 선량한 웨일스인으로 인정받고 있는 캐드펠 형제와 함께하면 어떨까 싶군요. 그렇게 이제껏 오간 이야기며 벌어졌던 일들을 모두 잊어달라 청하고 마음을 터놓고 다시 한번 상의해볼 것을 권한다면 그 사람도 거절하지 않을 겁니다. 일단 이쪽에서 그를 방문한다는 점만으로도 그 사람의 닫힌 마음이 조금 열릴 거예요. 선한 사람이니까요. 리샤르트 씨가 반드시 생각을 바꾸리라고는 자신하지 못하겠습니다. 그것은 이번에 그 사람을 어떻게 대접하느냐에 달린 일이겠지요. 하지만 리샤르트 씨가 여러분 말씀에 귀를 기울이리라는 점만은 단언할 수 있습니다."

"한 사람의 영혼을 지옥에서 구할 방법이 있는데 그냥 눈감아버리는 것도 도무지 못 할 일이긴 하지." 로버트 부수도원장은 중얼거리더니 거만하게 말했다. "나 역시 그 사람에게 좋지 않은 일이 일어나기를 바라지는 않습니다. 죄인을 죄악에서 구원하기 위해 고개를 숙이는 것은 치욕스러운 일이 아니겠지요."

"아, 정말 놀라운 자비심이십니다!" 제롬 수사가 탄성을 질렀다. "그 같은 악인에게는 도저히 상상조차 할 수 없는 성스러운 자비심이십니다!"

존 수사의 가늘게 뜬 눈이 이글거렸다. 그는 당장 뭐라도 걷어차고 싶은 충동을 억제하기 힘든지 불안하게 한쪽 발을 까닥거렸다. 왕자와 주교, 부수도원장은 물론 이곳 주민들에게도 만족스럽게 여겨질 만한 방법을 모색하느라 안간힘을 쓰고 있던 휴 신부는 존 수사에게 경고가 담긴 눈빛을 던지더니 서둘러 말을 이었다. "오늘 밤 당장 그 사람을 찾아가 내일 제 집에서 같이 식사를 하자고 청하겠습니다. 그 자리에서 합의가 이루어지면 다시 회의를 소집할 수 있을 겁니다. 그렇게 되면 평화가 회복되었다는 것을 모두가 알게 되겠지요."

"아주 좋습니다!" 부수도원장은 잠시 생각한 뒤 답했다. 그렇게만 된다면 자기가 저지른 잘못을 인정하거나 용서를 빌 필요가 없을 것이며, 자신을 대신해 휴 신부가 무슨 말을 하는지 면밀히 귀를 기울이지 않아도 될 것이었다. "좋아요, 그렇게 해주십시오. 신부님 뜻대로 성사되기를 바랍니다."

"사신들이 말을 타고 가면 부수도원장님의 위엄이 잘 드러날 테고 이 제안의 중요성도 한층 강조할 수 있을 겁니다." 캐드펠 수사가 진지하게 제안했다. "아직 날이 저물지 않았으니 말들도 훈련할 겸 해서요."

"그렇겠군." 부수도원장은 가볍게 만족감을 드러냈다. "그것으로 우리의 권위와 우리 사명의 중요성을 상징할 수 있겠지. 좋소, 존 형제에게 말을 데려오라고 하시오."

*

"아, 수사님은 정말이지 진정한 친구예요!" 존 수사가 진심을 담아 말했다. 세 사람은 각자 말과 노새에 올라 나무 그늘 밑으로 저녁 어스름이 밀려들기 시작하는 숲속을 걷고 있었다. 휴 신부와 존 수사는 각각 키 큰 말에 올라탔고, 캐드펠 수사는 노새들 중 가장 훌륭한 녀석의 등에 앉아 있었다. "그 자리에 10분만 더 앉아 있었더라면 저는 적어도 한 달은 참회해야 하는 짓을 저지르고 말았을 거예요. 이렇게 심부름을 하느라 좋은 친구분들과 함께 숲속에 있으니 얼마나 다행인지! 숲의 고요함도 한껏 만끽하고 말이에요."

"형제에게 같이 가자고 권한 적은 없는 것 같은데." 캐드펠이 슬쩍 농을 던졌다. "난 그저 말을 타고 가면 사절이 한층 위엄 있게 보일 거라고 말했을 뿐이야. 형제가 함께 가야 한다는 소리는 한 적이 없지."

"전 말을 따라가는 겁니다. 대사가 마부도 없이 말을 타고 다닌다는 말씀 들어보셨어요? 의논하시는 동안 저는 충실한 하인 노릇만 열심히 하겠습니다. 그리고 베네드 씨가 그러는데, 오늘 밤 저 언덕 위에 있는 집에서 술을 한잔할 거라더군요. 자기들끼리 서로 돌아가며 술을 사는데 오늘은 카이 순서라나요."

"대체 그런 건 어떻게 알았나?" 캐드펠은 놀라 물었다. "웨일스 말은 한 마디도 모르면서 말이야."

"그야 그 사람들이 어떤 식으로든 이해를 시켜주니까 알죠. 저 역시 제 말이 무슨 뜻인지를 그 사람들에게 이해시키고요. 그리고 웨일스 말이라면 저도 벌써 몇 마디 배웠습니다. 우리가 여기 더 오래 머물러서 여기 사람들과 더 자주 얘기할 수 있게 되면 훨씬 더 많이 배우겠죠. 어쩌면 대장간 일까지 배울 수 있을지도 모르겠네요. 오늘 아침에는 대장간 일도 도와줬거든요."

"대단하군. 웨일스에선 아무나 대장장이가 될 수 없는데."

휴 신부가 오른편으로 길게 이어진 담을 가리켰다. "캐드월론 씨의 땅입니다. 리샤르트 씨 토지에 닿으려면 아직 숲속으로 1킬로미터쯤 더 가야 하지요."

그들이 숲에서 빠져나와 커다란 빈터에 이르렀을 때까지도 아직 해는 저물지 않은 채였다. 기다란 담이 이어진 빈터 양쪽으로 갓 쟁기질을 마친 밭과 작물이 자라고 있는 밭들이 죽 펼쳐져 있었다. 대기에는 나무 타는 냄새가 지독했다. 횃불이 저택의 열린 대문을 비추고 있었다. 담 안에는 마구간과 창고며 축사들이 서 있고, 일꾼들은 저녁 일을 돌보느라 정신없이 분주했다.

"이런, 이런!" 외양간 처마 밑에서 카이의 목소리가 들려왔다. "오늘 밤 어디에서 술판이 벌어지는지 냄새만 맡고 찾아내신 겁니까, 캐드펠 수사님!" 그가 베네드 옆에서 몸을 움직여 앉을 자리를 만들었다. "안에서는 파드리그 씨가 음악을 만들고 계세요. 여기서 듣자 하니 아무래도 전투곡 같은데요. 좀 있으면 파드리그 씨도 나오실 겁니다. 자, 일단 앉으시죠. 잘 오셨어요. 수사님을 적으로 생각하는 사람은 아무도 없습니다."

그 자리에는 한 사람이 더 있었다. 키 큰 남자가 더 어두운 곳에서 긴 다리를 쭉 펴고 편히 앉아 있었다. 어둠 속에서도 창백하게 빛나는 연노란빛 머리칼이 보였다. 젊은 외지인 엥겔라드였다. 그 또한 기다란 몸을 주춤주춤 한쪽으로 움직여 새로 온 사람들에게 자리를 내주었다. 그가 환히 웃자 가지런한 하얀 이가 드러났다.

"우린 이 전쟁을 끝내기 위해 왔소." 캐드펠 수사가 노새에서 내리며 말했다. 집안의 마부가 뛰어나와 고삐를 넘겨받았다. "휴 신부님이 평화안을 가지고 오셨지요. 나는 그저 그 자리에서 구경이나 할 보좌 역이고. 안타깝게도 우리는 이곳 지주와 이야기를 마치는 즉시 돌아가야 한다오. 그래도 안에서 대화가 오가는 사이 여러분이 존 형제와 함께 있어주면 그가 무척이나 좋아할 거요. 엥겔라드와는 잉글랜드어로 대화하면 되겠군. 누구든 기회가 날 때 제 모국어를 연습해야 하는 법이니까."

하지만 그 순간 존 수사는 모국어든 외국어든 말할 능력 자체를 완전히 상실한 듯 보였다. 그는 일꾼이 손에서 고삐를 받아 가는 것도 모르고 우뚝 멈춰 선 채 꿈꾸는 듯한 표정으로 멀거니 문간만 바라보았다. 커다란 술 주전자를 두 손으로 받쳐 든 소녀가 처마 밑에 앉은 술꾼들을 향해 천천히 다가오는 중이었다. 생기 있는 갈색 눈으로 방문객들을 하나하나 살펴보던 그녀는 캐드펠 수사를 발견하자 호의 가득한 기색을 띠었고, 존 수사를 보고는 눈을 휘둥그렇게 떴다. 햇볕에 그을린 얼굴에 가시처럼 뻣뻣한 머리칼을 산발한 채, 존 수사는 경이에 사로잡힌 듯 두 눈을 커다랗게 뜨고서 마치 살아 있는 동상처럼 우뚝 서 있었다. 아네스트의 시선을 따라가던 캐드펠도 거칠고 억센 몸집에 천진난만한 이 젊은이를 새삼스럽게 바라보았다. 말을 타느라 무릎까지 걷어 올린 베네딕토회의 수도복은 대충 만든 웨일스식 작업복 같아 보였고, 체발된 정수리는 마구 엉킨 고수머리에 가려 눈에 띄지 않았다. 정수리가 비어 있다는 사실을 잘 알고 있는 그로서도 알아차리기 쉽지 않을 정도였다.

"자, 여기 목마른 자들이 모여 있네요!" 아네스트는 존 수사를 곁눈질하며 카이 옆자리에 술 주전자를 내려놓더니, 치맛자락을 걷어 올리고 한데 묶은 긴 연갈색 머리 타래를 휙 돌려 젖히며 자리에 앉아 베네드가 내미는 뿔잔을 받아 들었다. 존 수사는 마법에 걸린 듯 여전히 아무 말 없이 서 있었다.

"어서 이리 오세요, 수사님." 베네드가 비켜 앉아 공간을 만들어주었다. 조심스레 한 모금씩 술을 홀짝이고 있는 소녀 바로 옆자리였다. 존 수사는 꿈을 꾸듯 자기를 위해 마련된 자리로 주춤주춤 걸어갔다.

"저런!" 캐드펠은 조용히 중얼거렸다. 그러곤 어떤 문제든 다 해결하는 해결사로서도 도저히 처리할 수 없는 난제를 남겨둔 채, 휴 신부와 함께 저택 안으로 들어갔다.

*

"가겠습니다." 방문객들과 함께 작은 방에서 이야기를 나누던 리샤르트가 입을 열었다. "당연히 가고말고요. 상대의 청을 거절할 수는 없지요. 누군가의 말이 전적으로 그 사람의 뜻을 그대로 드러낸다고 확신할 수도 없고요. 실수를 바로잡고자 하는 이의 노력을 뿌리친다면 하느님께서 저를 용서치 않으실 겁니다. 저도 성급히 말을 꺼냈다가 후회한 일이 적지 않고, 지금 부수도원장께서 그러시는 것처럼 다시 이야기할 기회를 달라 부탁한 적도 많으니까요." 물론 부수도원장은 그런 말을 한 적이 없고, 휴 신부 역시 그렇게 이야기를 전하지 않은 터였다. 부수도원장은 부끄러움이나 후회를 표명한 적이 없었다. 하지만 상황이 상황인 만큼, 휴 신부는 리샤르트의 오해를 바로잡지 않고 그냥 내버려 두었다. "이것만은 미리 말씀드려야겠습니다." 리샤르트가 말을 이었다. "다시 만나기야 하겠지만, 저로서는 큰 기대를 하지 않습니다. 저와 부수도원장님의 견해차가 너무 커요. 수치스러워서 다른 사람들에게는 차마 할 수 없었던 이야기를 여기 두 분께는 해도 되겠지요. 그분은 제게 돈을 주겠다고 했어요! 조금 뒤에는 귀더린에 돈을 주겠다는 뜻이었다고 말을 바꿨고요. 그게 내게 말이 되는 일입니까? 제가 귀더린인가요? 저 역시 귀더린의 한 사람으로서 최선을 다해 제 도리를 다 할 뿐입니다. 그래요, 그분은 돈주머니를 제게 주고 그것으로 반대 의견을 없애려 한 겁니다. 제가 고향 사람들을 설득해주길 바란 거죠. 저와 다시 이야기를 나누고 싶다는 그분의 뜻은 받아들이겠습니다. 자신의 시각으로 제가 이 문제를 봐주기 바란다는 그분의 희망도 알겠고요. 하지만 그분이 이 문제를 돈으로 사고팔 수 있는 것이라 생각한다는 점만큼은 절대로 잊어버릴 수 없을 겁니다. 제 생각을 바꾸고자 한다면 먼저 그분의 생각이 바뀌어야 하며, 그것을 입증해야 합니다. 그리고 그분이 위협하신 바에 대해 말씀드리자면, 저는 그게 전혀 무섭지 않습니다. 그 작은 성녀에 대한 저의 경외심은 그분이나 다른 수사들의 것과 다를 바 없어요. 성녀께서 이 사실을 모르시리라고 보십니까?"

"아시고말고요." 휴 신부가 대답했다.

"그분들이 바라는 것이 성녀를 찬양하고 성녀께 영광을 바치는 것뿐이라면 왜 바로 이곳, 성녀께서 누워 계시는 이곳에서 하지 않는 겁니까? 우리가 성녀의 무덤을 방치한 것이 그토록 괴롭다면 그분들이 직접 성녀의 무덤을 치장하면 되지 않겠습니까?"

"좋은 지적입니다." 캐드펠 수사가 입을 열었다. "저 역시 그렇게 자문해보았습니다. 성인들의 잠은 평범한 이들의 잠보다 한층 성스럽고 정결해야 하는 법이지요."

리샤르트는 섬세하고도 도전적인, 그러나 딸보다는 조금 밝은 눈빛으로 캐드펠을 바라보았다. "그럼에도 불구하고 저는 가겠습니다." 그가 미소를 지으며 말했다. "여기까지 와주셔서 진심으로 감사드립니다. 정오 무렵에 찾아뵙지요. 그 자리에서 제게 하시는 말씀 또한 경청하겠습니다."

*

처마 밑 벤치에서는 웃음소리가 그치지 않았다. 캐드펠 수사로서는 카이가 권하는 대로 술꾼들 틈에 끼어 앉아 얼른 술을 한잔 하고 싶다는 유혹을 떨치기가 힘들었다. 베네드가 일어나 주전자에 술을 더 채웠다. 존 수사는 소녀 옆에 나란히 앉아 말없이 얼굴만 붉히고 있었지만, 표정에는 행복감이 가득했다. 소녀가 몸을 기울일 때마다 그들의 소매가 맞닿았고, 소녀의 머리채가 그의 어깨 위로 떨어졌다.

"그래, 얘기는 잘됐습니까?" 카이가 잔에 술을 따르며 물었다. "리샤르트 씨가 그곳으로 가서 부수도원장님과 말씀을 나누신답니까?"

"그러기로 했소." 캐드펠이 대답했다. "합의에 이를지는 모르겠소만. 무척 화가 나셨더군요. 그러나 만나서 같이 식사를 하기로 약속했소. 일단은 그 정도만으로도 나행이시."

"사제관에 닿으시기도 전에 교구민들이 죄다 그 사실을 알게 될 겁니다." 카이가 말했다. "우리 마을에선 소문이 바람보다도 빠르니까요. 오늘 아침 회의 이후로 주민들은 모두 리샤르트 씨의 절대적 지지자들이 되었어요. 그분이 생각을 바꿔 찬성하신다면 주민들도 생각을 바꿀 겁니다. 의심이나 주저 없이 따를 거예요. 다들 리샤르트 씨를 신임하니까요. 일단 결정한 이상 그분이 분명한 이유 없이 입장을 바꿀 리 없다고 생각할 겁니다. 그러니 수사님들이 길을 찾으려면 무엇보다 리샤르트 씨 마음을 돌려야 해요."

"어쨌든 내 길은 아니오." 캐드펠이 대꾸했다. "그토록 숭상하는 성녀의 유골을 손에 넣지 않으면 영광을 바칠 수 없다는 생각이 대체 어디서 나온 건지, 나로선 도무지 모르겠소. 요즘 수도원들 사이에서 유골을 둘러싼 경쟁이 치열하다는 말은 들었지만……. 그나저나 이거 아주 좋은 술이군요."

"우리 아네스트가 빚었거든요." 베네드는 자랑스러운 듯 조카딸의 어깨를 부드럽게 쓰다듬으며 말을 이었다. "이 아이는 다른 재주도 많아요! 이 아이와 결혼하는 사내는 그야말로 보물단지를 차지하는 셈이지요. 제게는 뼈아픈 손실이 되겠지만요."

"손실이라뇨!" 소녀가 보조개를 지으며 끼어들었다. "제가 삼촌께 훌륭한 대장장이를 한 사람 데려다드리는 건데요."

황혼이 지고 있었다. 내키지 않지만 이제는 떠나야 했다. 휴 신부는 마음이 초조했다. 틀림없이 부수도원장은 그 기다란 몸으로 정원을 서성거리며 사신들이 언제 오려는지 고개를 빼고 어둠 속을 넘겨다볼 터였다. "우리를 기다리는 사람이 있으니 이제 가야지요." 그가 말했다. "갑시다, 형제들. 어서 작별 인사를 나누십시오."

존 수사는 어쩔 수 없이 몸을 일으켰다. 마부가 두 손으로 말 두 필의 목을 감싸 안고 나왔다. 평온한 얼굴로, 그러나 열정적인 눈빛을 감추지 못한 채, 존 수사는 모두에게 작별 인사를 건네고 축복을 빌어주었다. 그의 입에서 나온 말은 조심스럽지만 정확한 웨일스어였다!

그들이 말과 노새를 타고 멀어지는 동안에도 벤치 쪽에서는 내내 웃음과 함께 친근한 인사말이 터져 나왔다. 그 속에는 소녀의 즐거운 목소리와 엥겔라드의 잉글랜드어도 섞여 있었다. "하느님이 함께하시기를!"

"그 짧은 사이 누구한테서 그런 웨일스어를 배운 건가?" 짙은 초록빛 나무 그늘 속으로 들어서자 캐드펠 수사가 호기심을 감추지 못하고 물었다. "베네드인가, 아니면 카이인가?"

"두 사람 다 아닙니다." 존 수사는 아직도 비밀스러운 만족감에 깊이 잠겨 있었다.

소녀는 잉글랜드어를 모르고 존 수사는 웨일스어를 모르는데 대체 무슨 얘기를 어떻게 나누었던 걸까? 하지만 그에게 물어봐야 소용없을 터였다. 그들 사이에서는 특별한 언어가 통용되고 있었다. 어쩌면 젊은 고해신사가 필요할지도 모를, 아주 특별한 언어가.

"어쨌든 시간을 허비하지는 않은 셈이구먼." 캐드펠은 관대하게 말했다. "뭔가를 배웠으니 말일세. 혹 그것 말고도 배운 게 더 있나?"

"있습니다." 존 수사가 반색하며 대답했다. "내일모레는 베네드 씨 집에서 음식을 대접한다는군요."

*

"이제 편안히 주무시면서 휴식을 취하시지요, 부수도원장님." 휴 신부는 갈색으로 그을린 낮은 이마를 반짝 들어 거만하게 솟은 창백한 이마를 올려다보며 말했다. "리샤르트 씨가 내일 오기로 했습니다. 말씀을 경청하겠답니다. 그 사람은 정중하고 이성적이었습니다. 내일 정오쯤에 올 겁니다."

로버트 부수도원장은 남들에게 들리지 않을 만큼 나직하고 조심스럽게 안도의 한숨을 내쉬었다. 하지만 이대로 모두에게 잠을 자러 돌아가도 좋다고 허락할 수는 없었다. 리샤르트는 그의 어깨를 짓누르는 거대하고 위협적이며 불안한 짐이었다.

"자신의 저항이 잘못된 것이었다고 생각하던가요? 반대를 철회할 것 같습니까?"

촛불 빛이 거의 닿지 않는 어둠 속에서 제롬 수사와 콜룸바누스 수사는 마음을 졸이며 대답을 기다렸다. 마음속 의구심이 완전히 사라지지 않는 한, 부수도원장은 캐드월론의 집으로 돌아가 쉬는 것을 허락하지 않을 터였다. 그들의 초조한 눈빛에 촛불 빛이 발갛게 반사되었다.

휴 신부 역시 쉬고 싶었기에 대답을 얼버무렸다. "그 사람은 우호적인 관심을 보였고, 우리 제의를 진지하게 받아들였습니다. 저 역시 그 이상의 것을 요구하지 않았고요."

"부수도원장님께서 그 사람을 제대로 설득하셔야 할 것입니다."

캐드펠 수사가 무뚝뚝하게 덧붙였다. "진정 어린 태도를 보이셔야 할 테고요. 그는 진실한 사람입니다. 쉽게 설득될지 모르겠군요." 문득 이런 무의미한 말로 부수도원장의 마음을 달래는 것이 지겹다는 생각이 들어, 그는 단도직입적으로 나가기로 마음먹었다. "부수도원장님은 오늘 아침 그 사람에게 실수를 하셨습니다. 먼저 부수도원장님께서 생각을 바꾸셔야 합니다. 그래야만 마음의 상처를 치유할 수 있을 겁니다. 그게 리샤르트 씨의 것이든 부수도원장님의 것이든 말이지요."

*

다음 날 아침기도가 끝나자마자 로버트 부수도원장은 신중을 기해 인원을 배치했다.

"보좌 수사와 나, 휴 신부님, 그리고 통역을 할 캐드펠 수사만 참석하기로 합시다. 존 형제, 그대는 요리하는 사람을 도와주고, 무슨 일이든 일손이 필요할 때 곧바로 거들도록 하시오. 휴 신부님의 가축들도 돌보고. 제롬 형제와 콜룸바누스 형제, 그대들에게는 특별한 임무를 주겠소. 우리가 여기 온 것은 위니프리드 성녀 때문이오. 우리가 우리의 사명을 다하는 동안, 그대들은 위니프리드 성녀의 무덤으로 가서 완고한 자들의 마음을 돌리고 우리의 사명이 성취될 수 있게끔 도와주십사 간구하시오. 이곳 교회가 아니라, 그분이 묻히신 묘지 자리에 있는 옛 교회를 찾아가 기도를 올리는 거요. 자, 음식과 포도주를 싣고 지금 즉시 떠나시오. 에드윈이 길을 안내할 거요. 성녀의 도움을 받아 다행히 리샤르트의 마음을 돌이킬 수 있게 되면 즉시 사람을 보내 그대들을 불러들일 테니 그때까지는 기도를 중단하지 마시오."

모두 고분고분 그의 말을 따랐다. 존 수사는 기꺼이 마라레드를 도와 불을 피우고, 그녀가 지시하는 대로 짐승들을 내몰거나 데려오면서 유쾌하게 일에 몰두했다. 마라레드는 오랫동안 홀로 지내며 두 아들을 키워낸 여자였다. 이제 젊은 사람을 말동무 삼아 곁에 둘 수 있게 되었으니 그녀 역시 흥이 나는 듯했다. 아마 음식이 식탁에 오르기도 전에 존 수사의 배는 가장 좋은 음식으로 그득하게 채워지리라. 한편 제롬 수사와 콜룸바누스 수사가 빵과 고기를 싸서 수도복 안주머니에 챙겨 넣고 떠날 준비를 했다. 콜룸바누스 수사는 포도주를 담은 병과 함께 자기가 마실 기적의 샘물이 담긴 작은 병을 들고 있었다.

"성녀님께 바칠 게 너무도 보잘것없어요." 콜룸바누스 수사가 풀죽은 목소리로 말했다. "우리 사명이 완수될 때까지 저는 물을 제외하고 아무것도 먹지 않겠습니다."

"멍청한 친구구먼." 존 수사가 태평스레 중얼거렸다. "그보다는 평생 포도주를 마시지 않겠다고 맹세하는 편이 나을 텐데."

화창한 봄날 아침이었으나 5월답게 날씨가 변덕을 부렸다. 로버트 부수도원장과 수행원들은 과수원에 앉아 있다가 갑작스러운 소나기에 얼른 실내로 들어왔다. 소나기는 30분 동안이나 쉬지 않고 쏟아졌다. 이윽고 정오가 되었다. 리샤르트가 오기로 한 시각이었다. 비를 맞으며 숲에 난 오솔길을 걸어올 수도 있었겠지만, 어쩌면 캐드월론 집에 들러 해가 나기를 기다렸을지도 몰랐다. 이런저런 상황들을 감안하면 30분쯤 늦는 것은 크게 걱정할 일이 아니었다. 그러나 한 시간이 지나도록 리샤르트는 모습을 보이지 않았고, 이에 로버트 부수도원장의 얼굴에는 묘한 승리감이 번득이기 시작했다.

"내가 자신의 죄에 대해 발한 경고의 소리를 듣고는 두려움에 사로잡힌 모양이군. 감히 이리로 와 맞설 엄두를 내지 못하는 게야."

"그가 경고의 말씀을 들은 것은 사실입니다." 휴 신부가 조용히 말했다. "하지만 그 사람은 전혀 두려워하지 않았습니다. 그의 말투는 더없이 침착하고 강인했습니다. 또한 무엇보다 그는 약속을 천금같이 여기는 사람입니다. 이건 뭐랄까…… 이해가 되지 않는군요. 그 사람답지 않은 행동입니다."

"우리끼리 먼저 간단하게 식사를 하십시다." 부수도원장이 말했다. "그러고서 더 기다리죠. 누구에게나 그렇듯 그 사람에게도 돌발적인 일이 벌어질 수 있으니까요. 저녁 미사 시간까지 기다려보십시다."

"제가 캐드월론 댁에 가보겠습니다." 리처드 수사가 말했다. "그곳까지는 길이 하나뿐이니까요. 그 사람을 만나거나 출발했다는 소식이라도 들을 수 있을지 모르지요."

그렇게 리샤르트를 찾아 나선 리처드 수사는 떠난 지 한 시간 반 만에 혼자서 돌아왔다.

"그 집 너머까지 가보았습니다만 못 만났습니다. 돌아오는 길에 캐드월론 댁 앞에서 사람들에게 물어보았는데 아무도 그 사람이 지나가는 것을 못 보았다고 합니다. 혹시 제가 모르는 지름길을 택한 게 아닐까 생각했습니다만."

"저녁 미사 때까지 기다립시다. 그 이상은 안 되오." 부수도원장은 더욱 엄격하고 자신만만한 음성으로 말했다. 이미 손님이 오지 않으리라 생각하는 듯했다. 적은 잘못된 선택을 했고, 그 자신은 큰 승리를 거둔 셈이었다. 그렇게 그들은 저녁 미사 때까지 기다렸다. 약속된 시간에서 무려 다섯 시간을 더 기다린 것이다. 이 정도면 귀더린 주민들도 그들이 성급한 판단을 내렸다고는 말할 수 없으리라.

"이것으로 끝이오." 부수도원장은 자리에서 일어나, 모든 의구심과 악몽을 털어내려는 듯 수도복 자락을 탁탁 털었다. "리샤르트는 꼬리를 내리고 달아났소. 그의 반대는 이제 누구에게도 영향을 미칠 수 없게 되었소. 자, 가십시다!"

해가 빈터 끝에서 비스듬히 기울며 마지막 빛을 발하는 가운데, 주민들이 저녁 미사에 참석하기 위해 교회로 모여들고 있었다. 숲속 오솔길이 시작되는 곳 저 멀리서 한 사람의 형체가 나타났다. 리샤르트가 아니라 그의 딸이었다. 녹색 옷을 입은 그녀는 태연히 햇빛 속으로 모습을 드러냈다. 단정히 빗질한 머리에는 깨끗한 리넨 쓰개까지 덮여 있었다. 사람들 틈에 섞여 걸어오는 쇼네드의 뒤에서는 페레디르가 따르고 있었다. 그는 마치 자기 사람인 양 쇼네드의 팔꿈치를 움켜쥐고 있었지만, 그녀는 전혀 신경을 쓰지 않는 듯했다. 쇼네드는 사제관 입구에서 자신을 묵묵히 지켜보는 이들을 하나하나 찬찬히 뜯어보았다. 가장 마지막에 닿은 캐드펠 수사에게 그 눈길이 잠시 머물렀다. 이윽고 그녀는 다시금 시선을 되돌려 한 사람씩 찬찬히 바라보더니, 자기가 찾던 사람이 없는지 얼굴을 찌푸렸다.

"제 아버님은 어디 계시죠?" 질문을 던지는 그녀의 눈은 놀라움으로 동그랗게 되었으나 걱정스러운 표정은 아니었다. "여러분과 함께 계시지 않았나요? 제가 아버님을 놓친 건가요? 이곳을 떠나신 지 한 시간이 지났다면 지금쯤은 집에 도착하셨겠네요. 아버님하고 같이 돌아가려고 왔는데."

로버트 부수도원장은 의아한 눈으로 그녀를 내려다보았다. 그의 찡그린 콧잔등에 처음으로 불안감이 어른거렸다. "지금 무슨 말을 하는 건가? 리샤르트 씨가 이리로 오느라 집을 떠났다고?"

"그럼요!" 쇼네드가 놀라 대답했다. "여기 오시겠다고 말씀하셨어요."

"그분은 여기 오지 않았네. 지금껏 기다렸지만 흔적도 보지 못했어. 혹시 오는 길인가 싶어 보좌 수사가 중간까지 나가보았으나 허사였지."

쇼네드는 캐드펠의 통역 없이 그 말뜻을 이해했다. 분노 어린 그녀의 눈길이 믿을 수 없다는 듯 이 사람 저 사람의 얼굴을 더듬어갔다. "그게 정말인가요? 아버님을 어딘가에 감금해둔 건 아니고요? 위니프리드 성녀를 무덤에서 끌어내 슈루즈베리로 옮겨갈 때까지 아버님을 가둬두려는 게 아니냐고요! 여러분은 아버님을 장애물로 여기고 위협까지 했잖아요!"

페레디르가 기겁해서 그녀의 팔을 낚아채 옆으로 끌어당겼다. "진정해! 어떻게 그런 말을……. 이분들이 거짓말을 할 분들은 아니잖아."

"부친께서는 아침 언제쯤 출발하셨는가?" 캐드펠이 물었다.

그녀는 캐드펠을 보고 다소 마음을 놓는 기색이었다. 침묵을 지키며 그들을 지켜보던 주민들도 다가서서 주의 깊게 귀를 기울였다. 그녀가 지원군을 필요로 할 경우에는 당장이라도 뛰어들 태세였다.

"정오가 되기 한참 전이었어요. 아버님은 먼저 빈터의 밭으로 나가셨어요. 그래야 이곳으로 오는 가장 빠른 지름길에 접어들 수 있거든요. 평소 다니시는 길보다 400미터쯤 단축된 길이니 정오가 되기 훨씬 전에 이곳에 도착하셨을 텐데요. 엥겔라드가 동행하다가 중간에 언덕 너머 외양간으로 갔을 거예요. 암소 두 마리가 새끼를 낳을 예정이었거든요."

"우리는 사실을 이야기하고 있네." 쇼네드 못지않게 휴 신부의 목소리 또한 초조하고 음울했다. "아버님을 기다렸지만 오지 않으셨어."

"아버님께 무슨 일이 생긴 걸까요? 아버님은 대체 지금 어디 계신 거죠?"

"우리와 다른 길로 집에 돌아가셨나 봐." 페레디르는 줄곧 그녀의 어깨 부근을 어루만지며 말했다. "얼른 가보자고. 틀림없이 집에 계실 거야."

"싫어! 왜 집으로 돌아가셨겠어? 약속을 어기실 리가 없잖아! 설령 마음을 바꾸어 중간에 돌아가셨다면, 내가 머리 손질을 마치고 나서기 훨씬 전에 집에 도착하셨을 거야. 물론 아버님은 절대로 생각을 바꾸실 분이 아니지만!"

"제 생각은 이렇습니다." 휴 신부가 부수도원장에게 말했다. "우리 교구민들 전체의 이해가 달린 일이니만큼, 다른 모든 일을 제쳐두고 당장 리샤르트 씨를 찾아 나서야 할 것 같습니다. 무슨 일이 생기지는 않았는지 확인해야 해요. 단순한 착오나 오해로 야기된 일일 수도 있지만 어찌 됐건 그를 찾아내는 것이 급선무입니다. 먼저 그가 갈 법한 길마다 사람들을 보내도록 하시요. 리샤르트 씨가 택했다는 지름길은 쇼네드가 안내해줄 겁니다. 이 근방 숲에서 위험한 들짐승을 만났을 가능성은 희박합니다. 어쩌면 부상을 입어서 쉬고 있거나 천천히 오는 중인지도 모르겠군요. 부수도원장님, 제 생각에 따라주시겠습니까?"

"물론이죠." 부수도원장이 말했다. "우리 모두 여러분과 함께 하겠습니다."

그들 가운데 민첩하게 움직이기 힘든 이들은 널찍하게 트인 길을 따라가며, 양쪽 길가는 물론 그 주변까지도 꼼꼼히 살펴보기로 했다. 반면 움직임이 좋은 사람들은 캐드월론의 땅과 리샤르트의 땅이 나뉘는 울타리를 따라 난 비좁은 오솔길로 향했다. 그 부근 숲은 덜 빽빽해서 나무들 아래로 잡초들이 무성하게 자라나 있었지만 시야를 가릴 정도는 아니었다. 그들은 반원 형태로 나란히 늘어서서 수색을 이어갔다. 쇼네드가 입을 꼭 다물고 눈을 부릅뜬 채 앞장을 섰다. 페레디르는 애타는 얼굴로 그녀의 뒤를 바싹 쫓으며 아무 일도 없을 거라는 둥 안심하라는 둥 쉴 새 없이 그녀를 위로했으나 그의 말은 번번이 묵살당했다. 자기가 하는 위로를 스스로 믿건 믿지 않건, 그가 사랑에 빠져 어쩔 줄 모르는 상태이며, 쇼네드에게 헌신하고 그녀의 마음을 달래기 위해서라면 무슨 짓이든 마다하지 않으리라는 점만은 누가 봐도 분명했다. 반면 쇼네드에게 페레디르는 언제까지나 자신의 곁을 떠나지 않을, 그 때문에 약간은 그녀를 피곤하게 할 뿐인 사람에 불과하다는 것 역시 명백했고 말이다.

캐드월론의 땅을 지나 800미터쯤 더 나아갔을 때, 갑자기 휴 신부가 캐드펠 수사의 옷소매를 붙잡았다.

"제롬 형제와 콜룸바누스 형제를 잊고 있었습니다! 교회가 이곳 바로 오른편 언덕에 있어요. 그리 멀지도 않지요. 로버트 부수도원장께 여쭈어 그 형제들도 이 수색에 참여시켜야 하지 않겠습니까?"

"까맣게 잊고 있었군." 이를 전해 들은 부수도원장은 고개를 끄덕였다. "좋소, 그들에게 사람을 보내도록 합시다. 교구민들 중 한 사람이면 좋겠지. 길을 잘 알 테니 말이오."

젊은이 하나가 숲 사이로 난 길을 따라 달려갔고, 나머지 수색자들은 반원형의 낫을 들고 점차 더욱 깊은 곳으로 들어가기 시작했다.

"이 부근입니다." 쇼네드가 걸음을 멈추고서 입을 열었다. "여기서 오른쪽으로 비스듬히 수색하다 보면 아버님이 택하신 길과 만나게 될 거예요."

땅이 가팔라지고, 숲은 더욱 울창해졌으며, 덤불도 한층 빽빽해졌다. 그들은 관목 사이를 헤치며 수색을 이어갔다. 서로에게서 몇 미터씩 떨어져, 바로 옆 사람의 모습이 한참이나 시야에서 사라지는 일이 잦아졌다. 그러고서 얼마 지나지 않아, 캐드펠 수사의 왼쪽에서 빽빽한 관목 덤불을 뒤지던 대장장이 베네드가 기겁해서는 뭔가를 찾았다며 고함을 질렀다. 커다란 파도처럼 일렁이며 움직이던 대열 속의 사람들이 일제히 발을 멈추고 소리가 난 쪽으로 고개를 돌렸다.

캐드펠은 가시나무 덤불을 헤치고 외침이 들리는 쪽으로 다가갔다. 관목들로 빽빽하게 둘러싸인 타원형의 작은 풀밭이 나타났다. 관목숲 한쪽 끝에 한 사람이 간신히 드나들 정도의 공간이 보였다. 아마 리샤르트도 그곳을 통해 빈터로 들어선 모양이었다. 리샤르트는 풀밭에 누워 있었다. 무성한 풀 위에 오른쪽 엉덩이가 놓이고, 양 어깨는 바닥에 닿아 있었으며, 두 팔은 한껏 펼쳐진 채였다. 무릎을 세워 왼쪽 다리를 오른쪽 다리 위에 걸친 자세였다. 그리고 가슴께에는 깃털이 달린 화살 하나가, 하늘을 향해 도전적으로 뻗쳐 있는 턱수염과 똑같은 각도로 그의 늑골을 꿰뚫고 비죽이 비어져 나와 있었다.

5

대장장이의 외침을 들은 사람들은 놀란 사슴처럼 관목숲을 마구 헤치며 사방에서 모여들었다가 시체가 누워 있는 빈터 앞에 이르자 경악해서 발을 멈추었다. 캐드펠은 무릎걸음으로 다가가 리샤르트의 뒤어나온 입술 근처에서 호흡을 하는 기미는 없는지, 뒤로 젖혀진 목덜미 부근에서 맥박이 뛰지 않는지, 화살이 꿰뚫고 지나간 가슴이 행여 오르내리지 않는지 살폈으나, 호흡도 맥박도 전혀 찾을 수 없었다. 그 최초의 짧은 순간 잡초로 뒤덮인 빈터에서 리샤르트 곁으로 다가간 사람은 오직 캐드펠뿐이었다. 주위를 둘러싼 모든 이들이 숨을 멈추고 있는 가운데, 그는 너무도 생소하고 밀도 높은 긴장과 정적 속에서 혼자 움직였다.

마침내 정적이 한꺼번에 붕괴되며 소리와 움직임이 되살아났다. 쇼네드는 벽처럼 막아선 사람들을 헤치고 뛰쳐나와 아버지의 시신을 보고, 슬픔의 외침이라기보다는 분노의 포효에 가까운 처참한 비명을 내질렀다. 페레디르가 얼른 그녀의 얼굴을 자신의 어깨로 끌어당겼으나 쇼네드는 다시금 비명을 지르면서 온힘을 다해 그의 팔에서 빠져나오더니, 무릎걸음으로 캐드펠 앞으로 다가들어 두 팔을 벌려 아버지의 시신을 끌어안으려 했다. 캐드펠은 리샤르트의 오른쪽 옆구리 근처로 손을 뻗고서 몸을 기울여 그녀를 막았다.

"안 돼! 아무것도 만지지 말게! 아직은 안 되네! 부친을 내버려두게! 이분이 죽음을 통해 하신 말씀을 들어야 해!"

그 순간에도 망각되지 않은 채 남아 있던 일종의 직관에 따라 그녀는 캐드펠의 황급한 어조에 복종했고, 그 뒤에야 그 말이 무슨 의미인지 명확하게 깨달았다. 쇼네드는 눈을 커다랗게 뜨고 의문이 담긴 시선으로 캐드펠을 바라보더니, 마침내 느릿느릿 뒤로 물러나 풀밭에 앉아 두 손을 무릎 위로 포갰다. 그녀의 입술이 우물우물 캐드펠의 말을 반복했다. 죽음을 통해 하신 말씀을 들어야 해! 쇼네드는 캐드펠의 얼굴과 죽은 사람의 얼굴을 번갈아 쳐다보았다. 그녀는 아버지가 죽었다는 것을 알았고, 또한 죽은 사람이 말을 한다는 것을, 때로는 그 소리가 우레와도 같다는 것을 알고 있었다. 그녀는 혈족의 복수란 슬픔 속에서일지언정 엄숙히 지켜져야 하는 성스러운 사명임을 아는 자랑스러운 웨일스 가문의 사람이었다.

이어 사람들이 다가오고 누군가 시체에 손을 대려 하는 순간, 그 위로 팔을 뻗어 막은 사람은 바로 그녀 자신이었다. "안 돼! 건드리지 마!"

리샤르트의 옆구리 곁으로 뻗었던 손을 거두며, 캐드펠은 한순간 무언가 꺼림칙한 기분에 사로잡혔다. 무엇 때문일까? 그가 무릎을 꿇고 앉은 풀밭은 오전에 퍼부은 소나기로 축축이 젖어 있어서 몸을 움직일 때마다 수도복이 다리에 착착 감겼다. 그러나 활짝 펼쳐진 시체의 오른팔 아래 풀들은 바싹 말라 있었고, 그의 손에도 습기나 비의 자취는 남아 있지 않았다. 캐드펠은 다시 한번 손을 뻗어 리샤르트의 오른쪽 옆구리 부근의 풀밭을 아래위로 죽 쓸어보았다. 손이 시체의 무릎에 이르자 그제야 비로소 습기가 느껴지면서 코끝에 풀 내음이 확 끼쳤다. 그는 마찬가지로 시체 외곽의 풀밭을 죽 더듬어보았다. 결과는 같았다. 이럴 수가! 진정 기이한 일이었다! 그는 이 이상한 상황을 마음속에 잘 담아두었다. 생각은 나중으로 미루고, 지금은 또 다른 사실들을 관찰해야 했다.

그의 등 뒤로 기다란 형체가 소름 끼치도록 차갑게, 기척도 거의 없이 스멀스멀 다가왔다. 그게 누구인지는 확인해볼 필요도 없었다. 로버트 부수도원장은 콜룸바누스 수사의 몽환적 발작 때 그랬듯 심한 충격에 휩싸인 모습이었다. 쇼네드만이 눈물도 흘리지 못한 채 흐느낄 뿐 사방에는 온통 무거운 정적만이 가득한 가운데, 부수도원장의 높다랗고 억제된 목소리가 흘러나왔다. "죽은 거요?"

"그렇습니다." 캐드펠은 짧게 대답한 뒤, 쇼네드의 커다랗고 메마른 눈을 들여다보며 아직은 단정할 수 없는 무언가를 약속했다. 그게 무엇이건 쇼네드는 그 약속을 이해했고, 그것으로 위안을 얻었다. 캐드펠 역시 웨일스인이니 혈족을 위한 피의 보복이 무엇을 의미하는지 알고 있을 터였다. 쇼네드는 죽은 사람의 유일한 상속자요 유일한 혈육이었다. 이제 그녀에게는 슬픔 이상의 책임이 지워진 셈이었다.

부수도원장이 갑자기 목소리를 높였다. 경외심과 엄숙함이 한껏 담긴 음성이었다. "성녀의 복수를 보시오! 그분의 뜻을 거스르는 모든 이에게 그분의 분노가 떨어지리라고 내 말하지 않았소? 자, 어서 사람들에게 전하시오! 나의 예언이 어떻게 적중했는지 알리시오! 이 모든 완고한 이들에게 나의 경고를 마음속 깊이 받아들이라 하시오. 위니프리드 성녀께서 그분의 힘과 분노를 나타내셨소."

통역은 필요 없었다. 주민들은 그가 하는 말이 무슨 뜻인지 이미 느끼고 있었다. 주위에 둘러선 이들 중 여남은 사람이 주춤주춤 뒷걸음질을 쳤고, 또 다른 여남은 사람은 순종하는 수밖에 없다고 중얼거렸다. 성녀의 뜻을 거스를 수는 없는 법이었다.

"불경한 인간이 결국 자신이 뿌린 씨앗을 거둔 셈이오." 로버트 부수도원장은 엄숙하게 선언했다. "리샤르트는 경고를 받았음에도 그것을 존중하지 않았소."

마음 약한 이들이 공포에 휩싸여 하나둘 무릎을 꿇기 시작했다. 엉뚱한 사람들이 나타나 성녀를 요구하고 리샤르트가 교구민들을 위해 반기를 들기 전까지, 위니프리드 성녀는 그들에게 그리 중요하지 않은 존재였다. 하지만 이제 그분이 위력을 떨치기 시작한 모양이었다. 성녀의 뜻을 거스른 리샤르트가 저렇게 피살당한 시체로 자신의 땅 한가운데 널브러져 있지 않은가.

아버지의 관통당한 가슴 위로 쇼네드의 눈길이 캐드펠의 시선을 붙잡았다. 얼마나 용감한 여인인가! 창백하고 귀족적이며 석고처럼 엄숙한 로버트 부수도원장의 얼굴로 침을 뱉듯 쏟아붓고 싶은 말들이 마음속에서 부글거릴 텐데, 그녀는 한마디도 꺼내지 않았다. 갑자기 입을 열어 외친 사람은 그녀가 아니라 페레디르였다.

"말도 안 됩니다!" 섬세하고 맑으면서도 강렬한 청년의 목소리가 나뭇가지 아래 쩌렁쩌렁 울려 퍼졌다. "그 선하신 성처녀께서 이처럼 착한 분께 복수를 하다뇨? 이분은 선량한 분이십니다. 설령 실수를 저지르셨다 해도 그래요! 사람을 죽일 정도로 무자비한 분이라면, 저로서는 성녀를 믿을 수 없습니다! 게다가 그분이 활이나 화살 따위를 써야 할 이유가 무엇이란 말입니까? 천국에서 불을 내려보내 당신의 의지를 간단히 실현할 수 있으셨을 텐데요. 그러면 당신의 권능을 보다 확실히 보일 수 있지 않으셨겠습니까? 부수도원장님, 지금 당신께서 보시는 것은 살해당한 남자입니다. 인간의 이유로 인간의 손이 그 활을 쥐었고, 인간의 손이 그 시위를 당겼습니다. 위니프리드 성녀 문제가 아니라 다른 일로 이분께 원한을 품은 사람이 있을지도 몰라요. 당신께서는 대체 무슨 근거로 위니프리드 성녀께서 이 살인을 저질렀다고 주장하시는 겁니까?"

캐드펠 수사는 이 웨일스인의 이야기를 그대로 옮겨주었다. 부수도원장 또한 어조만으로 이미 그것이 자신에 대한 비난임을 짐작했으나, 그 내용까지 다 이해하지는 못한 터였다. "이 젊은이의 생각이 옳은 듯합니다." 캐드펠이 통역을 마친 뒤 덧붙였다. "이 화살은 하늘에서 내려온 게 아닙니다. 꽂힌 각도를 보십시오. 아래쪽에서 위쪽으로, 심장을 겨냥해 꽂혀 있지 않습니까! 하늘이 아니라 땅에서 쏜 것입니다! 누군가 관목숲 사이에서 무릎을 꿇고 앉아 단궁으로 쏜 것 같습니다. 리샤르트 씨보다 낮은 지대에 서 있었을 테고요……."

"성인들도 복수의 수단으로 지상의 도구를 이용할 수 있는 법이오." 부수도원장이 더 이상 참을 수 없다는 듯 반박했다.

"그렇다면 그 지상의 도구가 살인자인 셈이군요. 웨일스에도 법은 있습니다. 오아인 귀네드의 법률 집행관에게 이 사실을 알려야 합니다."

베네드는 줄곧 시체와 상처 주위로 스며 나온 피, 그리고 몸을 꿰뚫은 화살 끝부분에 붙어 있는, 정성 들여 다듬은 깃털을 내려다보고 있었다. 마침내 그가 천천히 입을 열었다. "저는 이 화살을 압니다. 이 화살이 누구 것인지, 적어도 누가 이 표지를 쓰는지 알고 있습니다. 가까운 곳에 사는 젊은이들은 혹시라도 다툼이 벌어질까 봐 자기 화살에 표지를 남기거든요. 여기, 화살 끝에 달린 깃털을 보십시오. 푸른색으로 염색되어 있지요." 순간 몇몇 사람들이 숨을 멈추었다. 베네드와 마찬가지로 그들 역시 그것이 누가 쓰는 표지인지 알고 있었다.

"이건 엥겔라드의 표지입니다." 베네드가 큰 소리로 말을 맺었다. 서너 사람이 웅얼웅얼 그 이름을 반복했다.

쇼네드가 고개를 들었다. 처참히 일그러져 있던 그녀의 표정이, 이 믿을 수 없는 소리에 얼어붙은 듯 바뀌더니 이내 혐오와 분노로 이글거리기 시작했다. 리샤르트는 죽었다. 지금 그를 위해 그녀가 할 수 있는 일은 애도하고 기다리는 것뿐이었다. 그러나 엥겔라드는 살아 있었고, 객지 사람인 그에겐 변호해줄 친척 하나 없었다. 그녀는 호리호리한 몸을 꼿꼿이 펴고 일어나 주위에 둘러선 사람들의 얼굴을 하나하나 똑바로 쳐다보았다.

"엥겔라드는 아버님의 일꾼들 가운데서도 가장 신임받던 사람이에요. 아버님의 목숨을 끊어놓느니, 차라리 자기 손을 베어버렸을 사람이라고요. 어떻게 감히 그가 이런 짓을 저질렀다는 말을 할 수 있죠?"

"그런 뜻이 아닙니다." 베네드는 이성적으로 말했다. "다만 이 화살의 표지가 그의 것과 같다고 했을 뿐이지요. 게다가 엥겔라드는 이 근방에서 단궁을 가장 잘 쏘는 사람 아닙니까."

"귀더린에서 모르는 사람이 없죠." 다른 사람이 입을 열었다.

"그자가 리샤르트 씨와 종종 격렬하게 말다툼을 벌였다는 것 말입니다." 비난이라기보다는, 사실 그대로를 지적하는 말투였다.

"바로 나 때문이었어요." 쇼네드가 거칠게 말했다. "잘 들어요! 누구보다 내가 진실을 가장 정확히 알고 있으니까요. 여러분 모두를 합한 것보다 내가 더 잘 안단 말이에요! 그래요, 아버님과 엥겔라드는 여러 번 말다툼을 벌였어요. 오직 한 가지 문제 때문이었죠. 하지만 그렇게 다투면서도 두 사람은 서로를 잘 이해했어요. 둘 중 어느 쪽도 상대방을 해칠 생각은 눈곱만큼도 한 적이 없어요. 다툼을 벌이면서도 두 사람은 어느 누구보다 서로를 존중했다고요. 서로에게 존중받을 만한 자격이 있는 사람들이기도 했고요."

"하지만 너도 알잖아." 페레디르가 나직하게 말했다. "인간은 사랑을 위해서라면 자신의 본성에서 벗어나는 짓을 얼마든지 할 수 있는 존재라는 걸 말이야."

쇼네드는 고개를 휙 돌려 그를 쏘아보더니 분노를 억누르며 입을 열었다. "나는 네가 그 사람 친구라고 생각했어!"

"당연히 친구지." 희미한 목소리였으나, 페레디르는 뜻을 굽히지 않았다. "그저 내 생각을 이야기한 것뿐이야. 그를 비난하려는 게 아니라고."

"엥겔라드라는 사람에 대해 무슨 말들이 오가는 거요?" 로버트 부수도원장이 물었다. "이 사람들이 지금 무슨 얘기를 하고 있는지 설명해주시오." 캐드펠은 지금까지 오간 내용을 최대한 간결하게 정리해 들려주었다. "적어도 오늘 어디에서 무슨 일을 하고 있었는지, 그 젊은이를 심문해볼 필요는 있겠군." 부수도원장은 이곳에서 무언가 지시를 내릴 권한이라도 가진 양 중얼거리듯 말을 이었다. "만일 그자와 함께 있던 다른 누군가가 그의 무죄를 보증한다면 모를까, 그게 아니라……."

"그 젊은이는 오늘 오전에 자네 부친과 함께 집을 나섰네." 휴 신부는 쇼네드의 고집스럽고 도전적인 눈을 안타깝게 바라보았다. "바로 자네가 그렇게 말하지 않았나. 빈터까지 동행했다고 말이야. 그다음에 그대의 부친은 우리에게 오려고 언덕 아래쪽으로 길을 잡았고, 엥겔라드는 암소의 출산을 보러 1.5킬로미터쯤 떨어진 외양간으로 갔네. 사람을 보내 둘이 헤어진 뒤 부친을 본 이가 있는지 알아봐야겠군. 여기 계신 분들 가운데 무언가 더 알고 있는 사람은 없소?"

침묵이 흘렀다. 주위에는 점점 더 많은 사람들이 몰려들고 있었다. 넓은 길로 수색을 떠났던 이들 중 몇몇은 무심코 이곳까지 올라왔다가 끔찍한 일이 벌어졌다는 것을 비로소 알게 되었고, 마을에서 사람이 없어졌다는 소문을 듣고 여기까지 쫓아 올라온 사람들도 있었다. 휴 신부가 보낸 심부름꾼도 옛 교회에서 제롬 수사와 콜룸바누스 수사를 데리고 나타났다. 그러나 그중 리샤르트를 봤다고 나서는 사람은 없었으며, 엥겔라드를 보았다는 사람도 없었다.

"그자를 심문해봅시다." 로버트 부수도원장이 말했다. "진술이 만족스럽지 못하면 체포해서 집행관에게 인계해야겠지. 듣자하니, 그 사람에게는 리샤르트를 제거할 만한 충분한 동기가 있었던 듯하니 말이오."

"동기라뇨!" 잦아들던 불길이 돌연 불꽃을 뿜어내듯 쇼네드가 격렬히 부르짖었다. 이어 급히 웨일스어로 바꾸어 말을 이어가긴 했지만, 그동안 주위에서 잉글랜드어로 오가는 대화를 충분히 이해하고 있었다는 사실이 드러난 셈이었다. 하기야, 그 사실을 감춰온 가장 주된 이유도 이미 사라진 마당 아닌가. "그 동기는 부수도원장님의 동기보다 훨씬 미약한 것 같은데요! 부수도원장님이 위니프리드 성녀를 빼앗아 가려고 무슨 음모를 꾸몄는지 모르는 사람은 이 교구에 아무도 없어요. 그렇게 해서 수도원이 얻게 될 영광과, 그보다 더 중요한 부수도원장님 자신의 영광에 대해서도 모르는 사람이 없고요. 부수도원장님께 우리 아버님 말고 또 무슨 걸림돌이 있었죠? 아버님이 사라지기를 바랄 만한 이유로 그보다 더 적합한 것이 있다면 한번 말씀해보세요! 그 오랜 세월 동안 아버님의 생명을 앗아 가려 한 사람은 없었어요! 부수도원장님이 위니프리드 성녀의 유골을 가져가야겠다고 나타나시기 전까지는 이런 일이 벌어지지 않았다고요! 아버님과 엥겔라드 사이의 다툼은 오래전부터 이어져온 일이고, 두 사람은 서로를 잘 이해하고 있었어요. 반면 아버님과 부수도원장님 사이의 다툼은 새롭게, 너무도 돌발적으로 나타난 것이지요. 그리고 우리 문제에는 시간적인 여유가 있었어요. 우리는 젊으니까요. 하지만 부수도원장님 문제에는 여유가 없었죠. 아버님이 언제쯤 이 숲을 지나 휴 신부님 댁에 이를지 부수도원장님보다 더 잘 아는 사람이 있었을까요? 아버님이 생각을 바꾸실 분이 아니라는 것도 부수도원장님은 잘 아셨을 테고요."

휴 신부가 겁에 질려 말을 막으려는 듯 손을 뻗었다. "쇼네드, 성스러운 부수도원장님께 그런 무서운 비난을 퍼부어서는 안 되네. 그건 치명적인 죄악이야."

"있는 그대로의 사실을 말할 뿐이에요." 쇼네드는 날카롭게 반박했다. "이게 왜 비난인가요? 부수도원장님도 자신에게 유리한 사실들을 말씀하실 수 있잖아요. 저는 그 반대의 사실들을 말하는 거고요. 제 아버님은 부수도원장님의 앞길을 막는 유일한 걸림돌이었어요. 그리고 이제 아버님은 제거되었고요."

"어린 영혼이여, 부친이 내 거처로 오기로 했다는 건 이 숲에 사는 모든 이들이 알고 있었고, 오는 시간도 알고 있었네. 더욱이 부친이 어떤 길을 택하실지는, 슈루즈베리에서 오신 이 신한 형제들보다도 이곳 주민들이 훨씬 더 잘 알겠지. 이번 일은 다른 원한으로 생긴 일일 수도 있네. 게다가 부수도원장께서는 줄곧 나와 함께 계셨어. 여기 있는 리처드 형제와 캐드펠 형제도 아침기도 시간 이후 내내 함께 계셨고." 이어 휴 신부는 부수도원장 쪽으로 황급히 돌아서서 애원하듯 말했다. "부수도원장님, 쇼네드가 말을 함부로 하기는 했지만, 부디 책망은 말아주시지요. 지금 그녀는 슬픔에 잠겨서……. 아버지를 잃지 않았습니까. 우리 모두를 비난한다 해도 놀랄 일은 아니지요."

"저 아가씨를 책망할 생각은 없습니다." 부수도원장은 냉정한 어조로 대답했다. "저 아가씨는 나와 나의 수행원들에게 의심을 품는 듯하오만 분명 신부님께서 올바른 대답을 해주셨겠지요. 오늘 하루 종일 나는 신부님의 시야에서 벗어난 적이 없으며, 신부님과 그 밖의 다른 사람들이 나와 나의 수행원들이 무엇을 했는지 충분히 지켜보셨다고 말입니다."

휴 신부는 적어도 한 가지는 확실해졌다는 사실에 감사하며 이번에는 쇼네드에게로 몸을 돌렸다. 그러나 그녀는 부수도원장에 맞서야 한다는 생각에 절제를 잊은 채 이를 악물고 또렷한 잉글랜드어로 덤벼들었다. "어쩌면 그 말씀이 사실일지도 모르죠. 어쨌든 부수도원장님은 훌륭한 궁수가 아닌 듯하니까요. 하지만 돈으로 아버님의 복종을 매수하려 하신 분이니, 고분고분 그런 일을 해드릴 사람도 얼마든지 살 수 있지 않았을까요? 부수도원장님에겐 돈주머니가 있었잖아요. 아버님이 잘라 거절하신 그 돈주머니 말예요!"

"입조심하게!" 그 불굴의 인내력이 드디어 한계에 이르렀는지 부수도원장이 버럭 고함을 질렀다. "자네는 스스로의 영혼을 파멸로 이끌고 있어! 자네 슬픔을 이해하여 이제껏 그 헛소리를 참아왔지만 더 이상은 안 되겠군!"

그들은 격투장에 마주 선 채 공격 신호를 기다리는 적들처럼 서로를 노려보았다. 키가 큰 부수도원장은 완고하고 얼음처럼 냉랭하기 그지없었으며, 쇼네드는 호리호리하고 무척이나 아름다웠으나 매섭기 이를 데 없었다. 머리쓰개는 어느 수풀에 떨어뜨렸는지 사라진 지 오래였고, 검은 머리 타래가 어깨 위로 늘어져 있었다. 바로 그 순간, 그녀가 새로운 공격을 감행할 틈도 없이, 부수도원장이 또 다른 저주로 그녀를 위협할 여유도 없이, 위쪽 숲속에서 두런거리며 다가오는 소리가 들려왔다. 한 남자와 여자가 걱정스러운 말투로 이야기를 주고받으며 허겁지겁 내려오고 있었다. 나뭇가지를 헤집는 소리가 가까워졌다. 이 깊은 숲속에서 수많은 사람들이 목청을 높이는 소리를 듣고 무슨 일이 벌어졌나 싶어 발을 재촉하는 듯했다.

공격을 퍼붓던 두 사람도 인기척을 느끼고 긴장을 다소 누그러뜨렸다. 문득 쇼네드의 얼굴에 두려움과 절망의 빛이 스쳤다. 그녀는 황급히 주위를 둘러보았지만 어디에서도 도움을 찾을 수 없었다. 빈터를 둘러싼 관목숲 한쪽이 젖혀지고 여자의 팔이 나타나더니 아네스트가 들어섰다. 그녀는 놀란 얼굴로 우뚝 멈춰 서서 거기 둘러선 사람들을 바라보았다.

빈터로 들어서는 통로가 매우 비좁다는 점, 그리고 아네스트가 들어서자마자 우뚝 멈춰 섰다는 점이 쇼네드에게는 하나의 기회였다. 그녀는 이 기회를 놓치지 않고 큰 소리로 말했다. "집으로 돌아가, 아네스트. 난 이분들하고 같이 갈게. 어서 돌아가서 손님들 맞을 준비를 해. 시간이 별로 없을 거야." 그녀의 음성은 크고 다급했다. 아네스트는 시선을 내려뜨리지 않아, 풀 그림자에 덮인 리샤르트의 시체를 아직 알아보지 못한 터였다.

하지만 쇼네드의 노력은 허사로 돌아갔다. 아네스트가 주저하고 있는 사이 또 하나의 손, 크고 부드러운 손이 나타나 그녀의 어깨를 잡았다. 이윽고 남자의 크고 맑은 음성이 들려왔다. "다들 화가 난 것처럼 목소리를 높이고 있던데요. 그러니 쇼네드, 당신도 같이 가시죠."

엥겔라드였다. 그는 오빠가 누이에게 하듯 친근하고 평온한 태도로 아네스트의 어깨를 두 손으로 안아 한쪽으로 비켜세우고는 그녀의 곁을 지나 빈터로 들어섰다.

엥겔라드는 오직 쇼네드만을 바라보며 빈터를 가로질러 똑바로 그녀에게 다가갔다. 그녀가 얼어붙어 있다는 것을, 얼음처럼 차디찬 동시에 활활 타오르는 불길처럼 뜨거운 그녀의 굳은 얼굴에 절망이 서려 있다는 것을 그는 한눈에 알아차렸다. 그녀의 얼굴에 어린 모든 감정이 그의 얼굴에 거울처럼 고스란히 되비쳤다. 이마가 찌푸려지고 입술에 떠올라 있던 긴장한 듯하면서도 자신에 찬 미소가 순식간에 사라지는가 싶더니, 눈동자가 수레국화 꽃잎보다도 푸르게 타올랐다. 그는 로버트 부수도원장은 안중에도 없는 듯, 혹은 살아 있는 사람이 아니라 그저 나무둥치 하나쯤으로 보이는 듯 그 곁을 지나쳤다. 그가 손을 뻗어 쇼네드의 손을 잡자 그녀는 눈을 감았다. 이제 그를 이곳에서 숨길 방법은 없었다. 엥겔라드는 빈터 한가운데 무방비 상태로 서 있었다. 비록 모두가 그에게 적대적이지는 않다 할지라도, 퇴로를 차단하기에는 충분한 사람들이 둥글게 그의 뒤를 에워싸고 있었다.

쇼네드의 손을 잡는 순간, 그는 리샤르트의 시체를 목격했다.

리샤르트의 몸을 관통한 화살과 같은 기세로 충격이 그의 몸을 꿰뚫었다. 엥겔라드는 제자리에 우뚝 멈춰 섰다. 캐드펠은 그의 움직임 하나하나를 신중하게 지켜보았다. 그의 입술이 열리더니 조용한 탄식이 튀어나왔다. "하느님!" 그다음 내용은 들리지 않았으나 그가 무엇을 말하는지는 명백했다. 색슨 젊은이는 한 손으로 쇼네드의 손을 잡고, 다른 한 손을 들어 그녀의 머리칼과 관자놀이와 뺨과 턱과 목덜미를 천천히 쓰다듬으며 그 자신 또한 비로소 처음의 충격에서 벗어나 떨리는 몸을 차츰 가누었다.

한 팔로 쇼네드를 끌어안은 채 자신을 지켜보는 사람들의 얼굴을 둘러본 뒤, 그는 다시 한번 천천히 눈길을 돌려 주인의 시신을 내려다보았다. 그의 얼굴이 처참한 분노로 일그러졌다.

"누가 이런 짓을 했습니까?"

내변인의 역할을 맡을 이를 찾아 사람들의 얼굴을 하나하나 살펴보던 그의 시선이, 어디에서든 거만하게 권위를 내세우는 로버트 부수도원장과 이곳 주민들의 신망을 받고 있는 휴 신부 사이에서 망설였다. 이어 그가 잉글랜드어로 같은 말을 되풀이했으나 아무도 대답하지 않았다. 잠시 후 쇼네드가 의식적인 경고의 뜻을 담아 그에게 말했다. "몇몇은 당신이 한 짓이라 주장하고 있어요."

"내가?" 엥겔라드는 부르짖었다. 당혹감이 아닌, 충격과 분노에서 나온 외침이었다. 그는 재빨리 고개를 돌려 쇼네드의 간절하고 초조한 얼굴을 바라보았다.

"달아나요!" 그녀의 입술이 소리 없이 움직였다. "당신이 범인으로 몰리고 있어요!"

이것이 그녀가 할 수 있는 전부였으나, 그는 모든 것을 이해했다. 두 사람은 침묵 속에서 오직 눈빛만으로 대화를 주고받을 수 있을 만큼 서로 단단히 결속되어 있었다. 그는 재빨리 주위를 둘러보며 적이 될 사람의 수를 헤아리고 그들 사이의 공간을 확인한 뒤, 움직임 없이 입을 열었다. "저를 고발하려는 사람이 누굽니까? 그 근거는 무엇이고요? 상황을 보건대, 오히려 질문을 던져야 할 사람은 저이고 여러분 모두가 대답해야 할 처지인데요. 제가 외양간에서 종일 암소들을 돌보는 동안 제 주인의 시체를 둘러싸고 서 있었던 사람들은 바로 여러분 아닙니까? 제가 집에 도착했을 때 아네스트는 아가씨가 아직 돌아오지 않았다며 불안해하고 있었습니다. 더하여 양치기는 교회에서 저녁 미사가 열리지 않았다고 알려주더군요. 그래서 무슨 일인지 알아보러 나왔다가 인기척을 느꼈고, 여기서 여러분을 보게 된 겁니다. 저는 범인을 찾아낼 때까지 결코 포기하지 않겠습니다. 다시 한번 묻겠습니다. 누가 이런 짓을 저질렀습니까?"

"우리 모두 그것을 궁금해하고 있었다네." 휴 신부가 말했다. "이보게, 여기 자네를 고발한 사람은 아무도 없어. 그러나 자네에게 질문을 좀 던질 필요는 있는 듯하군. 여기 한 가지 물건이 있네. 양심에 거리낌이 없다면 공포나 수치심을 느끼지 않고 대답해줄 수 있겠지. 리샤르트 씨를 살해한 화살을 아직 자세히 살펴보지 않았다면, 지금 한번 확인해보게."

엥겔라드는 얼굴을 찌푸리며 한 발짝 앞으로 다가서서는, 진지하고 씁쓸한 표정으로 죽은 사람을 내려다보았다. 이어 화살에 달린 푸른 깃털에 시선이 미치자, 그는 크게 숨을 들이쉬었다.

"제 화살이군요." 엥겔라드가 고개를 들었다. 그의 얼굴에는 그들 모두에 대한 의심이 담겨 있었다. "혹은 누군가 제 화살의 표지를 모방했거나요. 하지만…… 아뇨, 그건 아닙니다. 이건 제 화살입니다. 장식을 보면 알아요. 불과 일주일 전에 새로 깃털을 꽂아 넣었으니까요."

"화살이 저 젊은이 것이오?" 부수도원장이 캐드펠에게 물었다. "저자가 그걸 인정하고 있소?"

"인정하다뇨?" 엥겔라드가 잉글랜드어로 말했다. "무엇을 인정한다는 말씀입니까? 전 이것이 제 것이라고 했을 뿐입니다! 이 화살이 어떻게 여기 오게 되었는지, 누가 이것을 쏘았는지에 대해서는 저도 여러분과 마찬가지로 아는 바가 없어요. 하지만 이 화살은 분명 제 것입니다. 아, 하느님!" 그는 격렬하게 부르짖었다. "설령 제가 이런 악행을 저질렀다 해도, 제가 범인이라는 표지를 여기 남겨두었으리라 생각하십니까? 제가 객지 사람일 뿐 아니라 바보이기도 하다는 뜻입니까? 제가 리샤르트 씨를 해칠 사람으로 보입니까? 친구가 되어주셨던 분, 체셔에서 도망쳐 온

저에게 삶의 터전을 마련해주신 분을 죽일 사람 같습니까?"

"이분은 자네를 딸의 남편으로 맞기를 거절했네." 베네드가 내키지 않는 듯 말했다. "자네에게 아무리 잘해주셨다 해도 말일세."

"사실입니다. 그분의 식견에 따르면 당연한 일이지요. 저도 알고 있습니다. 웨일스가 어떤 곳인지 알고, 따라서 반대하시는 이유도 잘 알아요. 어떻게 해서든 그 반대를 물리치려 하기는 했지만, 이분에게 저를 거부할 합당한 이유와 전통이 있다는 것을 저 역시 알고 있었습니다. 이분은 제게 어떤 불공정한 일도 하신 적이 없습니다. 오히려 제 오만함과 초조함을 견뎌주셨지요. 귀네드에서 제가 가장 존경하는 분이 바로 이분입니다. 리샤르트 씨를 해치느니 차라리 제 목을 베어버렸을 겁니다."

"과거에도 그랬고, 지금도 마찬가지예요. 그건 제가 잘 알아요." 쇼네드가 덧붙였다.

"하지만 화살은 자네 것이야." 휴 신부가 씁쓸하게 말했다. "그리고 살인자에겐 화살을 다시 회수하거나 위장하는 것보다 신속하고 민첩하게 이곳에서 도주하는 것이 훨씬 중요했을 테지."

"하느님께서는 제가 이런 사악한 행위를 상상조차 해본 적이 없다는 사실을 잘 아실 테지만, 설령 제가 이 범죄를 계획했다 해도, 여기 그 악마 같은 자가 한 것처럼 저 역시 손쉽게 다른 사람의 것으로 화살을 위장할 수 있었을 겁니다."

"자네 성격에 비추어 볼 때 엉겁결에 이런 짓을 저지를 사람이 아니라고 단정하기는 힘드네." 신부가 씁쓸하게 말을 이었다.

"만약 갑작스레 일이 벌어진 거라면, 자넨 자네의 활과 화살을 쓸 수밖에 없었을 테지. 다시 한번 리샤르트 씨에게 허락을 구하고, 다시 한번 설전이 오가고, 그러다 돌연 걷잡을 수 없는 분노에 사로잡혔다면! 젊은이, 이건 결코 계획된 살인이 아니야."

"저는 오늘 하루 종일 활을 만져보지도 못했습니다. 가축을 돌보느라 정신없이 바빴으니까요. 무엇 때문에 활이 필요하겠습니까?"

"이 사건과 관련된 모든 심문은 왕실 집행관의 몫이오." 로버트 부수도원장이 현장의 지배권을 되찾으려는 듯 의연히 앞으로 나섰다. "우리가 지금 이 젊은이에게 물어볼 것은 오늘 하루 내내 어디에 있었는지, 무엇을 했는지, 누구와 같이 있었는지 하는 점이오."

"혼자 있었습니다. 브린산 너머에 있는 축사에요. 목초지는 훌륭하지만 옛 도로에서도 멀리 떨어진 곳이죠. 암소 두 마리가 오늘 새끼를 낳았습니다. 한 마리는 정오 무렵에, 한 마리는 오후 늦게야 해산했습니다. 난산이라 무척 고생을 했죠. 하지만 송아지들은 모두 살아 있고, 이제 혼자 일어설 수도 있습니다. 그것으로 오늘 제가 무엇을 했는지는 입증할 수 있을 겁니다."

"자네는 리샤르트 씨와 같이 가다가 그의 영지에서 헤어졌나?"

"그렇습니다. 저는 곧장 일하러 떠났습니다. 그 뒤로 쭉 못 뵈었고요."

"축사에서 다른 사람을 만난 적은 없나? 누구든 오늘 자네가 그곳에 있었다는 것을 증언할 만한 사람 말이야." 이제 부수도원장의 권위에 도전하려는 사람은 아무도 없었다. 엥겔라드는 자신을 위해 증언해줄 사람을 찾아 주위를 재빨리 둘러보았다. 아네스트가 조용히 앞으로 나와 쇼네드 옆에 섰다. 존 수사의 휘둥그렇게 뜬 눈에 불안이 어렸다. 그의 눈은 줄곧 그녀를 좇고 있었다.

"엥겔라드는 30분 전에야 집에 돌아왔습니다." 아네스트가 결연하게 말했다.

"이보게." 휴 신부는 비통하게 말했다. "어디에 있지 않았다는 사실은 어디에 있었는지를 입증하는 데 아무런 도움이 되지 않아. 송아지 두 마리가 태어날 때까지 걸린 시간이 엥겔라드의 주장보다 훨씬 짧을 수도 있는데, 그것만으로 누가 어디에 있었는지를 어떻게 확신한단 말인가? 아무도 몰래 이곳으로 와서 일을 저지른 뒤 다시 축사로 돌아갔을 수도 있겠지. 이 일이 언제 저질러졌는지는 모르지만, 바로 그 시간에 누군가가 엥겔라드를 다른 장소에서 보았다고 증언하지 않는 이상은 유감스럽지만 왕실 집행관이 사건을 맡아주기 전까지 엥겔라드를 어딘가 안전한 장소에 구금시켜야 할 듯하네."

*

귀더린 주민들은 웅성거리며 주위를 서성거렸다. 다들 리샤르트에게 호감을 가진 이들이었다. 주저하는 사람도 있었지만, 결백이나 유죄가 확실히 밝혀질 때까지는 이 객지 사람을 구금시켜야 한다는 점에 대부분의 주민들이 동의했다. 그들이 의견을 정리할 때쯤 웅성임은 하나의 외침이 되어 있었다.

"그게 공정하겠습니다." 베네드가 말하자 이를 지지하는 외침이 여기저기서 터져 나왔다.

"외로운 잉글랜드인 하나가 막다른 골목에 몰렸군요." 존 수사가 캐드펠의 귀에 대고 넌덜머리 난다는 듯 속삭였다. "아무도 귀 기울여주는 이가 없는데, 저 사람이 곤경을 면할 가능성이 과연 얼마나 될까요? 진실이 밝혀질 기회가 있기나 할까요? 저 사람 말이나 행동이 살인범의 것 같습니까?"

페레디르는 나무토막처럼 꼼짝 않고 선 채 엥겔라드의 얼굴만 바라보았고, 엥겔라드는 비록 불행이 가득하나 진심이 담긴 눈으로 쇼네드를 응시하고 있었다. 로버트 부수도원장이 거만하게 손짓하자 모두가 그 뜻에 따라 서서히 포위를 좁혔다. 페레디르는 조금 뒤쪽, 빈터 가장자리의 나무 옆에 서 있었다. 캐드펠은 그가 분노에 이글거리는 눈빛으로 쇼네드를 향해 무언가 신호라도 보내듯 까딱 고갯짓을 하는 것을 보았다. 이에 그녀는 슬픔으로 기진맥진한 와중에도 눈짓으로 그에게 답했고, 이어 엥겔라드의 귀에 대고 무슨 말인지를 재빨리 속삭였다.

"여러분은 법률과 왕자와 교회에 대한 의무를 다해야 하오." 부수도원장이 선언했다. "이 사람을 체포하시오!"

한순간 얼어붙은 듯한 정적이 숲을 뒤덮었다. 포위망이 더욱 좁혀졌고, 이제 여전히 뒤에서 머뭇거리는 페레디르 곁의 공간만이 유일한 틈으로 남아 있었다. 그 순간, 쇼네드 곁에 서 있던 엥겔라드가 몸을 날리더니 풀밭에 떨어진 부러진 나뭇가지를 집어 사방으로 휘둘러댔다. 나이 든 사람 둘은 허둥지둥 엎드렸고, 몇몇은 나뭇가지의 공격을 피해 뒷걸음질을 쳤다. 그들이 다시 제자리로 돌아오기 전에 엥겔라드는 방향을 틀어 엎드린 한 사람을 뛰어넘은 뒤 앞으로 돌진했다. 한 남자가 그의 소매를 붙잡을 뻔했으나 엥겔라드는 이를 뿌리치고 페레디르 옆의 빈 공간으로 뛰쳐나갔다. 그를 붙잡으라는 고함 소리에 페레디르가 몸을 날렸지만, 어떻게 된 것인지 엥겔라드는 포위망을 뚫고 달아나기 시작했다. 캐드펠 수사가 보기엔, 페레디르가 팔을 뻗어 엥겔라드의 소매를 움켜쥐려는 순간 풀밭 위에 떨어진 삭정이를 밟았고, 그대로 미끄러져 관목숲 한가운데로 곤두박질한 듯했다. 엥겔라드가 바로 앞을 지나 달아나는데도 일어나 붙잡을 생각을 않은 것으로 보아 허리가 뒤틀렸을지도 모를 일이었다.

포위망을 뚫기는 했으나 그것으로 끝은 아니었다. 페레디르 곁에서 포위망을 이루고 있던 추적자 두 사람이 상황이 급변했음을 알아채고는 도망자가 빠져나가려는 길, 그러니까 빈터의 한구석을 향해 산토끼처럼 내달리기 시작했다. 왼쪽에서는 캐드월론 집안의 키가 훤칠한 농노가 긴 다리로 그레이하운드처럼 덤벼들었고, 오른쪽에서는 존 수사가 수도복 자락을 펄럭이며 샌들로 땅바닥을 박차고 달려갔다. 존 수사가 로버트 부수도원장으로부터 진심 어린 찬사를 받은 것은 그때가 처음이요, 아마도 마지막이 될 터였다.

달리는 사람은 그들 셋뿐이었다. 엥겔라드가 재빠르기는 하지만 다리가 긴 캐드윌론 집안의 농노가 당장이라도 몸을 던져 그를 쓰러뜨릴 태세였으니, 결국 그들 세 사람이 격렬히 부딪치며 도주와 추적이 끝날 성싶었다. 마침내 농노가 다리 못지않게 강건하고 긴 두 팔을 한껏 벌리고 달려들었고, 다른 한쪽에서는 존 수사가 역시 두 팔을 활짝 벌린 채 다가붙었다. 어느 쪽에서든 한껏 내뻗은 손이 엥겔라드의 윗도리를 막 붙잡으려는 참이었다. 부수도원장은 도망자가 붙잡혔다는 생각에 안도의 한숨을 길게 내쉬었다. 하지만 그 순간 존 수사가 몸을 획 날리더니, 페레디르가 아니라 농노의 무릎을 낚아채어 땅바닥에 메다꽂았다. 엥겔라드는 윗도리를 움켜쥔 추적자의 손을 뿌리치며 그대로 관목숲 속으로 뛰어들어 눈 깜짝할 사이에 사라져버렸다. 빈터는 완벽한 정적에 잠겼다.

적의가 있어서라기보다 흥분에 겨워 벌어진 흥미진진한 추적은 그렇게 끝났고, 이후의 숲속 수색은 심드렁하게 진행되었다. 엥겔라드를 잡을 가능성은 희박했다. 다들 그를 붙잡을 마음이 없는 것 같기도 했다. 열의를 가지고 추적하자면 일단 사냥개부터 풀어놓아야 할 터였다. 그보다 극적인 일은 예의 빈터에서 일어났으니, 그곳에서는 적어도 다른 사건의 범인이 명백히 밝혀진 참이었다.

존 수사는 풀밭에 앉아 농노가 휘두르는 주먹을 잽싸게 피하며 잉글랜드어로 열심히 이야기하기 시작했다. "자, 이제 그만두게나, 이 사람아! 저 청년이 자네에게 무슨 나쁜 짓을 했다고 이러나? 내 말 들어보게. 자네에게는 정말 미안하네. 그렇게 힘껏 내 동댕이칠 생각은 없었어. 제발 마음 좀 풀게나. 어차피 난 그보다 훨씬 가혹한 처벌을 받게 될 테니까 말이야."

이어 그는 자리에서 일어나 옷에 붙은 나뭇잎과 잔가지들을 툭툭 털어내며 흡족한 표정으로 사방을 둘러보았다. 도저히 믿기지 않는 이 사태에 로버트 부수도원장은 딱딱하게 굳은 얼굴로 멍하니 서 있었다. 엄격한 노르만 귀족 출신인 그는 이 순간 반역죄에 대한 합당한 처벌을 고심하는 중이었다. 그러나 그 자리에는 쇼네드도 있었다. 지치고 탈진하여 넋이 나간 표정이었으나, 그녀의 눈에서 미약하나마 희망 비슷한 것이 되살아나기 시작했다. 그 옆에서는 아네스트가 한 팔을 여주인의 허리에 두르고 선 채 그 꽃 같은 얼굴로 존 수사를 바라보았다. 부수도원장이 제아무리 우레 같은 고함을 내지른다 하더라도, 그 곁에서 아네스트가 감사와 찬탄이 담긴 환한 미소로 그를 바라보고 있는 한 존 수사로서는 후회할 것이 없었다.

리처드 수사와 제롬 수사가 무슨 파멸의 사자라도 되는 양 존 수사의 곁에 나타났다. "존 형제, 소환에 응하시오. 형제는 어리석은 짓을 저질렀소."

존 수사는 고분고분 두 수사의 뒤를 따랐다. 무슨 일이 닥칠지는 몰라도 평생 이보다 더 자유로웠던 적이 없는 듯했다. 그에게 잃을 것이라고는 오직 자신에 대한 자긍심뿐이었고, 그는 그것을 결코 버리지 않을 작정이었다.

“이 불경하고 무가치한 자여.” 로버트 부수도원장은 불같이 화를 내며 부르짖었다. “대체 무슨 짓을 저질렀는가? 우리들 모두가 목격했으니 부정할 생각은 말게. 자네는 범죄자의 탈주를 방조했을 뿐만 아니라 그를 체포하려는 충성스러운 하인을 방해하기까지 했네. 엥겔라드를 달아나게 하려고 고의로 이 선량한 사람을 쓰러뜨리다니. 법률과 교회를 배신하고 제 발로 감옥으로 들어선 셈이니, 변명할 말이 있다면 지금 이 자리에서 하게.”

“그 젊은이는 부당한 혐의를 받고 있습니다.” 존 수사는 용감하게 말했다. “전 엥겔라드와 얘기를 나눈 적이 있고, 그래서 그가 어떤 사람인지 잘 알고 있습니다. 무척 훌륭하고 점잖으며, 생각이 깨어 있는 사람이지요. 누구에게든 폭력을 휘두를 사람이 절대 아닙니다. 더구나 리샤르트 씨를 해하다니요! 엥겔라드는 그분을 깊이 존경하며 높이 평가하고 있었습니다. 엥겔라드가 그분을 죽였다고는 생각할 수 없습니다. 누가 리샤르트 씨를 죽였는지 알아내기 전까지 그는 이곳에서 멀리 떠나지 않을 겁니다. 이대로 떠나버린다면 오히려 살인자를 돕는 셈이 되니까요! 그래서 저는 엥겔라드에게 살인범을 잡을 기회를 선사하기로 한 겁니다.”

그러는 내내 두 여자는 한마음이 되어 고개를 맞붙이고 서 있었다. 한 소녀가 다른 소녀에게 통역을 해주었고, 그러다 모르는 단어가 나오면 말을 멈추고 흐뭇한 표정으로 그저 존 수사를 바라보곤 했다. 지금 이 상황에서 로버트 부수도원장은 지극히 무력했다. 정작 그 자신은 깨닫지 못하고 있었으나, 캐드펠 수사는 이를 잘 알 수 있었다.

"이 파렴치한 같으니!" 부수도원장이 호통을 쳤다. 그토록 고결하던 그의 표정은 모욕감에 비수처럼 예리하게 변해 있었다. "너는 네 입으로 내뱉은 말로 인해 파멸에 이를 것이다. 너는 우리 교단을 모욕했다. 나에겐 이곳 웨일스 법에 따른 처벌권이 없으니 이 범죄에 대해서는 왕실 집행관이 처리할 것이다. 그래, 귀네드의 통치권과 관련한 부분에 대해서는 내가 아무 말도 할 수 없지만, 나의 권한과 관련한 부분에 대해서는 말할 수 있으며 기꺼이 그렇게 할 작정이다. 네가 단순히 교회법만을 어겼다고 생각한다면 큰 오산이다. 이곳 치안 당국과 협의를 마칠 때까지 너를 감금해두겠다. 그동안 너는 교회가 제공하는 어떠한 편의나 위안도 받을 수 없을 것이다." 말을 마친 부수도원장은 생각에 잠겨 주위를 둘러보았다. 휴 신부는 딱하게도 갑자기 터져 나온 수많은 소송과 고발에 당황해 어쩔 줄 모르고 그저 이리저리 서성일 뿐이었다. 부수도원장이 다시 입을 열었다. "캐드펠 형제, 휴 신부님께 여쭈어 감옥으로 쓸 만한 곳을 알아보시오. 거기 이 자를 감금하겠소."

이는 존 수사가 각오한 수준을 넘어서는 처벌이었다. 그는 자신의 행동을 후회하지 않았으나, 그래도 현실적인 사람답게 그 결과를 피할 방법이 있을지 궁리해보았다. 엥겔라드가 그랬던 것처럼 포위망 사이의 틈을 가늠한 뒤 리처드 수사의 배를 가격하고 제롬 수사의 다리를 걷어차 자유를 찾아 달아나야 할까? 그는 강인한 두 다리를 벌리고 서서 어깨 근육을 조금 움직여보았다. 그러곤 생각을 행동으로 옮기려는 순간, 캐드펠의 침착한 음성이 들려왔다. "휴 신부님의 말씀을 전합니다. 감옥으로 쓸 만한 곳이 한 곳 있긴 합니다. 쇼네드 아가씨만 허락한다면, 그 댁이야말로 죄인을 감금해두기에 최적의 장소라고 합니다."

그 순간 존 수사는 달아나야겠다는 생각을 말끔히 접었다.

"제 집을 부수도원장님의 처분에 맡깁니다." 캐드펠의 말이 끝나기 무섭게 쇼네드가 웨일스어로 침착하게 대답했다. "창고도 있고 마구간도 있습니다. 원하신다면 그곳을 쓰십시오. 저는 죄인 곁에 가까이 가지 않을 것이며, 그곳 열쇠도 내어드리겠습니다. 죄인을 감시할 사람은 부수도원장님께서 제 하인들 중 적당한 이로 직접 택하시지요. 죄인이 지내는 데 필요한 것들은 제 식구들이 마련하도록 조치하겠지만, 저 자신은 그 일에 관여하지 않겠습니다. 제가 과연 그 모든 일을 공정하게 처리할지 미심쩍어하는 분들이 계실 테니까요."

현명한 여자군. 캐드펠은 쇼네드의 말을 통역하면서 생각했다. 거듭되는 재난으로 엄청난 충격을 받았는데도, 그녀는 사실상 한

마디도 거짓말을 하지 않으며 교묘하게 위기 상황을 벗어나려 애쓰고 있었다. 더하여 다른 사람이 필요로 하는 것과 원하는 것을 배려할 줄 아는 너그러움은 또 어떠한가. 존 수사를 엄중히 감금하고 감시하는 일과 그에게 식사를 가져다주는 일을 맡을 사람은 여주인 바로 옆에 서 있는 여자일 터였다. 완벽한 한 쌍이었다! 하지만 만일 상대가 독신 생활에 젖은 순진한 성직자들이 아니었다면 그들도 이렇게 근사한 방법을 찾아낼 수는 없었으리라.

"그것이 최선의 방법인 것 같군." 로버트 부수도원장은 차갑지만 정중한 어조로 말을 이었다. "성실한 제안에 고마움을 표하네. 저자를 엄히 지키며 죽지 않을 정도로 최소한의 것만을 제공하게. 저자는 자신의 영혼을 크나큰 죄악에 빠뜨렸으니, 육신으로 보상해야 하네. 그대가 허락한다면 우리가 먼저 그대 집으로 가서 저자를 엄중히 감금하고 그대의 외숙에게 이제까지 벌어진 상황을 알린 다음, 사람을 보내 그대를 집으로 데려오도록 하지. 슬픔에 잠긴 그대의 집에 오래 머무르지는 않겠네."

"제가 길을 안내하겠습니다." 아네스트가 예의 바르게 쇼네드의 곁에서 물러섰다.

"죄인을 꼭 붙드시오!" 그렇게 소리친 뒤 부수도원장은 수사들을 줄줄이 거느리고 아네스트를 따라 산길을 오르기 시작했다. 만약 그가 자세히 관찰했더라면 죄인의 태도가 왠지 만족감에 겨워 있다는 점을 눈치챌 수 있었을 테지만, 다른 수행원들과 마찬가지로 부수도원장의 시선 또한 아네스트의 늘씬한 허리와 부드러운 어깨에 못 박힌 터였다.

캐드펠은 그들을 따라가지 않고 돌아서서 쇼네드의 침착한 눈을 바라보았다. 하느님께서 모든 것을 정리해주셨군! 언제나와 마찬가지로 당신이 하실 일을 하고 계셨어!

귀더린 주민들은 리샤르트의 시신을 집으로 운구하기 위해 어린 나뭇가지를 잘라 들것을 만들었다. 위에서 볼 때는 화살이 옷과 피부 정도만 관통한 듯 보였으나 시신을 들자 그 아래 피가 흥건했다. 캐드펠은 리샤르트의 옷과 상처 부위를 더 가까이에서 자세히 살펴보고 싶었지만 참아야 했다. 바위 같은 슬픔에 짓눌려 빳빳이 굳은 쇼네드가 바로 옆에 서 있었다. 그녀가 지켜보는 자리에서는 종교적 목적이나 장례 절차를 위해 필요한 것이 아니라면 그 어떤 말이나 행동도 용납될 수 없을 터였다. 얼마 지나지 않아 리샤르트의 종복들이 주인의 시신을 옮기러 왔다. 리샤르트의 저택 앞에는 이미 집사와 음유시인이 나와 기다리는 중이었고, 여자들도 마지막으로 집에 돌아오는 주인을 맞으러 모여들어 통곡하고 있었다. 이제 상황은 범죄에 대한 조사가 아니라 성대한 장례 의식의 서막으로 바뀌었으니, 이 와중에 시신을 조사한다는 것은 예의에 어긋나는 일일 터였다. 로버트 부수도원장마저 슬픔에 잠긴 그 집에 오래 머물지 않겠노라 약속하지 않았던가.

리샤르트의 꼬인 다리가 조심스럽게 풀리고 두 손은 허리 옆에 단정히 놓였다. 마침내 시신을 옮길 때였다. 쇼네드는 시신을 운구하는 일에 동행할 다른 사람을 찾아 주위를 두리번거렸다. 그러나 그 사람은 보이지 않았다.

"페레디르는 어디 있죠? 그이는 어떻게 된 거예요?"

아무도 눈치채지 못한 사이에 그는 이미 자리를 떠난 뒤였다. 페레디르가 시작하고 존 수사가 마무리한 도주 사건 이후로는 누구도 페레디르에게 신경을 쓸 겨를이 없었다. 그는 마치 뭔가 부끄러운 일, 찬사를 듣기보다는 비난을 받을 일을 저지른 사람처럼 한마디 말도 없이 그 자리에서 빠져나가버렸다. 크나큰 슬픔에 잠겨 있던 쇼네드는 그가 사라졌다는 사실을 깨닫고 적잖이 상처를 받았다.

"아버님을 집으로 모셔 가는 일을 도와줄 거라고 생각했는데. 아버님이 그이를 무척 아끼셨거든요. 그이는 어릴 때부터 우리 집을 자기 집처럼 드나들었죠."

"어쩌면 자신이 환영받지 못할 거라 여겼던 건지도 모르지." 캐드펠이 말했다. "엥겔라드에 대해 했던 말 때문에 자네 기분이 상했다고 생각했을 거야."

"하지만 곧바로 그 잘못을 보상했잖아요." 쇼네드는 캐드펠의 귀에 대고 속삭였다. 그녀도 페레디르가 자신의 연인에게 도주로를 마련해주었다는 사실을 알고 있었으나, 남들이 듣는 앞에서 사실을 곧이곧대로 말할 필요는 없었다. "그이가 말 한마디 없이 떠나버리다니 도무지 이해할 수가 없네요." 그렇게 중얼거린 뒤 쇼네드는 캐드펠에게 눈짓을 건네 운구를 도와달라고 청했다. 침묵 속에서 운구 행렬이 얼마간 움직였을 때, 쇼네드가 고개도 돌리지 않은 채로 캐드펠에게 질문을 던졌다. "혹시 아버님이 하시려던 말씀에 대해 들으신 바가 있나요?"

"조금." 캐드펠이 답했다. "전부 듣지는 못했네."

"제가 해야 하거나 해서는 안 될 일이 있을까요? 일이 어떻게 된 건지 알아내야겠어요. 오늘 밤에 염을 하고 나면 시신이 더 이상 지금 같지 않을 거예요." 게다가 내일이 되면 경직이 시작될 터였다. "제가 할 일이 있으면 말씀해주세요."

"부친이 지금 입고 계신 옷을 벗기면 그 옷을 나에게 가져다주게. 아침에 비가 내려 옷이 젖어 있을 텐데, 어느 부위가 젖고, 어느 부위가 젖지 않았는지도 기록해서 넘겨주면 좋겠어. 뭐든 이상한 점이 눈에 띄면 잊지 말고 알려주게나. 내일 최대한 일찍 찾아가겠네."

"반드시 진실을 밝혀내야 해요." 그녀가 말했다. "그 이유는 아시겠죠."

"알다마다. 하지만 일단 오늘 밤에는 부친을 위해 노래하고 술을 바치게. 그분이 자네 노래를 들으실 거야."

"알겠어요." 쇼네드가 한숨을 내쉬며 말했다. "수사님은 좋은 분이세요. 수사님이 여기 계셔서 정말 다행이에요. 수사님도 엥겔라드가 범인이라고 생각하지 않으시죠?"

"그 사람은 아니라고 확신하지. 무엇보다도 그런 짓을 할 만한 성격이 못 되니까. 화가 날 때 주먹질을 하고 덤벼들기는 해도, 무기를 들고 공격하는 유형은 아니야. 두 번째로, 만일 그런 짓을 하려고 계획했다면 한층 교묘하게 처리했을 거네. 자네도 화살이 박힌 각도를 보았겠지? 내가 알기로 엥겔라드의 키는 부친보다 손가락 셋을 합친 길이 정도는 더 크네. 어떻게 자기보다 키가 작은 사람의 늑골 밑으로 화살이 파고들도록 활을 쏠 수 있겠나? 설령 관목숲 속에 무릎을 꿇고 있었다거나 엎드려 있었다 할지라도 그렇게 화살이 박히기는 어려워. 그래, 그 혐의를 믿는 건 어리석기 짝이 없는 일이지. 엥겔라드가 이 마을에서 가장 빼어난 궁수라는 점을 고려한다 해도 마찬가지야. 그렇다면 어느 곳에서든 활을 쏠 수 있을 텐데 그처럼 앞이 제대로 보이지도 않는 위치를 택할 이유가 없지. 이 모든 게 상황을 정확히 볼 줄 몰라 벌어진 일일세. 그런 어리석음 때문에 머지않아 막다른 벽에 부딪치고 말겠지. 그러나 그 모든 것보다도 우선적으로, 그리고 최종적으로 내릴 수 있는 판단은, 자네 연인이 남몰래 살인을 저지르기에는 너무도 정직한 사람이라는 점일세. 그런 사람은 설령 자기가 증오하는 자라 해도 그런 식으로 누군가를 살해하지 않아. 더욱이 그 젊은이는 자네 부친을 증오하지도 않았지. 나한테는 굳이 설명할 필요 없네."

아버지의 죽음에 대한 자세한 묘사를 듣는 것이 괴로웠을 텐데도 쇼네드는 시종 그의 곁에서 의연하게 귀를 기울였다. 다만 연인에 대한 이야기가 나오자 소녀답게 얼굴을 붉힐 뿐이었다.

"한 가지 의문스러운 점에 대해서는 아무 말씀이 없으시군요." 그녀가 말했다. "엥겔라드가 도대체 어떻게 되었을지, 어디로 갔을지 제가 전혀 걱정하지 않고 있는데 말이에요."

"아니." 캐드펠은 웃으며 대답했다. "자네는 그 사람이 어디에 있는지 알고 있네. 필요할 때면 언제든지 만날 수 있는 방법도 알고 있고. 내 짐작이긴 하지만, 그 떡갈나무 말고도 두세 군데 안전한 장소를 알아두었을 걸세. 엥겔라드는 지금쯤 그중 한 곳에 숨어 있거나, 머지않아 숨어들겠지. 자네는 그 사람의 안전에 대해서는 걱정할 필요가 없다고 생각하는 모양이구먼. 내게는 아무 말 말게나, 심부름꾼이나 도움이 필요한 경우가 아니라면."

"예, 괜찮으시다면 수사님께서 제 심부름꾼이 되어주세요." 그녀가 말했다. 그들은 숲을 빠져나왔다. 키가 큰 로버트 부수도원장이 음산한 표정으로 길 한쪽 끝에 우뚝 서 있었고, 수행원들도 그의 뒤에 공손하게 자리 잡고 있었다. 부수도원장의 두 손과 몸가짐 하나하나, 그리고 정중하게 숙인 고개의 각도까지 모두 죽음에 대한 경의와 유가족을 향한 연민을 나타내고 있었으나 죽은 자에 대한 용서만큼은 전혀 찾아볼 수 없었다. 죄인을 무사히 가둬놓은 뒤, 그는 수행원들을 모두 모아 적당한 때에 인상적으로 그 자리를 떠날 생각으로 침착하게 기다리는 중이었다. "페레디르에게 얘기해주세요." 쇼네드가 말했다. "함께 아버님을 집으로 모실 수 없어서 유감스럽다고요. 하지만 그의 도움에는 무척이나 고마워하고 있다는 것도 전해주세요. 그 마음을 조금이라도 의심한다면 정말 서운할 거예요."

쇼네드와 캐드펠은 대문 앞으로 다가갔다. 집사인 모리스가 다가와 그들을 맞았다. 그의 주름진 선량한 얼굴은 충격과 슬픔으로 일그러져 있었다.

"내일 꼭 와주세요." 쇼네드는 거의 들리지도 않을 정도로 소리 죽여 속삭인 뒤, 부친 시신의 뒤를 따라 대문 안으로 사라졌다.

6

캐드펠로서는 쇼네드의 말을 어떻게 전해야 할지가 고민이었다. 로버트 부수도원장에게 허락을 구하지 않은 채 길에서 벗어나 캐드윌론의 집 쪽으로 접어들기란 결코 쉬운 일이 아니었기 때문이다. 그러나 리샤르트의 영지를 막 벗어났을 때, 껌껌한 숲 속 저편 50미터쯤 떨어진 곳에 또렷한 그림자 하나가 보였다. 다름 아닌 페레디르였다. 그는 누군가 자신을 발견하리라는 생각조차 하지 못하는 듯했다. 아닌 게 아니라 길에서 상당히 떨어져 눈에 잘 띄지 않는 곳에 있는 쓰러진 나무줄기에 앉아 있던 터였다. 곁에 선 어린 나무에 등을 기댄 채, 그는 지난가을에 떨어진 낙엽들을 마구 걷어차고 있었다. 캐드펠은 부수도원장에게 허락을 구하지도 않고 곧장 그에게 다가갔다.

페레디르는 너도밤나무 낙엽을 밟으며 다가오는 인기척을 느끼고 고개를 들더니 곧장 자리를 떠나려 했지만, 이내 생각이 바뀌었는지 무뚝뚝한 태도로 캐드펠을 맞았다.

"자네에게 전할 말이 있네." 캐드펠은 부드럽게 입을 열었다. "쇼네드의 부탁일세. 부친을 운구할 때 거들어달라고 할 수 없어서 서운했다고 하더군. 오늘 자비로운 일을 해줘서 고맙다는 말도 전해달라고 했네."

페레디르는 마음이 불편한지 두 다리를 꼼지락거리더니 더욱 짙은 그림자 속으로 약간 물러섰다.

"아까 그 자리에는 쇼네드 쪽 사람들이 무척 많았습니다." 잠시 어색한 정적이 흐른 뒤, 그가 입을 열었다. "저는 필요 없었어요."

"아, 사람이야 충분했지. 손을 빌릴 사람도 많았고. 그럼에도 쇼네드는 자네를 찾았어. 운구 행렬에서 중요한 자리를 맡기고 싶어 하는 것 같더군. 자네는 어릴 때부터 쇼네드와 형제처럼 지냈고, 지금이야말로 그녀에겐 형제가 필요할 때니까."

그 어둠 속에서도 페레디르가 잔뜩 경직되어 있다는 것을 느낄 수 있었다. 몸이 굳어 말조차 온전히 나오지 않는 것 같았다. 그는 쓰디쓴 웃음을 터뜨렸다. "제가 되고 싶은 건 그녀의 형제가 아닌데요."

"그렇지. 그건 나도 알아. 그러나 자네는 필요한 순간 마치 친형제처럼 행동했어. 그녀에게도 그렇고, 엥겔라드에게도 말이지."

위안과 칭찬의 뜻으로 한 말이었으나 페레디르에게는 오히려 고통으로 다가온 모양이었다. 그는 더욱 우울하고 깊은 침묵 속으로 잠겨들었다. "쇼네드는 제게 빚을 졌다고 생각하겠죠." 한참 뒤 그가 다시 입을 열었다. "그 빚을 갚고 싶어할 테고요. 하지만 제가 원하는 방식으로 갚을 생각은 없을 겁니다. 그녀가 원하는 건 제가 아니니까요."

"자, 나는 쇼네드의 말을 전했네." 캐드펠은 차분하게 말했다. "자네가 그녀에게 가면 그녀가 직접 자네 마음을 돌리겠지. 그리고 자네가 와주기를 바라는 또 한 사람이 있네. 그 사람은 내게 말을 전하지 못했지만 말이야."

"아, 젠장." 페레디르는 고통스러운 듯 고개를 푹 꺾었다. "더는 아무 말도 하지 말아주세요……."

"그래, 나를 용서하게나. 이 일이 쇼네드만이 아니라 자네에게도 큰 슬픔을 안겨주었나는 길 잘 아네. 쇼네드가 그런 말을 하더군. 부친께서 자네를 무척 가장 아끼셨다고……."

젊은이는 갑자기 울먹이며 획 돌아서더니 나무들 사이로 빠르게 걸어가 깊은 숲속으로 사라졌다. 캐드펠은 생각에 잠겨 동료들이 있는 곳으로 걸었다. 마치 손가락으로 탐색해나가다 감당할 수 없을 만큼 부드러운 부분을 만진 것처럼 당혹스러운 기분이었다.

*

“오늘 밤에는 수사님하고 저하고 둘이서만 마셔야겠군요.” 마지막 기도를 마친 뒤 대장장이의 집으로 가자 베네드가 맞이하며 말했다. “휴 신부님은 리샤르트 저택에서 아직 안 돌아오셨고, 파드리그 씨는 밤늦게까지 고인을 위해 노래를 불러야 할 테니까요. 그 사람이 마침 그 댁에 머물고 있었으니 얼마나 다행입니까. 음유시인이 하프까지 켜면서 노래를 불러준다면 자손에게는 위로와 추억이 될 테지요. 그리고 카이는…… 집행관들이 와서 죄인을 데려가기 전까지는 얼굴을 보기 힘들 것 같군요.”

“그 말인즉슨 존 형제를 지키는 사람으로 카이가 선택되었다는 말이오?” 캐드펠은 반색했다.

“카이가 자원했어요. 제가 좋아하는 아가씨가 카이를 쫓아가서 그렇게 해달라고 부탁한 모양입니다. 하긴, 굳이 부탁할 필요도 없었을 테지만요. 그 사람들 사이에서라면 존 수사님은 하루 이틀 편안히 지내실 수 있을 겁니다. 그분 걱정은 하지 마세요.”

“조금도 걱정하지 않소.” 캐드펠이 말했다. “그러니까, 카이가 감방 열쇠도 가지고 있다는 얘기요?”

“틀림없이 그럴 겁니다. 게다가 듣자 하니 오아인 왕자는 남쪽으로 멀리 여행을 떠났다더군요. 귀더린 같은 곳에서 일어난 명령 불복종 따위의 사소한 문제 때문에 행정 장관이 됐건 집행관이 됐건 누구라도 일부러 시간을 내서 올 수 있을지 모르겠어요.”

베네드는 술잔을 내려놓으며 한숨을 푹 내쉬더니 이번엔 질 낮은 적포도주를 따랐다. “제가 그 화살의 푸른 깃털을 발견하고 그에 대해 지껄여댔다는 게 이제 와서는 무척이나 마음에 걸립니다. 더군다나 그 아가씨 앞에서요. 하지만 어차피 누구든 얘기했겠지요. 이제 그 아가씨에게는 외숙인 모리스밖에 안 남았어요. 사실상 자기 앞길을 스스로 선택할 수 있게 된 셈입니다. 외숙쯤이야 손바닥에 놓고 마음대로 할 수 있거든요. 그 사람은 아가씨가 하려는 일을 막지 못할 겁니다. 그나저나, 자기가 죽인 사람 몸에 남들이 훤히 볼 수 있도록 개인적인 징표를 남겨놓다니 얼마나 멍청한 짓입니까. 저도 그게 미심쩍긴 합니다. 가해자가 정신이 없었다거나 곧 달아나야 할 형편이었다면 또 모르겠습니다만……. 화살에서 깃털을 바꿔 끼우는 일이 그렇게 어려운 일은 아니지 않습니까? 칼만 있으면 순식간에 해치울 수 있지요. 정말이지 이해가 안 되는 일입니다만, 어떤 가능성이라도 완전히 배제할 수는 없는 노릇이지요!”

베네드의 마음속 깊은 곳에는 그 이상의 생각이 자리 잡고 있는 듯했다. 예컨대, 가장 강력한 경쟁자가 제거되면 쇼네드를 차지할 가능성이 한층 높아지리라는 희망이랄까. 그는 슬픈 표정으로 고개를 저었다. “솔직히 그 친구가 잽싸게 달아나버렸을 때 전 기뻤습니다. 자기 고향 체서로 돌아간다면 더욱 기쁘겠지요. 하지만 그 친구가 살인자라는 생각은 도무지 들지 않아요.”

“그렇다면 같이 한번 생각해봅시다.” 캐드펠이 말했다. “당신은 나보다 이 지방 사람들에 대해 더 잘 아니 말이오. 먼저 쇼네드가 품은 의심 말인데, 그녀가 로버트 부수도원장님 면전에서 한 말은 아마 이곳 사람들의 생각을 대변한 것일 거요. 어느 날 불쑥 우리들이 나타났고, 엄청난 논쟁이 벌어졌소. 그 논쟁의 한 쪽 당사자는 지주 한 사람이었지. 그 사람이 옳은지 그른지는 일단 논외로 합시다. 어쨌든 우리에게 그가 유일한 걸림돌이었다는 점만은 사실이지. 그런데 그 사람이 돌연 죽었소. 살해를 당한 거요. 그렇다면 여기 온 우리들 모두에게 혐의를 돌리는 것이 지극히 당연하지 않겠소?"

"성스러운 수사님들을 살인자로 지목하다니 그건 불경스러운 일입니다." 베네드는 기겁했다.

"왕이든 수도원장이든 인간은 결국 인간이오. 유혹에 빠지기 마련이지. 그러니 우리가 오늘 무슨 일을 했는지 살펴봅시다. 우리 여섯 명은 미사가 끝날 때까지 모두 같이 있었거나 서로의 시야에서 벗어나지 않았소. 그 이후 로버트 부수도원장님과 리처드 형제와 나는 휴 신부님과 함께 처음에는 과수원에, 정오 무렵 비가 퍼부을 때는 집 안에 있었소. 적어도 우리 넷은 숲으로 들어갈 수 없었지. 존 형제 역시 그 근처에서 다른 일을 하고 있었고. 이에 대해서는 마라레드가 증언해줄 수 있을 거요. 저녁 미사 전에 우리들 곁을 떠났던 사람은 리처드 형제 한 사람뿐이오. 리샤르트 씨를 찾으러 갔었지. 리처드 형제는 자기가 리샤르트 씨를 찾을 수 있을지, 혹은 그분에게 말을 전할 수 있을지 알아보겠다며 나갔다가 한 시간 반쯤 뒤에 빈손으로 돌아왔소. 그동안 우리 곁을 떠나 숲속에 있었던 셈이지. 그것이 무엇을 뜻하는지는 아직 모르겠지만, 아무튼 형제가 돌아오는 길에 캐드월론 댁에 들러 리샤르트 씨의 행방을 물을 때, 그러니까 2시 30쯤까지는 어느 누구도 형제를 보지 못했소. 그 집 문지기와 말을 나눠봐야겠군. 아, 그리고 우리 수사들 가운데 두 사람이 내내 자리를 비웠다는 점도 물론 고려해야겠지요. 제롬 형제와 콜룸바누스 형제는 위니프리드 성녀의 옛 교회로 기도를 드리러 떠났소. 평화로운 합의에 이를 수 있도록 기도를 드리라는 지시를 받았으니까요. 우리 모두는 그들이 떠나는 것을 지켜보았소. 리샤르트 씨가 길을 따라 내려오기 한참 전에 그들은 이미 교회에 들어가 무릎을 꿇고 기도를 드리고 있었을 거요. 두 사람은 휴 신부님이 심부름꾼을 보내 우리가 있는 곳으로 내려오라고 할 때까지 그곳에 머물러 있었소. 아마 그들은 서로에게 증인이 되어줄 거요."

"제 말이 바로 그겁니다." 베네드는 안도하는 기색이 역력했다. "성스러운 분들이 살인을 저지르다뇨."

"이런 이런." 캐드펠은 진지하게 대꾸했다. "겉보기에 성스러운 직분을 충실히 지키며 살아가는 사람에게도 감춰진 내면은 있는 법이라오. 교단에서 제아무리 훌륭한 사람일지라도 그 점에서는 마찬가지지. 내가 만난 거의 모든 사람들이 그랬소. 십자군으로 종군하기 전까지 난 사라센인들을 명예롭고 자비로우며 예의 바른 이들이라 믿어 의심치 않았소. 그러다가 그들을 성지의 전

잿터에서 다시 만났지. 그들 역시 평소에는 그곳을 더럽히거나 그곳에서 장사를 벌이는 사람들을 경멸해 마지않았을 거요. 그러나 우리 동맹군들이 그랬듯이 그들도 성지를 더럽히고, 그곳에서 장사를 하고, 약탈을 하더군. 모두 마찬가지요. 수도복을 입든 평복을 입든 누더기를 걸치든, 그 속에는 똑같은 재료로 만들어진 인간이 들어 있는 법이오. 다른 사람들보다 더 잘 만들어지고 잘 관리되는 이도 있긴 하지만, 본질은 한 가지지. 뭐, 이 얘기는 여기까지 합시다. 어쨌든 우리 중 오직 리처드 형제만이 리샤르트 씨가 피살당했을 시각에 밖에 나가 있었소. 그런데 내가 알기로 그 형제는 우리들 가운데 살인과 가장 거리가 먼 사람이거든. 그러니 다른 사람들에게도 살인을 할 기회가 있지 않았을지 살펴봐야 할 거요. 위니프리드 성녀가 그저 기회나 핑곗거리가 되었던 건 아닐까 싶기도 한데……. 혹시 귀더린에 리샤르트 씨의 적은 없었소? 우리가 불쑥 나타나 유혹적인 기회를 제공하기 전까지는 감히 죽일 엄두를 내지 못하고 있던 누군가가 있었을지도 모르겠다는 생각이 드는군."

베네드는 생각에 잠겨 포도주를 홀짝였다. "이 세상에서 남의 원한을 조금도 사지 않고 지낼 수 있는 사람은 없을 겁니다. 하지만 그런 사소한 원한은 살인의 동기가 되지 않죠. 휴 신부님이 밭뙈기 한 조각 때문에 리샤르트 씨와 언쟁을 벌인 적이 있어요. 두 분 다 자기 소유라 주장했지요. 하지만 마을 사람들의 증언을 통해서 그 문제는 정당하게 해결되었습니다. 그 뒤로는 원한이 생길 만한 일이 없었고요. 소송이 몇 번 있기는 했지만, 웨일스에 한두 차례 소송에 휘말린 적 없는 지주가 있다는 말씀 들어보셨습니까? 땅의 경계를 놓고 리스 압 커난 씨와 송사를 벌였고, 언젠가 길을 잃은 가축들 때문에 소송에 휘말린 적도 있지요. 하지만 두 번 다 피를 볼 정도로 격화되지는 않았어요. 우리는 전적으로 법률에 의거해 일을 해결하거든요. 딱 한 가지만은 분명한 사실입니다. 이 근처 수 킬로미터 안에 사는 사람치고 리샤르트 씨가 정오에 휴 신부님의 사제관에 가기로 되어 있었다는 것을 모르는 사람은 한 사람도 없었다는 것 말이지요. 그러니 누구든 도중에 그분을 없애려 시도할 수 있었을 겁니다."

그들이 추정할 수 있는 것은 거기까지였다. 가능성은 그야말로 무한했다. 베네드가 결코 살인을 저지를 사람이 아니라 확신하는 엥겔라드는 물론, 캐드월론 같은 이웃 사람들, 마을 농노들과 집안의 하인들까지 용의 선상에서 제외할 수 없었다.

그러면 리샤르트가 총애하고 아꼈다는 그 젊은이, 어릴 때부터 아들처럼 부담 없이 그 집에 드나든 젊은이는 어떤가? 캐드펠 수사는 생각에 잠긴 채 녹음이 짙게 깔린 어둠 속을 걸어 휴 신부의 다락방으로 돌아왔다. 엥겔라드나 자기 자신에 대해 이야기하던 모습을 떠올려보건대 천품이 살인을 저지를 사람은 아닌 듯했다. 게다가 그는, 아마도 사랑 때문에 엥겔라드에게 탈출의 길을 열어주지 않았던가. 그리고 이제는 쇼네드의 감사와 호의를, 그것이 사랑이 아니기 때문에, 거절하고 있었다. 아니, 어쩌면 사랑만

이 아닌, 보다 어두운 다른 까닭이 있는지도 모른다. 그가 숲속에서 말없이 멀어져갈 때 캐드펠은 얼핏 악마에 시달리는 이의 얼굴을 보았다. 그러나 설마 그가 그런 일을 저질렀을까? 그는 리샤르트의 죽음으로 가장 든든한 후원자를 잃은 셈이었다. 리샤르트는 자신이 원하는 남자를 딸의 남편으로 맺어주기 위해 끊임없이 그녀를 설득하고 끈기 있게 기다려왔으니 말이다. 그래도…… 어떻게 생각해보아도 페레디르는 캐드펠의 마음에 여전히 기이하고 꺼림칙한 느낌을 남겼다.

*

그날 밤 휴 신부는 리샤르트의 집에서 돌아오지 않았다. 캐드펠 수사는 다락방에 혼자 누워 쇼네드의 헛간 어딘가에 감금되어 있을 존 수사를 생각했다. 다음 날이 되자 그는 일찌감치 일어나 손수 아침을 차려 먹은 뒤 돌볼 사람 없이 남겨진 말들을 살피러 베네드의 마구간으로 향했다. 로버트 부수도원장 곁에 붙들려 있기보다는 신선한 아침 공기 속에서 일하는 편이 한층 마음 편했지만, 어쨌든 기도 시간에 늦지 않게 돌아가야 할 터였다. 부수도원장은 비록 단출하게나마 수도원에 있을 때와 다름없이 이곳에서도 매일 엄격한 일과를 따라야 한다고 고집하고 있었다.

다섯 수사는 과수원에서 만났다. 로버트 부수도원장은 여느 때와 다름없이 엄중한 위엄으로 기도 시간을 주재했다. 리처드 수사는 그날과 이튿날 기념할 축복 성인에 관한 기록을 낭독했고, 제롬 수사는 언제나 그러듯이 타고난 완고한 성품을 전형적인 아첨꾼의 모습으로 가다듬어서 입에 발린 말들을 늘어놓았다. 그러나 콜룸바누스 수사는 기이한 무력감과 혼돈에 빠져 있었다. 그의 커다란 푸른 눈에는 장막이 드리운 듯했다. 굳건하고 세련된 자세와 귀족적인 두상, 그리고 복종적이고 위태로운 신앙적 열정이 이루는 대조는 언제나 다른 사람들을 혼란에 빠뜨리곤 했지만, 그날 아침 무엇엔가 극단적으로 몰입해 있는 그의 모습은 차마 바라보기조차 고통스러울 정도였다. 캐드펠 수사는 이번 사명이 콜룸바누스 수사가 일으킨 발작에서 비롯하였다는 사실을 상기하며, 어쩌면 저 친구가 또다시 발작을 일으킬지도 모르겠다는 생각에 한숨을 길게 내쉬었다. 반쯤은 성인이고 반쯤은 천치인 저 친구가 이번엔 무슨 짓을 벌일지 누가 알 수 있으랴.

"우리에게는 한 가지 분명한 사명이 있소." 로버트 부수도원장이 엄숙하게 선언했다. "그 사명을 완수하기 위해 우리 모두가 최선을 다해야 하오. 성녀의 유골을 인수받아 슈루즈베리로 모셔가기 위한 노력을 배가해야 한다는 뜻이오. 지금까지는 주민들의 마음을 우리 쪽으로 이끄는 데 있어 그다지 성공적이지 못했다는 점을 인정해야겠소. 하지만 어제 나는 모든 일이 훌륭히 성취되리라는 희망을 품게 되었소. 마침내 사명을 성취하는 데 필요한 준비를 경건하게 끝마쳤고……."

갑자기 콜룸바누스 수사가 울음을 터뜨리는 바람에 부수도원장의 연설이 중단되었다. 모두 그 젊은 수사에게로 시선을 돌렸다. 콜룸바누스는 부들부들 몸을 떨며 자리에서 일어서더니 눈을 내리깔고 두 손을 맞잡은 채 부수도원장에게 다가갔다.

"부수도원장님, 아아, 모두가 제 탓입니다! 제가 잘못을 저지른 탓입니다! 저는 믿음이 부족했습니다. 이제 고해를 하고 싶습니다. 전 제 마음을 털어놓고 처벌을 받겠다는 각오로 기도에 참여했습니다. 이 계속되는 슬픔이 바로 저의 타락으로 인해 초래된 것이기 때문입니다. 말씀드려도 되겠습니까?"

이렇게 될 줄 알았지. 캐드펠 수사는 생각했다. 넌덜머리가 날 지경이지만 어쩔 수 없는 일이었다. 적어도 땅바닥을 뒹굴며 풀잎을 물어뜯지는 않으니, 그것만으로도 천만다행 아닌가!

"말해보시오." 부수도원장은 자못 다정한 어조로 말했다. "형제가 자신이 저지른 잘못을 사소한 것으로 왜곡시키지 않는 사람이라는 것을 잘 알고 있소. 그러니 우리가 지나친 처벌을 내리지 않을까 두려워할 것 없소. 늘 형제 스스로가 가장 가혹한 심판관이었으니까." 그 말은 사실이었다. 하지만 스스로가 가장 가혹한 심판관 노릇을 한다는 것은 결국 다른 사람의 판단을 회피하는 하나의 방법이기도 했다.

콜룸바누스 수사는 과수원 풀밭에 무릎을 꿇고 앉았다. 캐드펠도 그가 무척이나 귀족적이며 아름답다는 것을 인정하지 않을 수 없었다. 그 완벽한 우아함과 강인한 육체, 그리고 흐르듯 유연한 움직임에 그는 새삼 감탄했다.

"부수도원장님, 어제 기도를 올리라는 지시를 내리며 저와 제롬 형제를 위니프리드 성녀의 옛 교회로 보내셨지요. 선한 마음으로 성실하게 기도를 올려 좋은 결과를 이끌어낼 수 있도록 노력하라고 하셨지요. 저희는 교회에 일찍 도착했습니다. 아마 11시경이었을 겁니다. 저희는 식사를 하고 교회로 들어가 자리를 잡았습니다. 교회 안에는 기도대가 있었고, 제대도 깨끗하게 관리되어 있었습니다. 아아, 기도를 올려야 한다는 제 의지는 굳건했습니다. 하지만 제 몸이 너무도 약했으니, 무릎을 꿇고 기도를 올리기 시작한 지 30분도 채 지나지 않아 기도대에 두 팔을 올린 채로 잠들어버리고 말았습니다. 참으로 부끄러운 일입니다. 이곳에 도착한 이래 온전히 잠을 잘 수 없었으며 이런저런 생각이 많았다는 말로 변명을 할 수는 없겠지요. 기도하는 사람의 마음은 굳건하고 순결해야 하거늘, 저는 잠이 들었고 그렇게 우리의 사명도 약화되고 말았습니다. 기억하건대 오후 내내 그렇게 잤던 것 같습니다. 어느 순간 제롬 형제가 제 어깨를 붙잡아 흔들면서, 저희를 데려가려고 심부름꾼이 왔다는 얘기를 전하더군요."

콜룸바누스 수사는 숨을 가다듬었다. 그의 눈에서 눈물이 터져 나오더니 노르만인 특유의 크고 둥근 광대뼈를 타고 흘러내렸다.

"아아, 제롬 형제는 제가 잠들었다는 것을 알지 못했습니다. 저를 제대로 감시하지 않았다거나 제 잘못을 보고하지 않았다는 이유로 형제를 비난하셔서는 안 됩니다. 형제가 제 어깨에 손을 대자마자 저는 바로 잠에서 깨어나 함께 교회에서 나왔습니다. 형제는 제가 자신과 마찬가지로 성실하게 기도를 올렸으리라 생각했을 테고, 제가 무슨 잘못을 저질렀는지 전혀 몰랐습니다. 그러니 제롬 형제를 쏘아보지는 마십시오."

그때까지 어느 누구도 제롬 수사에게 시선을 줄 생각을 하지 않았을 터였다. 늘 절제된 평온이 감도는 제롬 수사의 얼굴에 순간적으로 불안감이 떠오르는 것을 목격한 사람은, 아마도 가장 빠르고 민감하게 시선을 옮긴 캐드펠 한 사람뿐이었을 것이다. 틀림없이 제롬 수사는 캐드펠의 의혹을 알아채지 못한 모양이었다. 그게 아니라면 저렇게까지 안도할 수 없을 테니까. 제롬 수사가 행복한 결말을 이끌어내기 위한 기도를 바치느라 전날 정오부터 오후까지 위니프리드 성녀의 옛 교회에서 꼼짝도 없이 앉아 있었으리라는 확신이 완전히 무너진 참이었다. 수사의 무고함을 입증할 수 있는 유일한 사람이 내내 잠들어 있었던 것이다. 제롬 수사는 몰래 교회에서 빠져나와 어디든 갈 수 있었다.

"형제여." 로버트 부수도원장이 입을 열었다. 존 수사라면 절대로 들을 수 없을, 아주 관대한 음성이었다. "그대는 인간으로서 어쩔 수 없는 잘못을 저질렀소. 약함이 우리의 천성이니, 그대는 형제를 변호함으로써 이미 자신의 잘못을 보속하였소. 그런데 어제는 어째서 이런 이야기를 하지 않았소?"

"부수도원장님, 제가 어떻게 말씀드릴 수 있었겠습니까? 리샤르트가 죽었다는 것을 알기 전까지는 말씀드릴 기회조차 없었고,

그 이후에는 부수도원장님께 새로운 짐을 안겨드릴 수 없다는 생각에 입을 다물었습니다. 저는 형제들이 저지른 잘못과 타락에 대해 온당한 처벌을 받을 수 있는 기도 시간만 기다렸습니다. 부수도원장님, 저는 스스로를 타락시킴으로써 제가 선택한 성직의 품위까지 추락시켰습니다. 제게 벌을 내려주십시오."

부수도원장이 그 헌신적인 복종의 태도와 자신이 저지른 죄에 대한 깊은 죄의식에 감화되어 천천히 입을 여는 순간, 정원으로 통하는 나무 대문이 삐걱거리더니 휴 신부가 풀밭을 가로질러 다가왔다. 머리칼과 수염은 평소보다 더욱 거칠게 엉켜 있었고, 결의에 찬 눈은 무섭도록 고요했다.

"부수도원장님." 휴 신부가 그들 앞에서 걸음을 멈추더니 말했다. "지금 캐드월론 씨와 리스 씨, 모리스 씨, 그 밖에도 우리 교구의 유력한 주민들과 회의를 하고 오는 길입니다. 다들 어제 벌어진 일 때문에 마음이 무거웠으나 적절한 기회였지요. 모두들 리샤르트 씨를 조문하러 왔으니까요. 거기 모인 사람들 모두 리샤르트 씨가 어떻게 피살되었는지, 그리고 그 운명이 어떻게 예언되었는지……."

"하느님, 용서하소서." 로버트 부수도원장이 서둘러 말을 끊었다. "나는 죽음의 예언 같은 것을 한 적이 없습니다. 위니프리드 성녀께서 당신이 갈 길을 방해하는 자에게 복수를 하실 거라고만 했지요. 살인에 대해서는 언급한 적이 없소이다."

"하지만 부수도원장님이 그의 죽음을 두고 성녀의 복수라 하셨잖습니까. 그곳에 있던 사람들 모두 그 말씀을 들었고, 대부분이 그렇게 믿었습니다. 저는 이번 회의를 그 문제에 대해 다시금 논의해볼 기회라 생각했습니다. 주민들은 천국의 의사에 반하는 어떤 일도 하고 싶어 하지 않습니다. 또한 베네딕토회 규율과 슈루즈베리 사원을 거스르는 어떤 일도 하지 않을 겁니다. 더구나 어제 사건 이후로는 남자건 여자건 아이이건, 귀더린의 그 누구라도 위험에 빠뜨릴지 모를 짓을 저지르는 것은 옳지도 현명하지도 않다고 생각하고 있습니다. 부수도원장님, 저는 이곳 주민들이 부수도원장님의 계획에 대한 모든 반대 의사를 철회한다는 말씀을 전해드리기 위해 왔습니다. 위니프리드 성녀의 유골은 여러분 것이니 여러분이 모시고 떠나셔도 좋습니다."

로버트 부수도원장은 승리감과 기쁨에 차 길게 한숨을 내쉬었다. 콜룸바누스 수사에게 내리려 했던 가벼운 처벌은 물론이요, 처벌을 내려야겠다는 생각조차 그 순간 완전히 사라졌다. 마침내 원하던 모든 것을 얻은 터였다. 콜룸바누스 수사는 무릎을 꿇은 채로 번득이는 눈을 들어 하늘을 우러러보며 두 손을 모아 감사를 드렸다. 기묘하게도, 이 간절히 바라던 결실을 바로 자신이 가져왔다고 생각하는 모양이었다. 경건하지 못한 행위를 마음속 깊이 참회한 덕분에 이와 같은 훌륭한 보상을 얻게 되었다고 말이다. 한편 제롬 수사는 부수도원장과 휴 신부에게 깊은 인상을 주려는 생각에 두 손을 맞잡은 채 하느님과 성인들을 찬양하는 기도를 라틴어로 중얼거렸다.

"나는 귀더린 주민들이 우리를 방해하려 하지 않았다고 확신합니다." 로버트 부수도원장은 너그럽게 말했다. "여러분은 현명하고 정당했습니다. 우리 수도원은 물론이요 이곳 주민들을 위해서도, 우리가 사명을 완수하고 여러분 모두에게 호의를 지닌 상태로 이곳을 떠날 수 있게 된 것이 그저 기쁠 뿐이군요. 휴 신부님, 이처럼 현명한 결정을 내려주신 것에 우리 모두 감사드립니다. 신부님은 이곳 교구와 주민들을 위해 정말 훌륭한 일을 해주셨습니다."

"이 말씀은 꼭 드려야겠습니다." 휴 신부는 솔직히 털어놓았다. "어쨌든 성녀를 잃게 되었기에 주민들 기분이 썩 좋지 않습니다. 하지만 누구도 여러분의 희망을 방해하지 않을 테니, 원하신다면 오늘이라도 그분의 무덤으로 모시겠습니다."

"우선 미사를 드린 다음 가도록 하지요." 잠시 낯선 활기로 환히 밝아졌던 부수도원장의 얼굴이 이내 평소의 엄숙한 표정을 되찾았다. "그리고 성녀 위니프리드의 세단에 무릎을 꿇고 감사를 드리기 전까지는 금식하겠습니다." 이어 그의 환한 시선이 콜룸바누스 수사에게 닿았다. 콜룸바누스 수사는 여전히 무릎을 꿇고 앉아 자신의 죄를 처벌해달라고 애원하는 듯 충직하게 그를 올려다보고 있었다. 부수도원장은 흠칫 놀랐다. 잠시 그 젊은 수사의 존재를 잊고 있었던 것이다. "일어서시오, 형제여. 이제 마음을 놓으시오. 이미 대기에 가득한 용서의 은총을 느끼지 못하겠소? 그대도 성처녀를 찾아가 그분께 찬양을 바치는 기쁨을 누리도록 하시오."

"제게 내리실 벌은요?" 참으로 고집스러운 회개자가 아닌가. 콜룸바누스 수사의 유순함에는 누구도 어쩌지 못하는 강철 같은 의지가 깃들어 있었다.

"그렇다면 형제에게 존 형제가 하던 천한 일을 맡기겠소. 우리가 돌아가는 날까지 그대의 동료와 그 짐승들의 시중을 들도록 하시오. 그러나 오늘의 영광에 참여하는 기회는 우리와 더불어 마땅히 누려야겠지. 성녀의 유골을 안치할 관을 운반하는 일도 돕도록 하시오. 관을 가지고 가서 제대 앞에 놓는 일이오. 움직이는 동작 하나하나에 성녀의 허락과 인정이 깃들어 있음을 만인 앞에 보여야 하오."

"그러면 오늘 무덤을 파시겠습니까?" 휴 신부가 지친 목소리로 물었다. 그는 이 사건이 종결되어 깨끗이 잊히기를, 그들이 한시바삐 사라져주기를, 그리하여 비록 훌륭한 사람 하나를 잃기는 했어도 귀더린 주민들이 수 세기에 걸쳐 영위해온 고요한 일상으로 얼른 돌아갈 수 있기만을 바라고 있었다.

"아닙니다." 로버트 부수도원장은 생각 끝에 대답했다. "나는 우리의 뜻이 매 단계마다 성녀의 인도를 받아 이루어지고 있음을 입증하려 합니다. 땅을 파내기 전에 옛 교회의 제대 앞에서 사흘 밤 동안 찬송과 기도를 바침으로써 우리가 하는 일이 진정 옳고 축복 속에 이루어지는 것임을 확인하고 싶습니다. 휴 신부님, 신부님께서도 함께하기를 원하신다면 모두 해서 여섯 사람이 되지요. 두 사람씩 교대하면 꼬박 사흘 동안 철야 기도를 올릴 수 있습니다. 그 기도가 우리를 바른 길로 인도할 겁니다."

*

그들은 슈루즈베리에서 지극한 신앙심을 담아 은으로 세공한 관을 들고 숲을 가로질렀다. 캐드월론의 집 앞을 지나 리샤르트의 피살 현장을 등지고 오른쪽 길로 접어들자, 마침내 하얀 꽃망울이 만발한 산사나무들로 삼면이 둘러싸인 작은 빈터가 나타났다. 나무로 지어진 조그마한 옛 교회는 세월에 닳아 검게 변색되었고, 안은 어두컴컴했다. 문가에 세운 나지막한 종탑과 그 곁으로 풀이며 가시나무로 뒤덮인 채 초록색 주름치마처럼 죽 펼쳐진 무덤들이 보였다. 주민들이 하나둘 소리 없이 나타나 묵묵히 따르는가 싶더니, 그곳에 당도할 무렵에는 한 무리를 이루고 있었다. 그들은 불안해하면서도 호기심을 품은 채 잠자코 일행을 지켜보았다. 여전히 불만을 품고 있는지는 알 수 없었지만, 다들 무엇도 놓치거나 잊지 않겠다고 결심한 듯 눈을 빛내며 끈기 있게 일행을 지켜보았다.

로버트 부수도원장은 길 끝에 서 있는 우그러진 나무 문 앞에 멈춰 서더니 엄숙히 성호를 커다랗게 그렸다. 휴 신부가 앞장서려 하자 부수도원장이 말했다. "여기서 기다리십시오! 기도가 내 발길을 인도하는지 확인해봅시다. 나는 이미 기도를 드렸고, 따라서 그분의 무덤까지 안내하실 필요가 없습니다. 그분께서 나를 인도해주신다면 오히려 내가 그분의 무덤을 알려드릴 수 있겠지요."

일행은 고분고분 발을 멈추고 조심스럽게 발을 내딛는 부수도원장을 지켜보았다. 그는 마치 발끝으로 길을 찾듯이 무성한 잡초와 들꽃들 사이로 수도복 자락을 끌며 조심스레 걸어 들어갔다. 그러곤 머뭇거리지도 서두르지도 않고 교회의 동쪽 끝에서 일직선이 되는 곳에 자리한 곳, 잡초가 웃자란 작은 흙무더기로 가더니 그 앞에 무릎을 꿇었다.

"위니프리드 성녀께서는 여기 누워 계십니다." 부수도원장이 말했다.

*

그날 오후 캐드펠은 깊은 생각에 잠겨 리샤르트 저택으로 향했다. 그래, 그런 식으로 사람들에게 깊은 인상을 심어주었군. 부수도원장이 보여준 그 보잘것없는 기적은 사실 사소한 장난에 불과했으나, 그 순간 행렬을 뒤따라와 꼼짝 않고 묵묵히 서 있던 주민들 사이에서는 경이와 외경에 찬 웅성거림이 흘러나왔다. 지금쯤은 이웃이 거의 없는 곳에 사는 농노들이며 가장 가난한 자유민들 사이에서도 그에 대한 소문이 떠돌고 있으리라. 슈루즈베리에서 온 성직자들이 계시를 입증했답니다. 성녀께서 몸소 부수도원장을 당신의 무덤으로 인도해 들이셨다니까요. 천만에요, 그 사람은 그때까지 거기에 가본 적도 없었고, 그 무덤에 무슨 표지, 예를 들면 근처의 가시나무를 잘라두었다거나 뭐 그런 게 있었던 것도 아니었어요. 무덤은 예전이나 다름없었다는 거예요. 그런데도 그 수많은 무덤 가운데서 성녀의 무덤을 정확하게 짚어냈다니까요.

그런 소문으로 온통 경외심에 차 있는 주민들에게, 부수도원장이야 가보지 않았을지 몰라도 그가 가장 신임하는 제롬 수사와 콜룸바누스 수사가 에드윈이라는 소년의 안내를 받아 바로 전날 교회에 갔으며, 따라서 소년에게 이번 순례의 최종 목적지인 성녀의 무덤이 어디에 있는지 한번쯤 물어보지 않았겠느냐고 지적해보았자 아무 의미 없는 일일 터였다.

자신의 주장을 입증해내 확립된 승리를 발판 삼아, 로버트 부수도원장은 성녀의 무덤에 손을 대는 일을 사흘 밤 사흘 낮 동안 연기했다. 그렇게 함으로써 또 다른 징조가 자신의 힘을 재확인시켜줄 수 있으리라는 생각이었다. 참으로 대담한 결단이요, 진정 비상한 인물이었다. 돌발적인 사태가 발생해 지금껏 성취한 것이 모두 박탈당할지도 모르는 위험에도 불구하고, 새로운 기적이 나타날 수도 있다는 가능성에 도박을 걸다니. 완벽한 화해는 아닐지언정 이론의 여지를 말끔히 제거한 뒤 목표로 삼았던 것을 들고 당당하게 귀더린을 떠나고 싶은 욕심이 그를 부추긴 것이다. 다른 걸림돌이 나타날까 두려운 듯 유골을 들고 허둥지둥 떠나는 꼴을 보일 수는 없는 노릇이었다.

그러나 부수도원장은 리샤르트를 죽이지 않았다. 그것만큼은 캐드펠도 확신할 수 있었다. 하지만 만약 다급한 마음에 사람을 사서 그런 짓을 사주했다면……? 솔직히 그럴 가능성을 떠올리지 않은 것은 아니었으나 그는 곧 머릿속에서 이를 지워버렸다. 부수도원장이 그리 마음에 들지 않고 그가 하는 일들이 영 마뜩잖은 것은 사실이나, 어떤 면에서 그는 경탄을 받을 만한 인물이었다. 만일 그가 존 수사쯤 되는 나이였다면 아마 부수도원장을 혐오했을지도 모르지만, 캐드펠은 이미 나이를 많이 먹었고 온갖 풍상을 겪으며 인내심을 다져온 사람이었다.

캐드펠은 리샤르트 저택 울타리 모퉁이에 자리한 작은 문지기실에 이르렀다. 윗가지로 엮은 오두막에서 어제 처음 본 남자가 나와 그를 안으로 안내했다. 카이가 미소 띤 얼굴로 뜰을 가로질러 다가오고 있었다. 어딘지 음습하고 조심스러운 분위기 속에서도 카이의 웃음에는 여전히 장난기가 남아 있었다.

"동료분을 구하러 오셨습니까?" 카이가 물었다. "그분이 과연 고마워하실지는 모르겠네요. 편안하게 누워 싸움닭처럼 음식을 잘 먹고 있거든요. 게다가 집행관이 온다는 소식도 아직 못 들었고요. 쇼네드 아가씨는 여태 그분에 대해 한마디도 하지 않았고, 수사님도 아시겠지만 휴 신부님 역시 서두르는 기색이 없습니다. 부수도원장님만 조용하시면 하루 이틀 정도 더 이곳에 있어도 될 것 같은데요. 마을 어귀에 말 탄 사람이 얼씬거리기만 해도 아이들이 바로 달려와 알려줄 겁니다. 존 수사님은 좋은 사람들 손에 맡겨진 셈이에요."

카이는 엥겔라드와 함께 일하는 사이로 이 마을에 사는 누구보다도 엥겔라드에 대해 잘 아는 사람이니, 존 수사와 이 감시자는 틀림없이 호의로써 서로를 대하고 있을 터였다. 카이의 임무는 존 수사의 도주를 막는 것이라기보다 그가 외부세계로부터 위협받는 일이 없도록 지키는 일에 가까운 듯했다. 올바른 목적을 위해서라면 카이는 자신이 가진 열쇠마저 얼마든지 내줄 용의가 있었다.

"당신이야말로 정신을 빠짝 차려야겠구먼." 그렇게 말하면서도 캐드펠 수사는 별다른 걱정을 하지 않았다. 이들 모두 자기들이 하는 일에 대해 잘 알고 있으리라. "이곳 왕자가 투철한 준법정신을 가진 사람이면 어쩌려고 그러시오? 아니면 베네딕토회 사람들과 좋은 관계를 유지하고 싶어할 수도 있고 말이오."

"아, 그런 걱정은 하실 필요 없습니다! 만약 범죄사가 도망친다 해도 그건 어느 누구의 잘못도 아니거든요. 벌을 받을 사람도, 상을 받을 사람도 없지요. 수사님은 잃어버린 물건을 찾느라 사방을 열심히 뒤져봤지만 끝내 찾아내지 못한 적이 없으십니까?"

"그 이야기는 그만두십시다." 캐드펠이 말했다. "나는 아무것도 못 들은 걸로 하겠소. 아, 그 친구에게 내가 찾아왔었다는 말도 할 필요 없소."

"같이 말씀 좀 나누고 싶지 않으세요?" 카이가 다정하게 말을 이었다. "그분은 저기 있는 멋진 마구간에 계십니다. 깨끗한 곳이죠. 그리고 아주 훌륭한 음식이 나온다는 점도 보장할 수 있고요!"

"제발 그 이상은 말하지 말아주시오. 나중에 내가 심문을 받게 될지도 모르니까." 캐드펠이 말했다. "눈 멀고 귀도 먹은 것이 유용할 때도 있는 법이지. 당신과 더 얘기를 나누면 좋겠지만, 아가씨와 약속이 되어 있소. 같이 해야 할 일이 있어서."

쇼네드는 저택 끝, 커튼으로 차단된 작은 침실에 있었다. 리샤르트의 방이었다. 그곳에서 리샤르트는 딸과 단둘이 남아 있었다. 그는 가대식 테이블에 깔아놓은 주름진 모피 위에 똑바로 누워 있었고, 시신 위로는 하얀 리넨 시트가 덮여 있었다. 그녀는 단정히 빗어 넘긴 머리에 옷을 갖추어 입고 아버지의 시신 곁에 앉아 음울한 얼굴로 캐드펠을 기다리는 중이었다. 전보다 훨씬 나이가 들어 보였고, 왠지 키도 훌쩍 큰 것 같았다. 이제는 그녀가 이곳의 주인이었다. 캐드펠이 들어서자 쇼네드는 슬픔이 가득한 얼굴로, 그러나 마침내 조언과 안내를 얻게 되어 마음이 놓인 아이처럼 환히 웃으며 일어서서 그를 맞았다.

"좀 전에도 수사님이 오셨는지 나가봤어요. 와주셔서 정말 기뻐요. 말씀대로 아버님의 옷을 잘 보관해두었어요. 접지도 않았어요. 접으면 습기가 다른 곳에도 퍼질 것 같다는 생각이 들었거든요. 지금쯤은 전부 말라버렸을지도 모르겠지만, 만져보시면 젖었던 곳과 말라 있던 곳을 구분할 수 있을 거예요." 캐드펠은 바지와 튜닉과 셔츠를 건네받아 주의 깊게 살펴보았다. "어디를 살펴야 하는지 이미 알고 계시는군요."

리샤르트의 바지는 튜닉에 얼마쯤 가려져 있었을 텐데도 뒤쪽이 여전히 젖어 있었다. 습기가 천을 따라 스며들어 이제는 앞부분에도 마른 부분이 얼마 남지 않은 듯했다. 튜닉 뒤판 역시 아랫단에 이르기까지 전체가 축축했고, 어깨 부분도 날개를 편 듯한 형상으로 거무죽죽하게 얼룩져 있었다. 그러나 가슴 부위만은 빳빳하게 말라 있는 듯했다. 조금 애매하긴 하지만 셔츠도 비슷하게 소매 뒤쪽만 젖어 있었다. 한편 화살에 꿰뚫린 등 부분은 셔츠도 튜닉도 피에 흠뻑 젖었으나 이제는 말라 빳빳하게 굳어 있었다.

"우리가 부친을 발견했을 때 그분이 어떻게 누워 계셨는지 기억나나?" 캐드펠이 물었다.

"평생 그 모습을 잊을 수 없을 거예요." 쇼네드가 답했다. "허리 위부터 등까지는 바닥에 평평하게 닿아 있고, 오른쪽 엉덩이는 풀 속에 묻힌 상태였죠. 두 다리는 얽혀 있었는데, 왼쪽 다리가 오른쪽 다리 위로 걸쳐진 것이 마치……." 그녀는 얼굴을 찌푸린 채 적절한 표현을 찾느라 머뭇거리다가 마침내 다시 입을 열었다. "엎드려서 자고 있다가 몸을 뒤척여 바로 누워 다시 잠든 사람 같은 모습이었어요."

"혹은, 얼굴을 바닥으로 향한 채 한참 달게 자다가 갑자기 왼쪽 어깨를 붙잡혀 돌려 눕혀진 것 같았지."

쇼네드는 상처 자국처럼 깊고 어두운 눈으로 캐드펠을 물끄러미 쳐다보았다. "수사님 생각을 남김없이 말씀해주세요. 저도 알고 싶어요. 알아야만 하고요."

"그렇다면 먼저 사건이 벌어진 장소에 대해 생각해보세." 캐드펠이 말했다. "은폐된 장소, 빽빽한 관목들로 가려진 곳이었어. 사방으로 겨우 쉰 걸음밖에는 되지 않을 정도로 좁았고. 그런 곳이 과연 궁수에게 적합한 장소일까? 내 생각엔 아닌 것 같네. 현장이 금방 발각되지 않기를 원했더라도, 마음만 먹으면 거기보다 나은 곳을 수백 군데는 찾아낼 수 있었을 거야. 능란한 궁수는 표적에 그렇게까지 가까이 접근할 필요가 없거든. 그보다는 정확히 조준할 수 있는 널찍한 공간과 적당한 거리가 중요하지."

"그것으로 엥겔라드가 범인일 가능성은 사라지는 셈이네요. 어차피 그는 그런 짓을 할 수 있는 사람도 아니지만요."

"엥겔라드뿐 아니라 활쏘기에 능한 사람이든 그다지 솜씨 좋은 궁수가 못 되는 사람이든, 그런 곳에서 누군가를 쏘아 죽였을 가능성은 희박해. 나는 그 화살이 마음에 걸리네. 분명 거기 있을 수 없는 물건인데도 불구하고 거기 있었단 말이지. 그 화살의 목적은 분명하네. 엥겔라드에게 혐의를 씌우려는 것이지. 하지만 그것 말고도 다른 목적이 있으리라는 생각을 지울 수가 없구먼."

"그야 살인이죠!" 쇼네드의 얼굴이 어둡게 달아올랐다.

"미친 소리로 들릴지도 모르지만, 그마저 나는 의심스럽네. 화살이 들어가고 나온 각도를 살펴보게. 피는 뒤쪽으로만 흘러나왔네. 화살이 들어간 구멍으로는 별로 흐르지 않았어. 거기다 우리가 그 옷에서 발견한 사실을 떠올려보게. 똑바로 누워 있었는데도 젖은 곳은 옷 뒤쪽이었지. 그리고 그 현장 말이야, 자네가 말한 대로 엎드려 자다 돌아누워 다시 잠든 듯 보이지 않았는가. 또 하나, 어제 내가 그분 주검 옆에 무릎 꿇고 앉았을 때 알아낸 것도 있네. 그분 몸 아래 빽빽한 잡초는 젖어 있었지만 그분의 오른쪽, 어깨부터 엉덩이까지의 풀밭에는 습기라곤 찾아볼 수 없었어. 어제 정오 무렵에는 소나기가 내렸네. 반시간쯤 쏟아졌지. 비가 쏟아지기 시작할 때 자네 부친은 이미 얼굴을 바닥에 댄 자세로 주검이 되어 있었던 걸세. 그렇지 않고서야 어떻게 그 부분의 풀밭이 젖지 않을 수 있었겠나? 부친의 몸이 비를 막아주지 않았다면 말이야."

"수사님 말씀대로 누군가가 아버님 왼쪽 어깨를 붙잡아 돌려 눕혔고……." 쇼네드는 나직하지만 또렷하게 말을 이었다. "그때 아버님은 이미 잠들어 계셨던 거네요. 영원한 잠에 빠져 계셨던 거예요!"

"나는 그렇게 보네."

"하지만 화살이 가슴을 파고들었잖아요." 쇼네드가 말했다. "그런데 어떻게 얼굴을 바닥으로 향한 채 쓰러지셨을까요?"

"바로 그걸 우리가 알아내야지. 어째서 피가 앞이 아니라 뒤쪽으로 흘렀는지도 알아내야 하고. 그 부분의 풀밭이 말라 있던 것으로 보아, 그분 시신은 비가 내리기 전부터 그친 뒤까지 줄곧 얼굴을 밑으로 향한 채 엎드려 있었던 게 분명하네. 빗방울이 떨어지기 시작했을 때부터 정오가 지나 해가 나왔을 때까지 줄곧 말이야. 쇼네드, 내가 경의의 뜻을 담아 다시 한번 부친의 시신을 세밀히 살펴봐도 괜찮겠나?"

"모든 수단을 동원해 살인자를 찾아내고 그 살인자에게 복수하는 것, 그게 피살당한 사람에게 보일 수 있는 가장 큰 경의죠." 쇼네드는 쓰디쓰게 내뱉었다. "예, 필요하다면 아버님의 시신을 살펴보세요. 저도 도울게요. 저와 수사님 말고는 어느 누구도 안 돼요!" 그녀의 창백한 얼굴로 고통스러운 미소가 떠올랐다. "아마 피의 보복에 대해 두려움을 느끼지 않는 건 수사님과 저뿐일 거예요."

캐드펠은 리샤르트의 시신에 덮인 시트를 걷어내려다가 쇼네드의 말에 새롭고 의미심장한 생각이 떠올라 문득 손을 멈추었다. "그래! 다들 피의 보복을 두려워하는 것 같더군. 이곳 주민들은 모두 그 얘길 믿는 건가?"

"수사님 동료분들께서는 믿지 않으시나요? 수사님은요?" 쇼네드는 깜짝 놀라 아이처럼 눈을 동그랗게 떴다.

"우리 수도원 형제들은……. 그래, 그들 모두가 아니더라도 대개는 믿는다고 해야겠지. 나도 믿느냐고? 젊은이, 나는 전투가 끝난 뒤에 승리자들에 의해 무참히 학살된 이들을 수없이 보았네. 그러나 일단 생명이 빠져나간 후에는 그들 중 어느 누구도 새로운 피를 쏟지 않았어. 하지만 내 생각은 중요하지 않네. 살인자가 그걸 믿는지 아닌지가 중요하지. 자, 자네는 이제까지 겪은 고통만으로도 충분하니 이 일은 나에게 맡겨두게."

그렇지만 캐드펠이 시트를 벗겼을 때 쇼네드는 고개를 돌리지 않았다. 시신은 벌거벗은 채였다. 쇼네드가 검시의 필요성을 예견하여 수의를 입히지 않은 것이다. 피를 깨끗이 닦아낸 리샤르트의 단정한 시신은 편안하게 누워 있었다. 단단하고 강인해 보이는 상체는 구릿빛으로 그을었으나 허리 아래로는 한결 희었다. 퍼렇게 부르튼 입술처럼 일자로 그어진 늑골 밑의 상처는, 화살을 뽑아낼 때 살을 다치지 않게 하려 최선을 다했음에도 불구하고 찢기고 벗겨져 흉물스러웠다.

"시신을 돌려봐야겠네." 캐드펠이 말했다. "화살이 뚫고 나간 자리도 살펴봐야 하니까."

쇼네드는 주저하지 않았다. 그녀는 딸이라기보다 어머니에 가까운 따뜻한 몸짓으로, 한 팔을 아버지의 어깨 밑에, 다른 한 팔은 허리 밑에 밀어 넣었다. 아버지의 얼굴이 요람에 들 듯 그녀의 팔 안에 안겼다. 쇼네드가 뻣뻣하게 경직된 시신을 오른쪽으로 돌려 눕히자, 캐드펠은 테이블 밖으로 뻗어 나온 다리를 가지런히 정리한 뒤 허리를 굽힌 채 시신의 등판 왼쪽 부분에 난 상처를 자세히 살펴보았다.

"화살을 뽑아내느라 꽤나 고생했겠구먼. 화살은 앞으로 뽑아냈겠지?"

"예." 쇼네드는 바르르 몸서리를 쳤다. 화살을 제거하는 일이 그녀에게는 너무나도 힘들었던 것이다. "등 쪽으로는 거죽만 살짝 뚫고 나갔더라고요. 그래서 자를 수가 없었죠. 아버님 몸에 또 상처를 내다니, 너무나 고통스러웠어요. 하지만 다른 도리가 없잖아요? 게다가 그 엄청난 피라니!"

아닌 게 아니라, 강철 화살촉은 등가죽에 구멍을 낸 정도에 불과해 피가 말라붙은 작고 검은 흔적만 살짝 남아 있을 뿐이었다. 그러나 그 점에서 뻗어나간 또 하나의 흔적이 눈에 띄었다. 가늘고 희미했으나 분명하게 알아볼 수 있었다. 전체적으로는 캐드펠의 엄지손가락 한 마디쯤 되는 너비에, 그 양쪽에는 희미한 멍 자국이 남아 있었다. 리샤르트가 흘린 피, 사실 그리 많은 양은 아니었으나 어쨌든 그의 생명과 더불어 흘러 나간 피는 늑골 밑 상처가 아니라 줄곧 입을 다문 채 은밀하게 감춰져 있다가 이제야 비로소 모습을 드러낸 이 가느다란 상처에서 나온 것이었다.

"다 살펴보았네." 캐드펠은 부드럽게 말한 뒤 쇼네드를 거들어 시신을 다시 똑바로 눕혔다. 그들은 리샤르트의 머리칼을 단정히 빗어 넘기고 경건하게 시트를 덮었다. 그런 다음에야 캐드펠은 방금 새롭게 발견한 상처에 대해 이야기했다. 쇼네드는 눈을 커다랗게 뜨고 그의 말에 귀를 기울이다가 한동안 묵묵히 생각에 잠기더니 마침내 입을 열었다. "저는 말씀하신 상처를 보지 못했어요. 그게 뭔지 도무지 모르겠네요. 수사님께서 뭐든 짚이는 게 있으면 말씀해주세요."

"아버님이 돌아가신 건 화살로 꿰뚫린 자리가 아니라 바로 거기 난 상처 때문이었네. 그게 먼저였어. 기다란 비수에 생긴 상처인 듯하네. 평범한 칼보다 날이 훨씬 가늘고 날카로워서, 일단 뽑아내면 상처가 거의 완벽하게 입을 다물게 되지. 칼날은 아주 깨끗하게 그분의 몸을 파고들었어. 그래서 나중에 같은 자리에 대고 다시 정교하게 화살을 꽂아 넣을 수 있었을 게야. 우리가 화살촉이 빠져나온 자리라고 생각했던 상처는 실은 칼날이 들어간 흔적이네. 화살은 그분이 숨을 거둔 뒤 바로 앞에서 꽂힌 모양이야. 아마도 그분이 뒤쪽에서 비수를 맞고 쓰러졌다는 사실을 감추기 위해서였겠지. 관목숲으로 둘러싸이고 잡초가 무성한 빈터가 살해 현장으로 선택된 것도 그 때문일 테고. 화살의 각도가 그처럼 이해할 수 없게끔 위쪽으로 향했던 이유도 이제야 맞아떨어지는군. 그 화살은 활로 쏜 게 아니야. 비수가 만든 자리에 맞추어 앞에서 박아 넣은 거네."

"등 뒤에서 아버지를 죽인 거군요." 쇼네드의 얼굴은 분노로 창백해져 있었다.

"그렇게 보이네. 화살은 나중에 꽂았어. 그렇게 하려니 깊숙이 밀어 넣을 수 없었겠지. 나는 처음부터 그 화살이 마음에 걸렸네. 엥겔라드였다면 그 정도 거리에서는 떡갈나무 판자 두 장쯤 쉽사리 관통했을 테고, 그러니 화살은 자취도 찾을 수 없었을 거야. 그만이 아니라 유능한 궁수라면 누구라도 그럴 수 있었겠지. 하지만 손으로 화살을 사람 몸에 박아 넣는다면……. 아마 팔 힘이 엄청나게 좋은 사람이었을 거야. 그리고 화살촉을 비수가 미리 만들어놓은 자리로 내보내야 했을 테니 섬세한 손길도 필요했겠지."

"악마의 마음도 필요하죠." 쇼네드가 덧붙였다. "그리고 엥겔라드의 화살도요! 그 화살을 손에 넣을 수 있는 사람, 그리고 엥겔라드가 자기를 변호할 수 없으리라는 점을 알고 있었던 사람이에요." 그토록 힘겨운 짐을 짊어지고 있으면서도 그녀는 여전히 명석함을 발휘했다. "한 가지 의문이 있어요. 살인을 저지르고 그 현장을 위장하기까지 그토록 긴 시간이 걸린 이유는 뭘까요? 수사님이 밝혀주셨듯이, 아버님은 비가 내리기 전에 이미 돌아가셨어요. 하지만 시신이 돌려 눕혀지고 엥겔라드의 화살이 꽂힌 건 비가 그친 다음이죠. 30분이 넘게 걸린 셈이에요. 왜 그랬죠? 행인이라도 지나갔던 걸까요? 숨이 완전히 끊어질 때까지 기다려야 했을까요? 아니면, 그 악마 같은 위장술이 나중에야 생각나서 화살을 가지러 다녀온 걸까요? 왜 그렇게 오래 걸렸을까요?"

"그건 나도 모르겠네." 캐드펠은 솔직히 대답했다.

"그럼 우리가 아는 걸 생각해보죠. 범인이 누구건, 그자는 자기가 한 짓을 엥겔라드에게 덮어씌우려 했어요. 그게 유일한 살인 동기였을까요? 아버님은 오직 엥겔라드를 제거하기 위한 소모품, 다른 사람에게 올가미를 씌우기 위한 미끼에 불과했을까요? 아니면…… 애초에 아버지를 제거하는 게 목적이었고, 살인을 엥겔라드에게 덮어씌우는 방식에 대해서는 나중에 생각해낸 걸까요?"

"나라도 자네보다 더 많은 것을 알지는 못하네." 캐드펠은 고개를 저었다. 갑자기, 고통스레 낙엽을 걷어차고 커다란 상처라도 입은 듯 쇼네드의 신뢰를 회피하던 젊은이의 모습이 떠올랐다. "아마 범행을 저지르고 달아났다가 이 일에서 발을 빼기가 얼마나 쉬운지 깨닫고 다시 현장으로 돌아갔던 것 같네. 아직까지 확실한 건 이 정도야. 이만큼 알게 된 것도 하느님께 감사드릴 일이지. 엥겔라드는 희생양이었네. 그는 어떤 범죄도 저지르지 않았어. 그 점을 명심하고 기다리게나."

"진범을 잡아내건 못 잡아내건, 만일의 경우 엥겔라드를 위해 사람들 앞에서 이런 이야기를 해주시겠어요?"

"마음을 다해 그렇게 하겠네. 하지만 당장은 아무에게도 말하지 말게나. 우리가 귀더린의 평화를 깨뜨린 장본인이라는 사실은 아직 변함이 없고, 나 또한 우리를 결함 없는 고결한 존재로 여기지 않거든. 죄인을 가려내기 전까지는 누가 결백한지 알 수 없는 법이지."

"저도 부수도원장님께 했던 말을 취소할 생각 없어요." 쇼네드는 고집스럽게 말했다.

"그분은 이 사건의 범인이 아니야. 내 시야에서 벗어난 적이 없으니까."

"하지만 사람을 샀을 수도 있잖아요. 성녀까지도 사려 했던 사람이니까요. 그분은 완고한 분이에요. 그게 동기가 될 수 있죠. 그리고 잊지 마세요. 잉글랜드인들과 마찬가지로 웨일스인들도 자신을 팔 수 있어요. 바라건대 그런 사람이 많지는 않겠지만, 그렇다고 적지도 않을 거예요."

"그래, 알겠네." 캐드펠이 말했다.

"범인이 누구일까요? 그자는 아버님의 움직임을 잘 알고 있었어요. 엥겔라드의 화살을 어디서 구할 수 있는지도 알고 있었고요. 무엇 때문인지는 모르지만 아버님의 죽음을 원했고, 그 혐의를 엥겔라드에게 덮어씌우려고 했죠. 캐드펠 수사님, 그 사람이 누구일까요?"

"하느님의 도움을 받아 자네와 내가 알아내야 하겠지. 당장은 어떤 판단도 추측도 할 수 없네. 방향감각을 잃은 기분이야. 살인이 어떻게 벌어졌는지 알아냈을 뿐 그 동기와 범인에 대해서는 자네도 나도 아직 아는 바가 없지. 하지만 죽은 자는 자신을 죽인 자가 누구인지 온몸으로 증언하기 마련이네. 자네 부친은 이미 우리에게 많은 이야기를 들려주셨고, 앞으로도 더 많은 것, 아마도 모든 것을 알려주실 거야."

이어 캐드펠은 로버트 부수도원장이 사흘간의 철야 기도를 선언하여 수사들과 휴 신부가 교대로 그 일을 맡게 되었다고 알려주었다. 그러나 순진무구한 외골수 콜룸바누스 수사가 고백한 양심의 죄와, 그로 인해 숲속에서 그녀의 아버지를 기다릴 수 있었던 사람이 한 명 더 늘어나게 되었다는 점에 대해서는 말을 아꼈다. 콜룸바누스 수사에게 내려진 계시가 이제 점점 더 불길한 의미를 띠게 되었지만 그로서는 도무지 그러한 사실을 인정할 수가 없었다. 활과 화살을 들고 희생자를 찾아다니는 제롬 수사의 모습이라니, 상상조차 못 할 일이었다. 더군다나 울창한 숲을 은폐물 삼아 날카로운 비수를 거머쥐고 한 남자의 등 뒤로 다가든다는 것은…….

캐드펠은 그 생각을 떨쳐버리려 했으나 쉽지 않았다. 싫건 좋건, 그 안에는 어느 정도의 신뢰성이 내재되어 있으니 말이다.

"오늘을 포함해서 사흘간, 마지막 기도가 끝난 뒤부터 다음 날 아침기도 전까지 우리 성직자들은 두 사람씩 교회에서 제단을 지켜야 하네. 다들 똑같은 시험에 들 터이니 한 사람도 예외일 수는 없을 게야. 어떤 일이 벌어지는지 두고 보자고. 자, 그리고 자네가 해줘야 할 일이 있네……."

7

마지막 기도가 끝날 즈음, 저무는 해가 쏟아내는 막바지 빛살이 청록색 나뭇잎 사이로 찬란하게 흘러들었다. 여섯 성직자들은 첫 번째 철야 기도를 바칠 순례자 한 쌍을 인도하여 옛 교회의 쓸쓸한 묘지로 들어서다가 입구 빈터에서 한 무리의 사람들과 마주쳤다. 리샤르트 저택의 친족과 하인 여덟 사람이, 옛 지주의 상속인이자 이제는 새로운 지주가 된 쇼네드를 앞장세우고 숲에서 나오는 중이었다. 검은 상복을 입고 회색 베일을 드리운 그들의 여주인은 애도의 뜻으로 검은 머리칼을 등 뒤로 늘어뜨린 채 몸을 곧추세우고 위엄 있게 걷고 있었다. 그녀의 얼굴은 침착하고 고요했으며, 눈은 먼 곳을 응시하고 있었다. 그 누구든, 심지어 주교마저 압도할 수 있을 만큼 당당한 태도였다. 로버트 부수도원장은 그녀를 발견하자 우뚝 멈춰 섰고, 캐드펠은 왠지 뿌듯한 기분을 느꼈다.

쇼네드는 부수도원장은 안중에도 없다는 듯, 일말의 희망이 담긴 가볍고 의식적인 발걸음으로 곧장 앞으로 나아갔다. 그러다 그와 세 발짝쯤 떨어진 거리에 이르자 걸음을 멈추고는 부수도원장의 얼굴을 똑바로 바라보았다. 그 태도가 얼마나 차분하고 평온한지, 만일 부수도원장이 조금만 어리숙한 사람이었다면 그녀가 마침내 항복하려는 모양이라고 생각했을 것이다. 그러나 그는 바보가 아니었으니, 쇼네드를 바라보며 묵묵히 생각을 거듭했다. 그는 이 어린 소녀를 자신의 상대로 보지 않았으나 어쨌든 그녀는 그에게 맞서고자 찾아온 게 분명했다.

"캐드펠 수사님." 쇼네드는 부수도원장을 똑바로 바라보며 입을 열었다. "제 얘기를 성스러운 부수도원장님께 그대로 전해주십시오. 아버님을 위하여 부탁드릴 일이 있습니다."

리샤르트가, 아직 입관하지 않아 하얀 리넨으로만 감싸인 채 그녀의 뒤에 있었다. 리넨에 단단히 감긴 그의 몸과 얼굴의 선 하나하나가 또렷이 드러났다. 나뭇가지로 짠 들것에는 여전히 잎사귀들이 붙어 있었고, 시신 아래에는 역시 나무로 만든 관대가 받쳐져 있었다. 리샤르트를 운구하는 웨일스인들의 까맣고 은밀한 눈동자들이 마치 안치실의 등불처럼 어떤 것도 놓치지 않으려는 듯 이글거렸다. 그녀는 너무나도 젊고, 너무나도 외로웠다. 전혀 불리할 것이 없는 상황인데도 로버트 부수도원장은 왠지 불안해

보였다. 혹시 그녀의 모습에서 감동이라도 받은 걸까?

"원하는 것을 이야기해보게." 부수도원장이 말했다.

"위니프리드 성녀를 모셔 가기 전에 사흘 밤 동안 경건하게 철야 기도를 바칠 예정이라고 들었습니다. 제 부친이 성녀의 분노를 유발했을지 몰라도, 이는 그분의 의도가 결코 아니었습니다. 그러니 그 영혼이 평화롭게 안식할 수 있게끔, 수사님들이 돌보는 가운데 성녀의 제대 앞에서 부친께서 사흘 동안 쉬는 것을 허락해주십시오. 또한 수사님들께서 철야를 하시는 동안 딱 한 번씩, 하룻밤에 한 번씩만 제 부친의 안식을 구하고 용서를 비는 기도를 바쳐주시기를 부탁드립니다. 제 청이 과한 것입니까?"

"효심 깊은 딸의 정당한 요구일세." 부수도원장이 답했다. "무엇보다도 그분은 귀족 가문 출신이요, 혈족과 집안의 명예를 귀히 여길 줄 아는 분이었지. 그 사실을 부정할 수는 없네."

"부수도원장님께서 허락하시어 제 부친에게 은총의 징표를 베풀어주시기를 그저 바랄 뿐입니다."

이는 부수도원장의 명성에 영광과 명예를 더하는 일이었다. 그를 적대하던 자의 상속녀이자 외동딸이 직접 찾아와 은혜와 보호를 요청하고 있지 않은가. 로버트 부수도원장은 그저 만족스럽고 기꺼워, 리샤르트를 운구하는 사람들뿐 아니라 귀더린의 모든 주민이 자신을 지켜보고 있음을 의식하며 그녀의 부탁을 들어주겠노라고 자비롭게 대답했다. 리샤르트 집안의 하인들에 더하여 가족이나 다름없는 농노들까지 몰려들어 숲이 온통 사람들로 북적이던 터였다. 리샤르트가 살아 있을 때 다들 이처럼 가까이에서 그를 지켜보았으면 얼마나 좋았을까!

작은 테이블 위, 성녀 위니프리드의 유골을 담을 관 옆에 녹색 관대가 나란히 놓였다. 작고 소박한 제대는 대부분 관대에 가려진 채 작은 창문으로 흘러든 햇빛을 간신히 받고 있었다. 로버트 부수도원장이 가슴에 품고 온 천을 그 위에 덮자, 리샤르트 저택에서 온 사람들은 주인을 남겨두고 조용히 집으로 돌아갔다.

"아침에 찾아와 밤새 부친을 위해 자비의 기도를 올려주신 분들께 감사의 마음을 전하겠습니다." 쇼네드가 떠나기 전 말했다. "부친을 매장하는 날까지 아침마다 오도록 하지요."

쇼네드는 부수도원장에게 합당한 예의를 갖춘 뒤, 캐드펠 수사에게는 눈길도 주지 않고서 얼굴을 가린 베일을 흩날리며 말없이 떠나갔다.

기대 이상의 성과였다! 부수도원장의 양심이 아닌, 그의 자만심과 이기심 덕분에 그녀는 기회를 잡은 셈이니, 이제 일이 어떻게 될지 두고 볼 일이었다. 철야 기도의 순서는 부수도원장이 휴 신부와 상의해 직접 결정했다. 휴 신부는 정말로 성녀의 징조가 나타나는지, 진정 성녀께서 자신의 존재를 그들에게 알리고자 하는지 알아보고 싶은 마음에 첫날 당번으로 나서기로 했다. 그의 짝은 제롬 수사였다. 로버트 부수도원장으로선 늘 곁에 바짝 다가붙어 끊임없이 아첨을 늘어놓는 제롬 수사에게 슬슬 짜증이 나기 시작하던 터였다. 그 우연한 선택 또한 자신의 목적에는 더없이 적합하다는 생각에 캐드펠은 속으로 쾌재를 불렀다. 적어도 첫날에는 아무도 무엇을 기대해야 할지 알 수 없을 것이다. 그리고 밤이 지나면 경계심을 품기 시작하겠지만 어쨌든 결과를 회피할 길은 없으리라.

이튿날 아침 수사들이 교회로 갔을 땐 이미 수많은 귀더린 주민들이 가시나무 울타리 그늘 속에 숨어 있었다. 부수도원장과 수행원들이 교회로 들어서자 그들은 그늘 속에서 빠져나와 조용히 교회로 다가갔다. 가장 앞에는 쇼네드가 섰고, 아네스트가 그 바로 옆에서 따랐다. 교회 통로를 가득 매운 주민들로 아침 햇살이 가로막혀, 제대의 촛불만이 창백한 빛으로 시신이 누운 관대를 비추고 있었다.

무릎을 꿇고 있던 휴 신부가 몸을 일으켜, 나이 들어 뻣뻣해진 다리를 제대로 펴고 움직일 수 있을 때까지 단단한 목조 기도대에 잠시 기대섰다. 그 옆 기도대에 있던 제롬 수사도 재빨리 일어섰다. 그 모습을 보며 캐드펠은 저 헌신적인 철야 기도자들이 혹시 두 팔을 겹치고서 편안히 잠에 빠져 있었던 건 아닐까 생각했지만, 어쨌든 그런 건 지금 전혀 중요한 문제가 아니었다. 어차피 제롬 수사가 바라는 대로 천국의 문이 열리고 용서의 장미가 비처럼 쏟아져 내리는 일 따위는 기대한 적도 없었다.

"내내 조용했습니다." 휴 신부가 말했다. "그저 정적뿐이었죠. 어떤 위대한 존재가 저를 찾아오는 일은 없었습니다. 하긴, 저 같은 보잘것없는 사제가 그런 일을 기대할 수야 있겠습니까. 쇼네드, 자네 부탁대로 우리는 기도를 올렸네. 하느님도 듣고 계셨을 게야."

"감사합니다." 쇼네드가 말했다. "떠나시기 전에 저를 위해 한 가지 은혜를 더 베풀어주실 수 있을까요? 여러분과 아버님은 다툼과 고통을 겪으셨으니, 이제 은총의 뜻으로 두 분께서 제 부친의 가슴에 손을 얹어 용서와 평안을 빌어주셨으면 합니다."

귀더린 주민들은 마치 나무처럼 문가에 꼼짝도 않고 선 채 아무 소리도 없이, 어떤 움직임도 놓치지 않겠다는 듯 그들을 바라보고 있었다.

"기꺼이 그렇게 하지!" 휴 신부는 관대 앞으로 다가가 거친 손을 리샤르트의 가슴에 얹고는 수염을 까딱이며 조용히 기도를 올렸다. 이어 모든 시선이 제롬 수사에게 모였다. 그는 주저하고 있었다.

딱히 불안해 보이지는 않았으나 그 일을 피하고 싶어 하는 눈치였다. 제롬 수사는 인자하고 따뜻한 얼굴로 쇼네드를 바라보며 연민을 드러낸 뒤, 규율이 정한 대로 시선을 내리깔았다가 다시 로버트 부수도원장을 올려다보며 신실하게 입을 열었다.

"이 교구의 주민들에게 은총을 내리실 권한은 휴 신부님의 것이요, 그분이 따라야 할 규범은 한 가지뿐입니다. 그러나 제 경우는 다릅니다. 리샤르트 씨는 물론 종교적 의무를 성실히 이행하였습니다. 제가 그분께 연민을 느끼는 것도 사실이고요. 그러나 그분은 고해성사도 없이, 용서받지 못한 채 살해되었지요. 그러한 죽음을 맞은 경우, 그 영혼의 정결함에는 의문이 남기 마련입니다. 저는 그분께 축복을 내리기에 적합한 사람이 아닙니다. 그분을 위해 기도는 할 수 있습니다만, 축복을 내리는 일은 합당한 권한을 지닌 분의 허락 없이는 불가능하지요. 부수도원장님께서 그것이 정당하며 제 뜻대로 해도 좋다고 말씀해주신다면, 기꺼이 아가씨가 원하는 대로 그분을 축복하겠습니다."

이 기묘한 설명을 들으면서 캐드펠은 아연함과 크나큰 의혹을 느끼지 않을 수 없었다. 만일 부수도원장이 리샤르트를 죽이라는 명령과 함께 수행원 중 하나를 그에게 보낸 거라면, 제롬 수사는 이 순간 자기의 책임을 살인의 교사자에게 고스란히 떠넘긴 셈이었다. 하지만 어쩌면 쇼네드의 요청을 그저 부수도원장에게 아첨하고 그의 신임을 구하는 하나의 기회쯤으로 이용하려는 생각인지도 모를 일이었다. 그의 진짜 속내는 무엇일까? 부수도원장이 관대하게 허락한다면 그것으로 자기는 위험에서 벗어나게 되리라 여기는 것일까? 살인의 죄나 그로 인한 위협까지도 그것을 처음 명한 자에게 되돌려줌으로써 자신은 아무 죄과도 치르지 않은 채 감쪽같이 빠져나갈 수 있다고 믿는 걸까? 물론 캐드펠은 살인자의 손이 닿으면 피살자가 피를 뿜어낸다는 말을 믿지 않았다. 그가 믿는 것은, 대부분 사람들이 그 말을 믿는다는 사실, 그러한 믿음이 죄인을 압박할 수 있다는 사실, 그래서 궁지에 몰린 죄인이 공포에 질려 범행을 자백할 수도 있다는 사실뿐이었다. 그렇다면 제롬 수사는 어떻게 생각할까?

사람들의 눈길은 이제 부수도원장에게 무겁게 매달려 있었다. 그는 얼굴을 찌푸린 채 한동안 신중히 생각에 잠겼다가 마침내 입을 열었다. "양심에 따라 쇼네드가 원하는 대로 해주어도 무방할 듯하오. 그녀가 원하는 것은 단순한 용서요. 이는 완벽한 정결과 다른 의미를 지닌 것이니 누구라도 해줄 수 있겠지."

그 말이 끝나기 무섭게 제롬 수사는 서슴없이 관대 앞으로 다가가 천으로 휘감긴 시신의 가슴에 손을 얹었다. 천으로 휘감긴 시신에서 그를 고발하는 피 따위는 흘러나오지 않았다. 곧 제롬 수사는 흡족한 얼굴로 로버트 부수도원장을 따라 교회를 나섰고, 주민들은 침묵 속에서 서로를 돌아보며 그들에게 길을 내주었다.

이렇게 해서 무엇을 알게 되었는가? 캐드펠은 생각에 잠겼다. 제롬 수사는 대담하게 그 시험을 통과한 것일까? 자신이 무엇을 했건 어쨌든 이제는 위험에서 벗어났다고 생각하고 있을까? 아니면 어떠한 일도 하지 않았기에 그에겐 시험 자체가 무의미한 것이었을까? 제롬 수사는 편협한 사람이었다. 자신의 명예와 이익을 드높이는 데 이용할 수 없다면 쇼네드에게 친절을 베풀 이유가 없었다.

내일은 어떨지 봐야겠군. 그는 생각했다. 내일은 로버트 부수도원장 자신이 직접 용서와 평안을 베풀어달라는 요구를 받게 될 터였다. 그때 그가 어떻게 나오는지 두고 보리라.

그러나 사태는 캐드펠이 기대했던 것처럼 간단하게 진행되지 않았다. 이틀째의 철야 기도자로 지명된 부수도원장과 리처드 수사가 교회로 가느라 캐드월론의 영지 앞을 지날 때, 문지기가 부수도원장을 불러 세웠다. 이어 캐드월론이 멋진 옷차림에 체구가 당당한 어느 웨일스인을 데리고 나왔다.

낯선 남자와 함께 휴 신부의 뜰로 되돌아온 부수도원장을 보고서야 캐드펠은 일이 잘못되었음을 깨달았다. 이미 교회의 제단 앞 희미한 촛불 아래 무릎을 꿇고 철야 기도를 올리며 다음 날 아침의 시험을 기다리고 있어야 할 부수도원장이 난데없이 이곳으로 돌아온 것이다. 일이 틀어지는 바람에 캐드펠 수사는 베네드의 대장간으로 가서 포도주를 마시며 그날의 새로운 소식을 들으려던 계획을 포기할 수밖에 없었다. 정작 부수도원장은 그날 밤의 철야 기도를 방해받게 된 것에 대해 큰 불만이 없어 보였다.

"캐드펠 형제, 손님이 오셨소. 형제의 도움이 필요하오. 이분은 오아인 왕자님의 로스 지역 집행관 그리피스 압 리스 씨요. 캐드월론 씨가 리샤르트 영주 사건으로 사람을 보내서 오셨다는군. 증언할 수 있는 모든 이들을 심문하시겠지만 일단 내게 먼저 질문할 것이 있다고 하시니, 몇 말씀 드린 뒤 다음 일을 상의해보려고 하오. 리처드 형제는 먼저 교회로 보내두었소."

제롬 수사와 콜룸바누스 수사는 캐드월론의 집에 마련된 숙소로 출발하려다가 부수도원장의 말을 듣고 걸음을 멈추었다.

"부수도원장님, 제가 대신 교회로 가겠습니다." 헌신적인 태도로, 그러나 거절당할 것을 확신하며 제롬 수사가 말했다.

"그럴 필요 없소. 형제는 이미 철야 기도를 마쳤잖소." (과연 그랬을까? 설령 휴 신부가 의심 많은 사람이었다 해도, 그 희미한 촛불빛 아래서는 무엇도 확실히 알 수 없을 터였다. 게다가 제롬 수사는 필요하다면 능란하게 위장술을 발휘할 줄 아는 사람 아닌가.) "그러니 지금은 휴식을 취하는 게 좋을 거요."

"그렇다면 제가 기꺼이 그 자리를 맡겠습니다, 부수도원장님." 이번에는 콜룸바누스 수사가 제롬 수사 못지않게 열의를 보이며 나섰다.

"형제는 순서에 따라 내일 철야를 해야 하오. 잊지 마시오, 형제. 자신을 지나치게 혹사시켜서는 안 되오. 지나친 겸손은 자칫 오만이 되기 쉽다는 것도 기억하는 게 좋겠지. 오늘은 리처드 형제 혼자서 철야 기도를 올려야겠소. 그대들 두 사람도 때가 되면 사건이 일어난 날 했던 일과 목격한 바를 증언해야 할 테니 일단 기다리도록 하시오. 잠은 증인을 끝낸 뒤에 자도록 하고."

참으로 길고 지루한 과정이었다. 캐드펠 수사는 통역을 하는 내내 초조함을 억누르기 힘들었다. 진실을 위해서라도, 그는 그날 숲속에 쓰러져 있던 리샤르트의 시체 주변의 정황에 대한 자신의 견해를 덧붙이지 않을 수 없었다. 부수도원장의 말을 한 마디도 누락시키지 않되 추측과 진정한 사실들을 엄밀하게 구분했으며, 이후에 관찰된 사실들에 대한 언급도 잊지 않았다. 그리피스 압 리스를 제외하면 이 자리에 웨일스어 실력으로 그를 능가

할 사람은 없었다. 곧 그 노련하고 의심 많은 관리는 다른 이의 말을 예리하고 명철하게 새겨들을 뿐 아니라 감정과 동기에 관해서만큼은 더없이 통찰력 있는 분석가라는 사실이 입증되었다. 뭐니 뭐니 해도 집행관은 뼛속까지 웨일스인이었고, 이 사건의 중심에는 한 웨일스인의 시신이 있었다. 이젠 콜룸바누스 수사와 제롬 수사가 심문을 받을 차례였다. 이 두 명의 신실한 철야 기도자들 중 한 사람은 기도 중 무엄하게도 잠들어버렸으나, 그들도 로버트 부수도원장도 그러한 과실에 대해서는 언급하지 않았다! 하지만 이즈음 캐드펠은 집행관을 믿어도 좋을 것이며, 자기가 알고 있는 사실이나 머지않아 알게 될 사실들을 애써 감출 필요도 없겠다고 생각하기 시작한 참이었다. 결국 집행관에게 가장 필요한 것은 시간이었다. 모든 증거를 찾아야 한다는 구실로 하루나 이틀쯤 왕실 집행관을 교구 전체로 돌아다니게 만들면 그 역시 캐드펠이 온갖 조사를 통해 얻어낸 만족스러운 결론에 이르게 되리라. 공적인 심판이란 깊이 있는 탐색을 하기보다 표면에 떠오른 사실들을 수확하고 그에 따라 합당한 결론을 도출해내는 식으로 이루어지기 마련이다. 여기저기서 종종 돌출되는 의구심들은 신속한 질서 회복과 평안 유지를 위해 국가가 치러야 하는 대가인 셈이다. 그러나 엥겔라드나 존 수사에 관한 한, 그런 의구심을 남겨서는 안 되었다. 절대로 그럴 수 없었다. 어떻게든 끝까지 파헤치고, 그렇게 얻은 결과를 집행관과 왕자에게 제시할 것이었다.

이튿날 아침 쇼네드는 교회에서 할 일이 없었다. 덩치 크고 게으르고 친절한 리처드 수사에게 전날 아침의 부탁을 반복하자, 늘 주위의 모든 것이 평화롭고 조화롭기만을 바라고 쇼네드의 아버지에게 개인적인 연민을 품기도 했던 그는 거리낌 없이 시신의 가슴에 손을 얹고 축복을 내린 뒤 자신이 무엇을 했으며 무슨 혐의로부터 방면되었는지도 모른 채 교회를 떠났다.

*

"정말 뵙고 싶었습니다." 미사와 식사 시간 사이에 베네드가 찾아와 말했다. "파드리그 씨가 다녀갔어요. 둘이서 리샤르트 씨가 젊었을 시절 얘기를 좀 했지요. 파드리그 씨는 오래전부터 이 마을에 드나들었거든요. 이곳 사람들을 죄다 알지요. 그분도 수사님이 어디 계시느냐고 묻더군요."

"조만간 여기서든 그 집에서든 같이 술이나 한잔 나누자고 전해주시오. 당장은 리샤르트 씨 사건으로 몸이 묶여 있는 처지라."

"다들 수사님을 좋아하게 되었습니다." 베네드는 화덕을 들여다보며 말했다. 건장한 소년 하나가 허리를 굽힌 채 열심히 풀무질을 하고 있었다. "돌아가지 마시고 그냥 여기서 지내지 그러십니까. 여기에도 수사님 자리 하나 정도는 있습니다."

"내겐 내 거처가 있소." 캐드펠이 말했다. "마음 흔들지 말아요. 나는 심사숙고 끝에 수도자의 길로 들어섰소. 내가 무엇을 하고 있는지도 잘 알고 말이오."

"수사님과는 잘 어울리지 않는 부분이 있어서 드리는 말씀입니다." 베네드가 신발에 박을 징을 쥔 채 대꾸했다.

"부수도원장이나 그 밖의 형제들은 왔다가 가기 마련이오. 모든 이들이 그렇지. 하지만 수도원은 사라지지 않소. 물론 어떤 이들은 길을 잘못 택하기도 하오. 특히 젊은이들은 여자가 '싫어요'라고 한마디하면 그걸 세상의 끝으로 생각하고 수사의 길을 택하는 경우가 종종 있거든. 그런 이들 중 수도원에서 풀려나기만 하면 훌륭한 장인이 될 만한 사람도 꽤 있을 거요. 나한테 그런 이들은 자유민이나 다를 바가 없지. 언제든 수도원에서 나와 이를테면…… 대장간 같은 곳에 들어갈 수도 있다고 생각하고 있소."

"팔도 튼튼하고 팔목도 굵직하더군요." 베네드는 생각에 잠겨 말을 이었다. "그 젊은 수사님 말입니다. 지시만 내리면 당장 맡은 일을 처리하는 요령도 있고요. 일머리를 잘 아는 사람이죠. 그 정도면 대장장이 기술 중 절반은 갖춘 셈입니다. 리샤르트 씨의 살인범을 놓아주지만 않았더라면 객지 사람 중에서는 이곳에서 환영받는 최초의 인물이 될 수 있었을 텐데요. 그나저나 그 사건은 어떻게 되어가는 겁니까? 저 위에 사는 아가씨는 뭘 좀 아는 것 같던데……. 수사님은 어떠세요? 뭘 좀 알고 계십니까?"

"아직은 모르오. 하지만 시간이 주어진다면 곧 알게 되겠지."

*

감금된 지 사흘째 되는 날, 존 수사는 감시가 보다 엄격해졌다는 것을 깨달았다. 집행관이 사방을 돌아다니며 리샤르트의 죽음과 관련한 온갖 정황을 조사하고 있다는 소문이 돌았다. 그가 휴 신부의 사제관에서 부수도원장과 긴 회합을 가졌으며, 존 수사가 저지른 범법 행위에 대해서도 집행관으로서의 임무에 따라 어떤 조처든 취해야 한다는 강경한 권고를 받았다는 소식 또한 들려왔다. 존 수사는 이처럼 감금되었다는 사실이나 음식과 친구들에 대해서 아무 불만이 없었다. 사실을 말하자면 그의 생애를 통틀어 지금처럼 만족스러웠던 적도 없는 것 같았다. 감금되고 이틀 동안은 새벽부터 저녁 무렵까지 밖에 나가 지냈다. 가축 돌보는 일을 거들고, 장작을 패고, 밭에 나가 잔심부름도 하고, 채소를 나르기도 하고, 모종도 심었다. 그동안에는 자신의 처지에 대해 걱정할 시간도, 그럴 생각도 없었다. 그런데 이제 그는 눈에 띄지 않는 게 좋겠다는 주변의 충고를 받아들여 다시 마구간 안으로 들어갔고, 우두커니 앉아 어영부영 시간을 보내야 했다. 그쯤 되자 아무리 존 수사라 해도 초조함을 느끼지 않을 수 없었다. 캐드펠 수사, 그 늙은 웨일스 영감은 왜 얼른 와서 구해주지 않는 걸까? 캐드펠 수사가 쇼네드와 무슨 일을 계획하는지, 위니프리드 성녀나 로버트 부수도원장, 그리고 동료 수사들에게 무슨 일이 벌어지는지 그는 전혀 알지 못했다. 엥겔라드가 어디에 있는지, 살인범의 누명을 어떻게 벗게 될는지는 더더욱 알 수 없었다. 본능적으로 그의 도주를 도운 이후 존 수사의 관심은 누구보다 엥겔라드를 향했으니, 그가 위험에 빠지지 않기를, 결백을 입증할 수 있게 되기를, 그리하여 쇼네드와 행복하게 살 수 있기를 바랄 뿐이었다.

쇼네드는 부수도원장과 약속한 대로 존 수사를 일절 찾아오지 않았다. 감금된 존 수사로서는 자유롭게 이야기를 나눌 만한 상대가 없는 셈이었다. 물론 다른 이들과 간단한 대화를 주고받긴 했지만, 그들에게선 정말 궁금한 것들에 대한 이야기를 이끌어낼 수 없었다. 더없이 무력한 기분이었다. 그저 친구들이 어떻게 지내는지 궁금해하고 그들을 도울 방법이 없음을 애석해하며 무의미하게 시간을 흘려보내다니.

아네스트는 식사를 가져와 그가 밥을 먹는 동안 곁에 있어주었다. 아네스트 역시 의사소통이 불가능하다는 점 때문에 불편해하고 있었다. 물건을 이용해 존 수사에게 간단한 웨일스 단어들을 가르쳐줄 수는 있지만 그 이상은 불가능했다. 교회에서 벌어지는 일들이며 마을 사람들의 말이나 생각들을 무슨 수로 알린단 말인가? 그럼에도 때로는 둘이서 큰 소리로 이야기를 주고받는 경우가 있었다. 답답한 마음에, 존 수사는 잉글랜드어로, 아네스트는 웨일스어로, 미래에나 이해할 수 있을까 싶은 말들을 늘어놓았다. 일종의 절제된 애무처럼, 그들은 서로의 어조만으로 친밀감을 주고받으며, 각자의 독백을 통해 부족하나마 감정을 교환하고 평화를 느꼈다.

가끔은 그들 자신조차 의식하지 못한 채 서로의 질문에 대답하는 경우도 있었다.

"도대체 어떤 여자였을까요?" 아네스트는 소리를 죽여 머뭇머뭇 물었다. "수사님을 수도원으로 뛰어들게 만든 그 여자 말이에요. 쇼네드 아가씨와 저는 도대체 어쩌다가 수사님 같은 분이 수도 생활을 결심하게 되었는지 너무나 궁금해요." 만일 존 수사가 웨일스어를 알았다면 아네스트는 절대로 그 앞에서 그런 이야기를 할 수 없었으리라.

"도대체 난 무슨 정신으로 마저리 같은 여자를 세상 최고의 미인이라 생각했던 걸까?" 존 수사는 중얼거렸다. "게다가 그 여자에게 실연당했다고 세상이 끝난 듯 굴었다니! 그땐 진짜 아름다움이 뭔지 몰랐어요. 아직 당신을 만나기 전이니까!"

"누군지는 모르지만 그 여자가 우리에게는 악연인 셈이네요." 아네스트는 한숨을 내쉬었다. "수사님을 평생 수노복을 입고 사는 사람으로 만들다니!"

"아, 하느님 맙소사." 존 수사가 탄식했다. "하마터면 그 여자와 결혼할 뻔했잖아! 그 여자가 나에게 '싫어요'라고 했던 게 얼마나 다행인지. 아네스트, 어쨌든 당신과 나 사이에 아내라는 골칫거리는 없는 셈이에요. 종교라는 문제가 있을 뿐이지." 존 수사가 파계라는 아찔한 가능성을 떠올린 것은 그때가 처음이었다. 그는 너무나 아름답고 너무나 가까이 다가와 있는 아네스트의 얼굴을 더욱 세밀히, 더욱 열정적으로 바라보았다. 그녀의 보드랍고 둥근 뺨은 사과처럼 싱싱했고, 볕에 그을린 피부는 섬세하기 그지없었으며, 눈은 흐르는 햇살을 받은 냇물처럼 맑게 반짝였다.

"아직도 그 여자가 보고 싶어요?" 아네스트는 혼자 종알종알 속삭였다. "자기가 만나던 남자가 얼마나 좋은 사람인지도 모르는 독선적이고 멍청한 여자가요?" 존 수사는 건강하고, 일도 잘하고, 품성도 좋으며, 길고 굳건한 다리와 큼직하고 재간 좋은 손, 근사한 적갈색 곱슬머리를 가진 잘생긴 젊은이였다. 아네스트는 이 남자를 보며 부족함을 느끼는 여자가 있다면 그야말로 세상에 둘도 없는 바보일 거라고 생각했다. "그 여자가 정말 미워요!" 그녀는 자신도 모르는 사이에 그에게 몸을 기대었다.

너무도 유혹적인 아네스트의 입술이 그의 얼굴에 가까이 다가붙어 그가 알아들을 수 없는 말들을 중얼거렸다. 하지만 그 몸짓의 언어는 통역이 필요 없었다. 존 수사는 포목상의 딸이었던 마저리, 아버지가 슈루즈베리 집행관 자리에 오르자 그를 버린 마저리 이후로는 어느 누구와도 입맞춤을 해본 적이 없지만, 그 방법을 잊었을 리 만무했다. 아네스트가 그의 품속으로 녹아들었다. 쫓기듯 허겁지겁 해치웠던 수도서원은 이제껏 단 한 번도 이토록 그의 마음에 온전히 맞아 든 적이 없었다.

"아, 아네스트!" 자신이 수사가 아니었으면 하는 생각이 이만큼이나 강하게 느껴진 적은 없다고 생각하며, 존 수사는 숨을 거칠게 내쉬었다. "당신을 사랑하는 것 같아요!"

*

캐드펠 수사와 콜룸바누스 수사는 세 번째 밤의 철야 기도를 바치러 숲속으로 들어갔다. 흐린 날씨였지만 저녁 대기는 부드러웠고 바람도 없었다. 숲은 녹색이 어스름을 띠면서 저물어갔다. 로버트 부수도원장이 전날 놓친 기회를 만회하기 위해 사흘째 철야 기도를 자청하여 나설 가능성이 마지막 순간까지 남아 있었으나, 그는 끝내 아무 말도 하지 않았다. 사실대로 말하자면 캐드펠은 이제 의구심을 느끼기 시작한 터였다. 집행관과의 그 길고 긴 논의가 무슨 소용이 있었나? 부수도원장에게는 그것이 그저 철야 기도를 빠지고, 그리하여 다음 날 아침 쇼네드로부터 받게 될 축복의 요청을 회피하기 위한 기회에 불과하지는 않았을까? 하지만 그러한 정황이 부수도원장의 혐의를 입증할 수는 없었다. 그저 그는 리샤르트의 딸과 직접 대면하고 그녀 앞에서 시신에 축복을 베풀기를 거부하는 것뿐이다. 로버트 부수도원장이 어떤 덕목을 지녔든, 겸손함이나 관대함 같은 건 거기 포함되지 않았다. 그는 어떤 경우에든 자신의 권한에 확신을 품고 있었으며, 그에 도전하는 사람을 결코 용서하지 않았다.

"수사님, 우리가 이 순례와 이 철야 기도에 나서게 된 건 그야말로 크나큰 영광입니다." 콜룸바누스 수사가 캐드펠의 잰걸음에 어렵지 않게 보조를 맞추며 말했다. "수도원 역사에 우리 이름이 기록될 겁니다. 이후의 모든 형제들이 우리를 부러워할 거예요."

"그래, 나도 들었네." 캐드펠은 건조하게 말을 받았다. "부수도원장께서 위니프리드 성녀의 생애를 기록하고, 그분 유골의 이장 과정으로 그 내용을 완성하려 하신다지. 하지만 수행원들 이름 하나하나까지 거기 써 넣으실지는 모르겠군." 하긴, 자네 이름 정도라면 모르겠군. 캐드펠은 생각했다. 아마 성스러운 샘물로 가서 치료를 받은 최초의 사람쯤으로 기록되리라. 그리고 제롬 수사 이름도 등장할 것이다. 그의 꿈을 통해 순례단이 이곳까지 오게 되었으니까. 하지만 내 이름은 없겠지. 정말 다행이야!

"전 이곳 교회에서 믿음을 배신하는 잘못을 저질렀습니다." 콜룸바누스 수사가 헌신적인 수사답게 말했다. "마땅히 그 잘못에 보상을 하고 싶습니다. 가장 철저히 신앙심을 지켜야 하는 제가 그것을 저버리다니." 삐걱거리는 문 너머 묘지가 펼쳐져 있었다. 그들은 무성한 잡초 사이에 난, 한 사람이나 겨우 지날 만한 비좁은 오솔길을 걸어갔다. "영감이 느껴지는군요." 젊은 수사는 창백한 얼굴을 하늘로 치켜든 채 떨리는 음성으로 말을 이었다. "빛으로 들어 올려지는 것만 같아요. 저는 우리가 경이를 향해 다가가고 있다는 것을 믿습니다. 영광의 기적으로 다가가고 있는 겁니다. 성녀께서 이런 은총을 베푸시다니, 기도를 바치다가 잠에 빠진 제게 말이에요!" 콜룸바누스 수사는 열에 들떠서는 보폭을 한층 넓혀 교회의 문으로 다가갔다. 그는 성녀에 대한 경의를 표하는 게 아니라 마치 연인의 손을 붙잡으려는 듯 양손을 내밀고 있었다. 캐드펠은 넌덜머리가 나서 입을 꽉 다문 채 그 뒤를 따랐다. 저런 불편하기 짝이 없는 광신적 헌신에는 도무지 익숙해질 수가 없었다. 그는 하룻밤 내내 갇혀 지내야 할 작은 교회를 넘겨다보았다. 오늘 밤에는 기도뿐 아니라 생각도 해야 했다. 그러나 콜룸바누스 수사는 분명히 그 어느 쪽에도 도움이 되지 않을 터였다.

교회 안에는 오래된 나무 냄새와 관대 위에 덮인 천에서 풍기는 향료와 양초 향기가 가득했다. 오랫동안 쓰이지 않은 건물 특유의 분위기와 먼지가 희미하게 떠돌았다. 제대 위에서는 작은 기름등잔이 노란 불꽃을 일렁이고 있었다. 캐드펠은 앞으로 나아가 그 등잔불로 양초 두 개에 불을 붙인 뒤 제대 양쪽에 하나씩 놓았다. 동쪽으로 난 작은 창문에서 5월의 꽃향기를 머금은 산들바람이 흘러들자 촛불이 잠깐 흔들렸다. 희미한 불빛은 주변 물건들의 표면만 겨우 밝힐 뿐 지붕 구석이나 벽까지는 미치지 못했다. 두 사람은 나무 냄새가 가득 찬 어둠의 좁은 동굴 안에서 희미한 불빛을 마주하고 섰다. 텅 빈 관 하나와 관에 담기지 않은 시신 한 구, 그리고 관대에서 얼마간의 거리를 두고 나란히 늘어선 두 철야 기도자들의 윤곽이 어슴푸레하게 드러났다. 리샤르트가 그들 곁에 누워 있었다. 은으로 장식된 검고 거대한 유골함이 불빛을 받아 마치 야트막한 벽처럼 리샤르트의 시신에 낮은 그림자를 드리웠다.

콜룸바누스 수사는 제대 앞에서 공손하게 고개를 숙인 다음 오른쪽 기도대 끝에 자리를 잡았다. 캐드펠 수사는 왼쪽 끝으로 가 연륜을 한껏 발휘하여 무릎이 놓이기에 가장 적합한 자리를 더듬더듬 찾아냈다. 정적이 그들을 내리덮었다. 캐드펠은 마음을 가다듬은 뒤 먼저 리샤르트를 위한 기도를 올렸다. 그를 위해 기도를 올리는 것이 처음은 아니었다. 거대한 어둠과 끊임없이 흔들리는 초라한 불빛, 그의 생각으로는 도저히 상상할 수 없는 머나먼 곳, 추정할 길 없는 시간, 다가와 그를 휩싸는 고독, 온갖 문제들과 사람들을 휘감은 세계, 그 모든 것들이 영원의 무늬를 이루어 잠에 빠진 호흡만큼이나 완전한, 규칙적인 리듬이 되었다. 그는 더 이상 콜룸바누스 수사에 대해 생각하지 않았다. 그의 존재마저 잊었다. 캐드펠은 다친 새를 두 손 안에 감싸 쥐듯 이 작은 성녀로 인해 고통이나 슬픔에 빠진 모든 이들을 가슴에 품고, 그 자신이 그들을 위하여 겪는 고통이 이럴진대 성녀께서 그들 때문에 겪는 고통은 어떠할 것인가를 생각하며, 아무 말도 아무 기원도 없이 고요히 숨을 내쉬며 기도를 올렸다.

촛불은 밤새도록 타오를 터였다. 초의 길이를 보고서 그는 시간이 자정에 가까워지고 있음을 짐작했다.

문득 쇼네드가 떠올랐다. 그녀에게 줄 수 있는 것이 아직 아무것도 없었다. 오직 그 자신, 경건한 체하고 순수한 체하지만 본질적으로는 무無에 불과한 그 자신의 의지뿐이었다. 그러나 그것만으로는 절대적으로 부족했다……. 그런 생각에 잠겨 있는데 오른쪽 기도대 끝, 콜룸바누스 수사가 기도에 몰입해 엎드려 있는 곳에서 기묘한 소리가 어렴풋이 흘러나왔다. 이제 콜룸바누스 수사는 마주 잡은 두 손에서 얼굴을 들어 희미한 불빛을 빤히 응시하고 있었다. 마치 그곳을 향해 날아오르기라도 할 듯한 태세였다. 그의 날카로운 옆얼굴이 핏기 없는 황갈색 부조처럼 또렷이 드러났다. 커다랗게 뜬 두 눈은 교회의 벽 저 너머를 향해 있었다. 반쯤 벌어진 입이 열정으로 일그러지더니 성처녀에게 바치는 찬송을 라틴어로 읊조리기 시작했다. 거의 들리지 않을 정도로 작은 소리였으나 너무도 또렷했다. 캐드펠이 채 상황을 파악하기도 전에 젊은 수사는 기도대 모서리를 붙잡고 벌떡 일어서더니 제대 앞에 꼿꼿이 섰다. 찬송은 중단되었다. 콜룸바누스 수사는 갑자기 그 기다란 몸을 한껏 뒤로 젖힌 채 지붕 너머 별들로 가득 찬 봄밤 하늘을 꿰뚫어 보듯 고개를 꺾고는, 십자가에 못 박힌 사람처럼 두 팔을 한껏 벌렸다. 도저히 알아들을 수 없는, 고통과 환희가 뒤섞인 기이한 외침이 그의 입에서 흘러나왔다. 이어 그는 머리끝부터 발끝까지 꼿꼿한 그 상태 그대로 앞을 향해 쓰러져, 리샤르트의 시신 아래 늘어진 테이블의 깔개에 이마를 댄 채 사지를 쭉 펴고 엎어졌다.

캐드펠은 황급히 일어나 그에게 다가갔다. 놀랍고 걱정스러웠지만 한편으로는 역겹고 지긋지긋하다는 생각이 들었다. 그야말로 이 천치에게 가장 어울리는 짓이군. 그는 무릎을 꿇고 앉아 손으로 젊은이의 이마를 짚어본 뒤 테이블 밑에 늘어진 깔개를 뭉쳐 얼굴을 받치고 숨이 막히지 않도록 고개를 한쪽으로 돌렸다.

이런 상황을 예상해야 했는데! 때를 가리지 않고 종교적 발작을 일으키거나 신비스러운 열광에 휩싸이는 사람 아닌가. 특히 최근 들어 그는 빛 속으로 이끌려 돌아올 줄을 몰랐다. 그러나 보아하니 콜룸바누스 수사는 땅바닥에 온몸을 맹렬하게 내던지면서도 조금도 다치지 않는 방법을 체득한 모양이었다. 환영으로 인한 것이든 죄악으로 인한 것이든 종교적 발작에 빠져 자신의 몸을 내던지면서도 그는 날카롭고 딱딱한 물체에 부딪치거나 혀를 깨무는 법이 없었다. 술 취한 사람을 다룰 때처럼 조심스러운 동작으로 이 고통에 짓눌린 수사를 살펴보는 동안, 그로서는 마음 한 켠에서 일어나는 신랄한 생각을 도무지 막을 길이 없었다. 종교적인 열정의 과잉 또한 과음과 다름없는 도덕적 문제야.

어쨌든 이번에는 경련이 전혀 없었다. 콜룸바누스 수사는, 무언가를 보았거나 적어도 보았다는 생각으로 파괴적 황홀경에 빠져서 제대 앞에 넙죽 엎드린 것이었다. 캐드펠은 그의 어깨를 잡아 조심스레 토닥이다가 더 힘을 주어 세게 흔들어보았다. 하지만 그는 뻣뻣이 엎드린 채 꼼짝하지 않았다. 그의 이마는 서늘하고 매끄러웠다. 희미한 불빛 속에 드러난 이목구비 또한 평화에 잠겨 쉬고 있는 양 고요하고 차분해 보였다. 십자가에 못 박힌 것처럼 쭉 뻗은 사지의 모양과 그 경직성으로 보아, 어쩌면 그대로 잠이 들어버린 것일지도 몰랐다. 캐드펠이 그를 위해 할 수 있는 일이라고는 고작해야 고개를 돌려 오른쪽 빰을 깔개 위에 올려놓는 것뿐이었다. 보다 편안한 자세를 만들어보려고 오른팔을 굽혀

모로 눕히려 했지만 콜룸바누스의 관절이 완강히 저항했다. 아무래도 지금 상태로 내버려두는 것이 나을 것 같았다.

이제 어떻게 해야 할까? 철야 기도를 포기하고 아래로 내려가 부수도원장과 다른 사람들에게 도움을 청해야 할까? 그러나 그들이라고 어찌하겠는가? 캐드펠이 콜룸바누스 수사를 깨울 수 없다면 그들 역시 깨울 수 없을 것이다. 때가 되어 스스로 의식을 되찾기 전에는 무슨 수를 써도 소용없으리라. 이제 발작이 끝나 그는 조금도 다치지 않은 채 깊이 잠들어 있었다. 심장박동은 강하고 규칙적이었고 열도 없었다. 남에게 해를 끼치는 것도 아닌데 굳이 휴식을 방해할 필요가 있으랴. 교회 안은 따뜻했다. 혹시나 춥다고 해도 깔개를 담요 삼아 쓰면 될 것이었다. 그래, 기도를 중단할 필요는 없겠지. 캐드펠은 생각했다. 함께 철야 기도를 하려고 이곳에 올라왔으니 난 철야 기도를 하면 돼. 늘 하는 대로 무릎을 꿇고 앉아 기도를 바치는 거지. 콜룸바누스 수사는, 이 친구가 지금 어디 가 있는지야 알 수 없지만, 어쨌든 꿈을 꾸며 기도를 바치면 되지 않겠는가.

캐드펠은 콜룸바누스 수사의 몸을 덮어주고 머리를 잘 받쳐준 뒤에 제자리로 돌아가 종교적인 의무를 이어갔다. 그러나 콜룸바누스 수사를 찾아온 뭔지 모를 것 때문에 집중력이 완전히 사라져버린 뒤였다. 마음을 모으려 노력하면 할수록 저기 엎어져 있는 젊은이에게 더 자주 눈길이 갔고, 그가 숨을 잘 쉬고 있는지 확인하느라 더 자주 귀를 기울이게 되었다. 뭔가 소득을 얻는 시간이 되리라 기대했던 밤이 무겁게 그의 마음을 짓눌렀다. 밤은 덧없는 숭배처럼 무의미하고 잡념처럼 쓸모없는 것이 되어버렸다. 이제껏 겪어본 적 없는 길고 음울하고 지루한 밤이었다.

어둠이 회색빛으로 엷어지는 축복 같은 시간이 다가오는가 싶더니, 사물이 서서히 제 모습을 드러내기 시작했다. 제대 앞 작은 창문으로 내다보이는 하늘은 잿빛에서 흰빛으로 바뀌었다가, 다시 맑은 녹색으로, 노란색으로, 이어 황금빛으로 물들었다. 구름 한 점 없는 아침이었다. 첫 햇살이 새어 들어와 제대 위에, 유골함 위에, 수의로 휘감긴 시신 위에 떨어지고, 이어 황금의 검처럼 교회를 길게 갈랐다. 그러나 콜룸바누스 수사는 여전히 어둠 속에 뻣뻣하게 누운 채 깊고 규칙적으로 호흡하고 있었다. 흔들어봐도 말을 걸어봐도 그에게는 도무지 닿지 않는 듯했다.

로버트 부수도원장이 수행원들과 함께 도착했을 때도, 쇼네드와 아네스트, 마을과 근처 인가에서 온 사람들이 철야 기도의 마지막을 보기 위해 전날처럼 침묵 속에 눈을 빛내며 들어섰을 때도, 콜룸바누스 수사는 여전히 같은 모습으로 누워 있었다.

가장 먼저 교회에 들어온 사람은 쇼네드였다. 내내 밝은 햇살을 받고 있다가 희미한 어둠 속으로 들어선 탓에 그녀는 문가에 멈춰 서서 어둠이 눈에 익기까지 기다려야 했다. 그녀가 바로 자기 발치에 있는 콜룸바누스 수사의 샌들을 발견했을 때 로버트 부수도원장은 그녀의 바로 뒤에 서 있었다. 창문을 통해 흘러든 햇빛이 어깨를 비껴 가, 그의 몸은 아직 그림자 속에 잠겨 있었다. 쇼네드는 충격과 두려움으로 눈을 휘둥그레 뜨더니, 캐드펠이 일어나 안심시킬 틈도 없이 날카롭게 비명을 내질렀다. "무슨 일이에요? 죽은 건가요?"

부수도원장이 쇼네드를 재빨리 한쪽으로 비켜세우고는 허겁지겁 콜룸바누스 수사의 수도복 아랫단이 늘어진 곳까지 다가갔다.

"이게 무슨 일이오? 콜룸바누스 형제!" 부수도원장은 허리를 굽혀 한 손으로 콜룸바누스 수사의 굳은 어깨를 잡았다. 콜룸바누스는 깊이 잠든 채 꼼짝도 하지 않았다. "캐드펠 형제, 어떻게 된 일이오? 이 형제에게 무슨 일이 벌어진 거요?"

"죽지는 않았습니다." 캐드펠은 중요한 사실부터 말한 뒤 설명을 이어갔다. "위험한 상태도 아니고요. 콜룸바누스 형제는 평화롭게 잠든 사람처럼 조용히 숨을 쉬고 있습니다. 안색도 좋고 열도 없습니다. 다친 데도 없어요. 자정 무렵 갑자기 벌떡 일어서더니 제대 앞에서 사지를 쭉 펴고 앞으로 쓰러져 그대로 기절해버렸습니다. 그게 전부입니다. 이렇게 밤새도록 누워 있습니다만, 고통도 발작도 전혀 없습니다."

"그렇다면 우리에게 도움을 요청했어야지." 부수도원장은 화가 치미는지 몸을 떨었다.

"제게는 할 일이 있었습니다." 캐드펠은 짤막하게 대답했다. "여기 남아 철야 기도를 드리는 것 말입니다. 게다가 누구라도 제가 한 것 이상으로 손을 쓸 수 없었을 겁니다. 저는 콜룸바누스 형제의 머리를 받쳐주고, 깔개로 몸을 덮어 밤의 추위를 막아주었습니다. 게다가 철야 기도가 끝나기 전에 이곳에서 다른 곳으로 옮겨준다고 해서 콜룸바누스 형제가 고마워할 것 같지도 않았고요. 이제 형제도 자기 나름대로 철야 기도를 마친 셈입니다. 형제를 깨울 수 없다면 형제의 종교적 의무감을 손상시키지 않게끔 침대까지 떠메고 가면 됩니다."

"그 말에도 일리가 있습니다." 리처드 수사가 진지하게 말했다. "콜룸바누스 형제가 이미 여러 번 환영을 체험했다는 건 부수도원장님도 잘 아시잖습니까? 이 축복받은 장소에서 형제를 옮겨 간다는 것은 크나큰 잘못입니다. 성녀께서 형제 앞에 현신하고 싶어 하셨을지도 모르니까요. 그럴 경우, 그를 옮기는 것은 곧 성녀를 모욕하는 일이 되었을 겁니다. 콜룸바누스 형제는 적당한 때에 스스로 깨어날 겁니다. 우리가 괜히 조급하게 그를 깨운다면 큰 해를 입을지도 몰라요."

"맞는 말이오." 부수도원장도 이젠 얼마간 마음을 놓은 듯 말했다. "콜룸바누스 형제는 평화로워 보이고 안색도 좋군. 무슨 문제나 고통이 있는 것 같지도 않고. 참 신기한 일이오. 우리는 이 형제의 발작을 통해 위니프리드 성녀를 찾을 수 있었지. 그렇다면 이 역시 새로운 기적을 불러오는 계기로 볼 수도 있지 않겠소?"

"콜룸바누스 형제는 이미 영광의 도구로 쓰였습니다." 리처드 수사가 말했다. "다시 그런 일이 일어나지 말라는 법도 없겠지요. 일단 캐드월론 댁에 마련된 형제의 숙소로 옮겨 조용하고 따뜻한 침대에 눕힌 뒤에 기다려보면 어떨까요? 아니면 휴 신부님의 사제관으로 옮겨 가는 편이 나을지도 모르겠군요. 그곳이 이 교회에서 더 가까우니까요. 형제가 깨어나면 제일 먼저 이리로 와 감사 기도부터 드리고 싶어할지도 모르잖습니까."

그들은 묵직한 깔개와 허리띠로 들것을 만든 다음 콜룸바누스 수사를 들어 올렸다. 그의 몸과 활짝 펼쳐진 두 팔은 여전히 나무 토막처럼 뻣뻣했다. 임시변통으로 마련한 들것 위에 누운 채 그는 꼼짝도 않았다. 어떤 고통을 느끼는지 모르겠지만, 그에게선 아무 소리도 나오지 않았고 의사 표현의 기미도 찾을 수 없었다. 외경에 사로잡힌 몇몇 마을 사람들이 다가와 그들을 거들었다. 캐드펠은 떠나는 행렬을 지켜보다가 쇼네드를 돌아보았다. 그녀는 생각에 잠긴 눈빛으로 그를 쳐다보고 있었다.

"자, 어쨌거나 할 일은 해야겠지." 캐드펠은 리샤르트에게 다가가 한 손을 죽은 이의 심장에 올리고 다른 한 손으로 자신의 이마에 성호를 그었다.

잠시 후, 마을로 이어지는 숲길에 들어서자 쇼네드가 캐드펠의 옆으로 다가붙었다.

"이제 뭘 해야 하죠? 아시는 게 있으면 말씀 좀 해주세요. 우린 아직 아무것도 얻어내지 못했어요. 오늘이 바로 아버님을 매장하는 날인데도요."

"나도 알고 있네." 캐드펠은 잠시 생각에 잠겼다가 다시 입을 열었다. "실은 지난밤 일어난 일을 놓고 내내 의혹을 느끼던 중이었어. 이 모든 것을 계획된 일로 봐야 할지도 모른다는 생각 말이네. 또 하나의 기적을 일으켜 수도원의 목적을 강화시키려는 것이지. 하지만 로버트 부수도원장이 그렇게까지 충격을 받는 것을 보니 억지로 꾸민 일이라고 하긴 어렵겠다는 생각이 들더군. 그리고 콜룸바누스 수사는 전에도 이런 발작을 몇 번이나 일으킨 적이 있네. 굉장히 격렬하고 특이한 발작이지. 아마 거짓으로 꾸며내긴 힘들 게야. 발작이 덮칠 땐 마치 악마가 그의 몸을 가지고 장난이라도 치는 것 같거든. 시장의 광대도 콜룸바누스 수사의 발작을 흉내낼 수는 없을 걸세. 그래, 칼날 위에서 춤을 추듯 천국과 지옥의 뜻에 따라 공중으로 제 몸을 던지는 이들이 있는 법이지."

"제가 아는 건 딱 하나, 사랑하는 아버님이 피살되었다는 거예요." 쇼네드의 얼굴이 타오르는 횃불처럼 검붉게 달아올랐다. "전 그 살인자가 정의로운 심판을 받길 원하고요. 제가 원하는 건 피의 대가가 아녜요. 피의 대가 같은 건 제게 아무 의미도 없어요."

"나도 알고 있네." 캐드펠이 말했다. "나도 자네와 같은 웨일스 사람이야. 하지만 연민의 문을 꽉 닫아두어서는 안 되네. 자네도 나도 그러한 연민의 감정을 필요로 할 때가 올지 누가 알겠나! 그건 그렇고, 엥겔라드와 얘기는 해봤나? 그 사람은 잘 지내고 있나?"

쇼네드는 몸을 바르르 떨더니 얼굴을 붉혔다. 난풍이 지나간 뒤 기적과도 같이 피어나는 성애꽃처럼 아름다운 얼굴이었다. 그녀는 입을 열지 않았으나, 굳이 대답을 들을 필요도 없었다.

“그 걱정은 하지 않아도 되겠구먼.” 캐드펠 수사는 만족스러운 듯 말을 이었다. “결국은 자네가 원하는 길을 찾을 수 있을 거야. 자, 들어보게. 자네가 해야 할 일을 생각해두었네. 우리가 할 수 있는 일이면 뭐든 시도해야 하니까. 일단 지금 집으로 가지 말고, 아네스트더러 베네드의 대장간으로 데려가 쉬게 해달라고 하게. 거기 있다가 이따 아네스트와 함께 미사에 오도록 하고. 우리의 애송이 성인이 정신을 되찾으면 무슨 일이 벌어질지 누가 알겠나? 그리고 또 하나, 아버님을 매장할 땐 페레디르가 제 부친과 함께 올 수 있게끔 조치해두게나. 페레디르는 자네를 피하고 있으니 일부러 청하지 않으면 아마 참석하지 않을 걸세. 하지만 자네가 초대하면 거절할 수 없겠지. 사실 페레디르와 관련해서 몇 가지 꺼림칙한 부분이 있거든. 분명한 건 아직 하나도 없지만 말일세.”

8

미사를 알리는 놋쇠 종의 작은 소리에 콜룸바누스 수사는 마법과도 같은 잠에서 깨어났다. 아니, 깨어났다기보다는 그저 눈을 떴다고 하는 편이 옳을까? 얼어붙은 그의 몸뚱이 곳곳으로 떨림이 퍼지고, 뻣뻣하던 관절이 부드러워지고, 되살아난 두 손이 가슴 위에 모였으나, 그의 얼굴은 조금도 변하지 않았다. 침대 주위에 늘어앉아 초조히 지켜보는 동료 수사들을 전혀 의식하지 못하는 것 같았다. 콜룸바누스 수사에게 그들은 존재하지 않는 듯했다. 그가 반응을 보인 것은 신앙이 그를 부르는 소리, 저 녹슨 종에서 울리는 소리뿐이었다. 그는 부르르 몸을 떨며 일어나더니 침대에서 빠져나왔다. 얼굴은 환하게 빛났으나 여전히 머나먼 생각에 잠긴 듯 고적했다.

"언제나처럼 우리와 함께 미사에 참여할 준비를 하려는 모양이군." 부수도원장이 감동과 외경에 사로잡혀 중얼거렸다. "가십시다. 형제는 이대로 내버려둡시다. 감사의 기도를 바치고 나면 형제가 스스로 우리에게 돌아와 자신이 체험한 바를 이야기해줄 거요."

부수도원장이 앞장서서 교회로 향했다. 콜룸바누스 수사는 연소자의 자리인 줄 끝에 자리를 잡았다. 존 수사도 한때는 그곳에 섰으나 지금은 불명예스럽게 축출된 처지였다. 콜룸바누스 수사는 여전히 꿈꾸는 듯한 얼굴로 조용히 대열을 따라갔다.

교회 안은 사람들로 북적였고, 문 밖에는 그보다 더 많은 사람들이 모여 있었다. 위니프리드 성녀의 옛 교회에서 기이하고 놀라운 일이 벌어졌으며 새로운 계시가 미사 때 나타나리라는 소문이 이미 지역 전체에 퍼진 터였다.

마지막 순간까지 콜룸바누스 수사는 아무런 변화도 보이지 않았다. 하지만 부수도원상이, 마치 문이 열리리라 믿어 의심치 않으며 열쇠를 돌리는 사람처럼 서서히, 그리고 기대에 차서 교회 입구로 난 길로 한 걸음 내딛자마자, 이 젊은 수사가 흠칫 놀라며 외마디 비명을 지르더니 놀란 눈빛으로 주위를 둘러보았다. 어느새 표정을 되찾은 그의 얼굴에는 미소마저 어려 있었다. 그는 부수도원장의 발길을 막으려는 듯 두 손을 내밀며 큰 소리로 말했다. "아, 부수도원장님, 저는 크나큰 축복을 받았습니다! 더없는 행복을 맛보았습니다! 제가 어떻게 하여 여기 오게 되었을까요?

완전히 다른 곳에 있는 줄 알았는데요! 밤의 어둠을 넘어 너무나도 영광스러운 빛 속으로 들어갔었거든요. 그런데 어느새 제가 떠났던 바로 그 세계로 돌아와 있다니! 이곳 역시 아름다긴 합니다만, 저는 이보다 훨씬 더 아름다운 세계, 저 같은 사람으로서는 감히 발도 들일 수 없는 세계에 가 있었습니다. 아, 그 세계에 대해 말씀드릴 수만 있다면!"

모두들 그를 주목한 채 한 마디라도 놓칠세라 귀를 기울이고 있었다. 교회를 떠나는 이는 단 한 명도 없었다.

"형제여." 로버트 부수도원장은 크나큰 외경을 담아 입을 열었다. "그대는 여기 하느님에 대한 신앙으로 결속되어 있는 형제들 가운데 있소. 두려워할 것도, 후회할 것도 전혀 없소. 형제가 경험한 축복은, 형제를 영감으로 무장시켜 보다 완전한 세계에 대한 희망을 품고 이 불완전한 세계 속으로 돌아오게 하려는 준비인 셈이오. 형제는 위니프리드 성녀의 옛 교회에서 캐드펠 수사와 더불어 철야 기도를 하고 있었소. 기억하시오? 지난밤 형제에게 무엇인가 찾아들어 영혼을 육신 밖으로, 우리들의 세계 밖으로 인도해 간 것이오. 그러나 형제의 육신은 아무 해도 입지 않은 채 잠든 아이처럼 우리와 더불어 남아 있었으니, 우리가 그 육신을 이끌고 여기로 왔소. 이제 다시 영혼을 찾아 우리에게 돌아왔으니 참으로 다행스러운 일이오. 형제는 크나큰 은혜를 입었소."

"아, 당신이 알고 계신 그 이상의 은혜이고말고요." 콜룸바누스는 창백한 빛을 발하며 노래하듯 말했다. "저는 지극한 선의

사자使者입니다. 저는 그 조화와 평화의 도구입니다. 아, 부수도원장님…… 휴 신부님…… 형제들이여…… 모든 사람들 앞에서 이야기하게 해주십시오. 제가 지금부터 해야 할 얘기는 여기 있는 모두와 관련된 것입니다."

이제 저 친구를 막을 것은 없겠군. 캐드펠은 생각했다. 설혹 부수도원장이나 성직자들이 강경하게 나오더라도 그는 천상의 사명으로 모든 것을 묵살해버릴 터였다. 그러나 로버트 부수도원장은 놀랍게도 이러한 권한의 이양을 불평 없이 받아들이는 듯했다. 이미 저 천상의 목소리가 자신의 계획을 실행하고 자신의 영광을 드높이는 데 결정적인 도움을 주리라 예견하고 있거나, 아니면 그 자리에 있는 다른 사람들과 마찬가지로 진정으로 감명을 받아 온 마음을 다해 그의 이야기를 듣고 싶어 하는 모양이었다.

"얘기해보시오, 형제." 그가 말했다. "그대의 기쁨을 우리에게도 나눠주시오."

"부수도원장님, 자정 무렵 제대 앞에 엎드려 있는데 제 이름을 부르는 아름다운 음성이 들려왔습니다. 저는 앞으로 나아가 그 음성에 복종했지요. 그때 제 몸에 무슨 일이 일어났는지는 알지 못합니다. 그저 여러분께서 보시기에 제가 잠을 자는 것처럼 누워 있었다고 하니 그렇게 알 뿐이지요. 하지만 그 당시 저는 제대 위로 올라서는 느낌을 받았습니다. 너무나도 부드럽고 환한 빛이 사방에서 쏟아져 내리더니 가장 아름다우신 성처녀께서 하얀 꽃잎들이 빗줄기처럼 흩날리는 가운데 기적과도 같이 서 계셨습니다. 그분의 옷과 긴 머리칼에서는 달콤하고 순결한 향기가 넘쳐 났습니다. 그 은혜로 충만한 분께서 입을 열어, 당신의 이름이 위니프리드라고 말씀하셨습니다. 우리의 사명을 승인하러 오셨다고요. 또한 그 사명을 반대한 모든 이들, 그 충성심과 그 경건함을 오인한 모든 이들을 용서하기 위해 오셨다는 말씀도 하셨습니다. 아, 그 놀라운 은총이여! 그분은 손을 들어 리샤르트 씨의 가슴에 올려놓으셨습니다. 리샤르트 씨의 따님이 우리에게 청한 바로 그것, 용서와 평화를 구하기 위해 우리 한 사람 한 사람에게 요청한 바로 그 축복을 성처녀께서는 친히 리샤르트 씨에게 베푸셨고, 그로써 리샤르트 씨는 용서받았음은 물론 완벽하고 성스럽게 원래의 정결성을 회복하였습니다. 아, 그 아름다움과 완벽함에 대해 뭐라 말해야 할까요!"

"오, 형제여!" 로버트 부수도원장은 황홀에 빠져 크게 외쳤다. 교회 안에 떨리는 웅성거림이 물결처럼 퍼져나갔다. "그대는 우리가 상상도 할 수 없는 크나큰 경이를 이야기하였소. 심지어는 구원에 대해서까지 말이오!"

"더 있습니다, 부수도원장님. 그것만이 아닙니다! 리샤르트 씨의 몸에 손을 올린 채, 그분은 이곳에 있는 모든 사람들에게, 이곳 토박이이건 객지 사람이건 모두에게 당신의 감사를 전하라고 말씀하셨습니다. '나의 뼈를 흙에서 꺼내면 그 자리가 비게 될 것이니, 나는 그곳을 다른 이에게 이양하겠노라. 그 자리에 리샤르트를 매장하라. 그리하여 그의 잠은 평화로워지고 나의 권능은 입증되리라.' 위니프리드 성녀께서는 바로 이렇게 말씀하셨습니다."

*

"그 사람이 아버님의 평화로운 휴식을 보장한 마당에 제가 더 이상 뭘 어떻게 할 수 있겠어요?" 쇼네드가 말했다. "그저 그 사람의 선행에 감사를 표하는 수밖에 없겠죠. 하지만 아직도 화가 나요. 그 자리에서 일어나 말할걸 그랬어요. 저는 지금껏 아버님이 축복을 받지 못한 분이라고 생각해본 적이 한 번도 없고, 앞으로도 그런 생각은 절대로 하지 않을 거예요. 아버님은 선한 분이었고, 어느 누구에게도 나쁜 짓을 하신 적이 없으니까요. 위니프리드 성녀께서 아버님을 용서하고 당신 무덤을 넘겨주신 거야 고마운 일이지만…… 대체 뭘 용서한다는 거죠? 무슨 정결성을 회복한다는 거예요? 성녀께서 정말로 나타나셨다면 그분은 아버님을 칭찬하셨을 거예요. 용서가 아니라, 아버님의 정당성을 선언하셨을 거라고요."

"하지만 그 내용은 무척이나 외교적이라는 점을 인정하지 않을 수 없군." 캐드펠이 고개를 끄덕여 그녀에게 동의를 표하며 말을 이었다. "그 선언으로 우리는 목적을 달성하게 되었고 귀더린 주민들의 불만은 누그러들었으니, 모든 이들에게 평화를 가져다준 셈이야……."

"게다가 저를 달래려는 생각이었겠죠. 아버지의 살인자를 찾아내는 일을 포기하도록 말이에요." 쇼네드가 말했다. "피해자와 함께 살인 행위까지 그냥 묻어버리라고 명령한 거예요. 하지만 전 범인을 밝혀낼 때까지 절대로 중단하지 않겠어요."

"……더하여 부수도원장에겐 엄청난 명예를 선사했어. 도대체 어떤 사람이 그런 묘수를 생각해냈는지 참으로 궁금하구먼!"

캐드펠은 곡괭이와 삽을 빌리러 베네드의 대장간에 들른 터였다. 이제 곧 시작될, 성스러운 무덤을 파헤치는 작업을 위해서였다. 이 기회를 이용해 두 사람은 잠시 이야기를 나눌 수 있었다. 귀더린의 주민들이 여럿 나서서 성스러운 무덤을 파는 일을 거들겠다고 자청했다. 성녀를 내주는 것이 여전히 내키지 않았지만, 그분이 진정 원하는 일이라면 어쨌든 그들도 거스를 생각은 없었다. 경이로운 기적들이 연신 일어나고 있었으니, 주민들은 화살받이가 되는 위험을 감수하기보다 기꺼이 성녀의 승인과 축복을 받아들일 작정이었다.

"요즘 기적은 하나같이 콜룸바누스 수사에게만 일어나는 모양이네요." 쇼네드가 날카롭게 지적했다. "부수도원장님은 그런 기적을 아무 의심 없이 받아들이시고요. 그 수사의 영예를 빼앗을 생각은 조금도 없는 모양이죠. 부수도원장님이 저토록 공정하고 정직한 분인가 싶을 정도라니까요."

캐드펠은 잠시 코를 긁적이며 주의 깊게 그녀를 살펴보았다. "그래. 여기서 일어난 일들은 슈루즈베리까지 전해질 테고, 그러면 우리 자매 수도원들에도 쫙 퍼져나가겠지. 사명을 완수하고 돌아왔다는 이야기까지 함께 말일세. 콜룸바누스 수사는 교단의 총애를 받을 뿐 아니라 제 이름을 성스러운 자리에 올려놓을 수도 있게 될 거야."

"야심가들은 수도복을 입고서도 엄청나게 출세를 한다잖아요. 혹시 부수도원장님이 원장 자리에 오를 때를 대비해 길을 다져놓느라 저러는 게 아닐까요? 아니면 자기가 먼저 수도원장이 되려고 남몰래 계획하고 있는지도 모르죠! 성인들이 예언자로 쓰는 이라고 여기저기 소문 날 사람은 부수도원장님이 아니라 바로 그 사람이잖아요."

"부수도원장께서도 아직 거기까지는 생각하지 못하셨겠구먼." 캐드펠이 말했다. "하지만 외경이 사라지고 나면 그분도 이런저런 생각을 할 걸세. 성녀의 일생을 기록하겠다고 맹세한 사람은 바로 부수도원장이야. 그 기록의 마지막에 이번 순례에 대한 내용이 들어가겠지. 아마 콜룸바누스 수사는 그저 익명의 수도사 정도로 적히기 쉬울 걸세. 그의 역할도 그저 성인과 부수도원장을 연결하는 사자쯤으로 축소될 테고. 연대기 작가들은 몽상가들이 소리 높여 스스로의 이름을 외쳐대는 것만큼이나 손쉽게 온갖 이름들을 편집하고 삭제해버릴 수 있으니까. 그러나 그 친구는 무척이나 완고한 노르만 가문 출신일세. 그런 사람들이 평생 정원이나 가꾸는 성직자로 남겠거니 생각하면서 젊은 아들을 베네딕토 수도원에 집어넣는 법은 없지."

"어쨌든 우린 막다른 골목에 이르렀어요." 쇼네드는 쓰디쓰게 중얼거렸다.

"아직 완전히 끝난 건 아니야."

"하지만 제가 보기에 오늘 일은 여러 사건들을 한꺼번에 마무리 지으려고 고안된 장치 같던데요. 모든 사람들이 화해하는 가운데 일이 이렇게 해결되었노라, 하는 식으로 말이죠. 하지만 일은 해결되지 않았어요! 이곳 어딘가에 아버님을 등 뒤에서 칼로 찌른 자가 있잖아요. 그런데 부수도원장님은 그 사건을 덮으라고 요구하고 있어요. 근사한 평화조약을 체결해 사건 전체를 시야에서 가려버리려 하고 있다고요. 저는 범인을 찾아내고 싶어요. 엥겔라드의 누명을 벗겨주고, 아버님의 복수도 하고 싶어요. 제가 원하는 것을 얻을 때까지 전 결코 끝낼 생각이 없어요. 이제 제가 무슨 일을 해야 하는지 말씀해주세요."

"아까 이야기하지 않았나." 캐드펠이 말했다. "부친의 무덤을 팔 때 그곳으로 그대 집안의 모든 가솔들과 친구들을 모아 오게. 페레디르도 필히 참석시키고."

"이미 아네스트를 보냈어요. 그다음에는요? 페레디르에게 무슨 말을 해야 하죠?"

"자네가 목에 걸고 있는 그 은 십자가 말인데, 진실에 한 발짝 접근하기 위해 그 십자가를 잠시 풀어도 괜찮겠나?"

"이것뿐 아니라 제가 가진 귀중품들을 죄다 내놓을 수도 있어요. 아시잖아요."

"그렇다면 말이지, 자네가 할 일은……."

*

사람들은 연장을 둘러메고 기도와 찬송을 하며 교회 옆 묘지를 향해 올라가, 성녀 위니프리드의 무덤에 솟은 가시나무와 들꽃과 잡초들을 뽑아낸 뒤 경건하게 무덤을 파기 시작했다. 다들 교대로 각자에게 요구되는 책임에 따라 작업에 참여했다. 다른 주민들 대부분 또한 논밭이나 농장 일은 완전히 내버려둔 채 분쟁의 결말을 지켜보기 위해 모여 있었다. 쇼네드의 진심 어린 호소가 효력을 발휘한 것이다. 그녀와 그녀의 집안 가솔들과 하인들은 다른 이들과 함께 기다리며 리샤르트의 장례를 준비하고 있었다. 그러나 이 장례식도 당분간은 그저 부차적인 문제, 위니프리드 이야기에 끼어든 사소한 사건이요, 이미 결말이 나버린 삽화에 불과했다.

캐드월론, 모리스, 베네드, 그 밖의 다른 이웃들의 모습도 보였다. 캐드월론 바로 옆에서는 젊은 페레디르가 혼자만의 생각에 골몰해 있었다. 두통이라도 나는지 짙고 검은 눈썹을 잔뜩 찌푸린 채, 그는 쇼네드의 시선을 용케 피하고 있었다. 쇼네드의 간절한 요청으로 할 수 없이 오기는 했지만 모두지 그녀를 마주 볼 수 없는 듯했다. 앙다문 입술은 긴장으로 차갑고 파리했다. 그는 점점 깊어지는 풀밭의 검은 구덩이를 지켜보며 고통을 억누르는 듯

힘겹게 숨을 내쉬었다. 보폭이 큰 경쾌한 발걸음, 그 매혹적인 웃음으로 원하기만 하면 세상 모든 것을 가질 수 있었던 방탕한 젊은이의 얼굴에서는 좀처럼 보기 힘든 음울한 표정이었다. 지금 페레디르의 내면에는 악령이 들어앉아 있었다.

바닥이 축축하고 물러서 파내기가 어렵지 않았다. 무덤은 무척 깊었다. 땅을 파는 이들의 어깨가 구덩이 안으로 잠겼고, 오후가 반쯤 저물 무렵 그들 중에서 가장 작은 캐드펠 수사가 마지막으로 무덤으로 들어섰을 땐 사람들의 시야에서 완전히 사라지게 되었다. 몇몇은 속으로 미심쩍어했을지언정, 지금 그들이 올바른 곳을 파내고 있는지 의문을 제기하는 사람은 한 명도 없었다. 캐드펠 자신도 이유는 정확히 알 수 없었지만 그런 의심은 들지 않았다. 성처녀가 잠든 곳은 바로 이곳이었다. 순교했다가 기적적으로 부활한 뒤 성처녀는 부수녀원장으로 이곳에서 오랜 세월을 보냈다. 동시에 그녀는 악마의 손에서 달아나듯 자기를 추적하는 크래독 왕자의 손을 피해 달아난 소녀, 금욕과 성스러움을 낭만적으로 사랑한 신앙심 깊은 철부지 아가씨이기도 했다. 이 순간 캐드펠의 마음은 둘로 분열되어, 그녀와 그녀를 필사적으로 추적했던 연인 모두에게 연민을 느끼고 있었다. 그녀를 사랑한 젊은이는 거친 열정에 사로잡혀 영과 육이 한꺼번에 절멸되었다. 그에게 기도를 바치는 사람이 단 하나라도 있을까? 기도를 필요로 하는 사람은 위니프리드 성녀가 아니라 오히려 그일지도 모르는데. 결국, 그를 위해 기도한 이는 오직 위니프리드 성녀뿐이리라.

그녀도 초연함과 불가사의함을 두루 갖춘 웨일스인이었고, 그러니 아마 그의 멸절당한 육신을 끌어모아 다시 한 인간의 모습으로 만들기 위해 한마디쯤 기도를 남기지 않았을까? 열정을 억제할 수 있으며 의심을 품지 않는 인간, 그러나 전과 다름없는 모습을 한 바로 그 인간으로 만들기 위해서 말이다. 아무리 성인이라 해도 자신을 그토록 탐내던 사람이 있었던 시절을 돌아보며 작은 기쁨을 느끼지 말라는 법은 없지 않은가.

검고 부석부석한 흙 속의 무언가가 삽에 닿았다. 찰흙도 아니고 돌도 아니었다. 캐드펠은 얼른 삽질을 멈추고 오래되어 무르고 바싹 마른 그 물체를 조심스럽게 삽날로 쓸어보았다. 이어 삽을 놓고 허리를 굽혀 무엇인가를 감추고 있는 차갑고 향기로우며 보드라운 흙을 손으로 더듬었다. 검은 흙이 쓸려 나가자 길고 흐릿한 빛깔의 섬세한 물건, 새벽하늘처럼 부드러운 잿빛에 검은 얼룩이 점점이 박힌 무언가가 드러났다. 캐드펠은 아이 팔 길이 반 한 뼈 하나를 끄집어내어 끈적끈적하게 달라붙은 흙을 털어냈다. 아래쪽에 비슷한 색깔의 물체들이 헐겁게 연결되어 무더기를 이루고 있었다. 캐드펠은 그 결합을 흩뜨리고 싶지 않았다. 그는 삽을 구덩이 밖으로 내던졌다.

"여기 계십니다. 그분을 찾았습니다. 조심해야 합니다. 성녀를 제게 맡겨주십시오."

위쪽에서 수많은 얼굴들이 그를 내려다보았다. 로버트 부수도원장은 은빛 얼굴에 흥분한 미소를 한껏 머금었다. 당장 뛰어들어 손수 그 보상을 훑어 올리고 싶었으나, 그러기엔 그 검은 흙이 너무도 끈적였고 그의 손은 너무도 희었다. 구덩이 가장자리에 다가선 콜룸바누스 수사의 얼굴은 더욱 의기양양하게 빛났다. 그는 연약한 성녀의 유골이 잠든 구덩이가 아니라 그분의 영혼이 있을 천국을 향해 자신의 들뜬 얼굴을 들어 보였다. 이 순간 부수도원장과 보좌 수사보다도 훨씬 커다란 영광으로 빛나는 자신의 모습을 저 멀리에서 지켜보고 있는 이들에게 과시하고 싶은 것이 틀림없었다. 그는 이 잊힐 수 없는 순간 영원히 잊히지 않는 존재가 되고자 했으며, 자신의 뜻이 이루어질 것임을 확신하고 있었다.

캐드펠 수사는 무릎을 꿇었다. 어쩌면 지금 무릎을 꿇고 있는 이가 그 혼자뿐이라는 것이야말로 가장 중요한 계시인지도 몰랐다. 그가 있는 쪽은 유골의 발치인 듯했다. 몇 세기 동안 땅속에 묻혀 있었으나 흙이 소중히 품어준 덕에 유골은 거의 온전했다. 할 수 있는 한 최선을 다해 그러한 상태를 지켜야 했다. 그는 손가락으로 조심스레 흙을 치우면서 이 가느다란 유골을 꺼내기 시작했다. 성녀는 평균보다 약간 큰 키에 체구는 열일곱 살짜리 소녀처럼 가늘었던 듯했다. 두개골을 발견하자 그는 이제 바닥에 엎드려 손가락으로 눈구멍의 흙을 깨끗이 털어냈다. 작고 우아한 광대뼈와 동그스름한 정수리가 드러났다. 찬탄이 절로 나왔다. 죽음 한가운데에서도 이토록 아름답고 섬세하다니. 캐드펠은 방패처럼 자신의 몸으로 유골을 덮은 채 조문을 올렸다.

"리넨 시트를 내려주십시오." 그가 말했다. "다시 들어 올려야 하니 미리 손잡이도 만들어서 내려보내십시오. 성녀께서 조각조각 분리된 채 이곳을 떠나셔서는 안 됩니다. 여기 들어오셨을 때와 마찬가지로 완전한 여인의 모습으로, 온전하게 올라가실 겁니다."

시트가 내려왔다. 캐드펠은 호리호리한 유골 옆에 리넨 시트를 펼친 뒤 극도의 주의를 기울여 흙을 털어내고, 성녀의 몸을 땅에서 분리시키고, 아주 조금씩 천 위로 옮겨 원래의 위치에 놓았다. 그렇게 마침내 성녀는 한낮의 햇빛 속으로 올라와 무덤 옆 풀밭에 조심스럽게 놓였다.

"뼈에서 흙을 씻어내야겠군." 로버트 부수도원장은 외경에 가득 차 온갖 역경 끝에 확보한 물건을 내려다보았다. "그런 다음 다시 천으로 쌉시다."

"유골은 메마르고 약해서 부서지기 쉬운 상태입니다." 캐드펠이 다급하게 말했다. "이 웨일스 땅을 떠나는 순간 그분의 유골은 부수도원장님 손안에서 고스란히 부서져 웨일스의 흙으로 돌아가버릴지 모릅니다. 그리고 대기와 햇빛 속에 오래 노출시키면 곧 먼지로 화할 테고요. 부수도원장님께서는 현명한 분이시니 지금 이대로 성녀를 감싸 유골함에 넣고 최대한 신속하게 공기를 차단시켜 밀봉하도록 하시지요."

퉁명한 명령조였으나 그의 말에도 일리가 있었다. 부수도원장은 캐드펠의 견해에 따르기로 했다. 그들은 다급하게, 그러나 기쁨에 차 기도를 올린 뒤 눈부시게 번쩍이는 관을 성녀 곁으로 옮겨 왔다. 수의용 천으로 감쌀 때는 최대한 유골을 건드리지 않도록 조심해야 했다. 관을 만든 이들도 철저한 보관을 위해서는 완벽한 밀봉이 중요하다는 점을 잘 알고 있었던 듯했다. 안쪽을 주름으로 장식하고 뚜껑이 가죽처럼 정확히 맞물리도록 만드느라 갖은 고생을 했을 터였다. 그들은 뚜껑을 닫고 자물쇠를 채운 뒤 위니프리드 성녀를 교회 안으로 운구해 들어가 감사의 미사를 올렸다. 미사가 끝나자 부수도원장은 매사를 완벽히 처리하기 위해 다시 한번 관을 봉인했다. 성녀의 축복을 갈구하는 낯선 땅으로 모시고 가기 위해 그분을 감금해버린 셈이었다. 그 과정을 구경하려 교회로 몰려든 웨일스인들은 문가에 붙어 꼼짝도 하지 않고 섬뜩한 침묵을 지켰다. 모든 과정을 하나하나 따라가는 그들의 비밀스러운 눈빛에는 어떠한 분노도 서려 있지 않았으나, 감히 입 밖에 내어 말하지 못하는, 도저히 화해할 수 없는 저항이 여실히 느껴졌다.

"성스러운 사명은 완수되었습니다." 휴 신부가 말했다. "이제 성녀께서 우리에게 부과하신 그다음 사명을 완수할 때입니다. 리샤르트 씨에게 영예롭고 완전무결한 사면을 내려 성녀께서 지정하신 무덤에 장사 지내야 합니다. 성녀의 말씀을 되새기며 우리 모두 이 축복이 얼마나 소중한 것인지 다시금 생각해보면 좋겠군요." 안도와 슬픔이 깃든 목소리였다. 이것이 그가 표명할 수 있는 최선의 견해였으니, 적어도 그러한 점에서 그는 이곳에 있는 모든 웨일스인들의 연민을 이끌어내고 있었다.

장례미사는 짧고 간단하게 마무리되었다. 미사가 끝나자 리샤르트 집안에서 가장 나이 많고 신망 있는 하인 여섯이, 조금 시들기는 했으나 여전히 싱싱한 나뭇가지로 엮은 관대를 들어 무덤 곁으로 운반했다. 위니프리드 성녀를 끌어 올리는 데 쓴 리넨 시트가, 이제는 리샤르트를 무덤 속으로 내려 보낼 터였다.

외삼촌 옆에 선 쇼네드는 둥글게 모여선 친구들과 이웃 사람들을 둘러보더니 은 십자가 목걸이를 풀었다. 미리 자신의 오른편에 캐드윌론과 페레디르가 오게끔 자리를 잡고 서 있었기에, 그녀가 그들 쪽으로 돌아섰을 때도 그 행동은 무척 자연스럽게 보였다. 페레디르는 그녀를 보지 않으려고 줄곧 뒤쪽에 처져 있었지만 그녀가 돌연 돌아서서 자기 쪽으로 향하자 어쩔 수 없이 그녀와 시선을 맞추고 말았다.

"아버님께 마지막으로 한 가지 선물을 바치고 싶어. 페레디르, 당신이 그 선물을 나를 대신해 아버님께 드리면 좋겠어. 아버님께 당신은 아들이나 마찬가지였으니까. 자, 이 십자가를 살인자의 화살이 꿰뚫었던 자리에 놓아줘. 이 십자가도 아버님과 함께 매장하고 싶어. 이게 아버님께 드리는 내 작별 인사야. 당신도 그것으로 아버님께 마지막 인사를 드려줘."

페레디르는 놀라 말을 잃은 채 그녀의 싸늘하고 도전적인 얼굴과 그녀가 내민 십자가를 번갈아 바라보았다. 수많은 사람들이 그를 지켜보고 있었다. 모두가 그를 잘 아는 사람들이었고, 그가 잘 아는 사람들이었다. 둘러선 이들에게 똑똑히 들릴 만큼 그녀의 음성은 크고 또렷했다. 이제 다들 영문을 몰라 어리둥절해하면서, 핏기가 사라지며 점점 창백해지는 그의 얼굴을, 공포가 차오르는 그의 눈빛을 바라보고 있었다. 그녀의 간청을 받아들이려면 그는 죽은 사람의 몸에, 리샤르트를 죽음으로 몰고 간 바로 그 자리에 손을 대야만 했다.

페레디르는 고통스러운 듯 마지못해 손을 내밀어 십자가를 건네받았다. 그녀의 청을 물리친다는 건 그로서는 도저히 감당할 수 없는 일이었다. 그는 십자가에 눈길도 주지 않은 채 절망적인 눈으로 오직 그녀만을 바라보았다. 그녀의 얼굴에 드리웠던 냉정함이 엄청난 실망과 경악으로 바뀌어갔다. 모든 깨달음이 한꺼번에 밀려온 터였다. 그녀로서는 한 번도 상상해본 적 없는 일, 최악의 일이었다. 페레디르는 그녀가 놓은 함정을 피할 재간이 없었다. 그녀 자신도 이젠 그를 놓아줄 수 없었다. 함정이 이미 사냥감을 향해 아가리를 벌리고 있었다. 둘러선 사람들은 페레디르가 왜 꼼짝도 하지 않는지, 왜 시간을 끄는지 의아해하며 걱정스러운 표정으로 귀엣말을 주고받기 시작했다.

페레디르는 온 힘을 기울여 당장이라도 사라져버릴 것만 같은 의식을 단속했다. 허깨비 같은 발걸음으로 머뭇머뭇 관대를 향해, 무덤을 향해 다가가던 그가 갑자기 겁먹은 말처럼 우뚝 멈춰섰다. 다시 걸음을 떼려 했지만 이번에는 더더욱 힘들었다. 이제 그는 모든 사람들에게서 외따로 떨어져, 증인들이 지켜보는 한가운데 서 있었다. 앞으로도 뒤로도 움직일 수 없었다. 그의 이마와 입술로 굵은 땀방울이 흘러내렸다.

"어서 인사를 드리게나." 휴 신부가 아무 의심 없이 친절하게 다독였다. "죽은 이를 기다리게 해선 안 되네. 지나친 슬픔에 잠기는 것 역시 죄악이네. 쇼네드의 말처럼, 리샤르트 씨가 자네에게는 부친이나 다름없었다는 건 나도 잘 알고 있네. 상심이 크겠지. 우리 모두 그렇다네."

페레디르는 쇼네드의 이름과 '부친'이라는 단어를 듣고서 우뚝 선 채로 바들바들 떨었다. 걸어가려고 안간힘을 써봐도 도무지 발을 뗄 수가 없었다. 발이 입을 쩍 벌린 무덤 옆에 놓인 시신 앞으로 조금도 나아가려 하지 않았다. 햇빛과 둘러싼 시선들의 무게가 그를 짓눌렀다. 페레디르는 돌연 무릎을 꿇었다. 십자가는 여전히 그의 손에서 흔들리고 있었다.

"이럴 순 없어!" 페레디르는 손으로 얼굴을 가린 채 목쉰 소리로 부르짖었다. "내 잘못이 아니야! 난 살인을 저지르지 않았어! 내가 그런 짓을 한 건 리샤르트 씨가 이미 돌아가신 뒤였다고!"

외침과 한탄이 돌풍처럼 빈터와 묘지를 휩쓸더니 곧이어 무거운 정적이 찾아들었다. 휴 신부는 한동안 입을 떼지 못했다. 그 죄 많은 인간이 바로 자신의 어린 양이었기 때문이었다. 조금 전까지는 영광의 자식이었던 그가, 아직 무엇인지는 알 수 없으나 참혹한 죽음과 관련된 무시무시한 범죄를 저질러 죄책감에 시달리고 있었다.

휴 신부가 마침내 단호하게 말했다. "페레디르, 자네의 악행을 고발한 사람은 자네 자신 말고는 아무도 없네. 우리는 아직 쇼네드가 부탁한 일을 해주기만 기다리고 있어. 쇼네드의 부탁은 곧 자네에 대한 배려이기도 하니 어서 할 일을 하고, 만일 그럴 수 없다면 그 이유를 분명히 설명하게."

페레디르는 더 이상 떨지 않았다. 한동안 그는 무릎을 꿇은 채로 산산이 흩어져버린 정신을 끌어모으려 애썼다. 곧 얼굴을 가렸던 손이 내려왔다. 창백하게 질린 얼굴에는 절망이 가득했지만, 불안은 사라지고 없었다. 더 이상 맞서지 않고 진실을 받아들이려는 듯했다. 그는 용기 있는 젊은이였다. 페레디르는 자리에서 일어나 사람들을 똑바로 쳐다보았다.

"신부님, 이제 궁지에 몰려 고백하지 않을 수 없게 되었군요. 그 사실이 너무도 부끄럽지만, 제가 한 짓은 살인이 아닙니다. 저는 리샤르트 씨를 죽이지 않았습니다. 제가 본 것은 그분의 시신입니다."

"그때가 언제였나?" 캐드펠이 불쑥 물었다. 그에게는 아무 권한도 없었으나 그 누구도 항의하지 않았다.

"전 비가 그친 뒤 밖으로 나왔습니다. 모두들 소나기가 내린 것을 기억하실 겁니다." 물론 그들은 기억하고 있었다. 잊을 수 없는 이유가 있었으므로. "정오가 조금 지난 뒤였을 겁니다. 저는 브린산의 땅에 있는 목초지에 가볼 생각이었습니다. 그런데 가는 길에 얼굴을 바닥에 대고 엎드려 있는 그분을 보았습니다. 뒤에 우리 모두가 본 바로 그곳에서요. 그때 이미 그분은 숨을 거둔 뒤였습니다. 맹세할 수 있습니다! 저는 슬펐습니다. 하지만 유혹을 느꼈죠. 어차피 제가 리샤르트 씨에게 해드릴 수 있는 일은 아무것도 없는 데다, 마침…….” 페레디르는 울먹임을 참고 한숨을 내쉬더니, 자신의 운명을 더듬듯 이마를 어루만지며 말을 이었다. “마침 머릿속에 경쟁자를 제거하는 방법이 떠오른 겁니다. 연적을 없애기에 아주 좋은 방법이 말이죠. 리샤르트 씨는 딸을 엥겔라드에게 내주실 생각이 없었어요. 하지만 쇼네드는 엥겔라드를 계속 만났죠. 리샤르트 씨가 아무리 저를 지지해주신다 해도 엥겔라드가 우리 사이에 있는 한 제겐 희망이 없을 것 같았죠. 하지만 그때…… 만일 증거만 있다면…… 엥겔라드가 리샤르트 씨를 죽였다고 생각하게 만들 수 있지 않을까 하는 생각이 들어서…….”

“그렇다면 자네도 엥겔라드가 리샤르트 씨를 죽였다고 생각하지는 않았구먼?” 캐드펠이 물었다. 아무도 그의 개입을 의식하지 못했다. 다들 별 생각 없이 그의 질문을 받아들였고, 페레디르 역시 아무 생각 없이 질문에 대답했다.

“그럼요!” 그는 화를 내다시피 하며 부르짖었다. “저는 그 친구를 압니다. 엥겔라드는 결코 리샤르트 씨를 죽이지 않았어요!”

“그런데도 그에게 혐의가 가도록, 그래서 그가 살인자로 몰리도록 했지. 그 일을 이용해 엥겔라드까지 죽음으로 몰아넣을 수 있다면 자네에게는 한 번에 모든 문제가 해결되는 셈이니 말이야.”

“아닙니다!” 페레디르는 다시 부르짖었다. “엥겔라드가 죽기를 원한 게 아니에요! 저는 그가 잉글랜드로 도망칠 거라고, 우리를, 쇼네드와 저를 내버려두고 사라질 거라고 생각했습니다. 그에게 그 이상의 사태가 벌어지는 건 바라지 않았어요. 엥겔라드가 떠나면 결국 쇼네드가 부친의 소원대로 저와 결혼하리라 생각했죠. 저는 기다릴 수 있었습니다! 몇 년이라도 기다릴 작정이었어요……."

비록 입 밖에 내어 말하지는 않았으나, 그 자리에 있는 이들 중 적어도 두 사람은 페레디르가 엥겔라드를 위해 포위망에 구멍을 만들고 그곳으로 빠져나갈 수 있도록 길을 터주었다는 사실을 잊지 않고 있었다.

캐드펠 수사는 엄중하게 추궁을 이어갔다. "하지만 자네는 그 사람을 범인으로 몰기 위해 그 불운한 젊은이의 화살을 훔쳤네."

"훔친 게 아닙니다. 그 화살로 그런 짓을 저질렀으니 제 죄가 가벼워지지 않으리라는 건 알지만, 화살을 일부러 훔치지는 않았어요. 리샤르트 씨의 허락을 받아 엥겔라드와 둘이서 사냥을 나간 적이 있습니다. 일주일도 안 된 일이죠. 화살을 거둬들이다가 제가 실수로 엥겔라드의 화살 하나를 제 화살통에 넣었습니다. 그날도 그 화살을 가지고 있었어요."

페레디르는 어깨를 펴고 고개를 들었다. 쇼네드의 십자가를 쥔 그의 오른손은 모든 것을 포기한 듯 맥없이 늘어져 있었다. 그의 얼굴은 창백했으나 침착했다. 고해를 통해서, 며칠 동안 홀로 고통스럽게 짊어지고 있던 끔찍한 짐을 막 벗어낸 참이었다. 그에겐 오늘의 참회가 마치 향유와도 같았다.

"모든 것을, 저 자신을 짐승처럼 보이게 만든 일을 전부 다, 하나도 빠짐없이 말씀드리겠습니다. 제가 저지른 가증스러운 일을 그대로 고백하겠어요. 리샤르트 씨는 등에 비수를 맞으셨습니다. 비수는 뽑혀 나가 보이지 않았죠. 저는 그분을 돌려 눕히고, 비수가 뚫고 지나간 자리에 거꾸로 화살을 꽂아 넣었습니다. 지금도 손이 타들어가는 느낌입니다. 그분은 이미 숨을 거두셨고, 그래서 전혀 통증을 느끼지 못하셨습니다. 저는 화살로 그분의 살이 아니라 바로 제 살을 꿰뚫은 셈이에요. 상처가 크지 않았지만, 비수는 단번에 그분의 몸을 꿰뚫었습니다. 저는 그 상처의 방향을 압니다. 단검을 꺼내 그 상처를 헤집고 그 자리에 엥겔라드의 화살을 꽂아 넣은 사람이 바로 저니까요. 그 추악한 짓을 저지른 뒤로, 전 낮이든 밤이든 단 한 순간도 편안히 지낼 수가 없었습니다." 페레디르는 동정을 구하지 않았다. 오히려 침묵을 깨뜨려 자신의 악행을 공개할 수 있게 된 것에, 더 이상 아무것도 감출 필요가 없게 된 것에 감사하고 있었다. "어떤 처벌을 받게 된다 해도 이제 진실을 모두 밝혔으니 저는 그저 기쁠 뿐입니다. 적어도 이것만은 알아주십시오. 엥겔라드에게 혐의를 씌우긴 했지만, 전 그 친구가 등 뒤에서 사람을 찌르는 자로 보이도록 위장하지는 않았어요! 저는 엥겔라드가 어떤 사람인지 압니다! 객지 사람으로 처음 이곳에 나타난 뒤로 내내 그와 붙어 다니다시피 했지요. 우린 나이도 비슷했고, 서로에게 좋은 경쟁자이기도 했습니다. 저는 그를 좋아했고, 그를 따랐고, 그와 싸우기도 했고, 그를 질투하기도 했습니다. 제가 받지 못하는 사랑을 그 친구가 받고 있었으니까요. 사랑이라는 게 사람을 참 끔찍한 지경으로 몰아가더군요." 이제 그는 스스로에게 놀라워하고 있었다. "심지어 자기 친구에게 그런 짓을 하게 만들다니 말입니다."

무거운 침묵이 내려앉았다. 불경스러운 죄악에 대한 두려움, 그의 비참한 처지에 대한 동정, 그리고 엉뚱한 오해에 대한 죄책감으로 생긴 침묵이었다. 진실이 번갯불처럼 머리 위로 떨어져 모두를 압도했다. 리샤르트는 화살을 맞고 죽은 것이 아니었다. 어떤 비겁한 자가 두터운 은폐물 사이에서 뛰어나와 그의 등에 비수를 꽂아 넣었다. 성녀가 한 일이 아니었다. 인간, 한 사악한 인간이 저지른 일이었다.

휴 신부가 침묵을 깨뜨렸다. 이곳은 그의 교구였다. 제아무리 높은 직위의 성직자라 할지라도 감히 그를 방해할 수는 없었다. 온화하면서도 친근한 권위를 갖춘 휴 신부는 이 순간 더없이 크고 당당해 보였다. 그가 믿었던 사실이 무참히 부서져 나간 참이었다. 죄인에게는 엄청난 대가가, 그에게는 그만큼의 연민이 필요할 터였다.

휴 신부가 입을 열었다. "페레디르, 자네는 결코 용서받을 수 없는 끔찍한 죄악을 범했네. 하느님의 모습대로 창조된 피조물에게 그토록 잔인한 짓을 저지르고, 순수한 사랑을 그런 식으로 배신하다니. 자네와 리샤르트 씨가 어떤 사이였는지 알기에 하는 말이네. 게다가 자네 입으로 아름다운 우정을 맺었다고 고백한 바로 그 친구에게 크나큰 악의까지 품었으니, 반드시 처벌을 받아야 마땅해."

"손톱만큼이라도 책임을 지지 않고 제가 저지른 잘못에서 벗어나려 한다면 하느님께서 제게 저주를 내리실 겁니다." 페레디르가 겸허하게 말했다. "기꺼이 처벌을 받겠습니다! 이 지경까지 타락한 모습으로 평생을 살 수는 없습니다!"

"페레디르, 자네 뜻이 그렇다면, 그리하여 세속의 처벌과 더불어 신앙의 처벌을 받고자 한다면, 자네의 운명을 내 손에 맡기게. 법률의 처벌에 대해서는 집행관께 통보하되, 하느님 앞의 처벌은 자네의 고해자인 내가 맡겠네. 자네에게 명하니, 이제 집으로 돌아가서 처벌이 통고될 때까지 기다리게."

"그렇게 하겠습니다, 신부님." 페레디르가 말했다. "부당한 용서는 원치 않습니다. 반드시 제게 합당한 처벌을 내려주십시오."

"그렇다면 자포자기해서 자네의 명예를 훼손하지는 말게나. 자, 어서 집으로 돌아가 내가 사람을 보낼 때까지 머물러 있게."

"무슨 말씀을 하시든 복종하겠습니다. 하지만 떠나기 전에 한 가지 간청을 드리고 싶습니다." 페레디르는 천천히 돌아서서 쇼네드를 바라보았다. 그 참혹한 이야기를 듣는 내내 그녀는 제자리에서 꼼짝도 못 하고 두 손으로 뺨을 가린 채 서 있었고, 충격과 고통으로 가득 찬 두 눈은 어린 시절부터의 친구인 이 젊은이에게 못 박혀 떠날 줄을 몰랐다. 그러나 이제는 그 얼굴에서 충격이 차츰 가시고 있었다. 페레디르는 스스로를 짐승이라 부르지만, 그녀에겐 그가 결코 짐승일 수 없었다. "당신이 부탁한 일을 해도 될까? 이제 난 두렵지 않아. 리샤르트 씨는 내게 언제나 공정하셨어. 그러니까 내가 한 짓 이상의 비난은 하지 않으실 거야."

쇼네드의 용서를 구하며, 그는 내내 버리지 못했던 일말의 희망에 작별 인사를 건네고 있었다. 이제 그녀의 사랑을 얻을 가능성은 완전히 사라져버렸다. 기이하게도, 그처럼 끔찍한 잘못을 저지르고 난 지금에야 그는 아무 거리낌 없이, 어떤 질투나 제약도 없이 그녀에게 다가갈 수 있었다. 쇼네드의 얼굴에서는 페레디르를 향한 분노와 혐오를 찾아볼 수 없었다. 그녀는 그저 사려 깊고 강인한 눈으로 그를 응시할 뿐이었다.

"그래, 그렇게 해줘." 쇼네드가 답했다. 그가 진실을 남김없이 드러냈고 쇼네드가 그 진실을 납득한 이상, 모두가 보는 앞에서 페레디르에게 마지막 호소의 기회를 주는 것이 좋을 것 같았다. 자신이 저지른 짓에 대해 모두 털어놓고 고해했으니, 이제 저세상의 정의 앞에서 자신이 저지르지 않은 악행을 씻어낼 수 있을 터였다.

페레디르는 평온한 걸음으로 걸어가 리샤르트의 시신 옆에 무릎을 꿇은 뒤, 한 손을 자신이 꿰뚫은 가슴 위에 올려놓고 그 위에 십자가를 얹었다. 리샤르트의 가슴에서 새로운 피는 솟구치지 않았다. 한 가지 확실해진 것이 있다면, 이 자리에 피의 보복을 믿는 이가 있었다는 사실뿐이었다. 페레디르는 무릎을 꿇은 채 잠시 망설이더니 가슴 위에 편안히 놓인 리샤르트의 손을 잡고 입을 맞추었다. 이는 뒤늦은 사랑의 과시라기보다, 자신을 받아들여준 고인에 대한 감사의 마음에서 나온 행동이었다. 그는 조용히 일어나 집으로 향하는 언덕길을 따라 꿋꿋한 걸음을 옮겼다. 둘러선 사람들이 무거운 침묵 속에서 젊은이에게 길을 터주었고, 캐드월론은 형언할 수 없는 슬픔과 충격을 서둘러 털어내며 아들의 뒤를 쫓아 허겁지겁 언덕을 달려 내려갔다.

9

매장은 어스름이 깔릴 무렵에야 끝났다. 로버트 부수도원장과 수행원들이 당장 전리품을 움켜쥐고 고향으로 떠나고 싶어한다 해도 길을 떠나기에는 너무 늦은 시간이었다. 게다가 이젠 위니프리드 성녀를 빼앗기고 자기들을 약탈하러 찾아온 이들에게 온갖 편의와 숙소를 제공한 주민들을 위한 의식을 진행해야 했다.

"우리는 오늘 밤 교회에서 여러분과 함께 저녁기도와 마지막 기도를 바치겠습니다." 부수도원장이 말했다. "마지막 기도가 끝난 뒤에는 우리 중 한 사람이 위니프리드 성녀를 지키며 철야할 것입니다. 또한 우리에게는 치욕스러운 일이나 마땅히 법률의 심판을 받아야 할 존 수사 문제가 아직 남아 있으니, 왕실 집행관께서 좀 더 머물러 있어달라고 요청할 경우에는 따르겠습니다."

“현재 집행관께서는 리샤르트 씨의 살인 사건에 모든 관심을 집중하고 계십니다.” 휴 신부가 힐난하듯 말했다. “그 문제로 다들 엄청난 고통을 겪었으나, 부수도원장께서도 아시다시피 범인이 누구인지를 밝히는 데는 전혀 진전을 보지 못했습니다. 오늘 우리가 본 이는 설령 다른 죄를 지었을지언정 적어도 살인에 관해서는 무고한 젊은이였지요.”

“악의는 없었지만 우리가 여러분에게 크나큰 슬픔과 고통을 안긴 듯해 심히 염려스럽군요.” 로버트 부수도원장은 평소답지 않게 겸손한 말투로 말을 이었다. “그 점에 대해 진심으로 유감의 뜻을 전하고 싶습니다. 그 죄 많은 청년의 부모에게도 그렇고요. 아마 그 자신보다도 부모가 더욱더 큰 아픔을 겪고 있을 것입니다.”

“제가 지금 그분들께 가볼 생각입니다.” 휴 신부가 말했다. “부수도원장님, 먼저 교회로 가서 저녁기도를 올리시겠습니까? 저는 이 골치 아픈 문제를 먼저 처리해야겠습니다.”

귀더린 주민들은 입을 굳게 다문 채 숲 사이로 여기저기 뚫린 무수한 오솔길을 따라 흩어지기 시작했다. 이곳에서의 소식은 그들을 따라 교구의 가장 먼 변방까지 퍼져나갈 터였다. 리샤르트 집안의 하인들도 수많은 발에 짓밟힌 묘지의 무성한 잡초 틈에서 커다란 상처처럼 꺼멓게 드러나 있던 리샤르트의 무덤을 이제 흙으로 모두 덮고서 묘지 문 쪽으로 돌아서는 쇼네드의 뒤를 따랐다.

묵묵히 집을 향해 걸음을 옮기는 동안 캐드펠이 쇼네드 옆으로 다가섰다.

"시도해볼 만한 가치는 있었네." 캐드펠은 체념 어린 목소리로 말했다. "그 일로 아무것도 얻지 못했다고는 할 수 없을 게야. 적어도 작은 범죄를 저지른 사람이 누구였는지는 알게 되었으니까. 어쩌면 보다 큰 범죄를 저지른 자가 누구인지를 밝히는 일에 조금이나마 도움이 되었다고도 할 수 있겠고. 뭐니 뭐니 해도 그 젊은이가 악마의 짐을 떨쳐냈으니 참 다행이지…… 그 친구가 저지른 일을 듣고 많이 놀라지 않았나?"

"이상하죠. 전혀 화가 나지 않더라고요. 그가 살인자인 줄 알았을 땐 끔찍해서 구역질이 날 것 같았는데, 오해가 풀린 뒤에는 그저 그가 범인이 아니라 다행이라는 생각뿐이었어요. 아시겠지만, 그는 어떤 것에든 단 한 번도 결핍을 느껴본 적이 없는 사람이거든요. 저를 원하기 전까지는 말예요."

"그 유일한 결핍이 진정으로 그를 고통스럽게 했겠지." 캐드펠 수사는 이미 오래전의 일이 되어버린 자신의 갈망을 떠올리며 말을 이었다. "그 젊은이가 과연 그 상처를 극복할 수 있을지 의심스럽군. 물론 나중에 결혼도 하고 자신처럼 잘생긴 아이들을 낳아 잘 살게 되리라는 건 분명하지만 말이야. 그는 오늘 훌쩍 성장한 셈이야. 미래의 신부가 누가 되든, 그 여자를 안타까워할 필요는 없겠지. 어쨌든 그 여자가 쇼네드일 리도 없을 테니."

지치고 슬픔에 겨운 쇼네드의 얼굴이 문득 부드러워지며 온기를 띠었다. 희미하지만 힘 있는 미소를 지으며 그녀가 입을 열었다. "수사님은 참 좋은 분이세요. 사람들을 화해시키는 힘을 갖고 계시죠. 하지만 너무 애쓰실 필요 없어요! 아까 페레디르가 너무나도 고통스럽게 스스로를 지탱하며 걸어 나가 자기가 받아야 할 처벌을 달게 끌어안는 것 보셨죠? 엥겔라드가 없었다면 아마 저도 그를 조금이나마 사랑하게 되었을지 모르겠어요. 아주 조금은요!"

"정말 훌륭한 아가씨구먼." 캐드펠 수사는 진심을 담아 말했다. "내가 서른 살만 젊었으면 엥겔라드가 최후의 승리를 차지하기 전에 진땀깨나 흘리게 했을 텐데. 페레디르는 자네 같은 누이를 가진 것만으로도 감사해야 할 게야……. 그러나저러나 마음이 영 개운치 않군. 꼭 알아내야 하는 문제에는 전혀 진전이 없었으니 말이네."

"아직도 우리가 할 수 있는 일이 남아 있나요?" 쇼네드가 우울하게 물었다. "올가미를 더 놓을까요? 어쨌든 우리의 계획으로 한 불쌍한 영혼의 짐을 덜어줄 수 있었잖아요."

캐드펠은 말없이 생각에 잠겼다.

"내일이면 로버트 부수도원장님은 성녀와 수행원들을 이끌고 고향으로 돌아가시죠. 수사님도 함께 가실 테고요." 쇼네드는 슬픔에 잠겨 말을 이었다. "전 속마음을 나눌 사람 하나 없이 남겨지겠네요. 물론 휴 신부님도 위니프리드 성녀 못지않은 작은 성인이나 마찬가지지만, 제겐 별 도움을 주지 못하실 거예요. 모리스 외삼촌도 좋은 분이지만 광산을 운영하는 재주 말고는 아무것도 모르세요. 게다가 큰 수고가 필요한 문제라면 질색을 하시죠. 엥겔라드는 아시다시피 계속해서 숨어 지내야 하고요. 페레디르가 파놓은 함정은 이제 무용지물이 됐지만, 그렇다고 엥겔라드가 범인이 아니라는 게 증명되었다고 할 수는 없잖아요. 더구나 바로 엥겔라드 때문에 이렇게 시끄러운 일이 벌어진 셈인데요."

"그놈의 뒷공론들." 캐드펠은 자기도 모르게 화가 나 불쑥 내뱉었다.

쇼네드가 미소 지었다. "그런 말씀으로 입증되는 건 그저 수사님이 엥겔라드를 잘 아신다는 것뿐이에요! 다른 사람들은 그이를 잘 모르죠. 모르긴 몰라도 아마 페레디르가 엉겁결에 진범을 정확히 짚어냈다며 수군거리는 이들이 꽤 있을 거예요."

캐드펠도 입맛이 썼다. 쇼네드의 말이 하나부터 열까지 옳았다. 누군가 엥겔라드에게 누명을 씌우려 했다는 사실이 입증되었다고 해서 그에게 유리해진 것이 무엇인가? 그가 범인이 아니라는 증거는 어디에도 없었다. 캐드펠 수사는 스스로 떠맡은 책임을 떠올렸고, 그 책임을 다하기로 마음먹었다.

"참, 존 수사님 문제도 생각해봐야죠." 쇼네드가 덧붙였다. 틀림없이 그녀의 뒤를 따르고 있던 아네스트가 귀띔했으리라.

"나 역시 존 형제 문제를 잊지 않았네." 캐드펠은 고개를 끄덕였다.

"집행관이 알아서 처리해주지 않을까요? 존 수사님이 다른 분들과 함께 슈루즈베리로 출발하면 아마 그냥 못 본 척 넘어가줄 거예요. 지금 이곳에서 벌어진 일만으로도 충분히 정신없을 텐데, 객지 사람한테 신경 쓸 틈이 어디 있겠어요?"

"존 형제 문제야 슈루즈베리로 가면 사라진다 해도, 또 하나의 객지 사람이 남아 있을 텐데. 이곳 후견인이 감춰두고 있는 그 사람에 대해서도 집행관이 더 이상 탐문하지 않으리라 생각하는 건 아니겠지?"

"언제나 느끼지만, 수사님 눈치도 정말 보통이 아니라니까요." 쇼네드는 환한 얼굴로 웃었다. 어느새 평소의 모습을 되찾은 듯했다. "그런데 부수도원장님은 어떻게 나오실까요? 이곳을 벗어났다고 존 수사님을 그냥 용서하실 리는 없을 텐데. 별로 관대한 분 같지는 않아서 말이죠."

"그렇지. 하지만 그분이라고 무슨 다른 방도가 있겠나? 베네딕토회는 웨일스에서 실제적인 통제력을 행사하지 못하네. 아마 존 형제는 무사할 걸세. 어쨌거나 자신의 목표를 달성하지 않았나. 나는 그보다 엥겔라드가 걱정이야. 쇼네드, 오늘 하루만 시간을 더 내주게나. 자네가 해줘야 할 일이 있어. 사람들을 집으로 들인 뒤 자네는 베네드의 농장으로 가 아네스트와 함께 오늘 밤을 보내도록 하게. 하느님의 은혜로 내게 몇 가지 새로운 생각이 떠오르면 나도 그리로 가겠네. 이 크나큰 악행으로 자네나 나보다 더욱 큰 손상을 입은 분은 바로 하느님이라는 사실을 잊지 말게나!"

“그렇게 할게요. 꼭 와주셔야 해요.” 그들은 자유롭게 이야기를 나누느라 다른 수사들을 앞세운 채 천천히 걷던 터였고, 그래서 두 사람이 캐드월론의 영지로 들어가는 대문 앞에 이르렀을 무렵에는 다들 저녁기도를 드리려고 교회에 엎드려 있었다. 그때 캐드월론의 대문 너머에서 허겁지겁 달려 나오는 휴 신부의 모습이 보였다. 무언가 문제가 생긴 듯 캐드펠을 부르며 달려오던 그는 쇼네드를 발견하자마자 얼른 걸음을 늦추며 목소리도 가다듬었지만, 산발이 된 머리칼이나 황급한 몸가짐이 다급한 마음을 여실히 드러내고 있었다.

“캐드펠 형제, 시간 좀 내주시겠습니까? 이 고통받는 가정에 문제가 좀 생겨서요. 형제는 약제에 대해 좀 알고 있다고 들었습니다. 그러니 조언을 좀 해주면…….”

“그이 어머니예요!” 쇼네드가 확신에 찬 목소리로 캐드펠에게 속삭였다. “그분은 어려운 일이 생겼다 하면 미친 듯 통곡하시거든요. 오늘 일 때문에 아마 제정신이 아니실 거예요. 아, 가엾은 페레디르, 벌써 벌을 받는군요! 제가 같이 가도 괜찮을까요?”

“안 가는 게 좋을 게야.” 캐드펠은 나직하게 대답한 뒤 휴 신부에게 다가갔다. 페레디르를 비참한 처지로 굴러떨어지게 만든 장본인이 바로 쇼네드였으니, 그녀야말로 그의 어머니를 진정시키기에 가장 부적당한 사람일 터였다. 쇼네드도 상황을 이해하고 그 문제는 캐드펠에게 맡겨둔 채 묵묵히 그곳을 떠났다. 현재의 상황으로 인해 더 이상의 비극이 벌어져서는 안 되었다. 쇼네드는 캐드월론 부인을 오랫동안 알아왔고, 캐드펠이 콜룸바누스의 환상이나 광신적 행태에 어떻게 대처해야 하는지 알듯이 그녀 역시 캐드월론 부인이 흥분하거나 낙심했을 때 어떻게 대처해야 하는지 잘 알았다. 그리고 콜룸바누스도 캐드월론 부인도, 발작 중에 스스로를 다치게 하는 일은 단 한 번도 없었다!

"브란웬 부인이 큰일이에요." 휴 신부는 서둘러 저택의 문으로 캐드펠을 이끌며 넋 나간 사람처럼 중얼거렸다. "정신을 잃지나 않을지 걱정입니다. 전에도 부인이 흥분하는 것을 보고 진정시켜 드린 적이 있긴 하지만, 이번에는 문제가 다른 것 같아요. 하나밖에 없는 아들이 그 지경이 되었으니 충격이 어디 이만저만이겠습니까……. 우리가 빨리 진정시키지 않으면 저러다가 정말 자해할지도 모르겠습니다."

그들이 미처 들어서기도 전에 작은 방에서 울부짖는 소리가 들려왔다. 남편과 아들이 그녀를 진정시키느라 안간힘을 쓰고 있었다. 요란한 울음과 비탄의 외침이 파도처럼 부딪쳐 와 귀가 멍멍할 지경이었다. 통통한 몸집에 아름다운 브란웬 부인은 그저 편안함만을 생각한 듯 아무렇게나 걸쳐 입은 채 소파에 반쯤 누워서는, 단 한 순간도 그치지 않고 자신의 슬픔과 수치심을 통곡으로 쏟아내고 있었다. 엄청난 비탄에 빠져 두 손으로 얼굴을 가리고 몸부림치는가 하면, 비참함과 절망으로 도저히 못 견디겠다는 듯 두 팔을 활짝 벌려 흔들어대기도 했다. 그 둥근 뺨으로 눈물이 폭우처럼 연신 흘러내렸고, 가슴이 무너지는 듯한 한탄도 도무지 그칠 줄을 몰랐다.

한쪽에는 캐드월론이, 다른 한쪽에는 페레디르가 서서 부인을 쓰다듬고 다독거리고 위로했지만 아무 소용 없었다. 남편이 입을 열 때마다 아내는 그를 향해 자기 아들마저 믿지 못하는 사람이라고, 어떻게 아들이 그런 끔찍한 짓을 저질렀다는 것을 믿을 수 있느냐고 고래고래 고함을 질러댔다. 어딘가에 숨어 있는 마녀가 아들에게 기괴한 마술을 걸어 엉뚱한 거짓 자백을 하게 만들었으니, 아비가 사람들 앞에 당당히 나서서 아들의 자백을 받아들이지 못하도록 막아야 했다는 것이었다. 페레디르가 자신의 고백은 사실 그대로라고, 이젠 깊이 뉘우치고 있으니 어머니도 그 사실을 받아들여야 한다고 말하자 부인은 날카롭게 비명을 지르며 또다시 울음을 터뜨렸다. 자신과 어머니의 명예를 돌이킬 수 없게 훼손한 아들이 어떻게 감히 어머니 곁에 다가올 수 있느냐고 고함을 치고는, 그를 짐승이라 부르며 이제 자기는 다시 고개를 들고 세상을 돌아다닐 수 없을 거라고 소리소리 질러댔다.

휴 신부도 무력하기는 마찬가지였다. 진실의 힘에는 굴복해야 하는 법이라고, 페레디르가 모든 것을 고백하고 진실 앞에 무릎 꿇었으니 어머니도 아들의 행동을 겸허하게 받아들이라고 영적인 권위를 앞세워 설명했지만, 그녀는 다시금 울음을 터뜨릴 뿐이었다. 자기는 평생 하느님을 두려워하고 법을 지키며 살아왔고 아들도 자기처럼 양육시키느라 온갖 노력을 다 기울였는데, 그 아들이 어미의 명예까지 더럽히는 죄를 저지른 지금 어떻게 그 모든 것을 받아들일 수 있겠냐는 얘기였다.

페레디르는 리샤르트의 시신 앞에 섰을 때보다 훨씬 당황한 모습이었다. "어머니를 욕하는 사람은 아무도 없어요. 앞으로도 없을 거고요. 제가 한 짓은 모두 제 책임이에요. 그 대가를 치러야 하는 사람도 어머니가 아니라 저라고요. 귀더린에서 어머니를 욕할 사람은 단 한 명도 없어요."

그 말을 듣자 부인은 큰 소리로 울부짖었다. 그녀는 두 팔로 아들을 감싸 안더니, 하나뿐인 아들을 자신이 지켜주겠다고, 너는 어떤 죄과도 치를 필요 없다고 잘라 말했다. 이어 페레디르가 몸을 빼자, 갑자기 아들이 자기를, 이 불쌍하고 가련한 여자를 죽이려 든다고 비명을 질러대더니 돌연 귀가 찢어질 듯 새된 소리로 웃기 시작했다.

캐드펠 수사는 페레디르의 소매를 끌어 방 뒤쪽으로 데리고 갔다. "조금이라도 지각이 있다면 오늘은 모친 눈앞에 얼씬대지 말게. 지금 보친세 사네는 불에 기름 격이야. 아무도 말리지 않았으면 벌써 진정하셨을 게야. 일단 이 지경에 이르렀으니 언제까지나 계속하려 하실 걸세. 여기서 묵는 우리 수사 두 사람은 돌아오지 않았나? 부수도원장님과 함께 갔나?"

페레디르는 기진맥진해서 고개를 저으면서도 캐드펠의 실제적인 처방에 희망을 품은 듯했다. "그분들은 돌아오시지 않았습니다. 오셨더라면 제가 보았겠죠. 아마 교회로 가셨을 겁니다."

물론 이렇게 기념할 만한 날 저녁기도에 빠진다는 것은 콜룸바누스 수사도 제롬 수사도 상상조차 못 할 일이리라.

"좋아, 그럼 나를 그들의 숙소로 안내해주게. 긴급한 경우에 대비해 내가 콜룸바누스 수사에게 준 양귀비즙이 있을 게야. 그걸 가지고 다닐 리는 없으니 보따리에 들어 있겠지. 웨일스에 온 뒤로 그 사람이 일으킨 발작은 무척 얌전한 편이었으니까. 드디어 그 양귀비즙을 쓸 때가 왔나 보구먼."

"그게 무슨 효과를 내는데요?" 페레디르가 눈을 휘둥그렇게 떴다.

"발작을 가라앉히고 통증을 없애주지. 영적으로나 육체적으로나."

"제게도 효과가 있겠군요." 페레디르는 씁쓸한 미소를 지어 보이고는 울타리에 잇대어 지어진 작은 오두막으로 캐드펠을 안내했다. 캐드월론은 슈루즈베리에서 온 손님들에게 저택에서 가장 좋은 오두막을 숙소로 제공하고 있었다. 낮은 선반 두 개와 조그마한 옷장과 등불이 갖춰진 곳이었다. 두 수사가 가지고 온 보잘것없는 필수품들은 자리를 거의 차지하지 않았다. 먼저 그들이 가져온 가죽 보따리를 살핀 뒤 이어서 두 번째 보따리를 여니 그가 찾던 것이 들어 있었다.

캐드펠은 초록빛이 도는 작은 약병을 꺼내 빛에 비추어보았다. 눈금을 읽기도 전에 약병이 너무 가볍다는 생각이 들었다. 서둘러 눈금을 살펴본 그는 깜짝 놀랐다. 뚜껑까지 찰랑찰랑 담겨 있어야 할 그 진하고 달콤한 즙액이 이미 4분의 3이나 비어 있었다.

캐드펠은 한동안 꼼짝도 못 한 채 손에 쥔 약병을 들여다보았다. 콜룸바누스 수사가 정신적인 혼돈 상태를 예방하느라 미리 복용한 걸까? 그러나 캐드펠은 그에게서 양귀비즙을 마신 사람 특유의 자신만만하고 낙관적이고 침착한 태도를 본 기억이 없었다. 세 번은 족히 복용할 만한 양, 사람을 몇 시간 장도는 깊이 잠들게 할 수 있을 정도의 양이 사라져 있었다. 캐드펠은 지난 며칠의 일을 돌이켜보았다. 적어도 한 번은 누군가 기도를 하다가 깊은 잠에 빠진 적이 있었지. 리샤르트가 살해당한 그날 콜룸바누스 수사는 사명을 완수하지 못했고, 뒤늦게 고통스레 참회하며 처벌을 애원했어. 만일 이것을 갖고 있던 콜룸바누스가 그 용도까지 알고 있었다면…….

"그 약인가요?" 페레디르는 캐드펠의 침묵에 불안함을 느끼며 물었다. "맛이 별로면 어머니는 마시려 하시지 않을 텐데요."

"맛은 달지." 그러나 양이 충분치 않았다. 약효를 강화할 만한 무언가가 필요했다. 큰 거부감 없이 마실 수 있는 것이……. "가서 강한 포도주를 한 잔 가져오게. 그걸로 될지 한번 보세."

문득 두 수사가 교회로 떠났던 날 가져갔던 것들이 떠올랐다. 그래, 포도주를 꽤 넉넉히 가지고 갔어. 캐드펠은 계속해서 기억을 더듬었다. 콜룸바누스가 그걸 챙겼지. 포도주 말고도 물 한 병을 갖고 있었고. 하지만 사명을 완수하기 전까지는 물만 마시겠다고 경건하게 선언했으니, 결국 제롬 수사가 두 사람 몫의 포도주를 받은 셈이야.

머릿속이 복잡했다. 당장 생각해내야 했다. 어느새 페레디르가 술을 가지고 왔다. 그러나 포도주가 아니라 벌꿀주였다.

"어머니가 이걸 보기만 하면 당장 드실 겁니다. 포도주보다 훨씬 더 좋아하시거든요. 게다가 더 독하고요."

"그래! 양귀비즙을 감추는 데는 이게 더 낫겠구먼. 이제 어디 조용한 곳으로 가서 숨어 있게. 모친 눈앞에는 얼씬도 해선 안 돼. 마음을 단단히 먹고 귀를 막게나. 그것이 자네 모친을 위해, 그리고 자네 자신을 위해 할 수 있는 최선이야. 자네가 지은 죄에 대해서는 지나치게 스스로를 괴롭히지 말게나. 물론 무거운 죄이긴 하지만, 이 땅에는 그보다 더 끔찍한 고해를 듣고서도 머리칼 하나 까딱하지 않는 사제들이 얼마든지 있어. 자신이 용서받지 못하리라 확신하는 것이 오히려 오만이지."

달콤하고 진한 액체가 컵으로 떨어져 내렸다. 액체는 긴 나선형을 그리며 천천히 컵 밑바닥으로 자취를 감추었다. 페레디르는 어두운 눈으로 말없이 그 모습을 지켜보았다.

"참 이상한 일이죠!" 잠시 후 그가 낮은 소리로 말했다. "그동안은 누굴 아무리 증오해도 그렇게 야비한 짓은 해본 적이 없는데 말입니다."

"전혀 이상할 것 없네." 캐드펠은 컵을 휘저으며 퉁명스럽게 대답했다. "우리는 괴로움에 처하면 그 어떤 짓이라도 할 수 있는 존재니까. 확실히 용서받을 방법이 있다는 것만 알면 그 어떤 짓이라도 저지르고말고."

페레디르는 입술을 깨물며 조용히 물었다. "제가…… 용서받을 수 있을까요?"

"내일도 해가 뜬다는 사실만큼이나 분명하네! 자, 이제 날 그만 방해하고 멍청한 질문도 그만두게. 휴 신부님은 오늘은 자네에게 신경 쓸 시간이 없으실 게야. 더 중요한 일이 기다리고 있으니까."

페레디르는 순한 아이처럼 걱정과 안도가 뒤섞인 표정으로 자리를 떠났다. 제법 그럴듯한 장소를 찾았는지 캐드펠은 저녁 내내 그 젊은이를 볼 수 없었다. 그래, 본심은 착한 젊은이야. 그저 질투와 맹목으로 제 천성에 어긋나는 행위를 저지른 게지. 휴 신부가 어떤 기도로 그를 속죄시킬지는 모르지만, 아마 그 기도가 천둥과도 같은 뜨거운 열기로 천국의 문을 두드릴 터였다. 또한 휴 신부가 내릴 속죄의 처벌이 얼마나 힘든 것이든, 그것을 통해 이 젊은이는 떡갈나무처럼 단단하고 지속적인 성과를 얻게 될 것이었다.

캐드펠은 술잔을 들고 방으로 향했다. 브란웬 부인은 지치지도 않고 몸부림과 발버둥을 이어가는 중이었다. 엄청난 비탄에 빠진 그녀의 눈에서는 눈물이 끊임없이 쏟아져 내렸다. 캐드펠은 이 취약한 순간을 이용하기로 했다. 부인 옆에 서자마자 컵을 들이밀고는, 상대가 거부할 틈도 없이 성스러운 권위를 발휘해 대뜸 명령을 내렸다.

"마시시오!" 부인은 자신도 모르게 그것을 들이켰다. 절반쯤은 기겁해서 마셨지만, 나머지 절반은 그동안 고래고래 고함치고 비명을 지르느라 얼마나 목이 타고 쓰셨는지 실감하며, 더하여 맛에 혹해서 자발적으로 들이켰다. 술을 마시느라 눈물보다 더 해로운 한숨과 비명의 질주가 잠시 중단되자, 휴 신부는 부인의 발작이 다시 시작되기 전에 얼른 옷소매로 이마를 훔쳤다. 그러나 술을 마신 뒤 부인의 목소리는, 조금 전과 비교하면 차라리 냉담하게 느껴질 정도였다.

"우리 여자들, 우리 어머니들은 아이들을 기르느라 평생을 희생해요. 그런데 아이들은 자라고 나면 우리 얼굴에 먹칠을 하는 식으로 보답하죠. 제가 대체 무슨 짓을 했기에 이런 대접을 받아야 하죠?"

"아드님은 부인께 온당하게 보답할 겁니다." 캐드펠은 쾌활하게 말했다. "아드님이 속죄하는 동안 묵묵히 지켜보되, 아드님의 죄를 변명하려 애쓰지 마십시오. 아드님은 그에 대해 무척 고마워하고 사랑으로 보답할 겁니다."

이후 다시 떠올리며 되새기게 될 테지만, 당장은 그런 말도 그저 바람처럼 무의미하게 그녀의 귓전을 스칠 뿐이었다. 부인의 목소리가 점점 작아지더니 반쯤은 꿈꾸는 듯 서글픈 독백으로 변했고, 이어서 부드러운 잠투정처럼 잦아들다가 마침내 그마저 완전히 사라져 침묵이 찾아들었다. 캐드월론은 조심스레 긴 한숨을 내쉬며 조언자들에게 눈짓을 했다.

"하녀들을 불러 부인을 침대에 들게 하시지요." 캐드펠이 그를 안심시켰다. "아마 밤새도록 주무실 겁니다. 부인께는 좋은 일이죠." 물론 당신에게도 좋은 일일 테고요. 속으로 그는 생각했지만 입 밖으로는 그 말을 꺼내지 않았다. "아드님도 쉬게 두십시오. 아드님이 처한 곤경에 대해서는 절대로 얘기를 꺼내지 마시고요. 아드님이 먼저 얘기하지 않는 한 그저 일상적 대화만 하시는 게 좋습니다. 휴 신부님께서 잘 보살펴주실 겁니다."

"물론이지요." 휴 신부가 말했다. "아드님은 우리 모두의 노력을 기울일 충분한 가치가 있는 젊은이입니다."

브란웬 부인이 실려 나가자 집 안은 놀라우리만치 고요해졌다. 감사 인사를 거듭하며 대문 앞까지 따라 나온 캐드월론의 배웅을 받으며 캐드펠과 휴 신부는 그곳을 떠났다. 캐드월론의 영지를 둘러싼 울타리를 벗어날 즈음, 땅거미 질 무렵의 정적이 부드럽게 그들을 감싸 안았다. 구름 아래로 또 하나의 구름이 포근히 내리깔리고 있었다.

"저녁기도 시간이거나, 아니면 식사할 때쯤 되었겠군요." 휴 신부가 탈진한 듯 말했다. "캐드펠 형제, 형제가 없었으면 어떻게 했을까요? 난 여자 앞에만 가면 뭘 어찌해야 할지 통 모르겠습니다. 수도원에서 생활하는 형제가 어디서 여자 다루는 법을 그렇게 배웠는지 참으로 놀랍군요."

캐드펠은 비앙카와 아리아나와 마리암, 더하여 그 밖의 수많은 여자들을 떠올렸다. 몇몇은 잠깐 알고 말았지만 몇몇은 오랫동안

관계를 이어간 이들이었다.

"남자나 여자나 같은 물질로 이루어진 존재들입니다, 휴 신부님. 상처를 입으면 똑같이 피를 흘리지요. 물론 저 부인이 가엾고 딱한 여자인 건 사실이지만, 가엾고 딱한 남자들 또한 수없이 많지 않습니까. 마찬가지로 우리 못지않게 튼튼한 여자도 있고, 우리 못지않은 능력을 가진 여자들도 있습니다." 캐드펠은 마리암을 생각하며 말했다. 아니, 쇼네드를 생각하고 있었던가? "가서 저녁을 드십시오, 휴 신부님. 저는 여기서 물러가겠습니다. 마지막 기도 전에는 돌아갈 수 있을 겁니다. 베네드 대장간에서 할 일이 좀 있어서요."

빈 약병이 오른쪽 소매의 안주머니에서 묵직하게 흔들렸다. 캐드펠은 그 빈 약병의 의미를 거듭 생각하고 있었다. 베네드의 집에 닿기 전, 그는 자신이 무슨 일을 해야 할지 확실히 깨달았다. 그러나 그 일을 어떤 식으로 처리해야 할지는 아직 알지 못했다.

베네드는 싸구려 술을 사이에 놓고 카이와 나란히 처마 밑 벤치에 앉아 있었다. 그 이유는 모르지만 어쨌든 쇼네드에게서 캐드펠이 올 거라는 이야기를 듣고는 그저 그를 기다리던 중이었다.

"일이 복잡하게 꼬여버렸네요." 베네드가 고개를 설레설레 저으며 입을 열었다. "수사님들은 곧 떠나실 테니 우리가 문제를 죄다 떠안게 된 셈이죠. 수사님들을 욕하자는 건 아닙니다. 수사님들이야 물론 사명이 있는 곳으로 떠나야죠. 하지만 다들 가시고 나면 우리끼리 리샤르트 씨의 죽음을 어떻게 해결해야 할까요? 이 교구 주민들의 절반 정도는 여러분 베네딕토회 사람이 그 분을 죽였으리라 생각하고, 나머지 절반은 이 마을에 사는 어떤 자가 원한에 못 이겨 살인을 저지른 뒤 여러분께 책임을 떠넘긴 채 시침 뚝 떼고 숨어 있으리라 생각하고 있습니다. 여러분이 오시기 전까지 이곳은 평화로운 마을이었어요. 살인 따위는 상상조차 못 해봤지요."

"우리가 일부러 그 일을 불러들이지는 않았다는 건 하느님께서 잘 아실 거요." 캐드펠이 말했다. "우리는 내일 떠나오. 아직 하룻밤이 남아 있지요. 내게는 아직 마지막 화살 한 대가 남아 있고. 쇼네드 아가씨와 이야기를 해야겠소. 몇 가지 할 일이 있는데 시간이 넉넉지 않구먼……."

"가시기 전에 저희랑 한잔하시죠." 카이가 캐드펠을 붙잡았다. "술 좀 마시는 데 시간이 그리 오래 걸리는 것도 아니잖습니까. 게다가 술이라는 게 생각을 도와주는 좋은 친구이기도 하고요."

그들 성실하고 정직한 남자 셋은 벤치에 나란히 앉았다. 주전자가 제법 비어갈 즈음 문간에 또 한 사람이 나타났다. 길을 따라 몸을 날래게 움직이며 다가온 그 사람은 다름 아닌 아네스트였다. 옷자락을 날개처럼 팔락이며 초조한 얼굴로 들어온 그녀는 태평하게 앉아 술을 마시는 세 남자의 모습에 화가 치미는지 눈을 부라렸다.

"참 한가하신 분들이네요." 아네스트가 숨을 몰아쉬며 쏘아붙였다. "전 휴 신부님 댁에 가서 마라레드랑 에드윈을 통해 거기 상황을 알아보고 오는 길이에요. 지금 베네딕토회 사람들이 누구랑 저녁을 먹고 있는지 아세요? 바로 집행관, 그리피스 압 리스예요! 식사가 끝나면 그 사람이 우리 집으로 올 거래요. 존 수사님을 감옥에 데려가려고요!"

세 사람이 동시에 벌떡 일어섰다. "집행관이 거기 있을 리가 없는데!" 베네드가 말했다. "방앗간에 있다는 얘길 들었다고!"

"그건 벌써 아침 얘기예요. 제 얘기 못 들으셨어요? 지금은 부수도원장하고 먹고 마시며 놀고 있다니까요. 제 두 눈으로 똑똑히 확인했어요. 그런데도 여러분은 온 세상 시간이 모두 자기 것인 양 여기 퍼질러 앉아서 술이나 먹고 있군요!"

"왜 그렇게까지 서두르는 거지?" 베네드는 계속 의문을 제기했다. "부수도원장님이 그 사람을 부르신 건가? 내일 떠나야 하니까?"

"악마가 손을 쓴 거죠! 휴 신부님께 인사를 하고 저녁기도도 드릴 겸 들렀다가 부수도원장하고 마주쳤대요. 부수도원장이 옳거니 싶어 그 사람을 붙잡아 앉혀놓고서는 존 수사님을 오늘 밤 당장 구속해야 한다고 설득한 거예요. 그분을 법률의 처분에 확실히 맡기기 전에는 떠날 수 없다는 둥, 범죄자의 체포를 방해한 죄인이니 집행관이 직접 다루어야 한다는 둥 하면서요. 존 수사님이 형벌을 다 치르면 그다음엔 수도원의 규율을 범한 것에 대해 처벌해야 하니 슈루즈베리로 보내달라고 했대요. 아니면 직접 호위대를 보내 존 수사님을 끌어가겠다고요. 그렇게까지 말하는

데 집행관이 뭘 어쩌겠어요? 그런데 여러분은 여기서…….”

“그래그래, 알았어.” 카이가 그녀를 달랬다. “내 당장 떠나지. 집행관이 이쪽으로 오기도 전에 존 수사님은 지금 있는 곳을 떠나 안전한 장소에 가 계실 거야. 베네드 씨, 나귀 한 마리 빌려야겠는데요.”

“제게도 한 마리 빌려주세요.” 아네스트가 결의에 차서 말했다. “저도 같이 가겠어요.”

카이는 터덜터덜 마구간으로 걸어갔다. 최악의 소식을 모두 전하자 마음이 조금 놓이는지, 아네스트는 카이가 남기고 간 컵에 술을 따라 죽 들이켠 뒤 안도의 한숨을 길게 내쉬었다.

“최대한 빨리 떠나야 해요. 존 수사님 대신 말을 돌보는 일을 맡은 그 젊은 수사가 저녁을 다 먹고 나면 곧장 이리로 올 거예요. 부수도원장은 존 수사님의 구속이 제대로 처리되는지 기어이 확인할 생각인가 봐요. ‘마지막 기도 때까지는 아직 시간이 남아 있소이다’ 하더라고요. 통역해줄 사람이 없다고 투덜대면서 캐드펠 수사님을 찾기도 했어요. 지금은 어설픈 라틴어로 대화하고 있거든요. 하느님 맙소사, 하루 사이에 이렇게 많은 일이 일어나다니!”

아직 그 하루는 다 끝나지 않았어. 캐드펠은 생각했다. 앞으로도 더 많은 일이 벌어질 터였다. “다른 일은 없는가?” 이번에는 캐드펠이 물었다. “내게 한줄기 빛이 될 만한 소식은 없나? 하느님께 바라건대, 내게는 진정 새로운 빛이 필요한데!”

"음, 오늘 밤 교회에서 누가 철야를 할지 의논했어요. 환상을 본다는 그 젊은 수사가 자청해서 철야를 하겠다고 나서더라고요. 자기가 저지른 죄에 대해 보상을 하고 싶다면서요. 부수도원장도 허락했어요. 지금 부수도원장의 머릿속엔 존 수사님을 곤란에 빠뜨리는 일밖에 없는 것 같아요." 아네스트는 발칵 화를 내며 말을 이었다. "벌써 그 사람을 존 수사에게 보냈을지도 몰라요. 그 젊은 수사 이름이 뭐였죠?"

"콜룸바누스일세." 캐드펠 수사는 대답했다.

"맞아요, 콜룸바누스! 꼭 위니프리드 성녀가 자기 것이나 되는 것처럼 큰소리를 치더라고요. 전 성녀님께서 다른 곳으로 떠나시는 게 정말 싫어요. 하지만 적어도 처음으로 그 성녀님을 떠올린 사람이 다름 아닌 부수도원장이라니 잠자코 있었죠. 그런데 이제는 그 영광이 콜룸바누스라는 젊은 수사에게 옮겨 간 셈이잖아요."

아네스트는 깨닫지 못했으나 캐드펠은 그녀의 말을 들으면서 자신이 찾던 빛줄기를 발견했다. 그녀가 한마디 한마디 이어갈 때마다 그 빛은 점점 더 환해지는 것 같았다.

"그러니까, 콜룸바누스 수사가 오늘 밤 제대 앞에서 철야 기도를 바칠 거라는 얘기인가? 콜룸바누스 수사 혼자서?"

"전 그렇게 들었어요." 카이가 나귀들을 몰고 풀밭을 건너오자 아네스트는 얼른 일어나 가운을 걷어 올리더니, 엉덩이께 풍성하게 접힌 주름 위로 허리띠를 단단히 묶었다. "캐드펠 수사님, 제가 존 수사님을 사랑하는 게 죄인가요? 그분이 절 사랑하는 건요? 다른 사람들이 어떻게 생각하든 상관없어요. 하지만 수사님께서 우리가 사악한 죄악에 빠져 있다고 생각하신다면 정말 섭섭할 거예요."

카이는 자신의 나귀를 내버려둔 채 아네스트의 나귀에만 안장을 올려주었다. 캐드펠 수사는 등자 대신 자연스럽게 자신의 두 손을 내밀었다. 그녀의 발을 받쳐 밀어 올리는 순간, 그녀의 옷자락에서 향기로운 체취가 흘러나왔다. 팔목에 그녀의 부드러운 살갗이 스친 그 찰나야말로 이 길고 지루한 하루를 통틀어 그에게는 최고의 순간이었다. "살아 있는 동안 그대들 두 사람처럼 선량한 이는 다시 만나볼 수 없을 게야." 캐드펠이 말했다. "존 형제는 실수를 저질렀네. 하지만 누구에게나 새로운 삶을 시작할 기회가 주어져야 하는 법이지. 이번만큼은 존 형제가 실수를 하고 있다는 생각이 들지 않는군."

캐드펠은 나귀를 타고 멀어져가는 그들의 뒷모습을 바라보았다. 아네스트는 유쾌하게 앞장선 카이를 따라 언덕길을 달려가고 있었다. 그들이 재빨리 출발한 것은 정말이지 현명한 일이었다. 10분 뒤면 콜룸바누스가 말을 데리러 올 터였다. 그가 다시 사제관으로 갈 땐 캐드펠도 함께 내려가 통역의 임무를 고분고분 수행하는 편이 좋을 듯했다. 서둘러야겠군. 쇼네드와 할 이야기가 많아. 오늘 밤에 할 일은 무엇보다 철저한 계획이 필요하니까. 아네스트와 카이가 시야에서 사라지자마자 캐드펠은 안으로 들어갔다. 쇼네드가 어둠 속에서 나타나 그를 맞았다.

"아네스트가 먼저 올 줄 알았는데요, 휴 신부님 댁에서 무슨 일이 벌어지고 있는지 알아보고 오겠다고 했거든요. 전 사람들 눈에 띄지 않는 편이 낫겠다고 생각했어요. 다들 제가 집에 있을 줄 아는 게 좋을 듯해서요. 아네스트는 못 만나셨어요?"

"만났네. 그리고 몇 가지 소식도 들었지." 캐드펠은 아네스트에게서 들은 이야기를 전하고, 그녀가 떠났다는 것도 알려주었다. "존 형제에 대해서는 걱정할 것 없네. 누가 잡으러 가건 아네스트와 카이가 먼저 피신시킬 테니까. 우리에겐 다른 할 일이 있어. 시간을 지체할 수 없는 일이지. 나는 곧 부수도원장께 가봐야 하네. 공정한 승부가 벌어지는지 확인하기 위해서라도 그 자리에 가 있어야 해. 만일 우리가 계획대로 일을 처리하고 카이와 아네스트도 자기들 일을 원만히 처리한다면, 아침 무렵에는 모두 원하는 것을 얻게 될 게야."

"뭔가 알아내셨군요." 쇼네드는 반색했다. "수사님 표정을 보면 알아요. 뭔가 확신이 생긴 것 같은데요!"

캐드펠은 캐드월론의 집에서 벌어졌던 일들을 짧게 들려준 뒤, 그것으로 자신이 어떤 추리를 했는지, 그것을 어떻게 이용할 생각인지, 아네스트가 무심코 한 말이 어떤 빛을 던져주었는지 이야기했다. 이어 그녀가 할 일에 대해 설명했다.

"자네, 잉글랜드어를 할 줄 알지? 오늘 밤 그 잉글랜드어 실력을 발휘해줘야겠어. 어쩌면 이것이 우리가 계획한 일들 중 가장 위험한 것이 될지도 모르겠네. 하지만 반드시 필요한 일이기도 하지. 엥겔라드가 조용히 숨어 있겠다고 약속한다면 그 사람을 불러와도 좋아. 그러나 쇼네드, 만일 의구심이나 두려움이 일거든, 아니면 이대로 내버려두고 싶거나 다른 방법을 모색하는 편이 낫겠다는 생각이 들거든 지금 얘기해주게나. 나는 자네의 뜻을 따르겠네."

"아뇨. 제겐 한 치의 의심도 두려움도 없어요. 무슨 일이든 하고 싶고, 반드시 해낼 거예요."

"그렇다면 여기 잠깐 앉지. 할 일을 자세히 일러줄 테니까. 시간이 많지 않아. 계획을 세우는 동안 빵과 치즈를 좀 가져다줄 수 있겠나? 저녁을 아직 못 먹었거든."

*

로버트 부수도원장과 리처드 수사는 말을 타고 리샤르트 서백의 마당으로 들어섰다. 왕실 집행관은 그들 사이에 있었다. 집행관의 아랫사람 둘과 캐드펠 수사가 그들 뒤를 바짝 따랐다. 7시 30분 무렵이라 날이 어둑했다. 집행관은 귀네드의 오아인 왕자가 아니라 베네딕토회에서 권한을 위임받기라도 한 양 수사들과 나란히 움직이며 차분히 법 집행 과정을 밟고 있었다. 사실 그는 이날 오후 우연히 로버트 부수도원장과 마주친 것을 불운이라 여겼고, 그 때문에 짜증이 난 상태였다. 하지만 일단 그들과 함께한 이상 부수도원장의 요구에 따르지 않을 수 없었다. 존 수사가 웨일스 법률을 위반한 자로 고발당한 마당이니, 집행관으로서 그 사건을 조사하지 않고 넘어갈 수는 없는 노릇이었다. 상황을 고려하면 훨씬 중요한 다른 일들로 가뜩이나 번거로운 사람들을 복잡하게 만드는 대신, 수사들 문제는 그곳에서 알아서 처리하라며 슈루즈베리로 돌려보내는 것이 나을 터였다. 그러나 불행히도 존 수사가 잡아 쓰러뜨렸던 캐드월론 집안의 키 큰 농노가 그 고발에 관해 결정적인 증언을 내놓았고, 이제 그는 이들의 고발을 묵살해버릴 수가 없었다.

대문을 지키는 사람이 보이지 않았다. 기이한 일이었다. 일행은 말이며 노새를 타고 안으로 들어섰다. 집에서는 무슨 큰일이라도 벌어진 듯 여러 사람들이 이리 뛰고 저리 뛰며 산만하게 오가고 있었다. 여러 곳에서 이런저런 지시가 들려오는 와중에 하나같이 갈피를 못 잡고 우왕좌왕하는 듯했다. 그들을 맞는 하인 하나 없었다. 로버트 부수도원장은 적잖이 불만스러워했으나, 그리피스 압 리스는 이제 슬며시 흥미가 당겨 정신을 가다듬었다. 녹색 겉옷을 입은 아주 잘생긴 젊은이가 그들의 등장을 알아차렸다. 곧 한 여자가 두 손으로 옷자락을 움켜쥔 채 어깨까지 흘러내린 갈색 머리를 흔들며 달려 나왔다.

"아, 나리들, 이렇게 소홀히 대접해 죄송합니다. 워낙 정신이 없어서요! 사람이 필요해서 문지기가 불려 갔거든요. 하인들도 수색을 나갔고……. 어쨌든 손님을 편하게 모셔야 하는데, 정말 부끄럽고 죄송하네요. 여주인께서는 지금 주무시고 계시니 제가 대신 손님들을 모시지요. 불을 밝히고 숙소를 준비할까요?"

"우리는 이곳에 잠을 자러 온 게 아니네." 그리피스 압 리스는 짐짓 꾸밈없는 이 선의의 태도에 이미 의심을 품은 터였으나, 모르는 척 말을 이었다. "자네들이 구금하고 있는 한 젊은 범법자를 인계받으러 왔네. 하지만 지금 다른 큰일이 벌어진 것 같으니 자네들을 더 분주하게 해서는 안 될 듯하군. 자네의 여주인을 깨우지도 말아야겠지. 그분께는 몹시도 슬픈 날 아니었겠나."

"이보게." 로버트 부수도원장이 공손하면서도 다소 공격적인 태도로 말을 꺼냈다. "자네 앞에 서 계신 분은 로스의 집행관일세. 나는 슈루즈베리 수도원의 부수도원장이고. 이 댁에 슈루즈베리 수도원의 수사 한 사람이 구금되어 있네. 이분은 그자를 인계받으러 오셨네."

캐드펠은 그 모든 말을 아네스트에게 정확하고도 정중하게 통역해주었다. 그의 얼굴이나 그녀의 얼굴이나 그저 진지할 따름이었다.

"아, 나리!" 아네스트는 눈을 휘둥그레 뜬 채 그들에게 깊은 존경심을 나타내기에 충분한 거리까지 뒷걸음질하더니, 집행관과 부수도원장을 향해 허리를 깊숙이 숙였다. "저희가 수사 한 분을 여기 구금시켰던 것은 사실입니다만……."

"구금시켰던?" 부수도원장이 무언가 이상한 낌새를 느끼고 날카롭게 추궁했다.

"구금시켰다니, 무슨 말을 하려는 건가?" 이번에는 집행관이 신중하게 물었다.

"그 수사는 달아났습니다, 나리! 그래서 지금 이 난리가 난 거고요. 저녁에 그 앞을 지키는 사람이 식사를 갖다주러 갔는데, 수사가 감방에 있던 여물통에서 나무토막을 떼어내서는 그 사람을 내리치고 달아나버렸어요. 저희는 한참 지나서야 알게 됐죠. 아마 담을 타고 달아난 모양입니다. 아시다시피 담이 별로 높지 않거든요. 지금 사람들을 모두 숲속으로 보내 그 수사를 찾는 중입니다. 집 안도 샅샅이 뒤지고 있고요. 하지만 이미 사라진 지 오래인 것 같습니다!"

붉게 염색한 천을 머리에 쓴 카이가 때맞춰 헛간에서 비틀비틀 모습을 드러냈다.

"가엾은 사람 같으니." 아네스트가 말을 이었다. "그 수사 때문에 저 사람 머리가 깨졌습니다! 한참이 지나서야 간신히 정신을 수습해 몸을 질질 끌고 여기까지 와서 문을 두들겼어요. 지금쯤 어디까지 도망쳤을지 도무지 알 수가 없네요. 어쨌든 집안 사람들이 죄다 나가 그 수사를 찾고 있습니다."

집행관은 의무에 따라 카이와 다른 하인들에게 짤막한 질문을 던졌다. 그러는 동안에도 하인들은 저마다 제 몫을 하겠다고 이리저리 뛰어다녔으니, 도무지 혼란이 가라앉을 기미가 보이지 않았다. 로버트 부수도원장은 그들을 더욱 쥐어짜고 싶었으나 우선권을 가진 집행관이 버티고 있는 이상 그럴 수는 없었다. 게다가 마지막 기도에 맞춰 돌아가려면 시간이 촉박했다. 어찌 됐건 존 수사가 담을 넘어 감쪽같이 달아났다는 것만은 분명했다. 하인들은 존 수사가 감금되어 있던 장소와 수사가 나무토막을 뽑아낸 여물통을 보여주고, 문제의 나무토막도 내밀어 보였다. 나무토막 한쪽 끝에는 카이의 핏덩이까지 묻어 있었다. 물론 이는 백정에게서 얻은 돼지 피였다.

"그 젊은 수사는 이미 달아나버린 듯하군요." 범죄자를 놓친 법의 수호자치고는 너무나 태연한 목소리였다. "여기서 우리가 할 일은 더 이상 없습니다. 베네딕토회 수사가 폭력을 휘두르리라고는 꿈에도 생각지 못했을 테니 이 사람들을 탓할 일은 아니지요."

캐드펠은 상당한 쾌감을 느끼며 그 조그맣고 날이 잘 다듬어진 비수와도 같은 말을 부수도원장에게 통역해주었다. 그 순간 녹색 옷을 입은 젊은이의 갈색 눈에 불꽃이 번쩍이는 듯했다. 그리피스 압 리스는 이를 놓치지 않았으나 그대로 입을 다물어버렸다. 그의 맑고 커다란 갈색 눈동자는 사람 하나쯤 그 순수함 속에 익사시키고도 남을 만큼 무척이나 깊었다. "이 사람들은 여물통이나 수리하라고 합시다." 집행관이 말했다. "우리는 도망자를 찾아 다른 곳을 둘러보지요."

"그 불쌍한 자가 자신의 죄에 또 다른 죄를 더하는군요." 부수도원장은 분노했다. "이런 고약한 행동으로 교단의 명예를 먹칠하는 것을 두고 볼 수만은 없습니다. 하지만 저는 내일 아침 고향으로 떠나야 하는 형편이니, 집행관께서 그자의 처분을 맡아주십시오."

"예, 그자를 잡으면 제가 맡아 처리하겠습니다." 집행관은 담담하게 대꾸했다. "잡으면"이라는 가정에 힘이 실려 있었지만 캐드펠과 아네스트를 제외하고 이를 눈치챈 사람은 없는 듯했다. 아네스트는 이 왕실 집행관이 꽤나 마음에 들었다. 보아하니 그는 문제를 일부러 찾아다니지 않는 합리적인 사람이며, 그 자신에게도 남에게도 해가 될 일을 최대한 피하는 성격인 듯했다.

"웨일스 법에 따른 처벌이 모두 끝난 뒤에는 그자를 우리 수도원으로 보내주시겠습니까?"

"예, 그자가 처벌을 받게 된다면요." 집행관은 이번에도 "된다면"에 힘을 실어 대답했다. "그다음엔 틀림없이 돌려보내도록 하지요."

일이 이렇게 된 이상 로버트 부수도원장도 어쩔 수가 없었다. 하지만 그의 노르만적 기질은 여전히 이글이글 타올랐고, 더욱이 사제관으로 돌아오며 들은 이야기 때문에 한층 불이 붙었다. 집행관의 말에 따르면 수많은 탈법자들이 아무 어려움 없이 숲에 숨어 자유롭게 지내며 시골 사람들을 친구로 사귀고, 나아가 그들의 가족의 한 사람으로 받아들여지거나 심지어 존경을 받는 경우까지 있다는 것이었다. 마지막 기도 시간에 가까스로 맞추어 휴 신부의 교회로 들어섰을 때, 부수도원장에게서 기독교도다운 마음은 전혀 찾아볼 수 없었다.

교회에는 슈루즈베리에서 온 다섯 명의 수사들과 함께 귀더린의 많은 주민들이 모여 있었다. 다들 콜룸바누스 수사의 영광스러운 황홀경을 마지막으로 보기 위해 온 것이었다. 그들에게 콜룸바누스는 성녀 위니프리드의 은총을 입어 광기를 치유했고, 꿈을 통해 성녀의 존재를 입증했으며, 역시 꿈을 통해 리샤르트의 매장을 지시받아 모두에게 알린 사람이었다. 마지막 기도가 끝나자 콜룸바누스 수사는 스스로 자원한 철야 기도를 바치기 위해 자리에서 일어섰다. 그는 제대를 향해 서서 두 팔을 활짝 펼치더니 크고 맑은 소리로 기도를 올리기 시작했다. "동정녀로서 순교하신 성녀께 바라옵고 또 바라옵나니, 제가 어두운 밤의 정적 속에서 성스러운 고독에 몸을 맡길 때 다시 한번 모습을 드러내시어 지난번 결코 돌아오고 싶지 않았으나 결국 이 불완전한 세상으로 돌아올 수밖에 없었던 바로 그곳, 말로 형언할 수 없는 그 축복의 세계로 저를 다시 인도해주시옵소서. 성녀께서 생각하시건대 제가 승천할 자격이 있다 하시면 이번에는 빛의 세계로 온전히 들어 올려주시옵소서." 콜룸바누스 수사는 또한 자신이 이 불완전한 세계에서도 살아갈 수 있으며 성녀께서 명하시는 어디서건 사명을 다해 살아가겠다는 의지를 소리 낮춰 이야기하고는, 그러나 만일 그럴 수만 있다면 이 지붕을 넘어 육신으로부터 벗어나 죽지 않은 채로 죽음 사이를 다니고 싶다는 욕망을 열광적으로 천명했다.

그곳에 참석한 이들 모두 그 기도를 들으며 감동에 몸을 떨었다. 단 한 사람, 캐드펠 수사만은 예외였으니, 그는 한 남자의 오만함에 몸이 떨릴 지경이었다. 그리고 그의 마음은, 이 순간 벌어지는 일과 관련되어 있기는 하지만 어쨌든 그와는 완전히 다른 문제에 골몰해 있었다.

10

콜룸바누스 수사는 나무 향기와 수백 년에 걸친 세월의 냄새가 무겁게 내리깔린 작고 어두컴컴한 교회 안으로 들어섰다. 문은 잠그지 않고 가만히 닫아두기만 했다. 오늘 밤 촛불은 없었고, 작은 등산 하나만이 세내 위에서 기다란 불꽃을 대우고 있었다. 성녀 위니프리드가 누워 있는 관과 같은 높이에서 빛을 발하는 그 가느다란 불꽃이 테이블의 그림자를 드리우고 검은 관의 윤곽을 어슴푸레하게 비추었다. 관의 여기저기에 붙은 은장식들이 어렴풋한 불꽃을 반사해 희미하게 빛났다.

여린 불꽃이 이룬 울타리 너머는 온통 세월과 먼지를 뒤집어쓴 어둠이었다. 교회에는 또 하나의 출입구가 있었으나, 성구실과 연결된 그 통로는 작은 구멍에 불과해 그곳이든 다른 어떤 곳에서든 촛불이 흔들릴 정도의 바람은 스며들지 않았다. 대기의 움직임도, 바람도, 살아 있는 어떤 생물의 호흡도 그 고요함을 깨뜨리지 못할 것이었다.

콜룸바누스 수사는 제대를 향해 짧고 간결하게 절을 올렸다. 그는 혼자였고, 지켜보는 사람은 전혀 없었다. 교회에서건 주변 숲에서건, 살아 있는 누군가가 그를 보거나 그의 인기척을 느낄 수는 없을 터였다. 그는 기도대 하나를 한쪽으로 밀어놓고, 다른 기도대는 관을 향하도록 교회 중앙에 옮겨 놓았다. 그의 움직임은 주위에 다른 이들이 있을 때에 비해 한층 실제적이고 조용할 뿐 평소와 크게 다르지 않았다. 그가 이곳에 온 건 그저 무릎을 꿇고 철야 기도를 드리기 위해서였다. 아침이 되어 동료들이 성녀를 모시는 성스러운 절차에 들어가기 전까지는 극적인 효과를 내려 애쓸 필요가 없었다. 콜룸바누스는 수도복 자락으로 기도대를 덮어 무릎 밑을 푹신하게 만든 다음, 최대한 편안한 자세를 잡아 두 팔을 받침대 위에 포개고 거기 머리를 얹었다. 암갈색 어둠은 나무 벽의 온기로 향기롭고 묵직하게 가라앉아 있었으며, 바깥공기도 그리 차지 않았다. 그의 몸이 작고 꼿꼿한 불꽃을 가리자 몇몇 물체들이 반사하던 빛도 함께 사라졌다. 곧 위무하듯 나른한 기분이 포근하게 온몸을 뒤덮었고, 그는 잠이 들었다.

얼마나 시간이 흘렀을까. 그리 오랜 시간은 아닌 것 같았지만 벌써 그가 잠든 지 세 시간이 지나 자정이 가까워오고 있었다. 집요한 꿈이었다. 누군가, 어떤 여자가 나직하고 맑은 음성으로 그의 이름을 계속해서 부르기 시작했다. "콜룸바누스…… 콜룸바누스……." 지치지도 않는 듯 그 소리가 그의 이름을 부르고 또 불렀다. 잠에 빠진 상태에서도 그는 이 여자가 온 세상의 시간을 혼자 다 가진 사람처럼 영원히 자신의 이름을 부르리라는 느낌을 받았다. 시간이 별로 없으니 어서 깨어나 그 환영을 쫓아버려야 했다.

그는 문득 잠에서 깨어났다. 손가락과 발가락 끝이 뻣뻣했다. 콜룸바누스 수사는 귀를 곤두세운 채 어둠 속을 두리번거렸다. 그러나 그를 둘러싼 것은 전과 다름없이 부드럽고 포근한 어둠의 둥지였다. 유골함도 여전히 검었다. 아니, 더욱 검어진 것 같았다. 등잔불도 곧게 타오르고 있었으나 이젠 그 크기가 한층 잦아들어 관 너머도 잘 보이지 않았다. 기름이 얼마나 있는지 확인하는 걸 잊었군. 하지만 리샤르트의 매장이 이루어진 직후, 그러니까 겨우 몇 시간 전 등잔을 거기 두었을 땐 분명 가득 차 있었는데.

감각이 하나씩 되돌아왔다. 청각이 가장 느린 듯했다. 꿈속에서 들려오던 그 음성이 아직까지도 들려오고 있었다. 공포심이 밀려들며 온몸에 소름이 돋았다. 꿈에서 깨어나 완전히 의식을 되찾은 뒤에도 그 음성은 끊기지 않았다. 너무나 부드럽고, 너무나 작고, 너무나 조심스러운 음성은 그러나 속삭임은 아니었다. 실처럼 가늘지만 무척 맑은 소리였다. 멀리서 들려오는 것 같기도 하고 바로 옆에서 들려오는 것 같기도 한 집요한 목소리…….

"콜룸바누스…… 콜룸바누스…… 콜룸바누스…… 무슨 짓을 하였느냐?"

믿을 수 없는 일이었다. 그는 공포에 질려 관을 쳐다보았다. 그 음성은 관에서, 아니 타고 있는 불꽃에서 흘러나오고 있었다.

"콜룸바누스, 콜룸바누스, 나의 거짓 충복이여, 누가 나의 의지에 반하여 나를 모독하고 나의 전사를 살해했는가? 위니프리드를 위하여 너는 무엇을 하였느냐? 부수도원장과 수사들을 속였듯 나도 속일 수 있을 줄 알았더냐?"

조급함이나 분노의 기색 없이, 그 목소리는 제대 뒤쪽 신성한 동굴로부터 너무도 작은 소리로, 너무도 소름 끼치게 메아리치며 이어졌다.

"너는 나를 숭배한다 하나 저 사악한 크래독이 그랬듯 내 뜻을 거짓으로 만들었다. 네가 그 결과를 피할 수 있으리라 생각하느냐? 나는 이곳 귀더린의 휴식처에서 떠나고자 한 적이 없다. 내가 떠나고자 한다고 누가 말하더냐? 그 말을 너에게 전한 것은 악마의 야심이니라. 나는 선한 이를 선택하여 나의 전사로 삼았으나, 오늘 그가 땅에 묻혔구나. 나를 위해 순교하고 말았구나. 너의 죄악은 천국에 기록될 것이고, 네가 숨을 곳은 어디에도 없다." 고요하지만 단호하고 냉정하며 위협적인 음성이 이어지며 콜룸바누스를 추궁했다. "네가 나의 충복 리샤르트를 죽였느냐?"

콜룸바누스 수사는 무릎을 펴고 일어서려 했으나 무릎이 기도대에 못 박혀버린 듯했다. 저 음성은 대체 어디에서 들려오는 걸까? 그의 바짝 마른 목구멍에서는 메마른 신음만 흘러나올 뿐이었다. 위니프리드 성녀가 여기 있을 리 없어. 여기엔 아무도 없다고! 그러나 성인들은 당신이 원하는 곳 어디에나, 당신이 원하는 누구에게나 나타날 수 있으며, 때로는 무서운 존재가 될 수 있는 법이다. 그는 차디찬 손가락으로 기도대를 움켜쥐었다. 아무것도 느낄 수 없었다. 말을 하려 애써보았지만, 그의 혀는 마치 다듬지 않은 나무토막처럼 입천장만 거칠게 긁어댈 뿐이었다.

"네게는 고해뿐 아무 희망도 없다. 콜룸바누스, 살인자여! 말하라! 고해하라!"

"아닙니다!" 공포에 질린 목소리가 급히 튀어나왔다. "전 리샤르트에게 손도 대지 않았습니다! 저는 그날 오후 내내 여기, 당신의 교회에 있었습니다, 성녀님. 제가 어떻게 그를 해쳤겠습니까? 제가 성녀님께 죄를 지은 건 사실입니다. 믿음을 저버리고 잠든 것…… 그건 제 잘못입니다! 그러나 서에게 그보나 너 큰 죄를 덧씌우지는 말아주십시오……."

"잠든 것은 네가 아니었다." 속삭이는 듯한 목소리가 한층 높아졌고, 그 위협 또한 더욱 강렬해졌다. "너는 지금 거짓을 말하고 있다! 누가 포도주를 가지고 왔더냐? 누가 포도주에 약을 타 넣고 무고한 자로 하여금 죄를 범하게 하였더냐? 잠든 것은 네가 아니라 제롬이었다. 너는 그사이 숲속으로 달려가 리샤르트를 기다린 뒤 쓰러뜨렸다."

"아니…… 아니에요! 맹세합니다!" 콜룸바누스 수사는 진땀을 흘리고 부들부들 떨면서 기도대 모서리에 매달렸다. 그러나 그의 손은 몸을 지탱하지 못했다. 몸을 일으켜 달아날 수도 없었다. 어디에나 존재하고 무엇이나 볼 수 있는 존재에게서 어떻게 달아날 수 있겠는가. 살아 있는 그 누구도 알 수 없을 일을 이 존재는 알고 있지 않은가. "아닙니다, 그렇지 않습니다. 잘못 아셨습니다! 휴 신부의 심부름꾼이 왔을 때 저는 이곳에 잠들어 있었습니다. 제롬 형제가 저를 깨웠습니다……. 그 심부름꾼이 증인입니다……."

"심부름꾼은 이 문을 넘어서지도 않았다. 약에 취해 잠들었던 제롬은 그때 이미 깨어 있었고, 밖으로 나가 그를 맞았다. 그때도 너는 지금처럼 거짓으로 꾸미고, 거짓을 말했다. 양귀비즙을 누가 가지고 왔느냐? 그 용도를 아는 사람이 누구였느냐? 너는 잠든 척했으며, 잠들었다고 고해할 때마저 거짓말을 했다. 네가 사악하다면 제롬은 허약하여 네가 자신을 일러바칠 수 없다는 것에 그저 기뻐하였다. 또한 제롬은 어리석어 네가 한층 큰 거짓말로 네가 한 짓, 네가 저지른 살인을 자신에게 덮어씌우려 한다는 것을 알지 못했다! 제롬은 네가 거짓말을 하는 것도 알지 못했기에 그것으로 너를 고발할 수도 없었다. 그러나 나는 알고 있다. 내가 너를 고발한다! 네가 다시 한번 나에게 거짓말을 한다면, 크래독을 덮쳤던 나의 복수가 너를 덮치리라!"

"안 됩니다!" 콜룸바누스 수사는 비명을 지르며, 마치 성녀가 번개라도 내리꽂는 듯 손으로 얼굴을 가렸다. 그러나 그를 위협하는 것은 가늘고 작고 매서운 소리뿐이었다. "안 됩니다! 제발! 거짓말이 아닙니다! 성녀님, 저는 당신의 신실한 충복이었습니다……. 저는 당신의 뜻에 복종하려 노력했습니다……. 살인에 대해서는 정말 아무것도 모릅니다! 저는 결코 리샤르트를 해치지 않았습니다! 약을 탄 포도주를 제롬 형제에게 준 적도 없습니다!"

"괘씸한 놈!" 갑자기 그 음성이 큰 소리로 부르짖었다. "나를 속일 수 있으리라 생각하느냐? 그렇다면 이것이 무엇이냐?"

콜룸바누스의 눈앞에서 돌연 은빛 섬광이 번쩍이더니, 무언가 기도대 바로 앞에 떨어져 산산이 깨어졌다. 콜룸바누스의 무릎에 날카로운 유리 파편이 닿으며 끈적이는 액체 방울이 들러붙었다. 그 순간 등잔불이 꺼지면서 사방이 칠흑 같은 어둠으로 뒤덮였다.

콜룸바누스 수사는 공포에 질려 와들와들 떨면서 바닥을 엉금엉금 기었다. 은빛 유리 조각이 바스러지며 손바닥에 박혀 피가 흘러나왔다. 그는 흐느끼면서 한 손을 얼굴로 가져갔다. 양귀비 즙의 짙은 단내가 풍겼다. 그제야 그는 캐드월론의 집에 고이 보관해둔 약병의 파편 위에 자신이 엎드려 있음을 깨달았다.

얼마 지나지 않아 관과 제대 너머에 있는 사각형 창문으로 달빛 없이 별빛만 가득한 푸르고 깊은 하늘이 뿌옇게 밝아지며 칠흑 같은 어둠이 서서히 씻겨나갔다. 교회 안 사물들이 다시 희미하게 모습을 드러냈다. 콜룸바누스는 더욱 큰 공포 속으로 빠져들었다. 그의 관대 사이에 그림자 하나가 우뚝 서 있었다.

콜룸바누스의 눈이 그 희미한 빛에 적응하기까지는 시간이 조금 걸렸고, 그 속에서 곧게 선 어두운 그림자, 허리 아래쪽은 무언가에 가려 보이지 않으나 제대 위의 창문으로 들이치는 별빛으로 머리와 어깨가 어렴풋이 드러난 한 여자의 형상을 가려내기까지는 그보다 조금 더 시간이 걸렸다. 언제 나타난 걸까? 아무 소리도 듣지 못했는데. 그가 깨진 유리 조각 위를 기면서 고통스레 신음하는 사이에 그곳에 나타난 듯했다. 하얀 천으로 머리부터 발끝까지 휘감은 가느다란 몸매의 위니프리드가, 이미 오래전에 흙으로 돌아간 위니프리드가, 무덤 속에서 입고 있던 수의를 걸치고 얇은 베일을 쓴 위니프리드 성녀가 그를 향해 손을 뻗고 있었다.

콜룸바누스 수사는 비명을 지르며 처참하게 바닥을 기어 뒤로 물러섰다. 그는 손을 들어 위니프리드 성녀의 희미한 형상을 가리며 발버둥 쳤다. 눈에서는 격렬한 눈물이 건잡을 수 없이 흘러내렸고, 입술에서는 격렬한 말들이 쏟아져 나왔다.

“성녀님을 위해서였습니다! 성녀님과 우리 수도원을 위해 한 일입니다! 우리 교단의 영광을 위해 한 일입니다! 그게 정당한 일이라 생각했습니다! 성녀님과 천국이 제 행동을 지지한다고 생각했습니다! 그자는 하느님의 의지를 방해했습니다! 그자는 성녀님을 떠나지 못하게 했습니다! 제가 그런 일을 한 건, 그게 옳은 일이라 믿었기 때문입니다!"

"자세히 말하라." 목소리가 날카롭게 명했다. "네가 한 짓을 하나하나 고하라."

"양귀비즙을 포도주에 타서 제롬 형제에게 주었습니다……. 형제가 잠든 뒤, 저는 숲속 오솔길로 살짝 빠져나가 리샤르트가 오기를 기다렸고…… 그의 뒤를 따라가 쓰러뜨렸습니다……. 아, 선하신 위니프리드 성녀님, 저를 저주하지 마십시오. 그자는 축복의 길을 가로막는 방해자였습니다……."

"뒤에서 공격하다니!" 희미한 그림자가 차디찬 분노를 뿜어내며 수의 속에서 거칠게 몸부림쳤다. 그 차가운 분노가 교회를 가로질러 콜룸바누스 수사를 덮쳐 와, 그는 뼛속까지 얼어붙는 것만 같았다. 성녀가 마치 그의 몸에 손을 대기라도 한 것 같았다. 성녀가 한 발짝 앞으로 다가섰지만 콜룸바누스는 성녀의 움직임을 알지 못했다. "비열한 겁쟁이나 배반자들이 하듯이 뒤에서 공격하다니! 더 자백하라! 어서 말하라!"

"뒤에서였습니다……." 콜룸바누스 수사는 중얼거렸다. 그는 다시 움칠움칠 뒤로 기어갔으나 곧 등이 벽에 닿았다. 더 이상 달아날 곳이 없었다. "고백하겠습니다. 모두 고백하겠습니다! 아아, 자비로우신 성녀님, 다 아시잖습니까. 저는 당신으로부터 숨을 수도 없습니다! 저를 불쌍히 여겨주십시오! 저를 해치지 마십시오! 모두가 당신을 위해 한 일입니다! 당신을 위해 그런 겁니다!"

"너 자신을 위해 그런 짓을 한 것이다." 얼음보다 차가운 목소리가 선언했다. "어떤 교단에 들어가든 그곳에서 우두머리가 되리라 너는 생각했다. 그 야심과 술책의 수단으로 나를 택한 것이다. 나를 소유함으로써 모든 영광을 차지하고 모든 것을 성취하여 권력의 한가운데로 들어서려 했다. 너는 천국의 은총을 받은 이를 자처하며 너 스스로를 경건한 신앙의 모범으로 내세웠다. 부수도원장을 충동질해 수도원장을 내치고 그를 수도원장으로 만든 다음 너 자신이 부수도원장의 자리에 오르려 했다. 그리고 온갖 술수를 써서 결국에는 수도원장의 자리마저 차지하려 했다. 너, 이 나라에서, 나아가 이 세상에서 가장 젊은 나이에 수도원장의 자리에 오르고자 갈망하는 자여! 나는 너를 안다. 너 같은 부류를 안다. 권력을 차지하기 위해서라면 아무리 야비한 수단도 야비하다 여지기 않는 치들을 나는 잘 알고 있다."

"아닙니다. 아녜요!" 콜룸바누스 수사는 울부짖으며 벽에 몸을 바싹 붙였다. 성녀가 다가오고 있었다. 이제 성녀의 손가락은 더욱 오싹하고 고요한 분노를 뿜어내며 덮칠 듯 위협적으로 그를 겨누고 있었다. "모두가 당신을 위해 한 일입니다! 오직 당신을 위해서요! 저는 당신의 뜻을 좇아 하는 일이라 믿었습니다!"

"내 뜻이 악하더냐?" 성녀의 음성이 돌연 비수처럼 날카로운 외침으로 변했다. "내 뜻이 살인이더냐?"

성녀가 한 걸음 더 다가섰다. 지나치게 바싹 다가섰던 걸까, 콜룸바누스 수사는 광적인 공포에 사로잡혀 벽에 붙은 채로 몸을 벌떡 일으키고는 비명을 지르며 두 손을 휘젓다가 그만 성녀에게 손을 대고 말았다. 그의 왼손에 베일이 걸려 흘러내리면서 성녀의 얼굴과 머리가 드러났다. 검은 머리칼이 성녀의 어깨 위로 흘러내렸다. 그는 구역질이 날 듯한 공포 속에서 자신의 손에 닿은 것이 뼈만 남은 두개골이라 생각했으나, 그렇지 않았다. 그의 손에 닿은 것은 보드랍고 서늘한, 그러나 결코 차지 않은 젊고 팽팽한 뺨이었다.

두려움에 사로잡힌 비명은 이내 승리감에 취한 외침으로 돌변했다. 성녀에게 닿았다가 움츠러들었던 그의 손이 불쑥 다시 앞으로 뻗쳐 오더니 그녀의 머리칼을 와락 움켜쥐었다. 무척이나 재빠른 동작이었다. 숨 한 번 들이마시는 사이에 그는 자신의 손끝에 닿은 존재가 피와 살을 지닌 여자임을 알아차렸고, 바로 그 다음 순간에는 그녀가 누구이며 이 엄청난 함정을 파놓은 이유가 무엇인지까지 깨달았다. 그녀가 이곳에 혼자 있다는 것, 따라서 완전히 자신의 손 안에 있다는 사실이 그의 머리를 스쳤다. 만일 그녀가 살면 자신이 죽을 테지만, 그녀가 살지 못하면 자신은 안전할 테고(밤은 아직도 충분히 남아 있으니까!) 지금처럼 큰소리치며 영광의 상속자로 살아갈 수 있을 것이었다.

쇼네드가 그 못지않게 재빨랐다는 것이 그의 불운이었다. 보이는 것이라고는 거의 없는 어둠속에서, 그녀는 콜룸바누스 수사가 천국과 지옥의 공포에서 해방되어 들이마시는 커다란 숨소리를 들었고, 고약한 악취처럼 쏟아져 나오는 짐승 같은 분노의 파도를, 공포와 다를 것 없는 역한 분노의 냄새를 맡았다. 본능적으로 그녀는 그 악취로부터 뒷걸음질 치기 시작했다. 머리칼을 움켜쥔 손아귀에서 빠져나가기 위해 뒤쪽으로 한 발 두 발 물러섰다. 머리칼이 한줌 뽑혀 나갔다. 그러나 그의 손은 머리를 놓자마자 다시 그 가녀린 몸을 가린 수의를 움켜쥐었다. 쉽게 찢기는 천이 아니었다. 그녀가 그의 오른손에서 최대한 멀찍이 떨어지고자 왼쪽으로 얼른 돌아서는 순간이었다. 콜룸바누스가 수도복 안으로 손을 밀어 넣는가 싶더니, 다음 순간 그의 손에서 섬뜩한 금속성 섬광이 번득였다. 그가 어둠을 가르며 그녀를 향해 그것을 휘둘렀다. 내 아버지를 죽인 비수로구나. 쇼네드는 칼을 피해 뒷걸음질 쳤다.

어딘가에서 문이 활짝 열려 바람이 교회 안으로 밀려들었다. 샌들을 신은 묵직하고 강인한 육체의 움직임이 밤공기를 뒤흔들고, 커다란 경고의 외침이 이어졌다. 성구실에서 캐드펠 수사가 석궁에서 발사된 화살처럼 뛰어들었다. 그는 있는 힘을 다해 격투의 한가운데로 달려들었다.

콜룸바누스 수사는 왼손으로 쇼네드의 몸에 감긴 천을 바싹 움켜쥔 채 다시 한번 칼을 휘둘렀다. 쇼네드는 그의 손을 뿌리치며 재빨리 몸을 피했다. 그녀의 심장을 겨냥했던 비수는 왼팔을 파고들었다. 그 순간 그의 손이 쇼네드를 놓았다. 그녀가 나동그라져 벽에 부딪히는 사이 콜룸바누스는 교회 문을 박차고 뛰쳐나갔다. 캐드펠 수사가 그 굳건한 팔로 쇼네드를 안아 일으켰다. 그 부드럽고 강한 포옹 속에서 쇼네드는 어머니의 온기를 느꼈다.

"하느님 맙소사, 이 딱한 아가씨 같으니, 대체 왜 저자의 팔이 닿을 만큼 가까이 다가간 건가? 내가 말하지 않았나, 관대를 사이에 두고 마주 서 있어야 한다고……!"

"저자를 잡으세요!" 쇼네드는 미친 듯이 부르짖었다. "달아나게 둘 수는 없어요. 전 괜찮으니 어서 가서 그자를 잡아요! 그가 아버지를 죽였어요!"

그들은 함께 문 쪽을 향했다. 캐드펠이 먼저 밖으로 나섰다. 쇼네드는 강인하고 열정적이며 격식 따위는 차리지 않는, 속속들이 웨일스인의 피를 지닌 여자였다. 그는 그런 여자를 잘 알았다. 복수의 충동에 사로잡힌 이 순간 육체의 통증 같은 건 느끼지도 못할 터였다. 그녀는 피를 원하고 있었다. 정의를 원하고 있었다. 캐드펠이 번갯불처럼 대문을 향해 묘지에 난 좁은 길을 내달리는 동안 쇼네드도 그의 뒤를 바싹 쫓고 있었다. 드문드문 희미한 별들만 빛을 발하는 컴컴하고 위압적인 밤이 그들을 내리덮었다. 정적 속에 오솔길을 달리는 소리가 지나가고, 밤은 이내 그마저 어둠과 침묵으로 덮어버렸다.

묘지 담장 너머 관목숲에서 키가 크고 후리후리한 남자가 튀어나오더니 재빨리 문을 막아섰다. 콜룸바누스는 순간 멈칫했다. 바로 뒤에서 캐드펠이 맹렬히 쫓아오고 있었다. 그는 마음을 굳히고 자신을 막아선 그림자를 향해 곧장 몸을 날렸다. 캐드펠의 뒤에서 달려오던 쇼네드가 기겁해서 고함을 질렀다. "조심해요,

엥겔라드! 그자에게는 칼이 있어요!"

엥겔라드는 도망자와 충돌하려는 순간 잽싸게 오른쪽으로 피했다. 도망자의 칼이 그의 옷소매를 기다랗게 찢어냈다. 이어 콜룸바누스가 얼른 그 곁을 지나 숲속으로 몸을 감추려는 순간 엥겔라드의 기다란 왼쪽 팔이 날쌔게 콜룸바누스의 뒷목을 강타했다. 그는 순간적으로 균형을 잃었다. 엥겔라드는 그때를 놓치지 않고 오른손으로 도망자의 수도복에 달린 두건을 움켜쥐고 비틀었다. 콜룸바누스는 반쯤 목이 졸린 상태로 몸을 돌려 다시금 칼을 휘둘렀다. 이번에는 단단히 대비하고 있던 엥겔라드가 그의 팔목을 왼손으로 바싹 틀어쥐었다. 이제 그들은 한 덩어리가 되어 나뒹굴기 시작했다. 두 사람 모두 무기를 가지고 있었다면 서로 호적수라 할 수 있을 터였다. 그러나 그 불균형도 곧 바로잡혔다. 콜룸바누스가 비어 있는 손으로 엥겔라드의 목을 졸랐지만, 엥겔라드는 아랑곳없이 수사의 칼을 쥔 팔목을 한껏 비틀었고, 마침내 힘을 잃은 손가락은 칼을 떨어뜨리고 말았다. 두 사람은 칼을 향해 덤벼들었다. 엥겔라드가 먼저 칼을 집어 들어 관목숲으로 멀리 던져버리고 적의 맨손을 꽉 틀어쥐었다. 싸움은 끝난 셈이었다. 콜룸바누스는 두 팔을 잡힌 채 숨을 몰아쉬며 발버둥 쳤다. 달아날 길을 찾아 미친 듯 주위를 두리번거렸지만 소용없었다.

"이 사람이 한 짓이에요?" 엥겔라드가 물었다.

"맞아요, 자백했어요." 쇼네드가 답했다.

엥겔라드는 그제야 포획한 자에게서 시선을 옮겨 별빛 속에 서 있는 쇼네드를 바라보았다. 이제는 눈이 어둠에 익어 대낮처럼 환히 그녀의 모습을 볼 수 있었다. 마구 풀어헤쳐진 머리와 왼팔에 난 상처에 시선이 닿자 그의 눈이 커다래졌다. 상처는 그리 깊지 않았지만 피가 흘러 흰 옷감이 붉게 물들어 있었다. 별빛뿐인 어둠 속에서 색깔을 분간하기가 쉽지 않았으나, 그 순간 엥겔라드의 시야는 온통 그 붉은 핏빛으로 가득 찼다. 자신이 가장 존경하는 주인이자 가장 좋은 친구를(그 차이가 무엇이든!) 그토록 비열하게 살해한 자가, 이제는 그 딸까지 죽이려 한 것이다!

"이놈이, 이 더러운 놈이 감히 쇼네드에게 손을 대다니!" 엥겔라드는 화가 머리끝까지 치솟아 소리쳤다. "이 쥐새끼 같은 더러운 수사 놈!" 그는 콜룸바누스의 목을 잡아 공중으로 들어 올리더니 쥐새끼라도 붙잡은 듯 마구 흔들어댔다. 콜룸바누스의 몸은 독사처럼 허공에서 대롱거리다가 곧 풀밭 위로 내동댕이쳐졌다.

"일어나!" 엥겔라드는 쓰레기처럼 나동그라진 콜룸바누스 곁에서 외쳤다. "당장 일어나지 못해? 좋아, 잠깐 숨 돌릴 시간을 줄 테니 그다음엔 나랑 목숨을 걸고 한번 붙어보자. 비겁하게 땅바닥에 엎어져 있다가 등 뒤로 덤벼들거나 힘없는 여자에게 칼을 휘두르지 말고, 정정당당히 싸워보자고. 충분히 여유를 주마. 네가 숨을 돌려야 내가 죽여줄 수 있지 않겠어?"

쇼네드가 엥겔라드 앞으로 달려가 두 팔로 힘껏 그를 끌어안았다. "안 돼요! 더는 이 사람에게 손대지 말아요! 아무리 사소한 문제라 해도 다시는 당신이 법 때문에 고생하는 걸 보고 싶지 않아요."

"저놈이 당신을 죽이려 했어요. 당신은 다쳐서……."

"아니에요! 아무렇지 않아요. 그저 조금 베인 것뿐이에요. 피는 나지만 아무것도 아니라고요!"

엥겔라드의 분노는 서서히 잦아들었다. 그는 부르르 몸을 떨더니 두 팔로 쇼네드를 잡아 가슴에 끌어안았다. 그는 경멸감에 차서, 그러나 한껏 자제력을 발휘하여 발끝으로 패배한 적을 걷어찼다. "일어나! 더 이상 너 같은 놈한테는 손대지 않겠다. 법이 널 처리해줄 테니까!"

콜룸바누스는 움직이지 않았다. 눈꺼풀도 떨리지 않았고, 손가락 하나 까딱하지 않았다. 세 사람은 말을 잃은 채 그를 내려다보았다. 살아 있다고 하기엔 이상할 정도로 아무런 움직임이 없었다.

"이놈이 속임수를 쓰는 겁니다." 엥겔라드가 벌컥 화를 냈다. "동정심을 얻으려고, 더 큰 고통을 겪지 않으려고 말입니다. 그런 짓을 잘하는 놈이라고 들었습니다."

잠에 빠진 척 남의 말을 엿듣는 이들은 늘 그런 식으로 천진함을 가장하다 결국은 저 자신마저 속이게 되는 법이다. 콜룸바누스는 꼼짝도 하지 않고 완전히 의식을 잃은 듯 누워 있었다.

캐드펠 수사가 콜룸바누스 곁에 무릎을 꿇고 앉아 어깨를 잡고 가볍게 흔들어보았다. 머리가 한쪽으로 툭 떨어졌다. 캐드펠은 한숨을 내쉬며 뒤로 물러나 앉아 그의 수도복 가슴에 손을 넣어 보기도 하고, 입술과 커다란 콧구멍 앞에 손을 대보기도 했다. 머리를 양손으로 붙잡고 천천히 돌려보았지만 손을 놓자마자 그의 머리는 다시 떨어졌다. 살아 있는 사람이라면 도저히 취할 수 없는 자세였다. 최악의 상황이 벌어진 셈이었다. "이미 기다릴 만큼 기다렸지만 숨이 돌아오지 않는군. 자네는 자네 힘이 얼마나 강한지 모르는 모양이야! 이자는 죽었네."

*

그들은 충격을 받아 아무 말도 못 하고 우두커니 선 채 쓰러져 있는 사람만 멀거니 내려다보았다. 아직 자신들이 어떤 재난과 맞닥뜨렸는지 실감하지 못한 터였다. 어느 누구도 의도하지 않은, 너무도 유감스러운 사고였다. 어쨌든 일종의 심판이라고 할 수도 있겠으나, 캐드펠은 그 속에서 두 젊은이의 인생을 무참히 파괴할 수 있는 추문을 감지했다. 콜룸바누스가 증인 앞에서 자신의 범행을 자백하지 않는 한 그를 범인이라 입증할 수 있는 증거가 어디 있겠는가? 캐드펠은 바닥에 주저앉아 생각에 잠겼다. 밤의 무거운 정적이 다시 그들을 내리덮었다. 이 처참한 추격과 투쟁과 격정이 소리 없이, 증인 하나 없이 이루어졌다는 생각에 캐드펠은 새삼 기겁했다. 귀를 기울여보았으나 정적을 깨는 발걸음 소리 하나, 날갯짓 소리 하나 들려오지 않았다. 그들은 살아 있는 모든 존재로부터 멀리 떨어져 있었다. 그러나 적어도 그 덕분에 시간은 벌 수 있으리라.

"죽었을 리 없어요." 엥겔라드가 불확실한 목소리로 입을 열었다. "전력으로 때리지도 않았는걸요. 사람이 그렇게 쉽게 죽을 수는 없잖습니까!"

"이 사람은 그렇게 쉽게 죽어버렸지. 이제 어떻게 해야 할지……. 이런 일이 벌어지리라고는 미처 생각하지 못했는데." 불평이 아니라, 신속히 다음 계획을 세워야 한다는 지적이었다. 그들은 머리를 맞대었다.

"뭘 어떻게 해야 한다는 말씀이시죠?" 엥겔라드는 다소 곤란한 상황에 처했을 뿐 그들이 할 일은 무척이나 간단하다고 생각하고 있었다. "휴 신부님과 부수도원장님을 찾아가야죠. 그분들께 사건의 경위를 정확히 설명드리면 되지 않겠습니까? 그 밖에 우리가 할 일이 뭐가 있겠습니까? 이 사람을 죽인 게 잘한 일은 아니지만 일부러 그런 것도 아니잖습니까. 전 제가 죄를 지었다고 생각하지 않아요." 그뿐 아니라 그는 자기를 비난할 사람이 있으리라는 생각조차 하지 않았다. 진실은 언제나 최선의 길이니까. 캐드펠은 그 천진함에 애정을 느끼지 않을 수 없었다. 이 세상을 살아가다 보면 머지않아 저 성품도 다치게 되겠지. 이미 한 차례 부당한 누명을 쓰고도 그의 천진함은 아무 상처도 입지 않았고, 청년은 아직도 사람이란 이성적인 존재라고 굳게 믿고 있었다. 쇼네드의 생각은 다르리라고 캐드펠은 생각했다. 초조하고 불길한 침묵으로 일관하는 그녀의 팔에서는 여전히 피가 흐르고 있었다. 우선 그것부터 처리해야 했다. 그리고 피를 짜내는 동안 이 두 남녀에게는 할 일이 필요했다.

"자, 우두커니 서 있지 말고 움직이게! 일단 이자를 교회 안으로 옮기세. 쇼네드, 자넨 이자의 비수를 찾게. 사람들이 그걸 발견하면 어떻게 되겠나. 그런 다음 팔을 씻고 붕대를 감아야지. 가시나무 울타리 뒤에 냇물이 있네. 리넨이라면 여기 얼마든지 있고."

그들은 캐드펠을 전적으로 믿고 그의 지시를 따랐다. 쇼네드의 상처가 심각하지 않다는 것을 확인한 뒤 그것을 완벽하게 싸매고 나자, 엥겔라드는 자신들이 택할 수 있는 최선의 길은 지금껏 벌어진 일들을 낱낱이 알리는 것이며, 그렇게 하면 어느 누구도 콜룸바누스 이외의 다른 이에게 혐의를 둘 수 없으리라는 의견을 다시 내놓았다. 캐드펠은 부싯돌과 부싯깃을 꺼내 초에 불을 붙이고 미리 상당한 기름을 빼놓았던 등잔에도 다시 기름을 부어 불을 켰다. 그런 다음엔 테이블을 덮었던 깔개를 벗겨내 쇼네드가 앉을 자리를 마련했다.

"자네가 그런 생각을 하는 건, 그동안 잘못을 저지른 적이 없기 때문이네." 마침내 캐드펠이 입을 열었다. "우리는 모두 힘을 합쳐 범인을 찾아내려고 노력해왔네. 온 세상이 우리와 똑같은 생각이리라 믿었고, 모두가 정직하게 우리 견해에 동의하리라 믿었지. 하지만 젊은이들, 이런 일에 대해서는 내가 자네들보다 훨씬 더 잘 아네! 콜룸바누스의 유죄를 입증할 유일한 증거는 나와 쇼네드, 우리 두 사람이 들은 고백뿐이야. 아니, 입증할 수 있는 증거가 아니라 입증할 수 있었던 증거라고 해야겠지. 콜룸바누스가 죽는 바람에 그조차 무용지물이 되어버렸으니까. 콜룸바누스가 살아 있기만 했다면 같은 자백을 반복하도록 강요할 수 있었겠지. 그러나 그는 이제 그런 식으로 우리에게 기쁨을 줄 수 없게 되었네. 그 증거가 사라진 이상, 우리 입장은 지극히 취약해. 실수를 저지르지 말게나. 내 말 믿어야 하네. 우리가 그를 범인으로 지목해 이 끔찍한 사건의 정황을 낱낱이 밝히면 슈루즈베리 수도원의 명성은 땅에 떨어질 걸세. 베네딕토회는 전력을 다해, 이곳 주교와 왕자의 지원은 물론 동원할 수 있는 힘이란 힘은 모두 동원해서 이 재난을 덮으려 할 거야. 그 누구도 그들에게 반대하지 못하겠지. 친구 하나 없는 객지 사람이야 말할 것도 없고. 보나마나 그들은 위니프리드 성녀를 얻은 방법에 대해 의문이 제기되는 것도, 그에 관해 좋지 못한 평판이 나도는 것도 용납하지 않으려 할 걸세. 아마 절망에 빠진 한 남자가, 그것도 이미 도망 중이던 범죄자가 또다시 살인을 범한 뒤 혐의를 벗으려고 늘어놓는 거짓말에 불과하다고 주장하겠지. 혹시 모르니 쇼네드에게 자네를 불러와도 좋다고 한 것이 잘못이었네. 하지만 이 일은 그대의 잘못이 아니야. 어떻게 해서든 이 사건을 자네와 연결짓지 못하도록 하겠네. 내가 세운 계획이니 내가 처리해야지. 휴 신부든 집행관이든 그 밖의 어느 누구든 찾아가 사실대로 이야기하면 되지 않겠냐는 생각은 즉시 버리게. 그보다는 남은 시간 동안 보다 쓸모 있는 방법을 모색하는 편이 나을 게야. 정의를 실현하는 방법에는 한 가지만 있는 게 아니니까."

"쇼네드의 말에 감히 의문을 품는 사람은 없을 텐데요." 엥겔라드가 무뚝뚝하게 대꾸했다.

"어리석기 짝이 없구먼. 사람들은 페레디르가 그랬듯 쇼네드 역시 사랑 때문에 천성에 어긋나는 짓을 저질렀다고 할 걸세. 내 증언도 힘이 없기는 마찬가지지. 난 그 정도의 영향력을 지닌 사람이 아니니까. 내가 살겠다고 이러는 게 아닐게. 힘이 닿는 한 이 사건에 얽힌 사람들을 최대한 보호할 생각이야. 사실을 말하자면 우리 부수도원장님은 거만하고 융통성도 없는 데다 때로는 멍청하기까지 하지만, 살인자도 거짓말쟁이도 아니네. 나는 그분도 지켜야 해. 콜룸바누스 때문에 우리 교단까지 피해를 입는 일은 없기를 바라거든. 자, 서두르세. 나는 대책을 생각해보겠네. 그동안 자네들은 양귀비즙이 남서 있던 병 조각을 치우게. 내일 아침까지 이 교회는 우리가 찾아오기 전과 다름없이 깨끗하고 정숙한 모습으로 돌아와 있어야 하네."

두 사람은 고분고분 밤의 흔적을 지우고, 캐드펠이 복잡하게 뒤얽힌 미궁을 헤치고 나갈 길을 찾아낼 때까지 혼자 생각에 잠기도록 내버려두었다.

"참, 이제야 궁금해지는구먼." 한참 뒤 캐드펠이 입을 열었다. "내가 콜룸바누스에게 하라고 일러준 말을 왜 멋대로 바꿔버렸나? 위니프리드 성녀가 그렇게 무시무시한 말을 하면 어떻게 하나? 절대로 귀더린을 떠나고 싶지 않다니, 어쩌다가 그런 얘길 하게 된 거지? 리샤르트 씨는 선하고 정직한 사람이었다고만 하면 될 것을, 뭐라고? 위니프리드 성녀가 선택한 전사였다고?"

쇼네드는 깜짝 놀라 캐드펠을 돌아보더니 의아하다는 듯 물었다. "제가 그런 말을 했다고요?"

"했고말고. 그것도 아주 그럴듯하게 하더군. 우리가 연습한 것은 그런 내용이 아니었잖나. 그런 내용은 어떻게 다 생각해낸 건가?"

"저도 모르겠어요." 쇼네드는 영문을 모르겠다는 표정이었다. "무슨 말을 했는지 기억이 안 나요. 말이 저절로 막 나오는 것 같더라고요. 저는 그저 그 말들이 흘러나오는 대로 내버려두었을 뿐이고요."

"혹시 성녀께서 기회를 잡아 스스로 말씀하신 건 아닐까요?" 엥겔라드가 말했다. "난데없이 낯선 사람들이 나타나 영감을 받았네, 환상을 보았네 하면서 그분의 뜻을 자기들 구미에 맞게 멋대로 해석하면서 어디론가 끌고 가려는데, 정작 위니프리드 성녀 당신의 뜻을 묻는 이는 아무도 없었잖습니까. 모두들 위니프리드 성녀가 뭘 원하시는지 당신보다 더 잘 안다고 주장할 뿐이었죠."

"천진한 이들의 입에서 진실이 나오는구나!" 캐드펠은 혼잣말로 중얼거렸다. 마음의 눈 앞에 새로운 길이 열리는 듯했다. 그래, 가장 중요한 문제는 다름 아닌 성녀 위니프리드야. 모두를 만족시키는 게 가능하다면 누가 불만을 품겠어? 콜룸바누스의 경우만 해도 그렇지! 몇 시간 전 마지막 기도 때 그는 모든 사람들 앞에서, 만일 자신을 그럴 만한 가치가 있는 자로 여기신다면 바로 오늘 밤 이 세상에서 들어 올려 승천하게 해주십사고, 육체로부터 즉각 벗어나게 해주십사고 소리 높여 기원하지 않았던가. 글쎄, 다소 엉뚱하긴 하지만 그 소원은 성취된 셈이야! 물론 이렇게 문자 그대로 실현될 줄은 몰랐겠지만. 사실 그 기원의 진정한 목적은 최고의 영광을 부여받고 이승에서 그 영광을 누리며 살아가는 것이었으니까. 그러나 성인들에게는 당신들께 와 닿는 기도를 있는 그대로 해석할 권리가 있으며, 당신의 해석에 따라 기도를 실현시킬 권리도 있는 법. 진정 성녀께서 쇼네드의 입을 통해 말씀하셨다면—나 같은 자가 어찌 그것에 의문을 제기할 수 있겠는가?—위니프리드 성녀께서 고향인 이 마을을 떠나고 싶어 하지 않으시며 그것이 진정 합리적인 소망이라면, 그분을 어디에서 안식하게 해드릴 것인가 하는 문제는 오늘 새로운 전기를 맞는 셈이다. 어느 누구도 하룻밤 사이에 그 문제가 전환점을 맞이했다는 사실을 알아채지 못했으리라.

"수사님, 수사님만의 그럴듯한 방법을 생각해내신 모양이죠?" 쇼네드가 처음으로 엷은 미소를 지으며 캐드펠을 쳐다보았다.

"그래. 괜찮은 방법이, 나만의 방법이 아니라 우리의 방법이 떠올랐네. 정확히는 '우리 모두가 같이 애써야 할' 방법이라 해야겠지. 쇼네드, 자네가 해줘야 할 일이 있어. 서둘러야 하네. 자네가 떠나 있는 사이 우리는 우리대로 여기서 할 일이 있으니까. 쓰고 온 시트를 들고 나가 울타리 쪽 산사나무 밑에 펼쳐두게. 아직 만개하지는 않았어도 꽃망울이 터지기 시작했을 게야. 나무를 흔들어서 시트에 꽃잎을 한 아름 받아 오게. 성녀께서 마지막으로 그를 찾아오셨을 때 하얀 꽃잎이 달콤한 향기를 뿜으며 쏟아졌다면 그 얼마나 경이로운 일이겠나. 자, 어서 가게. 자네가 그걸 마련해 오는 동안 우리는 다른 것을 준비할 테니."

당연하게도 아직은 캐드펠의 계획을 전혀 이해하지 못한 채, 쇼네드는 캐드펠이 시키는 대로 땅에 떨어진 리넨 시트를 집어 들고 나갔다.

"비수를 이리 주게나." 쇼네드가 떠나자 캐드펠은 유쾌하게 말했다. 그는 콜룸바누스가 낚아채 바닥에 떨어뜨렸던 쇼네드의 베일을 집어 들어 거기 단검을 닦은 뒤, 촛불을 들어 위니프리드 성녀의 관을 봉한 커다란 붉은 밀랍 옆에 놓았다. "콜룸바누스가 피를 흘리지 않은 것이 정말 다행이군. 하느님께서 도우신 게지. 수도복과 속옷들은 깨끗하거든. 자넨 그 옷들을 모조리 벗기게!"

캐드펠은 비수의 인장을 손가락으로 어루만지며 그 묵직함과 예리하고 가느다란 형태를 확인하곤 만족스레 고개를 끄덕였다. 그는 칼날 끝을 촛불 속에 넣었다.

동이 트기 한참 전에 모든 준비가 끝났다. 세 사람은 교회에서 나와 나란히 마을로 향하다가 숲 가장자리, 리샤르트의 영지로 이어지는 굽은 언덕길 앞에서 헤어졌다.

쇼네드는 피에 물든 시트와 베일, 그리고 숲속에 묻은 유리 파편의 남은 조각들을 들고 있었다. 리샤르트를 매장하러 묘지에 모였던 하인들이 이튿날 무덤자리를 깨끗이 고르려고 삽을 두고 떠난 것이 정말 다행이었다. 덕분에 그들은 현장을 떠날 필요 없이 시간을 아껴 일을 끝마칠 수 있었다.

"추문 따위는 없을 게야." 길이 갈라지는 곳에서 캐드펠은 말했다. "고발도 없을 테고. 자네는 엥겔라드와 함께 집으로 돌아가도 좋네. 그러나 당분간은 엥겔라드를 사람들 눈에 띄지 않도록 하게. 우리가 떠난 뒤 평화가 찾아오면, 그땐 왕자나 집행관도 굳이 엥겔라드를 체포하려 하지 않을 걸세. 존 수사에 대한 조사도 중단될 거야. 페레디르에게는 내가 살짝 몇 마디 귀띔해두겠네. 나중에 페레디르가 그 말을 집행관에게 전할 테고, 집행관은 오아인 귀네드께 전하겠지. 휴 신부님은…… 그분은 일단 제외시켜두세. 공연히 그분 양심을 괴롭힐 필요가 없지. 워낙 선량하고 성실한 분이시니 말이야. 슈루즈베리에서 온 성직자들이 별 불만 없고 귀더린의 주민들도 딱히 불만스러울 게 없다면 쓸데없는 일들을 공개해서—이런 소문은 주민들의 귀엣말로 엄청나게 빨리 퍼져나가지 않겠나—굳이 이 상황을 깨뜨릴 이유가 없어. 현명한 왕자께서는, 내 보기에 아주 현명한 분이니 아마 그대로 넘어가실 게야."

"귀더린 주민들 모두가 내일 아침 나와 수사님들이 관을 들고 떠나시는 모습을 지켜볼 텐데요." 쇼네드는 생각만 해도 몸서리가 나는지 바르르 떨며 말했다.

"많이 나오면 나올수록 좋지. 최대한 많은 증인들을 확보하게 되는 셈이고, 그들의 경이와 충격은 보다 강렬한 효과를 낼 테니까. 내가 큰 죄인이야." 캐드펠은 의미심장하게 중얼거렸다. "하지만 그 죄의 무게를 당최 느낄 수가 없구먼. 목적이 수단을 정당화할 수 있는 걸까?"

"한 가지 확실한 건 말이죠." 쇼네드가 말했다. "아버님은 이제 편히 쉬게 되었다는 사실이에요. 전부 수사님 덕분이죠. 저 또한 수사님께 큰 은혜를 입었고요. 처음 그 나무 밑에서 저와 만났던 것 기억하세요? 그때 전 수사님도 다른 성직자들과 마찬가지일 거라고 생각했어요. 그래서 수사님이 절 보시길 원치 않았던 거예요."

"보지 않다니, 그게 무슨 소리인가? 내가 정신이 나간 사람이라면 그럴 수도 있겠지. 하지만 나는 자네를 너무도 열중하여 바라보았네. 평생 그때의 모습을 잊지 못할 게야. 하지만 그대들의 사랑에 대해서는, 그리고 그대들이 그 사랑을 어떻게 성취할 것이냐 하는 문제에 대해서는 더 이상 도울 수 없을 것 같네."

"걱정하지 마십시오, 수사님." 엥겔라드가 말을 받았다. "저는 객지 사람이지만 합당한 계약에 의해 이 마을에 머물고 있습니다. 그 계약은 양자의 합의하에 파기가 가능하고, 그러면 지주와 동산을 반분하여 자유민이 될 수 있지요. 게다가 지금은 쇼네드가 제 지주고요."

"누구도 저희를 막을 수 없을 거예요." 쇼네드가 나섰다. "제가 재산의 반을 이 사람에게 증여한다 해도 전혀 걸릴 것이 없다고요. 모리스 외삼촌도 막지 않으실 거예요. 상속녀가 객지 출신 하인과 결혼한다는 것과 상속녀가 자작농과 결혼한다는 건 전혀 다른 얘기니까요. 잉글랜드에서조차 당분간은 문제 될 게 없을 거예요."

"더구나 가축을 다루는 솜씨로 말하자면 엥겔라드를 따를 사람이 없다는 사실을 다들 알고 있으니 더욱 그럴 테지." 캐드펠이 말했다.

그들 두 사람은 이제 만족스러워 보였다. 영광스러운 무덤 속에 누운 리샤르트도 더 이상은 그들의 행복을 못마땅하게 여기지 않을 것이었다. 악감정을 오래 품어두는 사람이 아니니까.

그들이 헤어질 때, 타고나길 말수가 적은 엥겔라드는 간단하고 짤막하게 감사의 말을 전했지만 쇼네드는 불쑥 돌아서서 캐드펠의 목에 두 팔을 감고 입맞춤을 퍼부었다. 그것이 그들의 마지막 인사였다. 그들은 교회에 다시 나타나지 않는 편이 좋을 테니까. 쇼네드의 체취는 무척 강렬해, 그녀와 헤어진 뒤에도 캐드펠은 5월의 꽃향기와 함께 너무나도 달콤한 그 체취를 뚜렷이 맡을 수 있었다.

방앗간 저수지 쪽으로 우회해서 사제관으로 돌아오면서 그는 깊고 검은 물속에 콜룸바누스의 비수를 던져 넣었다. 참 다행스러운 일이야. 관을 만든 수사들이 탁월한 솜씨를 발휘했을 뿐만 아니라 그 틈새를 납으로 단단히 맞물려놓았으니! 캐드펠은 아침기도를 한 시간도 남기지 않고 잠자리에 들었다.

11

로버트 부수도원장은 잠자리에서 일어나자마자 그날의 첫 기도를 드리러 교회로 나갔다. 자신의 성공에 크나큰 기쁨을 느낀 나머지 존 수사의 탈출에 대해서는 거의 잊은 터였고, 그 불유쾌한 달출 사건을 기억해냈을 때도 얼른 그 생각을 마음속에서 털어내려 애썼다. 적절한 시기가 오면 충실하게 처리해야겠지만, 오늘만큼은 그따위 일로 이 영광스러운 기분에 먹구름을 드리울 필요가 없었다. 청명하고 화사한 아침이었다. 일행은 교회에서 나와 눈부시게 아름다운 햇살 속을 걸어 옛 묘지로 향했다. 주민들이 무리를 이루어 그 뒤를 따랐고, 더욱더 많은 주민들이 여러 갈래로 뻗은 오솔길들을 따라와 새로 합류했다. 행진은 마치 기념일의 순례 행렬처럼 장관을 이루었다. 일행이 캐드월론 저택의

문 앞에 이를 즈음에는 속죄가 끝날 때까지 안에서 나오지 말라는 지시를 받고 여태 집 안에 틀어박혀 있던 페레디르도 휴 신부의 허락하에 아버지와 함께 나와 이들과 함께했다. 로버트 부수도원장은 페레디르를 향해, 마치 성자가 죄인에게 하듯 미소까지 지어 보였다. 브란웬 부인은 여태 잠을 자고 있거나 아직 발작에서 회복되지 않은 모양이었다. 남편도 아들도 그녀에게 같이 나가보자 권하지 않은 것인지, 아니면 그녀 자신이 스스로 틀어박힘으로써 그들을 벌하는 것인지 알 수 없지만, 어쨌거나 일행은 그녀가 보이지 않는 것에 안도의 한숨을 내쉬었다.

행렬에는 각자의 자리나 순서 같은 것이 없었다. 수사들과 마을 사람들이 뒤섞여 서로 인사를 나누었으며, 마음대로 자리를 바꾸었다. 마치 축제와도 같았다. 설전과 위협이 오간 것이 불과 며칠 전 일이었다는 점을 생각해보면 무척이나 기이한 모습이었다. 그러나 사실 귀더린 주민들은 아주 조심스럽게 일종의 게임에 참여하는 중이었다. 그들은 무엇 하나 놓치지 않고 모든 것을 똑똑히 지켜볼 작정이었다.

페레디르는 캐드펠 옆으로 다가와 묵묵히 그의 곁을 따랐다. 캐드펠이 어머니의 안부를 묻자 젊은이는 벌게진 얼굴을 잠시 찡그렸다가 이내 잘못을 들킨 어린아이처럼 웃으며, 아직 몽환 상태에 빠져 있기는 하지만 평온하고 온화하게 잘 있다고 대답했다.

"자네가 나와 귀더린 주민들을 위해 해줘야 할 일이 있네." 캐드펠 수사는 페레디르의 귀에 대고 왕실 집행관에게 이런저런 말을 전해달라고 부탁했다.

"그렇게 된 거군요!" 페레디르는 자신이 저지른 죄에 대해서는 잊다시피 한 채 눈이 휘둥그레져서 소리치더니 나직하게 말을 이었다. "일을 그렇게 처리하시기로 작정하신 겁니까?"

"그것이 내가 바라는 바야. 모두가 승리자가 되는 걸세. 우리 수사들, 자네, 리샤르트 씨, 무엇보다 위니프리드 성녀도 말일세." 이어 그는 페레디르의 참회를 확인하듯 단정적으로 덧붙였다. "물론 쇼네드와 엥겔라드도 그렇고."

"그래요……. 정말 다행입니다!" 페레디르의 얼굴에 한순간 그늘이 드리웠다. 그는 얼른 고개를 숙이고 눈을 내리깔았다. 노력은 하고 있으나 아직 다른 사람들처럼 그저 기뻐할 수만은 없는 것이리라. "한두 해만 지나면 엥겔라드가 그 아름다운 사슴을 손에 넣었다는 사실에 대해 기억하는 사람은 하나도 없을 겁니다. 그 친구는 자기가 원할 때 체셔로 돌아갈 수 있겠죠. 부친이 돌아가시면 토지를 상속받을 테고요. 범죄자라는 낙인을 벗은 뒤에는 곤란할 일이 전혀 없을 겁니다……. 수사님 말씀은 오늘 집행관께 전하겠어요. 그분은 지금 강 건너편에 사는 친척 데이비드의 집을 방문 중이세요. 제가 자발적으로 집행관을 찾아가겠다고 하면 휴 신부님도 허락해주시겠죠." 페레디르는 씁쓸한 미소를 지으며 말을 이었다. "제가 이렇게 수사님의 심부름을 하게 되다니, 참 얄궂네요! 모두가 알아야 하지만 어느 누구도 절대로 큰 소리로 떠들어선 안 되는 그 이야기를 집행관께 전하면서 제가 범한 죄 역시 털어놓을 수 있겠죠."

"좋아!" 캐드펠 수사는 흡족해했다. "남은 일은 집행관이 처리해주겠지. 왕자께 한마디만 전해 올리면 모든 일이 해결되는 셈이야."

일행은 리샤르트의 영지에서 이어지는 오솔길들이 한데 모이는 큰길에 이르렀다. 리샤르트 저택에서 집안사람들 중 절반 정도가 나왔다. 음유시인 파드리그는 작은 하프를 켜고 있었다. 아마 이곳을 떠나 다른 집으로 갈 모양이었다. 일꾼 카이는 멀쩡한 머리에 여전히 커다란 붕대를 감고서 고개도 그럴싸하게 기울인 채 붕대 밖으로 드러난 한쪽 눈을 빛내고 있었다. 쇼네드와 엥겔라드는 보이지 않았다. 아네스트도 존 수사도 없었다. 모습을 보이지 말라는 지시를 내린 사람이 바로 그 자신이었는데도, 캐드펠 수사는 갑자기 그들이 몹시 보고 싶어졌다.

마침내 그들은 작은 빈터에 이르렀다. 숲이 양쪽에서 저만큼 물러서고 잡초들이 무성한 평지가 나타났다. 곧이어 아래는 검고 위는 녹색으로 물든 묘지의 돌담이 보였다. 그 뒤로 조그맣게 움츠러든, 그러나 그 기초에 비하면 지나치게 높다 해야 할 위니프리드 성녀의 교회가 그 초라하고 거무스름한 행색을 드러냈다. 동쪽 끝자락, 봄날의 습기로 무성하게 자란 풀밭 위에는 바로 어제 만들어진 리샤르트의 직사각형 무덤이 마치 상처처럼 꺼멓게 드러나 있었다.

"휴 신부님, 그리고 귀더린의 선량한 주민 여러분, 우리는 진정 선한 뜻을 품고 이곳을 찾아왔습니다. 우리는 성령의 인도를 받아 이곳에 왔다고 믿었으며, 지금도 그렇게 믿고 있습니다. 우리의 목적은 위니프리드 성녀께 영광을 바치는 것이었습니다. 그분이 우리에게 그렇게 지시하셨기 때문입니다. 여러분이 소중하게 생각하는 것을 앗아 갈 생각은 아니었습니다. 우리는 다만 더욱 많은 이들에게 위니프리드 성녀의 영광을 증거하고자 할 뿐입니다. 그 사명이 몇몇 이들에게 슬픔을 불러일으켰다면, 이는 우리에게도 크나큰 슬픔입니다. 이제 우리는 한마음이 되었습니다. 주민 여러분 모두 성녀의 유골을 더욱 광대한 영광을 향해 모셔 가는 것을 허락해주셨으니, 저희에겐 그야말로 크나큰 축복이요 기쁨입니다. 우리가 악의가 아니라 선의를 품고 이곳에 왔다는 것을, 우리 일은 성령의 인도로써 이루어졌다는 것을 이제는 여러분도 확신하실 것입니다."

반달 모양으로 둘러선 무리의 한쪽 끝에서 속삭임이 시작되었고, 그 속삭임은 순식간에 반대쪽 끝까지 전달되었다. 기쁨의 속삭임, 동의의 속삭임이었다.

"여러분 가운데 이 소중한 분을 모셔 가는 것에 대해 아직도 불만을 품고 있는 분이 계십니까? 그 정당성을 믿지 않는 분이 계십니까?"

그 이상의 정확한 표현이 있을까? 캐드펠은 경이와 기쁨을 느꼈다. 마치 부수도원장이 모든 진상을 알고 있거나, 혹은 자신이 써준 연설문을 읽는 것만 같았다. 만일 저 질문에 적절한 대답까지 나온다면, 캐드펠은 자신이 놀라운 기적을 만들어냈다고 믿어버리리라.

주민들은 서로 밀치락달치락하더니 당당한 몸집의 베네드를 앞으로 밀어냈다. 어느 쪽 진영에도 발을 들일 수 없는 휴 신부는 현명하게 침묵을 지키고 있었으니, 마을 사람들에게는 존경받는 그 건장한 대장장이야말로 이 순간 귀더린 주민들의 대변자가 되기에 부족함이 없었다.

베네드는 거친 음성으로 입을 열었다. "부수도원장님, 저 관 속에 누운 유골에 관한 일로 수사님들께 불만을 품은 사람은 저희 중에 한 사람도 없습니다. 저희는 그것이 수사님들 것이며, 수사님들이 가져가셔야 한다고 믿습니다. 온갖 계시를 통해 그것이 수사님들 것임이 입증되었으니까요."

완벽한 대답이었다. 로버트 부수도원장의 뺨에, 어쩌면 수치심과 뒤섞였을지도 모를 만족감이 불그레하게 떠올랐다. 캐드펠은 수사들을 에워싸고 있는 주민들의 얼굴에 어린 진지하고도 은밀한 미소를, 그 커다랗고 정직한 까만 눈들을 조심스레 둘러보지 않을 수 없었다. 조바심치는 사람도, 웅성거리는 사람도, 쿡쿡대며 숨죽여 웃는 사람도 없었다. 붕대 밖으로 드러난 카이의 한쪽 눈에도 그저 찬탄만이 담겨 있었다. 파드리그는 이 완벽한 조화를 그저 자애로운 음유시인다운 표정으로 지켜볼 뿐이었다.

그들은 이미 알고 있는 것이다! 쇼네드의 입에서 모든 주민들에게 퍼져나간 덕분인지, 아니면 이 땅에 뿌리박고 사는 그들의 본능적인 감각 덕분인지, 귀더린 주민들은 비록 세세한 내막까지는 아니더라도 자신들이 알아야 할 모든 것들을, 적어도 그 줄기만큼은 다 알고 있었다. 그럼에도 그들은 이 완벽한 조화를 깨뜨릴 말은 단 한마디도 꺼내지 않았다. 낯선 사람들이 떠나기 전까지는 절대로 입 밖에 내지 않을 터였다.

"그렇다면 떠납시다." 부수도원장은 깊은 만족감을 느끼며 말했다. "철야 기도를 바친 우리의 콜룸바누스 형제에게서 그 책임을 해제해주고 성녀 위니프리드를 우리 고향으로 모셔 가는 첫 절차를 밟기로 하십시다." 너무도 크고 너무도 당당하고 너무도 섬세한 그의 몸이 돌아서서는 우아하게 걸음을 옮겼다. 귀더린 주민들이 그를 따랐다. 부수도원장이 기다랗고 하얀 귀족적인 손으로 교회의 문을 활짝 열어젖힌 뒤 문간에 버티고 섰다.

"콜룸바누스 형제, 우리가 왔소, 형제의 철야 기도는 끝났소."

그가 교회 안으로 두 걸음 걸어 들어갔다. 동쪽으로 난 작은 창문으로 햇빛이 들어오긴 했지만, 워낙 환한 햇빛 속에 있다가 갑자기 어두운 실내로 들어선 탓에 잠시 앞이 보이지 않았다. 이내 나무 향기를 풍기는 갈색 벽이 조금씩 눈에 들어오기 시작했다. 침침한 어둠이 차츰 걷히고 희미한 빛에 눈이 익자 교회 안이 똑똑히 보였다. 그는 경이감에 사로잡혀 그 자리에 우뚝 멈춰 섰다.

교회 안에는 짙고 달콤한 향기가 가득했다. 열린 문으로 아침 바람이 살며시 들어오자 안을 메운 향기가 출렁거렸다. 제대 위에서는 여전히 촛불이 타올랐고, 촛대 사이에는 작은 등잔이 놓여 있었다. 제대 앞 한가운데 놓인 제대가 있었다. 그러나 거기에 무릎을 꿇고 있어야 할 사람은 보이지 않았다. 마치 기적의 바람이 산사나무 울타리에서 꽃들을 꺾어 단 한 송이도 흘리지 않고 제대 창문 앞까지 날아와 창 안으로 입김을 훅 불어넣어 흩어놓은 듯, 제대 위에도 관 위에도 눈처럼 하얀 꽃잎들이 흩어져 있었다. 기도대와 그 옆에 놓인 옷 위에도 마찬가지로 꽃잎들이 보였다.

"콜룸바누스 형제! 이게 무슨 일일까? 콜룸바누스 형제가 여기 없소!"

리처드 수사와 제롬 수사가 각각 부수도원장의 양 어깨 뒤에서 달려들었다. 베네드와 캐드월론과 카이는 물론 그 밖의 사람들도 일제히 그들을 따라 들어와 벽을 따라 늘어서서는 콧속 가득 달콤한 향기를 들이마시며 눈을 휘둥그렇게 뜬 채 그 경이로운 광경을 바라보았다. 아무도 부수도원장 앞으로 나서지는 않았다. 부수도원장은 천천히 앞으로 나아가 허리를 굽히고 콜룸바누스가 남긴 흔적을 살피기 시작했다.

베네딕토회의 검은 수도복은 콜룸바누스가 무릎을 꿇고 앉아 있었을 자리에 놓여 있었다. 수도복의 허리 아랫부분은 넓게 펼쳐져 있었고, 윗부분은 접혀 있었으며, 소매는 팔꿈치 부분이 꺾인 채 날개처럼 펼쳐져 있었다. 두건 속에도 하얀 꽃잎이 담겨 있었다.

"보십시오!" 리처드 수사가 외경에 차 부르짖었다. "수도복 안에 셔츠가 고스란히 들어 있습니다! 샌들까지도요!" 그들은 수도복의 발치에 늘어섰다. 샌들은 마치 누가 그 자리에서 얌전히 발만 빼고 그대로 놓은 듯 가지런한 모습이었다. 콜룸바누스의 손이 얹혀 있었을 자리, 기도대에 달린 팔 받침대 위에도 꽃잎 한 덩이가 보였다.

"부수도원장님, 콜룸바누스 형제의 옷은 여기 그대로 놓여 있습니다. 셔츠며 속옷까지도 입었던 순서대로 고스란히 놓여 있어요. 마치…… 마치 옷 밖으로 들려 나가서 옷만 여기 남겨진 것 같습니다. 꼭 뱀이 허물을 벗은 것처럼……."

"진정 기이한 일이오. 이것을 어떻게 이해해야 하겠소?" 부수도원장이 말했다. "설마 죄악은 아니겠지요?"

"부수도원장님, 이 옷을 저희가 가져가도 될까요? 혹시 무슨 사건이 발생했다는 것을 알려주는 흔적이나 표시가 있을지도 모릅니다."

그런 것은 없었다. 캐드펠은 확신했다. 콜룸바누스는 피를 흘리지 않았고, 옷도 찢기지 않았다. 흙조차 묻지 않았다. 그저 지난해의 낙엽 위에서 뒹굴었던 게 전부이니까.

"부수도원장님, 조금 전 말씀드렸듯이 이 형태는…… 형제의 몸이 들어 올려지고 그래서 더 이상 필요 없어진 옷들이 자리에 그대로 떨어져 내린 듯한 모습입니다. 아아, 부수도원장님, 지금 우리는 위대한 기적을 목격하고 있습니다! 저는 두렵습니다!" 리처드 수사는 경이와 영광에 북받친 나머지 두려움마저 느끼고 있었다. 그가 이렇게 웅변 섞인 어조로 감동을 표현하는 것은 무척 드문 일이었다.

"지난밤 마지막 기도 때 형제가 올린 기도가 기억나는군." 부수도원장은 애써 감동을 누르며 떨리는 목소리로 말을 이었다. "형제는 자신을 이 세계에서 산 채로 들어 올려져 순수한 황홀을 맛보게 해달라고 간곡히 외쳤소. 성녀께서 자신을 귀중히 여기신다면 부디 그렇게 해달라고 말이오. 아, 그가 정말 이 영광스러운 은총을 입기에 충분한 자격이 있는 형제였단 말인가……."

"부수도원장님, 수색을 해볼까요? 교회 안팎과 숲속도요?"

"그게 무슨 소리요?" 부수도원장은 짧게 대꾸했다. "콜룸바누스 형제가 벌거숭이로 숲속을 뛰어다니기라도 할까 봐? 그 형제가 미치광이란 말이오? 만일 형제가 미쳐서 입고 있던 옷을 죄다 벗어던졌다면, 옷들이 저렇게 입은 순서대로 차곡차곡 떨어져 있는 것은 어떻게 설명할 수 있겠소? 옷을 저런 식으로 벗어놓기란 불가능하오. 그래, 형제는 이 숲에 있지 않소. 이 숲 너머로, 이 세계 너머로 간 것이오. 형제는 경이로운 은총을 입었소. 간곡히 바친 기도에 응답이 온 것이오. 자, 우리는 이 자리에서 콜룸바누스 형제를 당신의 사자로 삼아 크나큰 축복을 베푸신 성녀 위니프리드를 모시고 떠나 이 기적을 만방에 알립시다."

로버트 부수도원장의 사람됨이 워낙 그러하기는 하지만 도대체 어떤 지점에서 이 경이로운 기적의 이용 가치를 깨닫기 시작했는지는 도무지 알 수 없는 노릇이었다. 순수한 신앙심과 놀라움과 흥분을 느끼면서도 그는 마음 저 깊은 곳에서 이를 통해 최대의 것을 이끌어내어야 한다는 사실을 의식하고 있었으니, 이내 그 작업에 착수했다. 그의 행동에 모순이란 없었다. 로버트 부수도원장은, 콜룸바누스 수사가 소망했던 대로 산 채로 하늘로 들어 올려졌다고 믿어 의심치 않았다. 일이 그렇게 되었다면 이 영광스러운 은총은 슈루즈베리의 성 베드로 성 바오로 수도원이 최대의 영예를 획득할 수 있는 절호의 기회였다. 어찌 사명감을 느끼지 않을 수 있을까. 아니, 이는 단순히 사명이 아니라 그의 기쁨이기도 했다. 처음 위니프리드 성녀를 찾기 위한 순례를 계획해낸 그의 머리 위에 아름다운 후광이 빛나도록 만들어야 하리라. 그래서 그는 그렇게 했다. 로버트 부수도원장은 미사에서 흰 꽃잎이 구름처럼 흩날리는 광경을, 콜룸바누스의 발밑에 옷가지들이 떨어지는 광경을 너무도 설득력 있게 묘사했다. 그는 휴 신부를 통해서 왕실 집행관에게도 당연히 그 사실을 알리고, 슈루즈베리 수사들이 떠난 뒤에도 이 일과 관련되는 어떤 이적異蹟이 벌어지면 즉시 알려달라고 요청할 작정이었다. 자신의 신앙과 혈통, 오랜 수도 생활과 독선적 규율의 성과를 그는 무엇 하나 그대로 지나쳐버릴 수 없었다.

귀더린 주민들은 빈자리를 가득 메우고 서서 눈을 빛내며 조용히 듣고 있었다. 그들은 아무 소리도 내지 않았고, 어떤 의견도 내놓지 않았다. 그들의 존재와 침묵은 얼핏 동의인 듯 보였으나,

사실 그들은 자신들의 진정한 생각을 드러내지 않을 뿐이었다.

“이제 우리는 이 은총의 짐을 짊어지고 나아가야 합니다.” 로버트 부수도원장은 감격한 나머지 눈시울을 붉히며 말했다. “우리에게 이런 은총의 짐을 옮기라 명하신 하느님을 찬양합시다.”

그 짐을 자신의 섬세한 손과 연약한 어깨로 직접 짊어지기 위해 그는 앞으로 나아갔다.

캐드펠에게는 가장 끔찍한 순간이었다. 이런 일이 벌어지리라고는 꿈에도 상상하지 못했는데. 하지만 그 순간, 베네드가 때맞춰 큰 소리로 질문을 던졌다. “이제 평화가 이루어졌으니 저희 귀더린 주민들이 손을 빌려드려도 되겠습니까?” 베네드는 대답도 기다리지 않고 재빨리 걸어 나와서는 부수도원장이 관에 손을 대기도 전에 자신의 단단한 어깨를 들이밀었다. 이어 건장하기 이를 데 없는 대장간의 일꾼들 여섯이 우르르 몰려나와 열광적으로 관을 떠멨다. 캐드펠 수사를 제외하면 슈루즈베리에서 온 성직자들 중 관 곁에 다가설 수 있었던 사람은 그들 대장장이들과 키가 비슷한 제롬 수사뿐이었다. 제롬 수사는 한쪽 구석 자리에 끼어들었다가 관의 육중한 무게에 깜짝 놀라 비명을 지르며 움츠러들었다. 베네드가 잽싸게 곁으로 다가가 제롬 수사 어깨에 맡겨진 무게의 대부분을 나누어 받쳤다.

“죄송합니다. 부수도원장님! 그 가늘고 작은 유골이 이다지 무거울 줄은 몰랐습니다.”

“우리는 지금 크고 작은 기적에 둘러싸여 있습니다.” 캐드펠이 서둘러 설명을 늘어놓았다. "부수도원장님께서 말씀하셨듯이, 우리는 하느님께서 우리에게 맡기신 이 은총의 짐을 기꺼이 떠맡아야 할 것입니다. 이 육중함은, 무한한 가치를 지니신 성녀의 영광을 입증하고자 하는 천국의 뜻이 아닐까요?"

겸손하고 신앙심 깊은 그의 말 속에서 로버트 부수도원장은 논리적인 결함이나 수상한 점을 조금도 발견하지 못했다. 그게 아니더라도 자신의 승리에 덧붙일 수 있는 것이라면 무엇이든 받아들여 끌어안을 사람이었다. 결국 그 무거운 관과 그 안의 시신을 교회 밖으로 옮겨 사제관까지 끌어내린 이들은 바로 귀더린 주민들이었다. 작은 마차를 준비하고, 그 위에 천을 덮고, 그 천 위에 소중한 관을 올려놓은 사람들도 마찬가지였다. 인심 좋은 대장장이가 슈루즈베리 성직자들을 어서 떠나보내고 싶은 마음에 준비한 그 마차 덕분에 슈루즈베리에 도착할 때까지는 관을 내리지 않아도 될 터였다. 하긴, 어차피 목적지에 닿기 전에 관을 내리는 사태가 벌어지기를 바라는 사람은 없었고, 특히 한쪽 구석에 어깨를 들이밀었다가 하마터면 관을 떨어뜨릴 뻔했던 제롬 수사는 더욱더 그러했다.

"수사님이 보고 싶을 겁니다." 카이는 부지런히 마구들을 갖추며 말했다. "파드리그 씨가 리샤르트 씨를 찬양하는 노래를 만들었는데, 수사님도 들어보시면 좋아하실 거예요. 술이나 마시면서 하룻밤만 더 재미있게 보내면 참 좋을 텐데요. 젊은 수사님이 캐드펠 수사님께 고맙다는 말과 행운을 빈다는 인사를 꼭 전해달라고 하더군요. 아, 그리고 또 다른 전언도 있었습니다. 쇼네드 아가씨를 통해 들었죠. 겨울 나방들이 고약한 짓을 벌이고 있으니 정원의 배나무를 잘 보살펴줘야 한다고요."

"그는 훌륭한 조수였지." 캐드펠은 사심 없이 말했다. "힘이 어찌나 좋은지, 조수를 여럿 데리고 있어봤지만 그렇게 땅을 빨리 파는 사람은 처음 봤어. 그래, 나도 그가 보고 싶을 걸세. 그와 입장이 바뀌었으면 내가 얼마나 좋아했을지는 오직 하느님만이 아실 게야."

"힘이 약한 사람은 쇠붙이를 다룰 수 없지요." 베네드는 몇 걸음 물러나 마차 바퀴들을 살펴보더니 덧붙였다. "좋아, 멋지구먼! 캐드펠 수사님, 한 말씀 드릴까요? 머지않아 슈루즈베리에서 수사님과 다시 만나게 될지도 모른다는 생각이 듭니다. 오래전부터 잉글랜드 전역을 순례해 월싱엄까지 가보는 게 소원이었거든요. 슈루즈베리가 바로 그 여행길에 있더군요."

마침내 모든 준비가 끝나고 로버트 부수도원장이 말에 오르자, 카이가 캐드펠 수사의 귀에 대고 속삭였다. "산등성이에 올라서시면 그날 저희가 쟁기질하는 것을 보셨다던 곳 반대편을 한번 돌아보십시오. 숲이 끊겼다가 다시 이어지는 곳에 작은 언덕이 하나 있을 겁니다. 저희는 거기 올라가 있겠습니다. 꽤 많이들 모일 거예요. 수사님께만 작별 인사를 드리고 싶어 하는 사람들이죠."

간밤에 잠 한숨 제대로 자지 못하고 날을 새운 캐드펠 수사는 너무나 피곤한 나머지 수치심도 접어두고 노새 두 마리 중 더 순하고 영리한 놈을 차지했다. 그 녀석이라면 말들이 가는 곳 어디든 따라갈 테고, 평평한 땅을 골라 조심스럽게 발을 디딜 것이었다. 노새에는 이미 푹신푹신하고 견고한 안장이 채워져 있었고, 캐드펠은 잠을 자면서도 두 무릎을 꽉 붙인 채로 노새를 타는 재주를 잊지 않은 터였다. 더 크고 무게도 더 나가는 노새는 마차에 매였다. 마차는 폭이 좁았지만 꽤나 견고해 숲길도 잘 달릴 것 같았다. 제롬 수사는 몸이 가벼우니 마차에 맨 노새나 마차 축대나 멍에에 앉아 갈 수 있으리라. 하긴, 어디에 올라앉건 캐드펠로서는 제롬 수사의 안위를 걱정할 마음이 없었다. 로버트 부수도원장이 웨일스를 탐색한 결과 위니프리드 성녀야말로 가장 탐낼 만하고 옮겨올 가능성도 큰 보물이라 판단했다는 사실을 알고서 기꺼이 성녀의 환상을 날조해낸 장본인 아닌가. 아마 그는 콜룸바누스 수사가 로버트 부수도원장을 밀어낼 경우에 대비해 콜룸바누스에게도 주도면밀하게 아첨을 해두었을 것이다.

귀더린 주민의 절반이 지켜보는 가운데 슈루즈베리 성직자들은 엄숙하게 출발했다. 다들 그들이 떠나는 것을 확인하며 크나큰 안도의 숨을 내쉬었다. 휴 신부는 떠나가는 손님들을 축복했다. 페레디르는 틀림없이 강 건너 마을에 가서 집행관의 마음속에 훌륭한 씨앗을 심고 있을 터였다. 그 심부름으로 자신이 진 빚을 충분히 갚는 셈이다. 무거운 죄를 짓는 이들은 많아도 진심으로 참회하는 이들은 드문 법, 페레디르는 비록 참혹한 짓을 저질렀으나 여전히 호감 가는 젊은이였다. 쇼네드에 대한 미련만 날려보내면 그의 미래에 두려운 일은 벌어지지 않으리라. 여자야 얼마든지 있지 않은가. 쇼네드만 한 여자를 찾기는 힘들겠지만, 그녀에 비해 크게 떨어지지 않는 여자는 꽤 있을 것이다.

캐드펠 수사는 안장에 편하게 자리 잡고 앉아 노새가 고분고분 제 갈 길을 가도록 고삐를 가볍게 쥐었다. 스르륵 잠기운이 밀려왔다. 그는 자신의 몸이 가볍게 흔들리는 것을, 나무 그림자 아래를 지나는 것을, 시원한 바람이 불어오는 것을 느꼈다. 무언가 완수되었다는 기분이 들었다. 아니, 거의 완수되어간다는 기분이라 해야 할까? 이제 겨우 고향으로 돌아가는 첫 관문에 들어섰을 뿐이니까.

강이 내려다보이는 산꼭대기에 이르렀을 때 캐드펠은 선잠에서 깨어났다. 쟁기질하는 사람도, 개간하는 사람도 보이지 않았다. 쟁기질은 이미 끝나 있었다. 그는 오른편, 숲이 우거진 언덕배기 쪽으로 고개를 돌려 빈터를 찾았다. 짧고 비좁은 산마루가 보였다. 잡초로 뒤덮인 언덕 너머로 나무들이 빽빽했다. 거기, 둥그스름한 언덕에 수많은 사람들이, 쇼네드 집안의 사람들 거의 모두가 서 있었다. 거리가 멀어서 하나하나 알아볼 수는 없었지만 구름처럼 많은 검은 머리들 가운데 아맛빛 모자만큼은 분명하게 눈에 들어왔다. 뜨거운 한낮의 열기에 모자처럼 뒤로 젖혀진 카이의 커다란 붕대였다. 그 옆으로 밝은 갈색 머리와 나란히 붙어 선 빨간 가시덤불은, 마지막으로 머리를 민 지 하도 오래되어 이제는 그런 적이 있었는지도 미심쩍은 존 수사의 머리이리라. 파드리그도 아직 길을 떠나지 않은 듯했다. 그들 모두 웃는 얼굴로 손을 흔들었고, 캐드펠도 그들을 향해 열심히 손을 흔들어 보였다. 곧 일행이 좁은 빈터를 지나자 친구들의 모습은 숲에 가려졌다.

캐드펠 수사는 흐뭇한 기분으로 안장 깊숙이 앉아 다시 잠에 빠졌다.

어둠이 내릴 즈음 일행은 펜마흐모에 닿아 여행자를 위한 편의 시설이 갖추어진 한 교회에 묵었다. 캐드펠 수사는 노새를 먹이기 무섭게 마구간 위에 있는 다락으로 올라가 내처 잤다. 자정이 지날 무렵, 몹시 흥분한 제롬 수사가 그를 깨웠다.

"캐드펠 형제, 놀라운 일입니다!" 제롬 수사는 흥분에 겨워 어쩔 줄 몰라 하며 이야기를 늘어놓았다. "악성 질환으로 고통에 시달리던 여행자가 있었습니다. 어찌나 큰 소리로 울부짖던지 우리 모두가 잠에서 깰 정도였지요. 부수도원장님께서 교회에서 가지고 오신 꽃잎 몇 장을 위니프리드 성녀의 샘에서 떠온 물에 띄워 그 불쌍한 사람에게 주었습니다. 그다음엔 다 같이 그 사람을 뜰로 데리고 나가 유골함 발치에 입을 맞추게 했고요. 그랬더니 순간 그 사람의 통증이 사라져버렸어요! 다시 침대로 데려가 눕히기도 전에 잠들어버리더군요. 아무것도 느끼지 못하고 아기처럼 곤히 잠들었다고요! 아, 캐드펠 형제, 우리는 놀라운 은총의 도구들입니다!"

"그게 그렇게 놀라운 일입니까?" 캐드펠은 다소 짜증스럽게 물었다. 단잠을 방해받았기 때문이기도 했지만, 반쯤은 자기방어를 하려는 생각 때문이었다. 인정하기 힘들었지만, 그는 당혹감과 위축감을 느끼고 있었다. "우리가 귀더린에서 운구해 온 것에 대한 믿음이 조금이라도 있다면, 그것이 어떤 경이로운 일을 이루어내더라도 그렇게까지 놀라지는 않을 텐데요."

그러나 제롬 수사가 보다 열정적으로 호응해줄 말상대를 찾아 떠난 뒤, 캐드펠은 스스로에게 놀라지 않을 수 없었다. 왜 나는 놀라지 않는가? 혹시 내가 기적의 본질이 무엇인지를 깨닫고 있는 것일까? 그래, 진정한 기적이라면, 그 까닭 같은 건 있을 수 없으니까. 기적이란 이성과 합치될 수 없으니까. 기적은 인간의 인과를 초월하여 스스로의 의지에 따라 생겨나는 법, 합리적인 기적은 기적이 아니니까. 그러자 문득 기쁨과 위안이 찾아왔다. 정말이지 세상이란 특이하고 괴상한 곳이라 생각하며, 그는 다시금 유쾌하게 잠 속으로 빠져들었다.

*

대개는 사소한 것들이었고 개중에는 시시하기 짝이 없는 것들도 있었다. 버려진 목발들 가운데 원래부터 정말 필요했던 것들은 과연 몇 개였을지, 불가사의한 일이 벌어진 직후 다시 필요하게 된 목발은 얼마나 되었을지, 얼마나 많은 이들이 혀가 아니라 단순히 생각 때문에 말을 못 하고 있었을지, 몇 명이나 되는 이들이 사실은 다리의 병이 아니라 마음의 병을 앓고 있었을지 그 누구도 알 수 없는 노릇이었다. 하지만 그저 광적인 열광에 휩쓸려 보겠다고 멀쩡한 눈에 불쑥 붕대를 감고 나타나거나 갑자기 마비 증세를 일으킨 사람들을 셈에 넣지 않더라도, 그들이 슈루즈베리를 향하여 여행을 이어가는 동안 불가사의한 일들은 끊임없이 계속되었다. 그런 사건들 덕분에 생겨난 엄청난 명성은 일행과 보조를 맞추어 따라오다가 어느새 그들보다 훨씬 앞서 나아갔고, 그리하여 이제는 외경에 사로잡힌 후원자들이, 자신들도 성녀의 은총에 힘입어 수상쩍은 죄악들을 씻을 수 있기를 고대하며 온갖 선물을 들고 성 베드로 성 바오로 수도원으로 몰려들고 있었다.

일행이 슈루즈베리 외곽에 이르자 그들을 맞으려는 군중들이 몰려들어, 수도원에 안치시키기에 앞서 유골을 모셔두기로 한 세인트자일스 교회까지 줄곧 따라왔다. 유골의 안치는 주교의 축복을 받은 후, 또 모든 교회와 진체 교단에 이 영광을 알린 이후에야 진행될 터였다. 그리고 마침내 그날이 되었다. 캐드펠로서는 그리 놀랍지 않았으나, 하늘은 새로운 작은 기적을 준비한 모양이었다. 꾸물꾸물 구름이 끼더니 소나기가 쏟아지기 시작했는데, 근처의 모든 들판과 촌락이 흠뻑 젖는 와중에도 위니프리드 성녀의 관을 모셔 마지막으로 수도원 교회의 제대 위에 올릴 때까지 행렬의 머리 위로는 빗방울 하나 떨어지지 않은 것이다. 기적을 추종하는 무리는 모두 만족스러운 마음으로 그 모습을 지켜보았다.

대미사 시간, 로버트 부수도원장이 헤리버트 수도원장에게 자신의 사명에 대해 낱낱이 보고를 올렸다. "원장님, 대단히 슬픈 일이 있었습니다. 슈루즈베리를 떠날 때 저희는 여섯이었으나 지금 돌아온 사람은 넷밖에 되지 않습니다. 저희는 애초의 사명이었던 보물과 영광뿐 아니라 교단의 치욕 또한 안고 돌아왔습니다."

사정을 모르고 하는 소리이지만, 그렇다고 해로울 일은 없지 않은가. 콜룸바누스 수사에 관한 외경에 찬 찬사가 울려 퍼지는 사이 캐드펠 수사는 기둥 뒤에 숨어 앉아 꾸벅꾸벅 졸기 시작했다. 콜룸바누스는 새로운 성인이 될 터였다. 그러나 안타깝게도 그의 유골은 한 조각도 남아 있지 않으며 오직 그가 두고 떠난 옷가지들만 수습할 수 있을 뿐이었다. 캐드펠은 깊은 신앙심에서 우러나온 음성들이 자신의 양심을 그냥 스쳐 지나가도록 내버려 둔 채, 할 수 있는 한 최대의 사람들에게 행복을 가져다준 스스로에게 축하를 보냈다. 선잠 속에서 그는 꿈을 꾸었다. 뜨겁게 달구어진 칼날이 봉합된 두꺼운 밀랍 사이로 흠집 하나 없이 예리하게 파고들었다. 오랫동안 묵혀두었던 그의 수상쩍은 재주 중 하나였다. 그렇게 캐드펠은 자신이 그런 잔재주를 전혀 잊지 않았다는 것을 확인했고, 그런 것도 언젠가는 써먹을 기회가 생긴다는 사실을 알게 되어 무척 기뻤다.

12

그로부터 2년 뒤, 6월의 어느 화창한 오후였다. 캐드펠 수사는 연못에서 수도원 뜰을 가로질러 가던 중 정문 앞에 서 있는 여행자들 사이에서 힘깨나 쓸 법한 덩치 크고 당당한 남자를 보았다. 그가 아는 사람이었다. 배가 좀 나오고 머리칼에 드문드문 은발이 섞이긴 했지만 귀더린의 대장장이 베네드가 분명했다. 마침내 자신의 오랜 꿈을 실현시킬 기회를 얻어, 순례자의 옷을 걸치고 월싱엄의 성모 제단을 찾아가는 길에 들른 모양이었다.

"더 미뤘다가는 너무 늙어서 여행을 떠나기조차 힘들 것 같더라고요." 허브밭 구석에 포도주 한 병을 두고 둘이서 마주앉게 되자 베네드가 털어놓았다. "게다가 이젠 떠나지 못할 이유도 없고요. 제 일을 대신할 훌륭한 젊은이가 있거든요. 꼭 오리가 물속으로 뛰어들듯 일을 떠맡더군요. 아, 짐작하시는 대로예요. 그 선남선녀는 서로의 남편과 아내가 되었지요. 결혼한 지 벌써 열여덟 달이나 됐습니다. 종달새처럼 행복하게 지내고요. 아네스트야 늘 똑똑했죠. 이번에도 실수하지 않은 셈이에요."

"아이는 없소?" 캐드펠 수사가 물었다. 덤불처럼 무성한 빨간 머리에 당차고 억센 사내아이가 삭발한 정수리를 베개에 비벼대는 광경이 절로 머릿속에 떠올랐다.

"아직요. 하지만 곧 좋은 소식이 들려오겠지요. 제가 그곳으로 돌아갈 즈음이면 아마 아기까지 세 식구가 되어 있을 겁니다."

"아네스트도 잘 지내오?"

"장미처럼 피어났지요."

"쇼네드와 엥겔라드는 어떻소? 우리가 떠난 뒤에 무슨 말썽은 안 벌어졌소?"

"전혀요. 하느님께서 수사님께 축복을 내리시기를! 집행관도 모든 일을 흘러가는 대로 그냥 내버려두더라고요. 주민들은 조금도 괴롭히지 않았죠. 쇼네드와 엥겔라드도 결혼해서 잘 살고 있습니다. 그 둘이 수사님께 뜨거운 인사를 보낸다고 전해드리라더군요. 잘생긴 아들을 낳았다는 것도 알려드리라고 했습니다. 이제 3개월쯤 되었나? 제 어머니처럼 까만 머리카락을 가진 웨일스 녀석이지요. 그 부부는 자기 아들 이름을 캐드펠이라고 지었습니다."

"저런, 저런!" 캐드펠 수사는 터무니없을 정도로 기뻤다. "아이에게 즐거움을 얻되 힘든 일을 피하는 가장 좋은 방법은 보모에게 아이를 맡기는 것이라오. 하지만 그 부부는 아이에게서 오직 즐거움만을 맛보게 되기를 바라야지. 그나저나 베네드라는 성을 가진 사람도 하나쯤 더 생겼을 법한데."

순례자 베네드는 고개를 저었으나 낙담한 표정은 아니었다. "저도 희망을 품었던 적이 있긴 하죠……." 그가 포도주병을 집어 들며 말을 이었다. "하지만 잘 안 되더군요. 다 늙어서 그런 꿈을 꾸다니, 제가 바보였어요. 이렇게 된 게 차라리 낫습니다. 아, 카이도 잘 지내고 있습니다. 수사님께 안부 전하고 자기를 위해서도 한잔 마셔달라고 부탁하더군요."

그들은 한잔이 아니라 여러 잔을 마셨다. 마침내 저녁기도 시간이 되었다. 수도원 뜰로 돌아가는 길에 베네드가 말했다. "내일 대미사 시간에 다시 뵙겠습니다. 휴 신부님 부탁으로 로버트 부수도원장님과 헤리버트 원장님께 안부를 전해야 하거든요. 수사님도 꼭 세셔야 합니다. 저를 위해 동익을 해주셔야죠."

"귀더린 사람 중 아직까지도 진실을 모르는 사람은 휴 신부님 한 분밖에 없을 것 같구먼." 캐드펠은 양심의 가책을 느끼며 말했다. "하지만 그런 분께 양심의 짐을 지우는 것도 옳지 않은 것 같단 말이지. 그래, 휴 신부님께는 역시 알리지 않는 편이 낫겠소."

"그분이 진실을 알게 될 염려는 없습니다. 그 일에 대해 의문을 품으신 적도 없고, 질문 한번 하신 적도 없으니까요. 하지만 사실 전 그분이 정말 아무것도 모르시는지 의심스럽습니다. 침묵에는 여러 미덕이 있잖습니까."

*

이튿날 아침 미사에서 베네드는 수도원 전체에, 특히 로버트 부수도원장과 그 순례에 참여했던 수사들에게 위니프리드 성녀의 고향 교구민들이 성녀의 영광스러운 수도원에 보내는 안부와 찬양을 전했다. 헤리버트 수도원장은 이 수도원이 가장 영광스러운 수호성인과 그분의 유골을 얻게 된 것은 바로 귀더린 덕분이라며, 자신은 보지 못한 위니프리드 성인의 옛 교회와 묘지에 대해 상냥하게 질문을 던졌다.

"우리가 그 큰 축복을 얻음으로 인해 그대들이 그와 상응하는 고통스러운 상실감에 시달리지 않았기를 바라오. 우리는 결코 그대들에게 고통을 주려 하지 않았다오." 수도원장이 부드럽게 말했다.

"아닙니다, 원장님." 베네드는 진심으로 원장을 안심시켰다. "조금도 걱정하지 마십시오. 위니프리드 성녀께서 잠들어 계시던 그 무덤에서 여러 가지 놀라운 일들이 벌어지고 있다는 말씀을 드려야겠군요. 전보다 훨씬 많은 사람들이 그곳에 와 도움을 얻고 있습니다. 정말이지 굉장한 치료의 힘이 발휘되는 곳이지요."

로버트 부수도원장은 자리에 앉은 채로 뻣뻣이 굳었다. 그의 엄격한 얼굴은 분노로 붉으락푸르락했다.

"성녀를 우리 제단에 모시고 그분을 숭앙하는 모든 이들이 이곳에 와서 기도를 바치는 지금까지도 그런 일이 벌어지고 있다는 거요? 아, 사소한 일들이야 있을 수 있겠지요. 은총의 잔재 같은……."

"아닙니다. 부수도원장님. 정말 굉장한 일들입니다! 난산으로 다 죽게 된 여자를 리샤르트 씨가 매장된 그 무덤으로 데려다 눕히면 아무 일도 없었다는 듯 아기가 수월하게 세상으로 나옵니다. 물론 산모의 몸도 멀쩡하고요. 또 오랜 세월 앞을 못 보던 사람이 그곳에 가서 산사나무 꽃잎을 떨어뜨린 물로 눈을 씻으면 두 눈을 훤히 뜨고 지팡이를 내버린 채 걸어서 집으로 돌아갑니다. 그뿐인가요? 다리가 부러져 붕대를 칭칭 감은 사람이 통증을 호소하며 그곳으로 가 그 앞에서 춤을 추면, 통증은 씻은 듯 사라지고 뼈도 똑바로 자리 잡습니다. 지난 2년 동안 귀더린에서 저희가 목격한 기적의 반도 채 말씀드릴 수가 없을 지경입니다."

부수도원장의 분노한 얼굴에 푸른 그늘이 드리우고, 섬세한 눈꺼풀 속 눈은 질투에 차 은빛으로 번쩍였다. 그런 보잘것없는 시골에서, 성녀마저 떠나버린 그 한산한 마을에서, 비가 내리다 말고 멈춘다거나 별것 아닌 상처가 제법 낫는 정도의 사소한 이적을 뛰어넘는 기적이 어찌 감히 일어날 수 있단 말인가. 그 의심스러울 정도로 엄청난 효험의 기적들이 어찌 그 짧은 기간 동안 모두 벌어졌단 말인가. 눈먼 자가 지팡이를 짚고 왔다가 그 지팡이를 내던진 채 돌아가는 일이 어떻게 가능하단 말인가.

"한번은 세 살 난 아이가 발작을 일으켰습니다." 베네드는 신이 나서 말을 이었다. "나무토막처럼 뻣뻣해져서 숨도 못 쉬는 아이를 안고 제 어미가 먼 들판에서 강을 건너 위니프리드 성녀 무덤까지 달려왔지요. 심지어 어미가 아이를 풀밭 위에 올려놓았을 땐 이미 죽어 있었습니다. 그런데 풀밭에 닿자마자 아이가 다시 숨을 쉬더니 울음을 터뜨리지 뭡니까? 어머니는 되살아난 아이를 안고 기쁘게 집으로 돌아갔지요. 그 아이는 지금까지도 건강하게 잘 살고 있습니다."

"뭐라고? 죽은 아이까지 살아난다고!" 부수도원장은 질투에 사로잡혀 말도 제대로 잇지 못할 지경이었다.

"부수도원장님, 이는 분명 위니프리드 성녀의 엄청난 은총과 잠재력을 입증하는 또 하나의 생생한 증거입니다." 캐드펠이 그를 달랬다. "그분의 뼈가 묻혔던 흙덩이마저 그런 기적을 일으키니까요. 그 모든 기적의 영광은 마땅히, 당신이 묻혔던 땅조차 여전히 축복의 힘을 발휘하게끔 하시는 그분의 유골이 현재 안치되어 있는 곳, 바로 이 수도원으로 돌아올 것입니다."

헤리버트 수도원장은 부수도원장의 가슴속에서 얼마나 뜨거운 통분이 들끓는지 짐작도 못 한 채 캐드펠의 말이 맞다고, 그 절대적인 은혜의 힘이 웨일스에서 나타나건 잉글랜드에서 나타나건, 성지에서 나타나건 다른 어떤 곳에서 나타나건, 그저 순수한 기쁨으로 찬양되어야 하리라고 말했다.

*

"도대체 몰라서 그런 거요, 아니면 장난으로 그런 거요?" 후에 캐드펠은 정문에서 베네드를 배웅하며 물어보았다.

"마음대로 생각하세요, 수사님! 중요한 건 그게 사실이라는 점이니까요! 그런 일이 벌어졌고, 지금도 벌어지고 있답니다."

캐드펠 수사는 우두커니 서서 라일셜을 향해 나아가는 베네드를 지켜보았다. 유연하게 성큼성큼 걸어가는 그 탄탄한 몸집이 아이만큼 작아지다가 담 모퉁이를 돌아 사라지자, 그도 마침내 돌아서서 허브밭으로 갔다. 그곳에서는 이제 겨우 열여섯 살밖에 먹지 않은 데다 향수병까지 앓고 있는 새 수련사 하나가 양상추를 모두 옮겨 심은 뒤 얌전히 다음 지시를 기다리고 있었다. 아직은 조용한 녀석이지만 한번 추켜세워주면 그때부턴 개가 꼬리를 치듯 잠시도 쉬지 않고 연신 혀를 놀려댈지도 모를 일이었다. 아는 것은 별로 없어도 배우는 속도가 빠른 조수였다. 아직은 어떤 진흙이라도 그 인성에 달라붙을 수 있는 어린아이에 가깝지만 차츰 사람됨이 갖춰지리라. 전반적으로 캐드펠은 새로운 조수에게 만족하고 있었다.

평화로운 세월의 거리를 두고 돌이켜보아도 당시 더 나은 방법이 있었을 것 같지는 않았다. 웨일스 출신의 작은 성녀(그분께 축복이 있기를)께서는 당신이 늘 원하던 곳에 그대로 누워 계시며, 그것이 기쁜 나머지 그곳 사람들을 살뜰히 돌보아주시는 모양이었다. 게다가 우리는 우리에게 속한 것, 우리가 가질 권리가 있으며, 아마도 우리가 가져야 마땅할 것을 가지고 있지. 전체적으로 보면 만족스러운 귀결이야. 교활한 살인자의 시체라 해도 신앙의 대상이 되면 진짜와 거의 다름없는 구실을 하는 법. 물론 완전히 같다고는 할 수 없지만 말이야! 이제 모든 것을 알고 있는 저 귀더린의 선량한 주민들은 앞으로도 줄곧 좋은 일들을 기대해도 될 성싶었다. 또 그들의 감사나 자비가 조금이나마 리샤르트에게 돌아간다고 해서 안 될 것이 무엇인가? 그것은 리샤르트 자신이 얻어낸 것이요, 성녀께서 그를 환영한다는 징조였다. 어쩌면 성녀도 동료가 생긴 것에 기뻐하고 계시리라. 결국 그는 성녀의 순결을 위협할 만한 존재가 아니며, 자기 의지로 그분 곁에 눕게 된 것도 아니었다. 게다가 그와 한 잠자리를 쓰시는 분은 자신의 화환에서 꽃잎 한두 장 떼어 넘겨주는 것도 싫다 할 만큼 인색하지 않으니까!

주

1 베네딕토회 Benedictine

베네딕토 규칙을 바탕으로 공동생활을 하는 가톨릭 공동체. 6세기 '누르시아의 베네딕토(성 베네딕토)'가 몬테 카시노에 창설하여 전 유럽에 퍼진 수도회의 일파다. 청빈, 순결, 복종을 맹세하고 규율이 매우 엄격한 삶을 강조했다. 집단적인 예배도 중요시하여, 수사들은 하루에 일곱 번씩 모여 찬송하고 기도하는 성무일도를 수행했다.

2 허브 herb

본래는 초본이라는 뜻이나 특히 예로부터 쓰여온 약용, 향료 식물들을 가리킨다.

3 슈루즈베리 성 베드로 성 바오로 수도원 the Shrewsbury abbey of Saint Peter and Saint Paul

잉글랜드 슈롭셔주에 위치한 수도원으로, 원래 성 베드로에게 헌정된 작은 목조 교회였으나 11세기 후반 성 베드로와 성 바오로 두 사도에게 헌정한 석조 건물로 개축되었다.

4 고드프루아 드 부용 Godfrey de Bouillon(1060~1100)

블론느 백작 유스타스 2세의 차남으로 태어나 1082년 공작 칭호를 수여받았으며, 1096년 제1차 십자군전쟁에 형제들과 더불어 참전하여 성지를 점령하였다. 예루살렘의 첫 번째 통치자가 되었으나 스스로를 왕이라 칭하지 않고 성묘의 수호자로 자처했다. 그가 사망한 뒤에는 동생인 볼드윈 1세가 예루살렘의 왕이 되었다.

5 루타 Rue

운향과에 속하는 여러해살이풀로 유럽 원산이다. 줄기 높이는 50~90센티미터이고 청록색 잎이 날개 모양으로 달린다. 초여름에 노란색의 작은 꽃이 핀다. 풀 전체에 강한 향기가 있어서 마취제, 자극제로 쓰였다. 중세 유럽에서는 모든 액을 물리치는 신통한 마력이 있다고 믿었다.

6 세이지 sage

차조기과에 속하는 여러해살이풀. 높이 50~80센티미터로, 윗면에 잔주름이 있는 녹백색 타원형의 두꺼운 잎이 띠 모양으로 난다. 여름에 자색 꽃이 바퀴처럼 달린다. 지중해 연안과 남유럽 원산으로, 그 잎은 예로부터 만병통치약으로 쓰였다.

7 로즈메리 rosemary

꿀풀과에 속하는 상록소형관목. 높이 1~2미터로, 2~3센티미터 정도의 길쭉한 잎이 띠 모양으로 난다. 봄부터 여름에 걸쳐 가지 끝에 담자색 꽃이 핀다. 지중해 연안과 남유럽 원산으로, 가지나 잎은 주로 향수나 약품의 재료로 널리 알려져 있다. 상큼한 향은 신통력이 있어 중세 유럽에서는 악귀를 물리친다고 믿기도 했다.

8 개지치 corn gromwell

지칫과의 두해살이풀. 몸 전체에 흰색 털이 있으며, 잎은 잎자루가 없고 어긋나 있으며, 위쪽 잎 겨드랑이에 꽃이 달린다. 줄기는 곧게 서고 윗부분은 가지가 갈라지며 높이는 30~70센티미터이다. 뿌리는 피임, 해열, 해독제로 쓰인다.

9 박하 mint

꿀풀과에 속하는 여러해살이풀, 땅속줄기로 번식하고 땅 위로 나온 줄기는 직립하며, 길이는 60~90센티미터가량이다. 띠 모양으로 달리는 잎은 긴 타원형이고 기름선이 많다. 7~9월에 담자색 또는 백색 꽃이 줄기 위쪽에 모여 핀다. 유럽에서 박하 소스는 고기 요리에 필수적인 향신료로, 고대 이집트나 로마에서도 사용되었다.

10 타임 thyme

여러해살이풀이나 줄기가 목질화되는 경향이 있어 소관목으로 보기 쉽다. 줄기는 덩굴지고, 잎은 달걀꼴의 타원형 또는 피침형이며 향기가 있다. 8~10월에 분홍색 꽃이 꼭대기에 바퀴 모양으로 돌려 핀다. 지중해 연안과 유럽이 원산지로, 일명 사향초라고도 한다. 서양요리에서 흔히 쓰이는 향료로, 고대 그리스에서는 목욕재로도 널리 사용되었다. 강장 효과가 뛰어나 신경성 질환이나 빈혈, 피로, 소화불량 등에 좋다.

11 매발톱꽃 columbine

성탄꽃과에 속하는 여러해살이풀로 줄기 높이는 1미터 내외이다. 넓은 잎이 뿌리 근처에 몰려나며 뒷면이 분처럼 희다. 6~7월에 가지 위에 긴 가지가 뻗어 나와 그 끝에 자갈색 꽃이 하나씩 핀다.

12 루 herb of grace

기원전부터 유럽에서 모든 액을 물리치는 신통한 마력이 있는 향초, 마취제, 자극제로 널리 알려졌다. 루에서 추출한 루틴이라는 물질은 고혈압, 신경질환, 복통, 류머티즘, 기침, 관절염, 피부질환 등에 광범위하게 사용되었다. 우리나라에서는 운향이라고 부르며, 6~7월경에 꽃이 피고 포기 전체에서 독특한 향이 난다.

13 세이버리 savoury

원산지는 유럽으로, 좋은 향기와 자극성 있는 톡 쏘는 매운맛이 있는 향미 식물이다. 후추가 전파되기 전까지 육류의 누린내를 없애는 데 필수적인 향신료로 쓰였다. 최음제의 효력이 있다고 믿어지기도 했다. 한해살이풀인 서머세이버리와 여러해살이풀인 윈터세이버리 등이 있다.

14 겨자 mustard

겨자과에 속하는 한해살이 혹은 두해살이풀. 높이 1미터가량이며 잎은 무잎 비슷하나 쭈글쭈글하며 가장자리가 톱니 같다. 4월경에 노란 꽃이 피고 5센티미터가량의 원기둥꼴 열매를 맺는다. 씨는 몹시 작으며 양념과 약재로 쓴다. 지중해 연안과 남유럽 원산이다. 기원전 1600년경의 파피루스에도 기록이 남아 있을 정도로 오래전부터 재배되어 왔다. 어린잎은 괴혈병의 약으로 쓰이고 권태감을 없애준다. 겨자씨를 증류하여 얻은 기름은 동상, 류머티즘, 중풍, 관절염 따위의 치료제로 사용한다.

15 회향 fennel

여러해살이풀로 줄기는 곧고 가지가 많이 갈라졌으며 높이 1.5미터 내외이다. 넓고 큰 잎자루가 줄기를 싼 모양이다. 7월에 황색 꽃이 피고, 가을에 달콤하면서도 상큼한 맛을 가진 황갈색의 열매를 맺는다. 지중해 연안 원산으로 온대 각지에 널리 재배된다. 위통, 복통 등의 치료제로도 쓰인다.

16 탠지 tansy

엉거시과에 속하는 여러해살이풀. 높이 60~90센티미터로, 잎은 날개처럼 죽 나며 6~7월에 동글납작한 지름 1센티미터 정도의 황색 꽃이 핀다. 북유럽 원산으로 생장력이 매우 강하다. 짙은 녹색 잎에는 장뇌 같은 향기가 있다. 살균, 구충 효과가 뛰어나다. 히스테리, 신경쇠약,

피부병 등에 쓰인다.

17 바질 basil

꿀풀과의 한해살이풀. 높이는 60센티미터 내외이고 잎은 달걀꼴이다. 열대아시아에 주로 분포하며 전체에 향기와 매운맛이 있어 향신료와 방향제로 쓴다. 향기는 머리를 맑게 하고 두통을 없애는 효과가 있다.

18 딜 dill

지중해 연안, 인도, 아프리카 북부 원산. 중국명으로는 시라라고 하는 약초로, 그 열매를 시라실이라 하여 방향성 구풍제, 거담제, 건위제로 쓴다. 예로부터 중요한 약초와 향신료로 쓰였다. 씨에 함유된 정제유는 진정, 최면 효과가 뛰어나다. 한해살이풀로, 키는 0.5~1미터이고 5~6월경에 노란 잔꽃이 핀다. 동글납작한 열매는 황갈색이다. 포기 전체에 독특한 향기가 있다.

19 파슬리 parsley

미나리과에 속하는 두해살이풀로, 높이 30~60센티미터 정도로 골이 진 줄기에서 많은 가지를 낸다. 짙은 녹색 잎 윗면에는 광택이 있다. 2년째에 20~50센티미터 정도의 줄기가 새로 뻗어 나와 황록색 꽃이 핀다. 전체에 향기가 있어 식용한다. 유럽 남동부, 아프리카 북안 원산이다.

20 처빌 chervil

러시아 남부, 서아시아 원산의 내한성 한해살이풀로 줄기는 30~40센티미터 정도이다. 5월경에 흰색의 잔꽃이 피며 열매는 0.5~0.8센티미터의 바늘 모양이다. 생선이나 육류 요리의 냄새를 없애고 향을 돋우는 재료로 쓰인다.

21 마조람 marjoram
지중해 연안, 인도, 아라비아 원산. 이집트에서 미라를 만들 때 쓰인 최초의 향초 가운데 하나이다. 최면 효과가 뛰어난 차조기과의 여러해살이풀로, 높이는 30~40센티미터 정도이고 6~8월에 하얀 꽃이 핀다. 요리용, 약용, 목욕재 등으로 다양하게 쓰인다.

22 작약 peony
미나리아재비과의 여러해살이풀로 아시아대륙의 북동부 및 유럽 원산이다. 꽃이 크고 아름다워 정원에 주로 관상용으로 심는다.

23 양귀비 poppy
양귀비꽃과에 속하는 한해살이 혹은 두해살이풀. 줄기 높이 1~1.3미터로 백록색 잎은 긴타원형 혹은 달걀꼴이다. 5~6월에 흰색, 빨간색, 자주색 등의 꽃이 줄기 끝에 하나씩 달려 하루 동안만 핀다. 덜 익은 과실을 흰 즙을 내어 60도 이하의 온도로 건조시킨 것이 아편이다. 지중해 연안, 소아시아 원산이다.

24 헤리버트 수도원장 Abbot Heribert(?~1140)
1127년 고드프리드 수도원장의 갑작스러운 사망 이후 1138년까지 슈루즈베리 수도원장을 지냈다.

25 로버트 페넌트 부수도원장 Prior Robert Pennant(?~1168)
12세기 전반에 슈루즈베리 수도원의 부수도원장을 지냈고, 1148년부터 1168년까지 슈루즈베리 수도원장을 지냈다. 귀더린으로의 순례를 담은 『성 위니프리드의 생애』를 남겼다.

26 클뤼니회 Cluniac
10세기 초반에 일어난 수도원 개혁운동의 결과로 설립된 교단으로,

봉건적 봉사의 대가로 토지를 보유하지 않았으며 수사들이 스스로 수도원장을 선출했다. 베네딕토회 계율에 따른 수도원 생활의 요소 가운데 기도와 생산 활동의 비중을 낮추는 대신 집단적인 예배 의식에 많은 시간을 할애했다.

27 성 위니프리드 Saint Winifred
홀리웰에 살았던 위니프리드에 관한 이야기는 중세 전설에 근거를 두고 있다. 그녀는 성 뷰노의 조카이자 테비트라고 불리는 기사의 외동딸이었다. 크래독 왕자가 그녀를 겁탈하려 하자 달아났고, 분노한 왕자는 그녀의 목을 잘랐다. 하지만 성 뷰노가 그녀를 되살렸고 새 생명을 얻은 위니프리드는 로마로 순례를 떠났다가 웨일스로 돌아와 귀더린 수녀회의 수도원장이 되었다고 전한다.

28 케일kale
양배추의 하나. 잎이 오글쪼글하고 씨를 맺지 못한다. 비타민과 무기염류가 많아 식용한다.

29 데이비드 주교 Bishop David(?~1139)
1120년에 귀네드 국왕 그리피스 압 시난의 지지를 받아 반고르 주교가 되었다.

30 오아인 왕자 Prince Owain Gwynedd(1100~1170)
아버지 그루퍼드 압 시난의 뒤를 이어 1137년부터 귀네드를 통치했다.

31 라눌프 백작 Earl Ranulf(1099~1153)
1129년에 체스터 백작의 작위를 4대째 이어받아 잉글랜드의 3분의 1에 달하는 지역을 다스렸다.

캐드펠 수사 시리즈 01
유골에 대한 기이한 취향

초판 발행. 2024년 8월 5일
지은이. 엘리스 피터스
옮긴이. 최인석
펴낸이. 김정순
편집. 배주영 박진희 홍상희 허영수
마케팅. 이보민 양혜림 손아영

펴낸곳. (주)북하우스 퍼블리셔스
출판등록. 1997년 9월 23일 제406-2003-055호
주소. 04043 서울시 마포구 양화로 12길 16-9(서교동 북앤빌딩)
전자우편. editor@bookhouse.co.kr
홈페이지. www.bookhouse.co.kr
전화번호. 02-3144-3123
팩스. 02-3144-3121

ISBN 979-11-6405-255-4 04840

옮긴이 최인석
소설가, 희곡 작가. 1979년 「연극평론」에 희곡 「내가 잃어버린 당나귀」를 발표하면서 희곡 작가로 등단했으며, 대한민국문학상, 백상예술상, 영희연극상 등을 수상했다. 1986년 「소설문학」 장편소설 공모에 『구경꾼』이 당선되면서 본격적으로 소설가의 길을 걷게 되었다. 소설집 『내 영혼의 우물』로 제3회 대산문학상, 제18회 박영준문학상을 수상했다. 소설집 『혼돈을 향하여 한걸음』 『구렁이들의 집』 『목숨의 기억』 등이 있고, 장편소설 『잠과 늪』 『새떼』 『내 마음에는 악어가 산다』 『이상한 나라에서 온 스파이』 『그대를 잃은 날부터』 『연애, 하는 날』 『투기꾼들을 위한 멤버십 트레이닝』 『강철 무지개』 등이 있다.